U0118179

長輩的故事

長輩的故事

滇池百年家族往事

熊景明 著

香港中文大學出版社

《長輩的故事：滇池百年家族往事》

熊景明 著

© 香港中文大學 2021

本書版權為香港中文大學所有。除獲香港中文大學
書面允許外，不得在任何地區，以任何方式，任何
文字翻印、仿製或轉載本書文字或圖表。

國際統一書號 (ISBN)：978-988-237-230-6

出版：香港中文大學出版社
　　　香港　新界　沙田‧香港中文大學
　　　傳真：+852 2603 7355
　　　電郵：cup@cuhk.edu.hk
　　　網址：cup.cuhk.edu.hk

The Story of Elders: Hundred Years of Family History in Southwest China (in Chinese)
　By Jingming Xiong

© The Chinese University of Hong Kong 2021
All Rights Reserved.

ISBN: 978-988-237-230-6

Published by The Chinese University of Hong Kong Press
　　　The Chinese University of Hong Kong
　　　Sha Tin, N.T., Hong Kong
　　　Fax: +852 2603 7355
　　　Email: cup@cuhk.edu.hk
　　　Website: cup.cuhk.edu.hk

Printed in Hong Kong

目　錄

第三部　人與時代

夢縈雲之南

　　雲南，從三歲多開始，便覺得是個遙遠、神秘地方，不是因為爸爸把我抱在膝蓋上講七擒孟獲，卻是因為姊姊。她在西南聯大上學，二年級暑假回重慶探親。那時我們住在歌樂山上孤零零茅廬中，她的出現猶如旋風，帶來了無窮歡樂和新鮮事物，其中最震撼的，便是幾張石林照片。在一兩寸見方的黑白畫面上，那無數猶如刀削斧劈的大大小小石柱石屏風森然矗立，四方八面延伸到地平遠處。我看得目瞪口呆，生出從所未有的奇異怪誕之感，這雖然隨着歲月逐漸淡化，卻始終未曾完全忘懷，直至將近半個世紀之後。那時我們已經定居香港多年，姊姊剛做完癌症化療，我建議陪她重遊當年求學之地，她高興答應了。於是我們去昆明，找到了她當年的宿舍、上課經過的斜街、買小吃的亭子、她念念不忘的西山龍門，和山下曾經借住的寺院，又找到了熊景明特地介紹、在翠湖西北邊上的小飯店，依照她的指示，嘗到鮮美的雞樅、猴頭菌和牛肝菌。當然，也懷着興奮和期待去石林。不料卻大失所望，因為攤販喧嚷混雜，莫名其妙的「綠化」更完全破壞了它的嶙峋風貌，和那令人震撼的荒涼空寂。

　　景明在1970年代末從昆明移民到香港來，雖然人生路不熟，卻憑着信心和頭腦，在「大學服務中心」找到職位。那是美國學者為研究中國大陸而開辦的機構，1988年香港中文大學接收了這個中心。其時她已經轉到大學的政治學系工作，又在人類學系取得碩士學位，所以順理成章，成為了這個中心的實際負責人，自此以極大熱情投入工作，把它發展得生氣勃勃，名聲鵲起。我曾經在秘書處工作，故此參與中大接收中心的決策，因而認識景明。十年後，由於劉青峰和金觀濤的提議，我們同到泰國布吉島度假，一起消磨了幾天輕鬆愉快的時光，從而相熟。景明是個非常活躍、自信、活力充沛的人，對工作、幫忙朋友、保護中大校園、推動中國扶貧，還有宣揚雲南的山水、人情、飲食乃至宜人氣候，以及邀請大家到她美麗的故鄉去體驗生活等等，無不充滿熱情。我經常取笑她大概是少數民族後裔，故此才會如此天真樂觀，為一花一鳥一草一木、浮雲晚霞、海上明月而興奮莫名，忘形驚呼，但自己也往往受到她的感染和號召。

　　在上世紀末的金秋，我組織了一大幫朋友去遊覽昆明、大理和麗江，望蒼山，遊洱海，上雲杉坪，遠眺玉龍雪山，欣賞宣科先生的納西古樂，還見到我自己落籍昆明多年的遠房侄兒，和景明的老朋友、一輩子獻身於生物繪畫的曾孝濂先生。九年後雲南省科技廳為慶祝西南聯大成立七十週年舉辦「科學大講堂」，景明攛掇我幫忙策劃推動，然後請君入甕，我自己也受邀去講科學史問題，由是得以順便遊覽撫仙湖、彌勒的雲南紅酒莊、西雙版納，和那裏寧靜幽深的國家熱帶植物園。但最快意的，則是翌年8月景明為我和一些朋友安排的怒江之行。在她和當地一位採藥師帶領下，我們一行六人從大理驅車六庫，然後沿怒江北上，經虎跳峽、福貢、石月亮，夜宿貢山，翌日更深入丙中洛，通過高數百米的夾江石門，直奔隱藏在高山深谷老林之中、幾乎與世隔絕的秋那桶，這才盡興而返。

此行風馳電逝，躡景追飛，十分寫意。現代交通帶來無限方便，卻也完全改變了時空感覺，古人「五月渡瀘，深入不毛」的悲壯意境因而無從體會，只能夠從想像中追尋了。

　　相熟以後，經常聽景明提起家族和一些朋友的往事，也陸續看到她寫下的回憶文章，這才恍然，她的雲南不僅僅是天氣、地理和風景，還有說不盡的人情世故、人物記憶、歷史滄桑──加上她自己的觀察、判斷、不時透閃的幽默，和猝不及防的調侃。也就終於發現，她其實有個顯赫興旺、走在時代前端的昆明大家族，享受過如詩如畫的幸福童年。然後，像無數她那一代的中國人一樣，耳聞目擊諸多親朋戚友突如其來的厄運流離，自己則在困頓艱苦、像是毫無希望的環境中掙扎成長，最後猶如從噩夢中驚醒，迎接意想不到的清晨和陽光。

　　這書不算長，但讀起來要費點力氣，因為它是由好幾十位不同輩份、身份、性格、際遇的人物，和無數大小故事交織而成，人與人、人與事、事與事之間的關係錯綜複雜，非前後左右一再翻查對比，難以弄清來龍去脈。由此我們自然會感到它有《紅樓夢》和景明那麼熟悉的《戰爭與和平》、《安娜‧卡列尼娜》等文學鉅著的影子。然而不然：它是具體家族生命的如實記錄，雖然以作者本人為中心，背後卻沒有任何預設、哲學、立場，例如王國維所謂寶玉的解脫之道，或者卡列尼娜所面對的愛情與社會體制之間的不可調和矛盾，倘若有之，大概也就是對那犧牲於時代巨輪下的無數有識有為之士──例如她那位瀟灑的外公、鬱鬱不得志的祖父，以及陰差陽錯落得終生坎坷的乾爹黃湛等等──的深深喟嘆吧。所以我們對此書的整體印象，毋寧更近於收攬眾生百相的《清明上河圖》和老布魯蓋爾維妙維肖的鄉村景象繪畫，甚至巴爾扎克為了忠實記錄、解剖整個19世紀法國社會而寫下的《人間喜劇》──兩者規模自然不可同日而語，但背後理念卻顯然相通。為甚麼景明的這部家族史竟然有

法國文學寫實主義的影子呢？那恐怕並非偶然：她經歷過正規社會科學訓練，又長期負責當代中國研究的資料蒐集、分類、整合和顧問工作，不自覺地養成客觀精神和分析習慣，這書的基本格調大概就是由此形成的吧。

但人非木石，孰能無情！所以毫不奇怪，像所有自傳一樣，書中也同樣充滿了童年的喜樂、成長的艱辛、初戀的痛苦，和眾多家族成員的悲歡離合、生老病死。與許多相類似作品大異其趣，與景明平素作風也截然不同的是，它的筆觸語調總是那麼安靜平和，永遠帶着反省和矜持，無論興高采烈、傷心掉淚，或者痛恨入骨，都只是用淡淡一句自嘲、低低一聲嘆息、最多小小一根倒刺來表達。它不如古人溫柔敦厚，不像魯迅嚴苛冷峻，更沒有巴金的洶湧澎湃，一瀉千里。如此節制而又不失自家杼機的風格在國人文章中實不多見，卻和西方某些作家刻意散淡低調的作風若合符節。所以景明表面上像少數民族般天真爛漫，其實像許多她那一代人一樣，性格也是糅合了中國、西方、傳統、現代、大陸、香港等許多不同元素，千錘百煉而成。這些後天因素決定了她的筆觸，卻掩蓋不了她快樂衝動的天性，那在日常生活中一有機會就會自然流露出來。

但對許多讀者來說，這書最重要，也最能夠打動他們的，恐怕還是它裏面那些具體事實。像景明的曾祖父、與孫中山同年出生的熊廷權：他是清末民初一位正直有才略、膽色和遠見的地方官，不但進西藏協同平定叛亂，在騰沖和英國人折衝樽俎，更傾力於子女教育，送他們多人出國留學，培養出其後兩代十數位在雲南地方和國共兩黨任職的才俊。這無疑是在戊戌變法和五四運動之間，一位偏遠省份的士大夫如何轉型為現代知識分子之最佳寫照。至於他四女熊韻筠也就是景明「四姑奶奶」的傳奇一生，則可以視為中國現代鉅變大漩渦中無數知識分子命運的典型。她考入北京女師大，捲進那場由於魯迅痛罵楊蔭榆而出名的學潮，被迫逃往南京投奔國民黨

中央黨部，由是因禍得福，嫁了後來考到公費留美隨而成為外交官的青年才俊，卻在1937年獨自返回昆明赴國難，積極辦學，參與黨務，抗戰勝利後更當選國大代表。昆明行將解放時她誤判形勢，一再拖延下終於錯過了飛走的時機；此後因為拒絕和新政府合作，不久就被逮捕，坐牢一年釋放，最後鬱鬱以終。

到再下一代，許多人物的命運就各不相同了，這大多是由於性格和際遇造成。像四姑奶奶的大女兒香姑姑之不如意是因為健康和擇偶不佳，小女兒美姑姑之幸福則來自她的過人才華和樂天爽朗。至於景明本家的上一代也是人人命途殊異：大姑姑為愛情私奔；二姑姑其貌不揚，際遇一般，卻堅強地活下來，還能夠周全照顧侄甥輩；三姑姑心高氣傲，風流自賞，潦倒中以阿芙蓉混酒自終；小叔叔酷愛山林，文革中不幸捲入武鬥，結果在林中上吊；么叔叔最有才，參透了「遠害朝看麋鹿遊」之理，自甘流放到甘肅的偏遠山區當獸醫，暮年方得還鄉。這樣數來，老大亦即景明的父親熊蘊石當算是福分不薄。他生母早逝，脾氣倔強，自幼失寵於老父，卻憑意志和毅力成為工程師，抗戰時建築滇緬公路報效國家，解放後管理自來水廠服務人民，雖然愛妻長年臥病，文革受屈，仍然事業家庭兩不失。比起在北大荒受折磨大半輩子才拾得性命歸來的至交黃湛，可謂天淵之別了。景明的母親出身於和樂大家庭，自幼聰慧開朗，中年纏綿病榻近二十載，而不失歡樂達觀和幽默，能夠綰合一家上下和妯娌鄰舍。所以，讀過本書第一部，我們也就可以大致明白，景明的樂天性格包括她對健康近乎癡迷的關注，到底是從哪裏得來的了。

歷史的迷人在於它無窮的紛繁細節，那使人驚愕入迷，但更在於它所載事實之無可抗拒地流逝以至消失，那使人慨嘆也無奈。是的，一切悲歡離合、風雷激盪都抵擋不了時間的推移，而過去的絕對無法重現，只能夠存在記憶之中，此史書與回憶錄之所以可貴。

改革開放之後春回大地，但文革摧毀的一切，已經無法復原；中國
開始走向富裕繁榮，因此傳統中國在 20 世紀初仍然遺留的許多美
好面相，也在迅速消失之中。我心目中那個嶙峋荒涼、森然矗立的
石林，恐怕只會留存在那幾張小小黑白照片之中了；荒野的怒江已
經築起水壩，修起高速公路，我所見過的丙中洛和秋那桶，是否還
能夠像瑞士高山上那些小村落般留存下來，也不無疑問。當然，由
昆安巷佚園、塘子巷滌園、車家壁默園、撫仙湖等所構成的那個魔
幻世界，更早已經消失得無影無蹤，只剩下這本小書為它們作見證
了。為此，我們應該深深感謝景明。

2021 年暮春於用廬

陳方正
香港中文大學物理系名譽教授
中國文化研究所前所長

小家事，大歷史

　　1978年9月，考上中國民族史專業的研究生，我從西雙版納的猛海縣回到離開十年整的雲南大學，師從方國瑜教授研修。

　　學習時，我以《新纂雲南通志》中的〈邊裔考〉向國瑜師請教。

　　國瑜師說：〈邊裔考〉為熊廷權撰寫，基本上採用光緒《續雲南通志》的資料編成，未能全面記述鄰國的歷史與現狀。國瑜師認為雲南歷史與緬甸、越南、泰國有密切關係，他收集整理有關緬甸、越南、泰國以及柬埔寨、馬來亞、印尼、菲律賓諸國的資料，要重新編寫〈邊裔考〉，取代熊廷權的稿子。雲南通志館第三任館長趙式銘認為熊廷權長期擔任邊地官員，有豐富的邊疆治理經驗，熟悉周邊國家情況，否定了國瑜師的建議，堅持採用熊廷權的稿子。

　　民國二十年（1931）2月新纂雲南通志籌備處成立，熊廷權擔任顧問。當年9月通志館正式成立，熊廷權被省主席禮聘為編纂。

　　國瑜師是新纂雲南通志館第三期（1938–1941）的編審，審訂時（1943–1944）被聘為審定委員。國瑜師是麗江人，他告訴我，民國麗江第一任縣長就是熊廷權。他為民效力，恪盡職守，政聲卓著，有碑載道。其才華橫溢，為袁嘉穀、李根源、周鐘岳、趙式銘老輩學者讚譽。

　　熊廷權是景明的曾祖父。她說曾祖父是大家族的「靈魂人物」。其實，在民國時的雲南學界，熊廷權也是一位引領風騷的卓然大家。

　　民國初年，唐繼堯主政雲南，他是「聯省自治」的倡導者、推行者。他在雲南推行省縣兩級行政制，於民國十二年（1923）創辦自治講習所，選任具有自治學識經驗者，組織制定自治條例。召集有識之士集中在自治講習所，編寫《雲南全省地方自治所講義》十種。熊廷權的兒子，也就是景明的祖父熊光琦編寫其中第三種：《雲南全省暫行縣制釋義》。雲南大學歷史系2013級的碩士研究生段玉蓉在周立英副教授的指導下，以熊光琦這本書為中心，將熊光琦的生平資料搜羅殆盡，撰寫〈小縣長　大追求──熊光琦縣區自治的理想與邊地國防建設的計劃〉的碩士論文。這篇論文實事求是地論述民國時期，雲南省縣自治的歷史過程與熊光琦對雲南縣省自治做出的重大貢獻。評審專家和論文答辯委員會的委員一致認為論文對熊光琦的評價實事求是，平允恰當，是研究民國雲南自治的創造性成果。

　　聯省自治、省縣自治是民國雲南地方當權派的追求。他們希望通過自治，提高民智、健全法制、發展經濟、安定社會，興滇富民。抗日戰爭期間，保持自治的雲南接納了從內地遷來的大學、機關、企業、商戶。保持相對自治的雲南，為從淪陷區來的難民，提供人身自由、言論自由、出版自由、結社自由、集會自由、信仰自由的環境。昆明獲得「民主堡壘」的美稱，獨裁專制的政府容不得自治的雲南。1945年8月15日，日本宣佈無條件投降，抗日戰爭取得勝利。8月底，盧漢率領滇軍進入越南接受日軍投降。不久，滇軍被派到東北打共產黨。10月3日，杜聿明在昆明發動政變，蔣介石下令免去龍雲本兼各職，調任軍事委員會軍事參議院院長，命盧漢任雲南省政府主席。1945年12月1日發生震驚中外的「一二一」事件。1946年7月11日民主人士李公樸在昆明大興坡被暗殺，7月15日西南聯大教授聞一多在昆明西倉坡被暗殺。李公樸、聞一多慘案

激起全國人民憤怒。西方民主國家亦對專制獨裁政權表示極大不滿。1946年5月30日，滇軍184師少將師長潘朔端率部在東北海城起義，開國民黨軍兵團起義的先例，為蔣軍在東北失敗敲響喪鐘。1948年10月，曾澤生將軍率領滇軍60軍在長春起義，為國民黨整軍反正投向光明的典範，為中國人民解放軍奪取遼瀋戰役的全面勝利鋪平道路。1949年12月9日，盧漢在昆明宣佈起義，成為搗毀蔣家王朝的最後一擊。蔣介石固守西南頑抗的計劃破滅，雲南自治的夢想與蔣家王朝的獨裁同歸於盡。

這段風雷激盪、驚心動魄的歷史既是長輩故事的社會背景，又是長輩故事演變的動因。從長輩故事，我們看到雲南社會的變遷。一個人的經歷，一個家族的興衰，就是社會演變的縮影。閱讀長輩的故事，我們對時代風雲、社會變遷不僅有更加真切、更加感性的認識，而且有更加深刻、更加理智的體悟。

在騰沖長大的我，在進入雲南大學歷史系之前對騰沖的歷史一無所知。無論中國史還是世界史，無論古代史還是近現代史，中學歷史課都是國家統編教材。就是大學歷史系的教材，兩門通史也是教育部統編的，我們的教授、講師大多按照教育部的教學大綱授課。我們知道國內外的重大歷史事件和重要歷史人物，對雲南地方歷史卻知之甚少，更不要說小小的騰沖城。直到我師從方國瑜研修雲南地方史才開始逐漸了解。讀長輩的故事，使我們對家鄉的歷史有更多的認識，彌補了教科書的不足。

景明的曾祖父熊廷權1919年擔任騰越道道尹、騰越海關監督。民國初年，雲南實行省縣兩級的行政體制。在實行過程中，省政府對縣的管理力有不逮，於是加設省府的派出機構「道」管理縣。騰越道管轄半個雲南省二十九個縣以及分佈在滇西邊地的五十餘個土司，地廣民多，位高權重。可是熊廷權舉重若輕，勝任愉快。尤其難得的是秉公辦事，清正廉潔。過生日，賀壽的禮品全部退回。

「年方九歲的七小姐，不情願地取下腕上晶瑩剔透的玉手鐲。」讀到這裏，不由得肅然起敬。想到曾任雲南大學校長的吳松到保山市任市長，收取不法商人價值158萬圓的翡翠手鐲。兩相對比，立見高下。那時的官吏嚴於自律，忠於職守，奉公正己，勤政為民，令人景仰。

讀景明《長輩的故事》自然聯想到自己的長輩。景明的外公蘇滌新在晚清官費留學日本，參加同盟會。我的祖父林春華也是晚清科考舉人，公派到日本留學，與李根源一起創建同盟會雲南分會，並擔任《雲南》雜誌的主筆，想來應該和蘇滌新有交往。歸國後，祖父積極參加推翻清政府的革命鬥爭，在辛亥革命中有所貢獻。熊廷權是民國首任麗江縣長，我祖父則是民國首任景東縣縣長。他帶兵剿滅地方豪強蘇三阿，為民除害，當地民眾立碑讚頌。景明的祖父熊光琦也擔任過景東縣縣長，想必對他的前任會有了解。祖父那一代讀書人在社會大變革中，與時俱進，他們的生命史可歌可泣。將他們的故事寫下來，不僅僅只是對他們的紀念，更是對後人的激勵。

景明的父親和乾爹黃湛參加滇緬公路的修築。滇緬公路的修築是雲南各族民眾創造的世界交通史奇蹟，由於大多數青壯年男人都奔赴抗日前線，修路的主要是婦女、兒童和老人。公路在1937年12月動工，經九個月艱苦奮鬥提前竣工通車，當時被稱為「婦幼路」。參加築路的工人約二十萬，工程技術人員約二百人，景明的父親和黃湛就是二百個工程技術人員之一。這條路被稱為「血路」，因為幾乎每一公里至少要付出一條生命的代價。歷史書上用一連串的數字說明這條「血路」修築的艱難和在抗日戰爭的巨大作用。景明的書則用生動有趣的文字講述父親與乾爹等年輕的中國工程技術人員獨立設計功果橋、惠通橋等全部橋樑的智慧，以及用竹竿一尺一尺丈量道路的艱辛。滇緬公路被稱為抗日戰爭的「生命線」。1942年5月10日軍佔領騰龍地區後，公路中斷。1945年1月中國遠征軍與駐印軍

殲滅滇西緬北日軍，在芒友勝利會師。這是自甲午戰爭以來，中國軍民第一次全殲外國侵略軍的偉大勝利，拉開中國抗日戰爭取勝的序幕。滇緬公路重新通車。蔣介石為安慰被他趕走的史迪威將軍，也為討好美國政府，爭得美援，將這條路命名為「史迪威公路」。這就掩蓋了雲南民眾和工程技術人員修築這條道路的的巨大貢獻，也淹沒中國遠征軍為打通滇緬公路做出的犧牲。

　　雲南是祖國的西南邊疆，但不是遙遠的蠻荒之地。晚清民初，雲南得風氣之先，走在對外開放的前列，「走夷方」帶來了財富，也帶來文明、帶來科技、帶來思想。清朝末年，為富國強兵，雲南派出士子到東瀛、西洋求學。這些海外求學的青年人回到雲南，成為辛亥革命的先鋒。他們在雲南首舉義旗，打響維護共和的第一槍，以西南一隅，震撼全國，驚動天下。中國第一水力發電廠在昆明海口建成，全國第二個飛機場在昆明巫家壩啟用，中國第二個城市自來水廠在翠湖為全城提供清新可口的「機器水」。雲南創辦的航空學校培養中國第一批天之驕子，其中有韓國的「航空祖母」權基玉。東陸大學是中國創建的第一批現代大學。首任校長董澤1907年入省府貢院，第二年考取留日公費生，在東京同文書院深造，加入孫中山創建的同盟會。回後參加辛亥革命，革命勝利後赴美深造，獲碩士學位。在他的努力下，1922年12月8日東陸大學成立。

　　景明的外公蘇滌新是雲南第一代留日學生。他與同時代的留學生不負眾望，為雲南、為國家做出了無愧時代的貢獻。他的三子，也就是景明的三舅蘇爾敬則是在抗日烽火中以第一名的成績，畢業於雲南省政府出資與西南聯大合辦的留美預備班。正如景明所說，雲南留美預備班是中國教育史上難得一現的曇花。

　　曇花綻放需要優良的環境，肥沃的土壤。相繼主政雲南的唐繼堯和龍雲都十分重視教育，尤其是高等教育。民國十七年 (1928) 省主席龍雲將雲南省的捲煙特捐全部作為省教育專款，若有不敷，由

財政廳如數撥足。所有教育經費悉數由教育機關管理，實行教育會計獨立。抗日戰爭期間，雲南省教育經費開支僅次於國防經費，位列第二。由於雲南省教育與經費充裕，在整體安排教育事業經費、推進義務教育、發展邊地小學和簡易師範、加強省立中學、建設大學的同時，可以選拔優秀人才赴美國留學。

《梅貽琦西南聯大日記》記錄他與雲南省經濟委員會主任繆雲台、教育廳長龔自知商談留美預備班事宜有十三次之多。如，1942年11月19日星期四，梅貽琦校長邀約潘光旦等到繆雲台家，與繆雲台、教育廳長龔自知商談留美預備班事。1942年12月21日星期天，梅貽琦與潘光旦、沈履(清華大學秘書長、西南聯大總務長)、金龍章(耀龍電燈公司總經理兼總工程師)等再次商談留美預備班事，決定1月4日開班，繆雲台為班主任，沈履、金龍章為副主任。1943年1月30日星期六，下午三點雲南留美預備班舉行開幕典禮。繆主任報告後，龍(雲)主席有訓詞。

1945年6月，金龍章護送三十九名留學生假道印度加爾各答轉孟買，乘船在海上航行約兩個月，於8月2日到達美國紐約，分別進入麻省理工學院、康奈爾大學、密歇根大學、芝加哥大學、俄亥俄州立大學等名校深造。他們中除少數人繼續在美攻讀或實習外，大多數人返回祖國，回到昆明的有九人，到外省的有二十餘人。他們大多為共和國做出重大貢獻，如中國貴金屬的開拓者奠基人譚慶麟，他在1962年組建昆明貴金屬研究所；四川農業大學校長楊鳳；化工自動化教育的開拓者、浙江大學副校長周春輝等。

方國瑜的侄子方寶賢與景明的三舅蘇爾敬未能返回祖國，但他們報國的拳拳之忱始終熾熱。一有機會，就慷慨輸將。方寶賢於1972年回昆明，他主動到雲南大學講學，從此每年帶兩名雲南大學物理系的青年教師到他所在的哈佛大學航天實驗室進修。

方寶賢對雲南高等教育、科技進步十分關心，不過也有些擔

憂。他對我說：回到雲南大學，校長對他講教學改革的成就，一是實行學分制；二是建立學院，實行校院系三級管理。他說：這兩件事早在20世紀30、40年代中國大學就實行了。大學要像龍雲時代經費獨立、辦學獨立、教師獨立才有希望。

　　長輩的故事，有曾祖父、祖父、父母、叔伯、姑姑、姨媽、乾爹、友人等，每一個故事都生動感人。他們的故事是時代的縮影，他們的故事是歷史的記憶。透過他們的故事，我們對近百年的雲南歷史、對中國的歷史有更加感性、更加深刻、更加理智的認知。

　　景明說，1958年讀中學時，舉國大煉鋼鐵，他們連夜從昆明城步行四十多公里到安寧，去礦山敲鐵礦。那時我在騰沖一中讀書，在距城二十多公里的緬箐山間挑鐵礦。一天晚飯後緊急集合，所有學生挑着鋪蓋行李和勞動工具，翻山越嶺轉移到滇灘鐵礦。途中在荒山野嶺天降瓢潑大雨，無處躲避，個個淋得渾身濕透，還要堅持「行軍」。走了一夜，天快亮時到達礦山，倒頭睡到中午。吃過午飯就投入緊張、艱苦的勞作。1960年元旦，我們高中生被政府調派去修築騰沖到盈江縣的公路。也是晚飯後挑着行李和勞動工具從騰沖縣城步行四十多公里到梁河縣，走了一夜到梁河縣中學的教室的地上睡到中午，吃過午飯步行到梁河縣與盈江縣交界的一座名叫風口山的大山上，動手砍樹搭建窩棚露宿在荒山野嶺。一個班的學生負責在大山上用鋤頭挖出一公里的公路，苦幹二十多天，直到全線通車，我們才得以回到學校上課。

　　景明說，饑荒時期她的舅舅請在香港的朋友楊正光買食品寄回來。楊正光是我的表叔，楊正光的表弟謝熔是我的舅舅。舅舅每個月從香港給我們寄豬油來，僑居緬甸的姑父寄米麵來，我們一家才沒有因饑荒餓出病來。

　　景明與我同在1962年9月進入雲南大學讀書。她在外語系，我在歷史系。

　　1962年國家為應對困難與危機，大學招生比大躍進時期縮減一半多。當年招生堅持「寧缺毋濫」的原則，雲南大學八個系，僅招生486人，為1960年招生1,173人的41.43%。那時女生人數很少，不到五分之一。景明在女生中姣好出眾，能歌善舞，引人注目。

　　景明說，她在文革初期因學習好被批判。我也是被當做「修正主義的黑苗子」被無情鬥爭，還被抓到台上和反動學術權威、走資派低頭彎腰站在一起「陪鬥」。

　　讀到〈孤雁南飛〉，我立刻想到田伯母的兒子小哥哥，他是我們歷史系1978級的一位傑出同學。他在1977年高考時是文科第一名，英語第一名，因家庭出身問題未被錄取。第二年又是第一名。他的第一志願是外語系英語專業，可是外語系沒有錄取他。歷史系主任張德光教授愛惜人才，將外語系退出的學生報名檔案收到歷史系來，他入學後在歷史系讀書。當時全校學生都學英語，可是英語教師不夠，他被公共外語部請去教授英語課。小哥哥留學美國，成為當代重要的人類學家。在文革鬧騰最兇的歲月，小哥哥和景明以及兩位男生，在一起安靜地自學。他們朗讀古文、背誦唐詩、吟詠宋詞、閱覽中外經典名著、學習英語、遊走山水，被稱為「春城四賢」。「春城四賢」年齡最大的李先生，1981年被民族大學校長馬曜教授請去擔任研究生的英語教師。我慕名去聽他的英語課，獲益良多。他後來到英國廣播公司（BBC）工作。另一位賢人到美國行醫，成為國際認可的針灸名家。「春城四賢」是特定時代不隨大流、獨立特行、自我奮鬥的年輕人，是十分感人的勵志故事。

　　社會到處都有遺忘的角落，遺忘的角落藏着民族的歷史。景明像一位不辭辛勞的考古工作者，踏遍青山，越過荒野，將遺忘角落藏着的歷史發掘出來，讓我們從中獲得有益的借鑒和深刻的啟迪。

　　景明講的故事，我們也經歷過，自然引起共同的心聲。

　　景明講的故事，是我們一代人的集體記憶。

景明講的是家族的小故事，反映的是民族的大歷史。

景明說，記憶像篩子，很多細節都被漏掉。但是，藏在心底的記憶大多是刻骨銘心的經歷，終生不忘。這些記憶真實、真切、可靠、可信。事實上，我們的歷史書是一張孔洞疏闊的網，大大的網眼漏掉不少人物與事件，漏掉許許多多細節與情景。何況，統治者會利用權力刻意湮沒、歪曲、剷除歷史的記憶。歷史與權力的鬥爭就是記憶與遺忘的鬥爭。

景明講的故事，格外真實，也就格外珍貴。

俄羅斯著名歷史學家克柳切夫斯基說過：「如果喪失對歷史的記憶，我們的心靈就會在黑暗中迷失。」重溫長輩的故事，就是為了不要喪失歷史的記憶，不要讓我們的心靈在黑暗中迷失。

對於一個要發展進步的民族，歷史不容遺忘，歷史的真相不容歪曲，歷史的面貌不容模糊。

記住歷史，是每一個有良知的人義不容辭的責任。景明為我們樹立了榜樣。

十多年前，景明的《家在雲之南》甫一出版就引起轟動，一到坊間，即刻售罄。因為故事真實感人，激起廣大讀者的強烈共鳴。

現在，景明的《長輩的故事》用樸實的語言，清晰的脈絡，平靜的敘述，給我們講述先輩的經歷，讓我們不忘來時的道路。只有不忘來時路，我們才不會倒退；只有不忘來時路，我們才能開拓新路，做出超越前人的業績。

這本書用真心寫成。因此讀來貼心、動心、暖心。

林超民

雲南大學歷史系教授

雲南大學前副校長

作者自序

熊景明

2007年退休後，我在香港中文大學中國研究服務中心主持「民間歷史檔案庫」項目，收集回憶錄、口述史類的圖書，並宣導家史及回憶錄寫作。從何入手？很簡單，閱讀出色的回憶錄。首推台灣作家王鼎鈞先生的回憶錄四部曲，從內容到文字堪稱範本。2017年終於在紐約見到鼎公，人如其文，幽默而談吐不凡。他遞給我《家在雲之南》，我立即的反應是他很環保，書讀罷可轉給其他人。翻開批滿評語的書頁，我怔住了，像是捧着今生得到的一項大獎。溢美之詞雖不敢擔，卻由衷感激能借着我對父母及親友的回憶，和鼎公、也和無數認識與不認識的讀者成為知音。

歷盡風霜的中國人，往往有記錄往事的衝動和責任感。歷史感和社會責任外，寫下離我們而去的親友，即便不出版，不流傳於世，也能讓他們存活在家族記憶之中。有機會分享家史寫作心得時，我常說：留下長輩的故事，比留下他們的骨灰更有意義。寫完父母，接着寫從曾祖父到眾位姨媽、乾爹……好像是「請君入甕」。

本書所寫的長輩，大多極為平凡。記錄他們的言行，回想他們的作為，思索他們的人生，卻讓我看到各人的不尋常之處。收留孤兒的二姑姑，飽讀詩書的「車衣女工」田伯母，處變不驚的大姨媽，

看來均無甚建樹，卻具備難能可貴的品格，而她們自己和周圍的人視為理所當然。

　　個人遭遇和處境受到所處時代的左右，時局與社會因為制度、經濟、科技等因素，許多時候變得眼花繚亂，乃至不堪，唯有文化恆久而貫穿始終。文化也在變，不過變得慢，甚至慢得不易察覺。近一百五十年前，曾祖父四歲時，每晚睡前母親要他背唐詩，和今天的母親差不多。曾祖父的父親年輕時，賊人入戶盜竊，兩兄弟拼命保護的是母親的壽衣，今日已無法理解。

　　書中的長輩每人歷經動盪，革命、抗戰、內戰，之後是不平靜的和平年代，譜寫出悲歡離合的曲折人生故事。其中，乾爹黃湛的經歷最為傳奇，也最感人。即便被打入「十八層地獄」，他依然追求生命的意義，體現自己的人生價值。這些長輩用自己的行為彰顯這個民族最可貴的氣質，用自身遭遇的委屈告訴我們，前事不忘，後事之師。

　　近二十年來，回憶錄、口述史寫作蔚然成風。2006年，中國研究服務中心的「民間歷史檔案庫」項目應時而生，林達負責編撰網刊，我協助建立檔案。我們笑稱自己為賣瓜的「王婆」，至今已經收集了六千餘冊回憶錄、家族史、自傳、日記、照片。民間的回憶文字記錄個人經歷，折射時代並為歷史以及歷史事件做註、作證，它不同於作為歷史研究方法的「口述史」，對準某一歷史事件或人物，不同於集合個人回憶呈現完整的一段歷史之「公共史學」。例如，台灣中研院的口述史項目對許多歷史人物進行訪談，包括齊邦媛父親的《齊世英口述自傳》，我看完後才知道這本「自傳」完全擯除和政治無關的人和事，書中連他的女兒齊邦媛也不見影蹤。

　　民間回憶錄雖沒有講述完整的歷史，卻能夠生動地再現歷史場景。看過許多與科舉制度有關的文字，待我寫曾祖父考舉人、進士的經歷，才明白那是怎麼回事。我上學時受到的教化，民國的官員

叫舊官僚，騎在人民脖子上作威作福。探究幾位長輩的經歷才發現，跋涉千里到荒無人跡的瘴癘之地工作，不是一件輕鬆的事情。

閱讀曾祖父、祖父和外公留下的大量文字，是學習近代史的過程。外公對政權交接時普通百姓感受的記載，還有他當時寫給市政府的信件，都是史料。民間歷史和作為歷史學研究方法的「口述歷史」之間沒有嚴格的界限。中心的「民間歷史檔案庫」按人物的出生年份排列，冀圖呈現一段歷史。例如，要知道1950年代初的小學教育，可以參考1937至1947年出生的三百零三位作者所寫的回憶。這些書在書架上按年份排列在一起。

有那樣的父母，生在那樣的大家庭，我才能寫出這些故事。我母親常說，父母養其身，自己長其志。按現在的科學發現，個人的稟賦、甚至性格，都與血脈傳承相關。我還「迷信」歷來受到父母和長輩的在天之靈照看，故而能從事自己喜歡的工作，在「中國研究服務中心」發揮所長，參與建立當代中國研究最完善的館藏；在這個中外學者交流的平台上如魚得水，結識了那麼多優秀的人，收穫了那麼多友誼。

我的家人住在昆明、上海，我卻能感受他們的關照。晚間躺下，想起外孫女，帶着微笑入睡。除了身邊的朋友，網路存知己，天涯若比鄰。香港回歸以來，香港中文大學出版社不辱使命，成為華人出版界的佼佼者，書在這裏出版，幸甚。感謝陳方正、林超民這兩位重量級的學者為本書寫序。

寫長輩的故事，時光倒流，令我變回膽小又好奇的傻丫頭，成了跟着母親唱歌、看外婆梳頭裹腳、看二舅擦他的尖頭皮鞋、跟八姨去值夜更的小女孩。我在大家的愛撫下長大，無以為報，唯有記下，唯有思念。

1946，全家福。

記得母親用燒熱的火鉗替我燙頭髮；
記得面對鏡頭，我盡可能睜大雙眼；
記得去正義路國際照相館拍全家福的盛事……

第一部

憶雙親

母親和我

母親蘇爾端，1914–1973

那時我覺得母親臥病，眾人來探訪是人情世故，很久後才悟出，大家喜歡來到她的床邊是想對她傾訴，感受與她對坐時不可言傳的輕鬆與寬慰。母親善於不經意地和對方一道走向他們心中最隱蔽的角落。

母親入我夢

曾打算將有意思的夢境寫下，一年半中只記了三個夢。一個和在美國念書的女兒有關，另外兩個是追隨我半生的，對亡母的哀慟。

1996年11月9日

似醒非醒的半夜、清晨。夢境依依，往事，故人，盡是些牽掛，似乎在嘲笑自以為灑脫的人生。昨夜夢見女兒寄來兩幅照片。一群飛鳥，掠過灰藍的天空；另一幅是仰臥在草地熟睡的女孩，是她的同學，等她去辦墨西哥簽證等得太久，瞌睡了。我笑起來，醒了。想着女兒辦簽證的真實故事，又笑着睡去。

1933，母親十九歲。

1996年11月3日

夢中攤開雙臂抱着久病的媽媽走在田野小路上，帶她前往住在路端的八姨家。

風景清晰得不像是夢。路的右邊展開窄長的一條農田，其後是藍色的一帶水，再望過去可見山峰、白雲、藍天，恰似從雅典居看出去的景致，只是全與小路平行，整整齊齊地排列着。爸爸跟在後面，我們盡情呼吸清新空氣，一路讚嘆自然之美。

我心中後悔。媽媽在床上躺了這麼多年，為甚麼沒有早些抱她出來？我對她說：「你現在身子很輕，我抱你一點也不吃力，我要多多抱你出來。」這時我看着腳下並不平坦的田埂，開始擔心千萬不能踩滑了，跌倒摔了媽媽可不得了。又想不如背她，也省些力。但背她會壓迫她的心臟，還是抱着好。

走了很久很久，我很累，好像就快到八姨家了，突然感到媽媽抽動了一下，心裏明白她的生命已離開了她。此時我好像是背着她，看不到她的臉，喚爸爸過來瞧。爸爸說：「你媽睡着了。」「是嗎？」我多希望她真的只是睡過去了。我握住她垂落的手，覺得越來越冰冷。我一方面感到寬慰，因為她臨去世前心境非常好，但是她走了。我痛哭，接着就醒了。

1997年10月10日（重陽節次日）

開初是在西方人的世界。我站在一間大禮堂外，透過玻璃牆看到裏面長凳上坐滿中年人，伴隨音樂做出優雅的動作，台上有人指揮。多好的主意！我於是走進去加入遊戲。主持人挑選「聽眾」去通過某種選拔測試，我第一個被挑中，跟隨他走進一間房內，裏面坐着許多評審員。主持人說 "Nothing"，要我當場作歌並表演，於是我開口唱 "No desk, no...no ham, nothing"。後來人散了，眾人湧到街上。此刻環境已變，周圍都是中國人，好像是昆明。看見不少親戚，我急急忙忙趕去與家人會合，他們都在另一處看演出，剛散場。媽媽也在，坐在家中那張藤椅上。我和景和弟於是抬着她回家。家搬了，我還從來未去過。抬着媽媽走了很久，經過一些奇奇怪怪、陰

森灰暗的建築，還路過一處岳飛廟，又沿鐵路路軌前行。枕木距離很寬，十分難走。我問景和房子貼近火車路會不會很吵，他說火車經過時才吵。正說着，一列火車駛過，聲音還可以接受。媽媽似乎睡着了，一言不發。終於到家了，有幾級石階，景和抬前，我在後。我說了句話，景和說媽媽聽不到，因為媽媽已經死了，手腳早就涼了。我一摸，真的！我隔椅背抱着媽媽，一邊哭一邊大叫：「媽媽！媽媽！」於是醒來。

❧

　　1973年母親去世後，便想作文以悼亡母。每提筆，悲從中來，淚水先筆墨而下。而今女兒已成人，我的生命彷彿多了一個支點，給我勇氣，踏入昔日的溫情與苦悲。

　　母親1914年出生，二十一歲結婚，育有三子一女。她小時候曾染白喉，幾乎喪命，雖復原，心臟受損，四十二歲時便臥病不起，一躺十八載。母親就像她那個時代無數的賢妻良母，一生毫無保留，心甘情願地為家庭奉獻自己；在永遠溫良、謙和、美麗的外表下，有驚人的頑強意志；恪守自己為人處世的原則，又能寬容地接受別人，有如羅曼・羅蘭筆下一位平凡的婦人：「能夠用目光、舉止和清明的心境在周圍散佈出恬靜的、令人舒慰的氣氛，活潑的生命。」

母親的娘家

　　外公蘇澄 (字滌新) 於光緒癸未 (1883) 年出生在雲南貧困山區普洱縣一個四世相傳的銀匠之家。年僅歲半，父歿，母親守節獨自將他撫養成人。九歲入讀私塾，後得益書法清秀，代繕公私文書，添充家用，晝夜攻讀五經唐詩古文，皆能背誦。十八歲應縣童子試，

1934年元旦，母親出嫁前夕，與三姨、四姨合影。

考八股文共十餘場，每次均列前五名。後步行數日到景東縣應學院歲科，列第一名。二十歲從故鄉哀牢山步行到昆明，考入五華山高等學堂，作為一名高材生，被選派到日本留學。雲南地方政府從晚清以來，開始謀求政治與行政的變革。明治維新後的日本乃效學到榜樣，省政府派遣了近四百人到日本留學，主要學習政法、師範及軍事。我的外公被派往早稻田大學學物理化學，從記載看，是唯一學基本科學的學生。1906年初，同盟會雲南支部在日本成立，蘇澄為第一批會員。他改別號「羊牧」，取蘇武牧羊持漢節之意。

外公從日本回國後拒做滿清官，打算在雲南創辦報紙。光復後才出掌縣政，任廳職凡十餘年，均與時尚政治格格不入，賦閒在家種花、作詩，最欣賞陸放翁。他留下《滁園明通草堂詩集》，多是對子女的訓誨或閒話家常的記敘，也錄下些那個時代知識分子的愛國情懷。1946年的一首〈憶遊粵港〉末段云：「居今而思昔，割讓實難堪，金甌已欠缺，收復宣無端，何日復故土，會見漢衣冠。」二舅少

時貪睡，外公寫一首諷刺詩貼在他房門口，文革時眾人笑道，外公開「貼大字報」風氣之先。

當初參加同盟會的抱負，從未得以施展，一生抱憾。共產黨掌權，外公對其匡時濟世的理念十分認同，歡欣鼓舞了一陣。六十八歲時，覺得老軀無用，於是用一瓶安眠藥了結了自己的生命（見本書〈外公蘇滌新〉一章）。

伴隨雲南留日青年的學監錢用中（號平階）先生看中了兩名後生，將一對愛女錢維英、錢維芬許配。外公蘇滌新和同窗好友庾恩暘均未見過他們未來的終生配偶，雙方父母為兩對新人擇同一吉時成婚。是日大雨傾盆，混亂中轎夫將姐姐送到原來該迎娶妹妹的外公家。這是傳說還是當真，已不可考證。嫁入庾家的妹妹花容月貌，逃不掉紅顏薄命的定數。丈夫庾恩暘後任雲南軍政廳廳長兼憲兵司令官，三十出頭正輝煌時遇刺身亡。二姨外婆錢維芬一生的故事比小說還離奇感人。姐姐錢維英即我的外婆，她本分忠厚，善持家，和外公生下三男八女。男的排爾字輩，分別取名：敏、敦、敬；女的則冠聰、端、莊、箴、昭、慧、嫻、淑。外公對子女的期望盡在其中。我的母親是次女，聰慧活潑，深得外公喜愛，並繼承了外公的幽默。按蘇家的家規，不可用僕人，姐妹輪流當值做家務。母親和大姨同睡一張大床，這張床一直留下來，我還記得床漆成紅色，床頭雕着半個葫蘆似的空花。早晨由後起床者整理床鋪。母親醒來，靜觀大姨的動靜，看到對方打個哈欠、伸伸腳，便躍身坐起來說：「我先起！」

上世紀30年代，在女孩子不可拋頭露面的昆明，母親十分熱衷於剛剛時興的歌舞表演，外婆訓斥道：「一眼同，百眼同。看戲看一回還不夠嗎？」一次她參加學校演出隊去表演，回家晚了，被罰不准吃飯，殊不知演出後已被招待過晚飯。母親多年後對我講到這個故事，仍流露出少年人心中的竊喜。

1935，母親和她的妹妹「四摩登」。

《天鵝》歌劇是她最盛大的參與，雖然扮的只是八個王子之一，沒有獨唱的份，但她可以從頭至尾把整個歌劇吟唱下來。這也成了我小時候學會的第一組歌：「我們還有一個妹妹，她比我們都聰明。她有小凳，金子做成；她有圖畫，值千金，妹妹，妹妹，快來快來，大家一齊同歡欣」；「謝謝哥哥們，不要太高興，莫要忘記了，後母心毒狠，她要打我們，還要罵我們，常想把我們，一齊趕出門。」我的小名叫「妹妹」，媽媽心中對歌劇中妹妹和天鵝哥哥們遭後母逼害的感受是如此真切。數十年後，她被疾病殘酷折磨，醫生宣佈她最多只有三年生命，但是母親一年又一年頑強地忍受，支持她苟活的信念是不能讓她的四個子女受後母之苦，不可讓「妹妹」被欺負。

那年昆明流行白喉症，患者凶多吉少，母親和她的外婆同時染疾。令現代人不可思議的是，當時醫治老人比救活小孩緊要。母親不到十歲，病得奄奄一息。家人以為她已沒救，又怕傳染弟妹，於是將她抬出走廊（昆明人稱「遊春」）。醫生搶救的對象是她外婆，治

老人的湯藥渣再煨點水給她喝喝，聊勝於無。一日忽聽她躺着哼起歌來了。「活了，活了！」大人連忙搬她進屋。鏈球桿菌沒有奪走她的命，卻侵蝕了她的心臟，從此奪走她的健康。

　　我的外婆是雲南省首間女子學校（昆華女子學校）的第一批中學畢業生。我見過她們的畢業照，每個女學生都梳着高高堆在頭頂上的「東洋頭」，面上厚厚的脂粉也十分東洋。從大姨媽到八姨都從昆華女中畢業，個個品學兼優，母親從來未敗落到第三名以下。大姨媽光彩照人，被封為校花；母親則清秀細膩，惹人憐愛，大家戲稱她做「病西施」。

為人妻母

　　母親中學畢業後考入雲南師範學院，讀到二年級，為了陪外公去做縣官便輟學了，其後嫁到熊家。熊家是官僚世家，生活方式、家庭關係與蘇家大不相同。父親是長房長孫，母親變為「孫少奶奶」。有傭人侍候的日子隨戰亂終結，母親寫字描花的纖纖細手拿起斧子劈煤塊，洗衣做飯帶孩子。她一樣哼着京戲，做完一件又一件家務，盡妻子和慈母本分。家中收拾得乾乾淨淨，一家大小穿戴利利索索（昆明話叫「板板扎扎」）。每逢星期天，所有的床單桌布都要換上新的，以迎接可能來到的客人。我小時候覺得這是理所當然的事，到母親病倒、由我來當家時，這些禮貌便一概免了。母親躺在床上，每週仍要指揮我清潔家具，一套紫檀木的茶几、椅子是我的頭號敵人。母親要我把抹布纏在指尖上伸進一個個雕花小孔去除塵。至今我也不明白在灰塵僕僕的小城，母親怎麼可以令她的一雙鞋隨時保持光潔清爽。一位親戚多年後看到我黏滿泥巴的鞋，搖頭笑道：「你媽常說，委瑣一頂帽，邋遢一雙鞋，哈哈！」

1934，初進熊家的長孫媳婦。

1934，被稱為「笑長」的蘇爾端（父親攝）。

不論做忙忙碌碌的家庭主婦，或是任會計去上班，還是躺在床上的病人，母親都穿戴整齊，頭髮眉毛理得一絲不苟。除了去做客或去照相館照全家福，母親都不化妝。粉紅色的梳妝枱是她陪嫁的嫁妝，印象中從不記得她坐在鏡前修飾面容。她美得聖潔而自然，無需打扮。看她年輕時的照片，令人詫異樸素無華的美何以隨時代而消逝殆盡。

父母戀愛的細節不得而知。聽親戚說，他們彼此傾慕，再託媒人按正規程序求親。父親英俊瀟灑，母親美麗溫柔，加之門當戶對，算是美滿姻緣。許多年後當我也到該嫁人的年齡，母親忠告我說，對方喜歡你、對你體貼，比你喜歡他更重要（中國人說不出口那個「愛」字）。我猜她當初一定十分迷戀父親，忽略了他的大少爺性格。我雖然記住母親的教誨，卻發現這一信條也不可取。母親之所以那樣以為，是因為她並未親歷過別樣的婚姻。

母親生下我的哥哥後，又生了兩個男孩，都先後夭折。之後誕一女，皮膚似母親，白裏透紅，家人稱她小蘋果。小女孩聰明乖巧，一歲多已能唱整首三民主義國歌，可是不到兩歲時患痢疾死了。父母常嘆道，要是那時有消炎片她便有救了。七年中相繼失去三個孩子，對母親的打擊可想而知。戰亂還未結束，生

下我來，母親體弱沒有奶水，也找不到奶媽。那時全家疏散住在祖父早年蓋在鄉下車家壁村的別墅裏，母親去附近彝族村寨買羊奶來餵我。我知道這一層，是因為爾後記事不聽話時，外婆就笑罵我說：「車家壁倮倮的羊奶餵大的蠻女。」

1935，父母結婚一週年。

我出世不到二年，母親生景泰。母親的心臟很弱，生小孩都要先簽名，因生產死亡自己負責。到我七歲時小弟景和出世，母親懷孕時曾想過等小孩生下送給她的好朋友，一位不育的表嫂。景和落地，美麗的嬰兒引得醫生護士一陣轟動，母親說幸好沒答應送他出去。

1936，大哥週歲，母親將他裝扮成女孩。

聽一位親戚說母親還小產過三次，她自己從未提及。醫生早已警告過生小孩對她十分危險，母親懷孕仍不少於十次。那個時代避孕不是件容易的事，擔心懷孕的婦女，每個月都惶恐度日，害怕身體發出懷孕的信號。七個孩子存活四個，是那時嬰兒成活率的正常比例。嬰兒的死亡率和士兵的傷亡率一樣，對於公眾、研究者、政治家都不過是些數目字，而對每一雙父母，尤其是母親，失去孩子帶來撕心裂肺的痛楚，也將成為尾隨他們一生一世的傷心回憶。

幼時印象中的母親，終日操勞，卻隨時嘴裏哼着京戲或甚麼歌，哄孩子睡覺，從躺下一直唱到完全睡熟。最常唱的是：「風呀，你要輕輕地吹；鳥呀，你要輕輕地唱，我家小寶寶，就要睡着了。寶寶的眼睛像爸爸，寶寶的嘴巴像媽媽，寶寶的鼻子呀又像爸來又像媽。睡覺吧，媽媽的好寶寶，天明帶你去玩耍，玩耍到你外婆家。」

此刻，媽媽的聲音還清晰地響在耳旁，一定是媽媽在天上為我輕唱。

中學音樂課教唱賀綠汀的〈游擊隊歌〉，「我們都是神槍手……」老師唱了一遍，我就會了，好生奇怪，才想起這是媽媽哄弟弟睡的一首歌。歌曲明晰的節奏，伴着她的纖手輕輕地、一下下拍在孩子身上，沒有一絲戰鬥氣息。

戰爭，時局艱難，大家庭的風波是非，父親不時發作的火爆脾氣，種種困難，對我們幾個躲在母親羽翼下的孩子都不存在。米不夠吃，摻着紅薯洋芋，也好香、好香。我的大腳趾最不聽話，老是把鞋尖頂個窟窿，媽媽替我補好，笑盈盈地告訴我說有「補新鞋」穿了。我穿着滿院子跑，逢人就伸出腳來叫人家欣賞我的補新鞋。大人說，弟弟出世後，我兩歲多就是個乖極了的小姐姐。母親沒時間帶我，教會我玩許多獨立的遊戲。其中一個是將一盒火柴撒滿一地，讓我用胖乎乎的手指一根根拾起來，排放到盒子裏。媽媽有一隻大漆皮箱，外面是黑的，裏面是紅的，裝着她從嫁人時積攢的好衣服。絲衣羅衫只是做客時穿一下，全都保存得如新的一般。媽媽把它們一件一件都改作我的衣裙，從她手上抱着的小囡到後來上大學的閨女，都穿過母親改製的新衣，令自己得意，讓別人羨慕。我小時候整天憨吃憨睡、瘋跑瘋叫，除了患過一場猩紅熱，沒有甚麼病痛。那時猩紅熱也很嚇人。病快好了，我躺在床上將兩隻腳高高舉起蹬在牆上，自己編了一支歌唱道：「我想吃紅薯稀飯。」這一

1945，昆明近郊車家壁祖父家默園。

1938年秋天日機轟炸昆明，城裏人開始每天「跑警報」，到郊外躲到田野中、樹林裏。有條件者在家裏花園內挖「防空洞」，許多人後來乾脆搬到鄉下。默園就是為不方便「跑警報」的曾祖父修建的，1941年曾祖父去世，1942年我們一家搬來這裏。這時母親懷着我，昆明最好的醫院、法國人辦的會滇醫院正好搬到同一村莊。我在這裏出世，母親去附近一個彝族村裏買羊奶將我餵大。無論何時何地，在母親的懷抱裏，世界就是美好的(父親攝)。

幕頗像母親幼時熬過病危的情景。兩個弟弟小時候身體弱，尤其景泰，媽媽顯然操碎心。景和出痧子，發高燒哭個不停，不能吹風，母親抱着他，放下四方蚊帳，在床上不停轉圈圈走。

　　天下的母親大都為子女的小小不妥過分憂慮(我自己在內)。母親自己身體不好，尤為我們的健康緊張，出一點小毛病，忍不住往壞處想。有一次我從花園裏的鞦韆上跌下，弄痛了大拇指，哭着跑回家。母親一看，手指根部腫了一大塊，這還得了。帶我去看醫生，醫生要我把另一隻手伸出來，又讓媽媽把她的雙手伸出來，很容易就讓我們明白，這一小塊凸凸的是肌肉，人皆有之。

　　現代人已不容易理解那時帶小孩操持家務的複雜和巨大的工夫。一日三餐生爐子點火，先得把木柴劈做小條條，架篝火似的架空，再用一條夾有松油的松柴（叫「明子」）點燃伸進去引火，然後把煤塊一塊塊疊上去。這些技巧不是一天兩天練得到家的。買來的煤一大塊一大塊，要用斧頭敲碎。要火着、要火旺，需要不停搧火。竹編的骨架上裱糊薄棉紙做成的火扇，是損耗最快的廚房用具。搧火也是每個小孩最先學會的家務，等學會左右手都能控制火扇，就算到家了。被煤煙嗆出眼淚，淚漬黏着煙灰弄個花臉在所難免。記得弟弟吃的米粥要先把米浸在水裏一天，放在瓦缽裏，一隻手扶着缽邊，另一隻手握着也是瓦做的圓缽頭，用力把米粒壓碎，製成米漿。

　　鞋子則純粹是工藝品製作。做鞋面先鋪兩層新布在外，舊布夾於其中，用稀稀的糨糊黏起來，叫「裱隔薄」。然後畫樣剪下，再用針線密密麻麻地在鞋尖、鞋跟側等易磨損處一圈圈縫上。如母親般手巧的婦女，則施展其心思與技巧，描繪出各式各樣鞋頭花。母親為自己繡過一雙紫紅色緞子花鞋，白羊皮底，放在箱子裏從未穿過。文革時怕紅衞兵說是「四舊」，便連同幾對高跟鞋一道扔了。做鞋底功夫更是考人，幾層新布上鋪幾十層舊布（舊衣服、舊床單無一樣不被派上用場），中間夾一塊「筍葉」，即包在竹筍外面的一層硬而厚的葉子，防水用。每塊布事先按鞋底形狀剪好，疊到約莫三四厘米厚，「納底」的偉大工程便可開始。粗粗的線穿在「大底針」上，先用錐子穿過布層打洞，針才能引線而過。

　　麻線如何弄出個細頭穿進針眼，又是門手藝。上初中時，我旁邊坐着個從鄉下來的同學，課堂上她不願將手閒着，於是高高拉起褲腳管，用大腿內側做墊搓線頭，散開麻線，漸進式抽麻絲，再搓結實。技巧之純熟，常看得我目瞪口呆，顧不上聽老師講課。

1938，哥哥、母親和姑媽。

妯娌之間天然的戒備之心僅次於婆媳，而母親和姑媽則是一對閨蜜。見面有說不完的話，分開寫長長的信。兩人和而不同，各自的性格在這張照片中表露無遺。姑媽做了一輩子小學老師，母親即便去就職，家庭子女也幾乎是她的全部。兩人夾在臂彎的摩登串珠手袋，顯然是姑媽從上海買來的(父親攝)。

傻丫頭

　　為甚麼我一點點也沒有遺傳到母親一絲不苟的風格？最強烈的對比是母親漂亮的蠅頭小楷和我那見不得人的「鬼畫桃符」。父親的書法比母親差多了，他辯解道，寫字得自遺傳。因為他自小被嚴父逼迫練字無數，終不成體統，到晚年發現他的字和他從不練字的姐姐幾乎一模一樣，這便是明證。母親則說她的字是練出來的。她的外公曾參與光緒的百日維新，敗落後受慈禧審問，不過十七歲，只會講南蠻話。據說慈禧不耐煩了，下令道：「這個小東西說些甚麼，聽不懂，打發幾兩銀子，讓他滾回雲南去算了。」這一節不知真假，但這位祖外公報效國家心切倒是真的。他把自己的長篇宏圖大略寫

1946，大哥說我（左一）太胖，長大後嫁不掉。
我慚愧自己眼睛太小，每對鏡頭，盡量睜大眼。

下來，母親則負責替他謄寫，也得幾個銅板做零用錢。經年累月，字也練到家了。母親的字秀麗而有風骨，一如她的為人。她1950年代做會計時，開會的筆記本曾被同事借去作字帖。

　　我的字醜，也有一個與母親有關的小故事。我讀小學時，假期每天要寫一篇小楷、一篇大楷。一放假我的心就野了，開學還早着呢。待到開學的日子屈指可數時，發現就算不吃不睡也做不完暑期作業。幸而家中會寫字的女士不少，媽媽、外婆、伯娘都被動員起來，我的重要工作是督導她們，要把字寫得像我一樣歪歪扭扭，以防老師看出破綻。我的女兒在香港上培正小學時，我覺得小孩花一兩小時做功課沒有遊戲時間太不人道，自告奮勇替她抄書。待到二年級下學期，她便不時提醒我說：「媽媽，你可不可以用點心思寫好一點？不然老師一看就知道不是我寫的了。」

　　很小很小的時候，我常常爬到媽媽的梳妝枱上，跪在大圓鏡面前看自己胖乎乎的圓臉，有一點點自卑。哥哥常取笑我說胖姑娘嫁

不掉。大人説我不是媽媽生的，是媽媽一天早上去倒垃圾，在垃圾堆裏撿到的，我也相信。美麗的母親怎麼會生出一個難看的女兒來呢？我在腦子裏形成一幅圖，看見母親去撿我的情景。不過倒不在乎、也不太清楚「嫁不掉」是甚麼意思，通常只是對着鏡子裏的小胖女孩做個鬼臉，又跑去玩我的了。長大些，曾對鏡子拿媽媽的口紅來塗一通，這大概是每個女孩故事中必然的插圖。

有三個哥弟的獨生女兒，很自然受父母寵愛，但我本人全無得寵的意識，反而很有自知之明，知道我是大家心目中的「傻丫頭」。我的傻故事説不完、道不盡，例如五歲時爬上房頂去看小偷昨夜是如何潛入盜竊之類。極聰明的哥哥與弟弟，更顯得這個遲遲不開竅的妹妹蠢鈍。數十年後，我看到外公有詩形容六歲時的我「賦性敏慧，讀書能背誦」，得意之情幾分鐘後就消失了，因為又見到外公形容哥哥是「天才過人」。

我的憨名在家族中眾所皆知，就算後來在學校讀書名列前茅也洗脱不了。這一點上個年代的人比今天更理智，尤其對中小學生，學校考試成績未必是評價孩童的頭等指標。

約莫五歲時，母親替我織了一件深綠色的毛線外套，暖和又漂亮，穿上它像是醜小鴨披上奪目的羽衣。那時在院子裏的童黨中，我最小，人又笨，排名甚低。偶爾被頭目派一點差使，都自覺榮光，勇往直前。這一天大家玩「煮飯飯」，昆明話叫「擺饅饅」。我們是辦真的酒席，在地上用磚頭圍成灶，找個半邊破鐵鑊來炒菜。唯一的問題是經費短缺，現成的材料如野薺菜、金雀花都取之不竭，但葷菜就費腦筋了。有人捐出全部財產：一毛錢，我被派去買肉。此刻回憶起來，我才醒悟到那些哥哥姐姐並非信任我而委以重任，恐怕他們都知道一毛錢買不到肉，或許期望賣肉的大嬸能施捨這個可憐蟲。

當天我穿着講究的新毛線外套，怎能激起旁人的憐憫心？捏着

那一毛錢，從一個肉案走到另一個，挨一番番羞辱。在垂頭喪氣回家的路上，一個從未謀面的叔叔和藹可親地走過來招呼我：「小妹妹，到哪裏去？」（哦，他知道我的名字「妹妹」！）「毛衣真好看，是媽媽織的吧？」（還知毛衣是媽媽織的！）我把買肉不果的遭遇說給他聽，私下盼望他送我一毛錢，就夠去買一小塊肉了。他提議送我回家，說帶我抄近路。走到一條小巷裏，他說有個甚麼嬸嬸住在附近，要我脫下毛線外套，他拿給人家看看，做樣子，馬上就折回來。毛衣交給他後，等了許久許久，都不見他的影子。我大聲叫叔叔，也沒人應。等着等着，心有點發慌，決定回家去叫媽媽來找他。媽媽聽完我的報告，嘆了一口氣說：「傻丫頭，那是個騙子，他把你的毛衣騙走了。」我大哭，媽媽安慰我。這個故事又成了大家的笑話。那時家裏不富裕，毛線是母親省吃儉用買來的，但大人完全沒有責怪我。我傷心了很久，為了失去的毛衣，為了我的愚蠢。前些年回昆明，我大笑着把女兒忘了考試的故事講給家人聽。大哥的外孫女婷婷正上小學，她大惑不解，找個機會悄悄問我：「你為甚麼沒有罵小姨？」我相信女兒將來也不會為無心之過責怪自己的兒女。父母對我的諒解惠及數代。

　　因為憨傻，反而多得些寬容，外婆老護着我說：「吉人自有天相，憨人有憨福。」回顧上半生，才明白此話保佑了我一世。除了憨就是野，亂蹦亂跳爬樹的標記是一對從不完整的膝蓋，流血、化膿、結疤，周而復始。要是跌重了、嚇哭了，大人會牽我去到現場，一面拍着我的胸口，一面高聲替我把嚇跑了的魂叫回來：「妹妹、妹妹，三魂七魄回來嘍，三魂七魄回來嘍！」情況嚴重時，還要撒米潑酒。這一招其實對安撫小孩很有用，可惜今人已不信魂魄之說。有時玩到天黑，突然想起該回家、該挨罵了，知錯已為時太晚。如果看到月亮，我就求它保佑我，今晚媽媽不要罵我，或者只

父親將照片剪成圓形,貼在電話機中央的圓盤上。圓盤周圍有十個圓孔,裏面寫着從0到9十個數字。指頭伸到數目圓孔裏向順時針方向轉一圈,六位數電話號碼轉六圈,轉動時發出聲音,好像在呼喚對方。昆明是最早有家用電話的城市之一,普通人家裏的電話從某個時候起沒有了,直到1980年代中才恢復。如果不是這張照片,我不記得小時候家裏有電話,父親不是甚麼首長,只是個普通工程師。我那時四歲,記得照相的這天去姑奶奶家做客,母親的衣服是春花色——昆明人對紫色的叫法(父親攝)。

1947,母親和我,在三姑奶奶家後花園。

輕輕罵幾句,我覺得非常靈驗。月亮從那個時候便成了我的好朋友,永遠傾聽我的訴説與祈求。

　　回憶只能告訴我們留在記憶篩網上的那些事,因為不見了篩子眼中漏下的東西,不能任由回憶去做決論。就我所憶,大人口中的我小時候又笨又傻,又乖,有的方面很大膽,而有些事情上則極膽小。恐怕真實的形象沒有這樣可愛。我也記得常和景泰「釘釘如磨」,這是昆明話,表示互不相讓。打架也是常事。

　　我上小學高班時,同院住着個五六歲的女孩叫小胖囡。一天她在院子當中耍賴,又哭又跺腳。她母親呵斥她道:「你怎麼了?!」她的腳跺得更響,一邊哭一邊説:「我學熊姐姐!」要不是這個笑話傳下來,我不會記得自己醜品的一面。此刻才想起來,逢人誇我乖,母親就會説:「你還沒見她又哭又跺腳的樣子呢!」

外婆家

　　每個星期天跟媽媽回外婆家，是童年生活中頭等大事。整個星期都盼望週末到來，好去外婆家的大花園中玩耍，去吃好東西，去被外公外婆和眾多的姨姨寵愛。七姨八姨正是妙齡少女，五姨六姨已到被人追求的年紀。母親是眾姐妹尊重喜愛的二姐，二姐的孩子也是大家愛屋及烏的對象。我不會走路時，大家爭相來抱，我專揀七姨。七姨後來到美國去了，母親想念七妹時，總學我幼時口吻說：「我要七姨這麼抱，我要七姨那麼抱。」

　　印象中外婆家的花園大極了，前後三層。現在回想那個溫暖大家庭，芳草碧樹，恍如隔世。在童年歡樂與親情之愛的點染下，好像在外婆家度過的週末都是陽光普照。門口的紫藤花一串串掛在花架上，沿牆根的美人蕉四季開花，果實內白白的小粒是我們玩煮飯飯必不可少的雞蛋。昆明稱美人蕉為鳳尾花。「娘娘跟着皇帝走，你說是朵甚麼花？」「我說是朵鳳尾花。」酸木瓜花和石榴花雖然紅得似火，卻不似金鳳花一樣可以用來染指甲。爬在庭院牆頭上的素馨四季飄香，優雅柔和的香味正襯合蘇家的姐妹。擺在沿小路石磴上的瓷花盆裏，高貴昂首的蘭花是外公的寵物，不可隨便去碰。沿後牆一排棗樹滿身荊棘，據說可防止盜賊翻牆。梨樹、柿花、銀杏被剪得齊齊整整的白臘條枝神秘地圍住。緬桂（香港人稱白蘭花）開花的季節，外婆衣服的斜大襟扣子上總掛着兩朵。一棵老觀音柳的樹椏是我在花園中的「雅座」，坐上去兩隻手扶住分杈的樹幹，身子儘量靠後，兩隻腳在空中亂蕩，嘴裏哼着自己編的歌，看白雲在樹頂上飄過，用它變化的形狀去編織我的幻想。

　　外公在日本時感染了許多新潮思想，不過那時文化人類學還沒有面世，他不知道尊重本土文化才是時尚中的時尚，只一味嫌外婆迷信。家裏不許供拜，七月半接祖的鬼節更不能容忍。外婆帶着我

們一群孩子搞「地下活動」，派外公
最寵的明偉表弟去纏住他。眾人先
去洗澡間舉行儀式，舉着接祖的道
具在花園繞一周。參加這類秘密活
動的陰謀感最令我們過癮。外公唯
一慶祝的是每年二月廿二的花節。
用紅紙做成一個個小燈籠，帶領我
們去到花園中，給一棵棵花、一株
株樹掛上。

1945，六姨、七姨、八姨，
外婆家紫藤花架下。

　　花園裏的臘梅不如紅梅、白梅
般嬌艷，但它黃色的小花氣味芬芳
雋久。蜂蜜水泡臘梅花是外婆常年
的潤膚露。梳洗罷，抹在手上面
上，再用刷子沾一點「刨花水」，
把頭髮弄得服服帖帖。不知道刨花
是甚麼樹的木屑片，一股清香味。我喜歡看外婆梳頭，卻怕看她裹
腳，只有一次好奇心戰勝了畏懼，看着她把長長裹腳布一層層拉開
現出小腳。除大腳趾外，四個腳趾一排地被壓倒貼在腳底板上，畸
形得怕人。

　　外婆與她的同輩不興化妝，卻很重視額頭要光潔，不生汗毛，
把專司「扯頭」的女人請到家中。這位「美容師」自己顏面光滑，一併
做活招牌。她兩隻手拉住一條線兩端會旋轉的木梭子，轉動細線，
在額部上下來回，嗡嗡作響，把在規劃線以下的頭髮、汗毛拔個精
光。我被好奇心驅使，冒險伸手拉扯一下，大叫饒命。婦女為美而
忍痛，古今中外亦然。

　　八姨和哥哥同歲，是孩子頭，每週都發明不同的遊戲。四姨家
住前院，小我兩歲的明莉表妹是我最親密的玩伴。明莉上小學一年

1937，回娘家的母親和她的妹妹，七姨、八姨、表妹。

級作文〈我的家庭〉寫：「我家有六口人，奶奶、爸爸、媽媽、弟弟、表姐和我。」傳為佳話。

外婆家飯菜清淡可口、別具一格，豆腐每餐必不可少。蘇家的典型菜式我沿用至今。晚上，一群小孩都盼望遲歸的二舅。他一定提着一包宵夜，不是回餅，就是薩琪馬或重油蛋糕。我九歲那年已是回外婆家的尾聲。有一回吃過一輪點心，明明看見還剩下一半，大人催我們去睡了，二舅悄悄問我：「你幾歲？」「九歲。」「九歲以下的去睡覺！」二舅高聲宣佈。噢，我愛二舅。

大舅在軍中任職，駐東北。三舅中學畢業後考取雲南省公費留美生，1945年便遠離家鄉。外公的書桌一扇半圓推蓋永遠關着，我常常好奇地想推開看看。外公時時抿着嘴笑，可是有無上的威嚴，小孩可不敢亂動他的東西。書桌蓋頂上一邊擺着大舅、公公、二表姨在南京時的合照。二表姨原是復旦的校花，因為在省政府任過科長，附帶有過的軍銜，1950年代恰恰夠判刑送去勞改。另一張照片

上是在麻省理工學院念書的三舅，燦爛的笑容照亮了外公的書房。
三個舅舅那時都英俊得像電影明星，姨媽們個個端莊秀麗。母親教
我唱一首歌，一唱便記熟。對我，這首歌永遠牽連着對塘子巷外婆
家的回憶：「我的家庭真可愛，清潔、美麗、又安康；兄弟姐妹多和
睦，父親母親都健康；雖然沒有大廳堂，冬天溫暖夏天涼；雖然沒
有好花園，月季玫瑰常飄香，家啊，家啊，可愛的家……」伴着音樂
的是每次我們去按外婆家門口的門鈴，應門的驚叫「二姐回來了」，
接着一片嘰嘰喳喳，俏麗的姨姨一個個趕過來，衣裙窸窣。

　　1948年，大舅、舅媽從東北回鄉，為這和諧、溫馨、歡愉的
大家庭生活帶來閉幕前的高潮。大舅此時已脫下軍裝，卻未脫年
輕軍官的瀟灑和氣派。大舅媽是日本人，身材高挑，說話輕言細
語。她笑起來撮着口，不似我們昆明女子張口大笑。長女慧中還在
襁褓中，粉紅的小圓臉藏在粉紅的絨帽裏，立即成為所有人的掌上
明珠。大舅年少離家，鄉音已改，說純正的國語，加上他們三人的
穿着舉止，就像是從電影裏走出來的人物，令我們小孩感到好奇又
敬畏。

　　日本媳婦從昆明婆婆和妯娌們那裏學會許多新鮮手藝，包粽
子、做香腸、醃鹹菜。大舅媽至今還對當年與昆明家人相聚的一件
件小事、幾十位親戚的音容笑貌記得十分清楚，因為一幕幕親情故
事曾在她腦中一遍遍重溫。那時的中國烽火四起，大舅一家即將棄
國遠走他鄉。對可愛的家庭的讚頌「冬天溫暖夏天涼」，也適用於
政治氣候。大舅走後，外公外婆不放心舅媽攜嬰兒出遠門，讓十五
歲卻十分聰明能幹的七姨伴同，那時誰也料不到這一別竟成永訣。
1997年，幾乎半個世紀後，舅媽、慧中、七姨結伴重返昆明。外公
外婆早已安息，故園也找不到一絲痕跡。

　　一年一度，裁縫師傅請到家中，在廳堂外走廊上搭起枱子，替
各人縫製一套新衣。每個姨姨都是清一色昆明大道生紗廠「蔭當士林

布」淺藍旗袍，外公外婆則灰色長衫。裁縫師傅成了蘇家的老相識，外婆任他的助手，一邊與他閒話家常。

　　在物盡其用的社會觀念下，婦女貢獻最大。從中藥店「抓」來的藥由薄紙包着，紅白兩間細細的棉線捆住。所有包裝物品均不可丟棄。我能派上用的工作便是把棉線死結打開，婆婆將線一圈圈繞好，收在抽屜裏待用；包藥的紙也要抖乾淨藥屑，平平整整折起來。從淘米水到糞便、垃圾，沒有一樣是廢物。

　　住在鄰村的兩兄弟，大張和小張，天天來外婆家收「米缸水」去餵豬，去廁所倒糞、倒垃圾，擔回去做肥料。小張十分勤快，從不坐下歇會兒，打個招呼就走了。大張則總要到廚房來找人聊天，抽竹水煙筒。他鬍子拉碴，眼睛隨時笑得眯成一條縫。只要大人不攆我，我就坐在小凳上聽他擺龍門陣。記得有一次他數落外婆：「老太太，洗完碗，瓷碗不能擱在土碗上，要不然往後你家姑娘找錯婆家呢。」外婆不信他的一套，不曉得後來是否後悔過。現在我還記着大張的教誨，碗櫃裏不同花色的碗一定要分別擺放。媽媽說小張不止勤快，又省吃儉用，攢錢買了地，後來被劃為富農分子，地被沒收了，在村裏也抬不起頭來。大張當他的貧農，倒分了塊好田，還在農會裏當了個甚麼。到外婆家坐人力車（昆明人稱黃包車），媽媽一路自言自語，我只聽得出她的「⋯⋯八妹⋯⋯爸說⋯⋯」。後來我當了少年先鋒隊員，戴着紅領巾，恥於壓迫人力車夫，任憑媽媽怎麼勸也不肯坐車。媽媽帶着弟弟在車上，我在側邊小跑，一路跟到外婆家。生活中從此摻上政治，外婆家的歡聚也快散場了。外公自殺的早上，二舅慌慌張張來到我家，對媽媽說：「爸不在了。」「不在了？到哪裏去了？快去找呀！」「爸過世了。」媽媽像條棍子似的應聲倒下去。

　　外公找不回來了，童年最歡樂的時光和那個時代也都一去不復返了。

病人的孩子早當家

1952年，母親去會計學校讀了半年，拿了證書，到昆明市衞生局第三門診部做會計，後來又兼籌劃第四門診部會計業務。病倒後，她一人的工作由三個會計來接任，此時她的單位才知道這位前任會計的價值。而對她來講，代價實在太大。母親看起來溫良謙讓，實際上極為好強。她引以為榮的是做會計的三年中，每年年終核查沒有錯過一分錢。她去上班後不久，我們便習慣母親不回家吃飯，待到天黑了她回到家，用開水泡冷飯，再嚼一小口紅糖佐餐，幾乎晚晚如此。她一生照料旁人，卻無人照顧她。父親是粗心大意的丈夫，我們是那樣的不懂事。

1950年代的大陸，革命烈火餘熱未散，上班、政治學習，軍事化般嚴謹。母親過量的工作、過度的責任心，使她羸弱的心臟吃不消，幾次在辦公室裏暈倒。告病假要醫生開假條，她的上司恰好是心臟病專家，是一位盡一切可能表現自己的左派。一次母親暈倒甦醒過來，這位主任醫生説：「現在是政治學習時間，你不舒服，可以躺在門診床上聽着。」以母親的性格，不到萬不得已也不會去求他開一日半日病假。求到這位主任，他總以拒絕為始念。他曾對母親説：「你的心臟沒有大問題，包在我身上。」

大問題出現了。母親被送到醫院去搶救，醫生告訴本人和家屬，她的心臟最多可支撐兩三年。自我幼年記事起，母親的病始終像夢魘一樣壓在我心上。記得第一次她在飯桌上昏倒時，我大概只有四歲，嚇得魂不附體。母親病發作時，本來白皙的臉更無一絲血色。早晨我會輕手輕腳走到她床邊，擔心她已經沒有呼吸的恐怖懾住我的心。我定定地看着她，知道母親早上醒來，總有一顆眼淚從她的眼角流出，看到這粒晨淚，我便心安了。

記得上初中一年級時，一天晚上和同學們在校園裏玩追人，大

1940，母親梳着漂亮的電燙捲髮。
文革中許多此類屬於「四舊」的照片，
都銷毀了。我將照片上的頭髮剪去。

笑大叫之際，突然有一種異樣的感覺從手指尖升起，我覺得一定是媽媽發病了，立刻跑回家。母親好端端的，但是那時的感覺不時浮現，追隨我一生。直到如今母親去世已二十多年，我仍然會夢見正在興高采烈地玩着，突然想起媽媽還躺在床上，我忘了給她弄吃的，於是心憂、自責，急急慌慌跑回家。

最大的震撼發生在我十二歲時，媽媽病發住進醫院。那天黃昏，醫院的信差來敲門，送來病危通知單。父親看罷一言不發遞給我，上面一個個令我驚恐的字立刻產生生理效應。我開始全身顫抖，不可抑制片刻，一直這樣抖着跟隨爸爸去到醫院。醫生護士正在搶救，媽媽帶着氧氣口罩。她側過臉來看着我，目不轉睛，我知道她對我說：「妹妹，不要怕，我不會死。」

母親沒有死。之後又熬過許許多多次病危搶救，但是從此她就被困在病床上受盡疾病煎熬，躺了十八個春秋。我的童年也就在十一歲那一年結束，自此擔任起買菜、做飯、洗衣、管家用錢和許多原來由母親承擔的家務。當然還有照料終年病臥的母親，同時維持在學校考第一名的虛榮。爸爸一如既往忙於公事，大哥景輝在外省，景泰九歲，景和五歲，他們也都一下懂事了。另一方面，我從母親那裏秉承的不泯童心，大概終生都不會離開我。寫到這一頁，眼淚沒有停過。但是，我要講的並不是一個完全淒涼的故事。

和心靈手巧的母親相反，我笨手笨腳，不會做、也最怕做家

約1948，看來母親剛晾完被子（父親攝）。

1952，時代的變革反映在人們的衣着裝扮上。母親穿着藍布旗袍，
這本是她每日的樣子。我的裙子、弟弟的工裝褲，都是母親親手縫製。

1953，母親工作證照片。

務。母親常責備我說，叫你做事，口水都說乾了你還不動，不如我自己做。分給我的職責例如拖地板、擦窗戶，雖老大不情願，還是要動手。母親病倒，一下子改變了我整個的生活。除了可以指揮小我兩歲的景泰幫幫忙，所有家務都成了我的職責。奇怪的是我沒有一絲一毫自憐或怨艾，反而一天天受大小「成就」鼓舞，慢慢發覺自己不完全是一個傻丫頭而變得自信了。

記得第一次洗大盆的衣服，坐在井邊花了一個下午，衣服擦上肥皂在木頭搓板上搓呀搓呀，再從井中一桶桶汲水，一遍遍洗去皂跡。把爸爸、我、兩個弟弟一週換下來的衣服洗乾淨，晾在橫穿天井的鐵絲上。我一一數點，每一隻襪子也算一件，一共洗了十八件。雖然手指被搓板的木棱損傷，又紅又痛，那個星期天下午的自豪感，永志難忘。

「憨丫頭」、「野丫頭」在某些方面又是「小膽膽」，許多稀鬆平常的事是我的禁區。我不敢擦火柴，不敢打開蛋殼。每天生火做飯，要等景泰來替我擦火柴點燃「明子」。會做的飯菜實在有限，蛋炒飯是僅有的幾招之一。有時等景泰不來，抓着圓圓滑滑的雞蛋，鼓足勇氣，閉上眼睛，向碗邊敲去，總覺得將會爆破開來，蛋黃蛋白四射。當然這樣的事沒有發生，慢慢也敢直視全過程，避免因閉目造成的流失。失職的事經常發生，例如在院子裏和小朋友玩跳格子（昆明話叫「跳海牌」），到天黑了才想起來還沒有去生火燒晚飯。有時煮着飯看小說，焦味充鼻時已不可挽救。米飯不可糟蹋，焦鍋巴必

須吃下去。一次又發生焦飯事故，我把兩個弟弟叫過來，在鍋巴上撒點鹽，告訴他們大家一齊吃，吃完有「最高的獎賞」。待弟弟索賞時，我大笑着念出正在上映的一部蘇聯電影的名字：「最高的獎賞是人民的信任。」

那時我們住在父親任職的昆明市建設局宿舍。那原是一位國民黨軍長的官邸，在金汁河旁。一幢兩層樓的主房和側邊一排平房裏，住了九家人。院子裏一大叢竹子，幾株桂花，沿牆爬滿薔薇。門前淌過小溪，溪對面和隔壁，花農的園圃圍在茉莉、薔薇形成的籬笆內。母親病倒的頭兩年住在醫院，父親許多時候出差在外，留在家裏時也是早出晚歸。院子裏的各位伯娘嬸嬸都有了發揮她們同情與教導的對象，她們教會我做菜、醃肉、做鹹菜，告訴我甚麼東西去哪裏買。我曾把爸爸收藏的上好酒拿去醃肉，又添了一個「妹妹的憨故事」。

院子裏有位北方大嫂，小孩叫她普媽媽。她的山西鄉下話我能猜得出三成。一天我和景泰在擦窗戶，她走過來對我們說：「呢亞無瓜，阿瓜吧啦啦。」「好。謝謝您。」我們禮貌地笑着朝她點點頭。「呢亞無瓜，阿瓜吧啦啦。」「好。謝謝您。」「我梭拉瓜，你們梯無拉瓜？」「好。謝謝您。」這回可把她逗樂了。原來她是問：「我講的話，你們聽不懂吧？」後來我慢慢習慣了她的口音，跟她學會發麵蒸饅頭，雖然成功率大概只有百分之五十。

我隔天去醫院探望母親。醫院有嚴格的探訪時間，記得那個中秋我帶了月餅趕到醫院，時間已過不准進入。我坐在門房對面的長凳上，哭個不停。一位醫生路過，說情讓我進去。我每次去探望媽媽，她都拿出一點醫院供病人吃的好東西給我吃，說是她吃不完剩下的，相信是她省下的。看媽媽的主要任務是替她擦洗身體，她一日比一日瘦，我的心也一日日沉下去。大概過了半年，一天正在為媽媽洗腳，我暈倒了。父母決定讓我休學一年，家裏也請了個人來

1954，全家福。

哥哥從昆明工校畢業，分配到東北遼寧省青城子鉛礦工作，離家前合影。穿戴整齊到照相館拍全家福，曾經是許多家庭的一種儀式。這是全家最後一次去照相館拍全家福，大哥離家五年後才回昆明探親，那時母親已經臥病不起。

幫忙。我五歲上小學，比同學們都小一兩歲，停一年也沒有甚麼，何況那學期我最傾心的一個男同學剛剛轉學到北京，走進教室令我心灰意冷。

　　大約一年半後，母親的病危期過去，回家來養病。為怕她病發來不及搶救，放了一個巨大的氧氣罐在床底下。我們三姐弟先後都學會替媽媽打針。第一次用針頭對着瘦骨嶙峋的媽媽扎下去，令我膽戰心驚。那時相信打針是必須的，每隔一晚都要注射一次。年復一年，媽媽臀上的一點點肉都硬結了，鋼針常被頂曲還扎不進去。

到最後幾年要從手臂靜脈血管注射針水，這已超出我的限度，那時景和已長大，由他任最高一檔的家庭護士。

　　侍候病人的常規事首先是做吃的。媽媽一點也不挑剔，每晚用牛奶和米粉煮「奶糕」給她吃。我千百遍地問過她：「好吃嗎？」母親不厭其煩地回答我說：「完成任務。」逢週末早上去排隊買肉或別的供應品，不只為媽媽，也買全家的食物，大部分東西都要排隊。找醫生來家看媽媽，去買藥，煨中藥，都不覺得是苦差。最麻煩的是每天大小便要端到公共廁所去倒，途中穿過宿舍大院、球場，倒完得洗刷容器。這是十八個三百六十五天中必須做的一件不想做的事。我去上大學的幾年，我下鄉的四年半，主要都是景和弟弟做。替媽媽洗澡則弟弟不能代勞。我在大學是文工團的舞蹈隊長，但從來不會跳社交舞。星期六下課我就趕回家，要替母親洗澡，還有一大堆家務等着我去做。我從不覺得有所失，每週末都盼望回家。坐一截公共車，再走半個多小時，腳步總是越走越快。

　　報考大學時有人勸我學醫，我想都不會去想。連和醫療沾邊些的營生，對十二歲女孩也很可怖。那時相信胎盤滋補，我先去找醫生開證明，然後去產房拎回一個血淋淋的胎盤，在水龍頭下一遍一遍沖洗，覺得就要暈過去了。我自然不會告訴媽媽我害怕，也不會告訴她每次替她打針我是如何心跳。

　　母親初時還可以在房中走動，記得她曾用一件藍花綢旗袍改製成我的襯衫。其後再因病危住進醫院，兩度出院，直到1973年去世，十幾年間最多能在精神好時站起來扶着家具走幾步。她說自己連勞改犯人都羨慕，因為他們還沒有失去走走路的自由。有一次全家人去看電影，照例媽媽一人躺在家中。晚上歸來走進家門，媽媽便笑着叫我們去看她的「戰績」：她不開燈，一晚在黑暗中打死了十多隻蚊子。此時我已上大學，彷彿才第一次強烈感受到十年來她終日忍受的「監禁」是多麼殘酷的虐待。

婦道人家

「久病床前無孝子」，久病的母親卻從未令我們厭煩。家中躺着病人，也並沒有令我們終日愁眉不展。十八年中，除了因為政治帶來的陰雲遮住陽光的日子，除了媽媽病痛發作痛苦吟哼的日夜，快樂和歡笑仍是家庭生活的主調。母親和我大概都因為 DNA 的緣故，笑神經特別發達，夠資格被香港人稱為「大笑姑婆」。別人聽起來不怎麼好笑的事，可以令我們笑個不停。她的一個同事是位軍官太太，最熱衷向人炫耀其「上等生活」。一天她赴宴回來，報告說菜式如何講究，「頭道菜是冰糖」。「甚麼？」她重重的外省口音，令我們把「拼盤」誤聽為「冰糖」。我那天正好去看媽媽，這位阿姨轉身走開，我們兩母女笑得人仰馬翻，坐公共車回家一路還笑不飽，推開房門再倒到床上大笑。

母親模仿方言的本事很絕妙，來客若操雲南某縣方言，客人離去，母親可以維妙維肖將客人的腔調再帶回來，令眾人捧腹。她的心臟太虛弱，要防止自己笑得透不過氣來，這常常是個難題。有一次過新年，樓下大禮堂有公司職工業餘歌舞表演。母親已多年沒有出房門，忘了是誰出的主意，我們用一張藤椅把媽媽抬下三層樓去看演出，報幕的是位玉溪姑娘，晚上回來媽媽笑得直淌眼淚。有一個雜耍節目叫「兩個小伙子摔跤」，用玉溪方言念出來，聽起來像是「兩個小伙子睡覺」，媽媽模仿得活靈活現，笑到氣喘。全家人都一邊笑一邊互相警告：不能笑了，不能笑了。擔心她的心臟病發作。

我小時候會無端端地覺得許多人的舉止都很可笑。笑也有帶來焦慮的時候。每個星期六學校「過隊日」，少先隊員先要舉行儀式，唱隊歌：「我們新中國的兒童，我們新少年的先鋒，團結起來繼（停頓）承着我們的父兄……」。學歌詞時我一定沒有專心，而且郭沫若文縐縐的詞，對八九歲小孩也太深奧。我一直不明白歌詞的意思，

以為是「撐着我們的腹胸」，大概是教小孩不應吃撐了，故每次唱到
這一句，就要使勁全力忍住不要笑出聲來，忍得很辛苦。

　　母親從醫院回家養病，稍一動便心慌氣喘，每天要服用減慢心
跳的藥「毛地黃」。她大部分時間必須躺着，九歲的景泰自己畫圖設
計，動手用木條、亞麻布替媽媽做了一張躺椅。那時一切令人舒服
的家具都不生產，國家還很窮，況且無產階級革命者不屑於這種奢
侈。床褥都是棉絮，無論墊多少層也令幾乎二十四小時躺在上面、
瘦得皮包骨的媽媽背痛。

　　有一天，母親的好朋友伯娘趕來報告，昆明著名的「大德藥房」
老闆家有一張席夢思大床要賣。我立即跟伯娘去到人家家裏。這
張床又大又舒適，床頭的櫃子用滑動梭門開關，一看便知是天賜良
機。床要賣160元。我跑回家來，爸爸那時出差在外，弟弟剛剛學
會踩單車「雞心」（小孩不夠高，坐不到車座上，立在單車一側，把
腳從下面伸過去踩另一邊的踏板），我則連車也不會騎。於是景泰
推着單車，我們一齊去拍賣行，把家中唯一可賣錢的單車賣了120
元，忘了又向誰借到40元，急匆匆去付款把席夢思大床買回家。旁
觀者眼中，兩個小孩走在街上，推着他們心愛的單車去賣錢，場景
可悲。其實我和景泰一心想着媽媽這回可以舒舒服服地躺着了，興
奮不已。

　　母親躺在這張大床上直到去世。我們曾數次搬家，就連文革
時被逼遷、全家擠在一間房裏，這張床和躺在上面的母親始終是全
家的中心。我每天放學回來，書包一摔就跳上床去躺在母親身邊，
彼此交換新聞。親戚朋友來訪，男的坐在床邊椅子上，女的坐到床
上。親近的女客都愛脫了鞋，靠在床上與母親聊天，也有的睏了就
躺在母親身邊打個盹。父親笑說母親是名副其實的「秀才不出門，
能知天下事」。從親友、鄰居到子女們的同學，家家的瑣事母親都知
道。經常讓我吃驚的是她比我還清楚我的同學的家事。有一回她問

1962，大哥婚後第一次從山西回來探親，帶來新的家庭成員：嫂嫂和兩歲的小華。母親勉強坐起來。牆上掛着父親的網球拍，已經積滿灰塵。清一色服裝的少女，用長長頭髮編織美的感受。

我同學的兩個下鄉的弟弟回城沒有，這個同學上次來我們家是兩三年前的事了，真奇怪她會記得。

　　那個年代知識分子熱衷談論天下大事，動不動指點江山、激揚政治。母親的關懷在她身邊，在於她接觸過的每一個人的喜怒哀樂。我們家客來客往不斷，母親說「山潮水潮不如人來潮」。那時我覺得母親臥病，眾人來探訪是人情世故，很久後才悟出，大家喜歡來到她的床邊是想對她傾訴，感受與她對坐時不可言傳的輕鬆與寬

慰。母親不喜歡講自己的病，卻善於不經意地和對方一道走向他們心中最隱蔽的角落。我和弟弟的好朋友都成了母親的朋友。我們不在昆明的時候，我們的朋友也成了家中常客。沒有客人的晚上，母親會說「今天晚上好靜喲！」她去世前幾年精神已很差，講話上氣不接下氣，但訪客依舊。母親的訪客中，有的令我覺得奇奇怪怪。她的一位朋友李家瑛患精神分裂症，母親是她尚肯見面的極少數人之一。這位阿姨雖然也面帶笑容，但表情高深莫測，樣子像混血兒。我見過她年輕時的照片，一位頗有氣質的美人。她來到，視我們小孩如無物，只和母親一人說話，不停地用一把特製的鉗子夾松子，取出松仁。母親說她這是為了穩定情緒。李家瑛十六歲便到延安參加革命，據說毛澤東曾摸摸這個漂亮的雲南小姑娘的面頰說：「你這麼小年紀就到延安來了？」小姑娘在延安長成大姑娘，至於後來怎麼瘋了就不知道了。李家瑛回到昆明還是「白色恐怖」抓共產黨坐牢的時代，她病發時半夜爬到房頂上高呼「共產黨萬歲」，她哥哥及我父親等人只好把她綁架，送去鄉下藏起來。

　　織毛衣，做針線，替我們補衣服，母親一年到頭都有做不完的活計。母親織毛衣，每一針都須絕對平整、勻稱，小不如意便拆了重來。她用手縫出的針腳，和機器軋的分不出兩樣。這些普通女性精緻的手工堪與藝術作品相比，匆匆忙忙的現代人已失去了這份情趣。巧心巧手的巧婦一針一線織出她們的心思與愛意。

　　白天精神好一點時，母親便寫信。給大哥的信是她寫得最多的，「輝兒……」密密麻麻幾頁。我的姑媽、大姨、三姨、五姨都在外縣或外省，母親代表昆明的家人負責與她們通訊。與三姨來往的信最長，動輒七八頁，媽媽自己戲稱「短篇小說」。大舅、三舅、七姨在國外，1973年前音訊不通，母親對他們的思念不曾間斷，常在心中與之對談。親友都說，你媽是你們家的「箍桶索」。當年的木桶是用一塊塊木板圍成，上下兩道「箍桶索」箍住，索子一斷，木板便

散開。母親去世後，我才慢慢理解她維繫家庭的作用，可惜她的角色已無人可取代。

外婆、媽媽和千萬優秀的中外婦女一樣，不追求蠅頭微利、蝸角虛名。她們視人生的價值在於有用、有助於穿過人世間有緣相逢的人。母親病在醫院中，外婆曾到我家來住了幾個月。説不清何故，她突然成了同院男孩海光的義務家庭教師。也許我們姐弟善於考試拿高分，外婆把她督導小孩的熱忱轉向老是在及格線上掙扎的海光。外婆對他的關心勝過他忙於工作的父母，天天檢查他的功課，讓他背書。海光和景泰同歲，是我們的小跟班，約他玩沒有不應的。一次和我玩跳格子，竟然不記得去考試，要外婆代他寫信向老師求情。海光每被外婆教導功課，都乖乖地聽着，一副知罪告饒的模樣後面藏着忍住笑的頑皮。海光後來當了軍人，表現很好，被提升為軍官。可憐的海光，當年那些沒完沒了的考試，除了給他帶來無窮的煩惱，蹂躪一個小男孩的自尊與自信之外，有何用處？希望一個善良的鄰家婆婆的關懷，曾在他心中種下溫情的種子。

1940年代末政權交替前夕，經濟十分不景氣。據説父親的工資拿到要立即去買米，不然錢可能會因通貨膨脹而變成廢紙。我記得鄰居叔叔教我們用嶄新的鈔票折紙扇子、紙帽子。小孩子對貧困的認識很模糊，我們一樣從早到晚在外面玩。如今印象深的是一位弓腰駝背的老婆婆，背着個筐來我們家前面網球場邊撿落葉。她一來，母親總招呼她進家去，拿些洋芋給她。當時洋芋是我們的一半食糧。母親的好施從未間斷，她自己十分節省，常常念叨要「寬以待人，嚴以待己」，她對寬嚴的理解顯然超過字面原先的含義。「省嘴待客」也是母親同輩中許多人待人接物的風格。

母親病倒後我成了她的親善大使，主要出訪的是母親的舅舅家，不時送去我們姐弟的舊衣服或幾塊錢。我的大學同學很多是從小縣城來的，過年過節，母親吩咐我約他們來家裏吃飯。有個同學

冬天穿着單薄，我問母親把自己的新毛衣借給她穿好不好，母親說「當然」。在美國的三舅信奉基督，身體力行，關懷世人，對昆明眾多兄弟姐妹盡力照應。他寄錢來給母親買針藥，每收到匯款，母親都分作八份，平均送給各家。

1949年以前，家道時好時壞。母親持家的原則是量入為出，「蛇有多粗，洞有多大」。後來父親的工資一直是家庭收入的唯一來源，直到大哥開始上班。大哥每月寄回20元，將近他工資的一半。母親每月都記家用帳，秀麗齊整的字清清楚楚記下一筆筆費用。母親住院的時候由我記帳，則是亂帳一盤。她病倒後不肯為自己添置新衣，去世後我找不到一件像樣的衣服做她的壽衣。她有一條棉褲，裏裏外外打了幾十個補丁。每逢想起她一生為兒為女自己省吃儉用，想到這一條百納褲，令我心痛不已。

母親和大多數母親無異，對子女的飽暖過於操心。我總是擺不脫母親的嘮叨，我曾對她說：「我傷風感冒不是害怕頭痛發熱，而是怕你不停地抱怨。」我在努力不重蹈母親的覆轍，不做嘮叨的母親，但人的天性難移。

外婆晚年身體日漸衰弱，母親住院，她久久來探望一次，扶着拐杖，蹣蹣跚跚走進病房。外婆中風前最後一次去探望媽媽，兩人已很久沒見面，母女倆從來都有道不完的家常，這一回卻只是相互定定地望着，勉強交換一言半語。大概知道這已是永別前的見面，強忍悲痛，儘量把對方的樣子深深印入腦中。

外婆病後住在四姨家，不久便過世了。大家都不敢把噩耗告訴母親，怕她的心臟受不了。每個星期天媽媽照樣打發我去看望外婆。上天無路，我通常去新華書店看書，或去看一場電影，把買給外婆的糕餅帶回家與弟弟們分享。過了大半年，有一天景泰將外婆的絨帽戴在頭上玩，母親見了頓時臉色變白，問我們道：「婆婆是不是已經去世？你們不用騙我了。」

　　站在父親的角度，妻子四十二歲起臥病在床，父親始終對她忠心不貳；努力工作，擔負着養家的職責；勤奮自強，敬業且能幹，給兒女做出表率。但為母親着想，父親不是個挑剔的男人，也非體貼的丈夫，心情不好時，無端端大發雷霆。雨過天晴，他自己無事一般，母親則心中耿耿，時時暗自垂淚。

　　1958年，令中國知識分子從此低眉順眼做人的「反右運動」中，父親居然躲過橫禍，沒有被劃為「右派分子」，只被定為「有右派言論」者。此時他是昆明市政建設公司的總工程師兼副經理，政治上不受信任，業務上要全盤負責，公司上千人，他承受的壓力可想而知。如果媽媽知道男人對妻子兒女發脾氣解壓的心理學解釋，恐怕就不會那麼難過了。有一回媽媽被爸爸傷透了心，幾乎半年不與父親說話，其後寫了一封很長的信要我拿去遞給爸爸，字字是淚。不知父親作何感想。

替母親「扳本」

　　碰到引我入勝的書，我常拿給母親看。她讀罷《居里夫人傳》，最津津樂道的是居里夫人曾跳了一整夜舞，磨穿一雙鞋底，以此教訓我不可只勞而無娛。另一個母親喜歡引用的例子，是不願片刻休息的俄國作家萊蒙托夫。友人評論他道：此人似乎知道他的有生之年將何其短暫，是故一分一秒都不願虛度。母親警告我說：「看你一雙手抓十條鱔魚，一分鐘也不歇，我怕你也是在趕命。」

　　母親的話其實包括着許多樸素的真理，但我聽不進去，只相信學校裏教的、書本上說的，從小母親就笑我「將老師的話當聖旨」。我念中學、大學的時代，認為虛度光陰相當於犯罪，「少壯不努力，老大徒傷悲」。雲南大學坐落在翠湖公園邊，上大學的五年中，只有

1955，母親因心力衰竭住進醫院，兩年後出院，在家臥床至1973年去世（父親攝）。

一次三八婦女節和同學一道去公園玩過。放寒暑假，第一天的重要任務便是定一個嚴格的作息時間表，雖然做不到，但從不敢「放縱」自己去消閒。其實那時亂七八糟看了許多書，不求甚解，如魯迅形容的，讓各國馬隊在頭腦中踏上一遍，得益甚少，唯一的收穫大概是多少訓練出一點自制與自律。

　　母親失去健康，體會到人生沒有甚麼比此更可貴。她最不喜歡我晚間準備考試不按時睡覺。「一百分有甚麼用？」「考第一名為甚麼？」是她常掛在嘴邊的話。

　　母親極少板起面孔斥責我，我不依規勸時，她也只是嘆氣。我有個同學代濟敏，是溫良恭儉讓的化身。我們曾一道在鄉下同住半年，例如我說：「代濟敏，我們去廁所好嗎？」（廁所在村子另一頭）

「好的。」「還是不去了罷？」「好的。」「我又想去了。」「好的。」我回來告訴媽媽，不如我們學代濟敏一般彼此千依百順。晚間我看書過了鐘點，媽媽說：「妹妹，關燈睡覺！」

「好的。媽媽，我再看一下可不可以？」

「好的。你看一會就睡吧！」

「好的。我還要再看一陣。」

結果還是學不成，兩人大笑一通。母親在和我擺家常、聊閒話時，常把她為人處世的信條掛在嘴邊，例如「己所不欲，勿施於人」，「吃得虧，在一堆」，「一句好話暖三冬」，「與人為善」。當然影響她的子女的不止於她說了甚麼，而是她一生實踐了這些信念。

母親認為講謊話是小孩子最大的罪過。我今生記得被罰過一次就因講謊話，遭母親重重的訓斥，被關到後花園中。那時約四五歲，我坐在草地上哭飽、哭夠，走到住在後門的表姨婆家。老人家拿出零食來招待這個小可憐，並牽我回家向母親賠罪。講一點於他人無害的假話是不是優點，我不敢說，但確實因為開不了口編謊話，後來帶給我許多麻煩。到上大學以及工作、參加政治學習小組討論，聽旁人不費吹灰之力編大話，我自慚無能，如坐針氈。來到香港這個無須用謊言護身之地，對我是巨大的解放。

並非從未講過謊話，有兩次經驗至今記憶猶新。我的乾爹黃湛有個弟弟，我們叫八叔，一表人才，傾倒眾小姐，我的表姨是其中之一。我也喜歡八叔，當然沒有性別的含義，主要因為聽見他對媽媽說：「嫂嫂，小孩子喜歡吃甚麼，就表示他們的身體需要甚麼。」太美了！雖然媽媽沒聽進去，我倒愛上這條理論，信奉至今，自己的孩子也沾光不少。八叔說他未來媳婦的標準便是我母親。為了實踐理想，他開始去追求六姨。表姨和我們同院住，每星期我從外婆家回來，她就叫我去到她房中，先酬勞一點好吃的，接着就問我有沒有聽見八叔對六姨說甚麼。小孩子哪裏聽得到別人的情話？但一

週復一週，次次被她款待而無所回報，無功受祿的愧怍令我難以忍受，於是對她說：「我聽見八叔說要買一支領針送六姨，問她喜歡甚麼樣的。」永遠不要派小孩去打探有關你意中人的情報，連最誠實的小孩也不可靠。

　　另一次難忘的經歷，我連當時的場景、教室的桌椅、老師的表情都不會忘記。那年我有八歲，虛歲已九歲。老師要我報歲數時弄不清虛實，就報了九歲，被選為班上十個紅領巾之一。參加了莊嚴的入隊儀式，才知道實歲九歲才夠資格，這一個無心之過很令我擔心。不久少先隊開會，要輪流講自己戴上紅領巾有甚麼進步。別人講甚麼我一概聽不見，只忙於腦中上下求索，去求證紅領巾除了讓我覺得比沒有入隊的人光榮外還有甚麼？輪到我時，不知哪裏來的勇氣讓我編造說：「媽媽叫我洗碗，我不肯洗，低下頭看見紅領巾，覺得自己是少先隊員，應幫媽媽做事，我就去洗碗了。」教育令兒童失去真誠的，這僅是一例。

　　母親和我其實有許多性格迥異之處，有時代的分別，也有女兒對母親性格的異化。母親是纖纖作細步的斯文女子，我是大跑大跳的野丫頭。有一次我翻出媽媽的一件旗袍穿上，非常合身。高興地跑到她房間讓她看看，急匆匆跨出幾步便聽到「嚓」一聲，旗袍衩口被我的大動作撕開。我們曾住在宿舍的三樓，沿長長的外走廊上住有十家人，媽媽說我上樓她一定聽得出來，因為我從來是跑上來而不是走上來。此刻想起來，也想到終日躺在床上的媽媽，靜聽着戶外動靜，盼望兒女歸來。

　　媽媽太多憂慮與牽掛，不時悔不當初這般那般，事事必求做到最好。大概為了安慰她，「不怕」兩字變成我的口頭禪。尤其文革當中，聽見我自己一天不知說多少遍「不怕」，連我也好笑。人的性格幾乎是不能開導的。托爾斯泰說「疾病和後悔是人生的兩大痛苦」，母親受夠痛苦的一生，隨時提醒我要避開兩個討命鬼。母親和我最

相似的是我們固執於自己的行為準則，不願違心去屈從，但又不與人怒目相對，儘量維持和諧。父親說：「你和你媽一樣，不肯做的事就『軟頂着』。」

　　母親常說「父母養其身，自己長其志」，她很清楚所處的時代給女人帶來的局限，生了大哥後就一直說要生個女兒「扳扳本」，意思是爭口氣。我生下來，臉上一大塊胎記，又憨傻十足，母親的願望傳為笑談。大人笑我傻時就說：「你媽說要生女兒替她扳本呢！」稍後長大，也算漸漸不太難看了，逢人曲意討歡心說她的女兒好看，母親就添一句：「她皮膚一點不好。」我有時插嘴道：「『父母長其身』，不關我的事。」但還是覺得很尷尬。日前翻大學時的日記，不止一處說要努力，要為母親爭氣。好生奇怪，原來求學時代上進的根源不是共產主義理想，不是當時受的英雄教育，而是我母親。「自己長其志」也不儘然，我僅有的一點好德性都來自父母，尤其是母親。

憂患歲月

　　除了那些勇敢、大無畏者，人凡經歷太深的苦難，都不願再看悲情文學、電影；更不願去細細咀嚼、孜孜回顧以往，觸動內心深處淒慘的一角。但如果我完全避開令人心酸的記憶，跳過十八年來母親和她的家人沉痛的付出，這篇記述就太不真實了。

　　母親生性多愁善感。我常取笑她說，如果十件事中有九件值得高興，你一定不去想它們，而只心憂憂於令你不開心的一樁。不幸母親生逢憂患不停的年月。她病倒後兩年多，「大躍進」開始了，大家正常的生活秩序完全打亂。學校裏取消星期日，晚上一定要進學校上晚自習。我有許多家務和照料母親的雜事，母親說我忙得「小頭

1966，為躲避武鬥，大哥一家從山西回到昆明。

髮不沾身」，形容忙得跑來跑去頭髮都飄了起來。母親心中為她的病身拖累兒女十分不安，又替我們的身體擔心。

　　發燒一樣的社會，體溫越升越高，學校也不上課了。學生們連夜「行軍」去附近安寧縣「大煉鋼鐵」。我一生沒有走過這麼遠的路，何況還背着行李。走到下半夜，很多時候在半睡半醒的狀態，機械而極不舒服地磕磕絆絆。最不堪的時刻是前面看見燈光點點，以為有救了，走到面前原來只是路過的又一個村莊。眼淚自行淌下，同時也慚於自己經不起考驗。好些天以後，和一班女生在一起幹活，我坦白說「行軍」的那夜我哭了，每個人都附和說「我也哭了」，才

令我釋然許多。在安寧縣住了一個多月，接到母親的來信，這是我第一次離家，也是第一次接母親的信。母親在信上說，現在由景和每天替她倒痰盂（即母親的大小便）。我想像着小小的弟弟捧着痰盂走下三樓、穿過大院的樣子，止不住心中的酸楚，於是大哭起來，哭了許久，哭得兩手發麻。現在我知道哭久了身體的反應是怎麼樣的。我小時候常常哭，多半是和景泰打架或有小小傷心事，我喜歡靠在折成四方形的被子上哭，哭着哭着就睡着了，那種感覺真舒服。這一回卻是少年人痛惜弟弟、掛念媽媽的眼淚。

我們每天勞動六小時，睡四小時，再勞動六小時，再睡四小時。十多歲的中學生每天做用鐵錘將石塊打碎的粗重活，很苦很累。大概又因為睡不夠，隨時想哭。一天在河邊洗腳，有個同學說聽大人講大腳趾長的媽先死，二腳趾長的爸先死。我看看自己長長的大腳趾，想到躺在床上的母親，便哭了起來。七八個女生，有的想起將先去世的媽，有的傷心會早走的爸，大家一齊坐下，失聲痛哭。

「大躍進」之後，便是中國農村的大饑餓，城裏人每月每人供應一定數量的米、老蠶豆、菜油，不夠吃也餓不死。舅舅託香港友人楊正光先生定期寄豬油罐頭給在昆明的親戚，像是救命甘露。除了整天覺得嘴饞，缺少食物倒不是太難擔待。隔壁住着宋伯伯一家，每個星期日天未亮就全家動員起身去排隊買甚麼吃的。我們家的人睡完懶覺起來，一人捧着一本小說「充饑」。母親最易進入角色，悲慘的書她的心臟受不了，普普通通的一點悲歡離合都會讓她眼淚汪汪，傷感數日。

象徵營養嚴重缺乏的水腫病也在城市人中出現了。醫生來學校檢查，發現兩例：校長和我。檢查的辦法極簡單，用大拇指對着腫脹的腳背按下去，一個坑久久不平復的，便是患者。其實腳背腫得亮光光的，檢查已是多餘。我們被收容到臨時用護士學校改建的醫院，主要的藥品除維他命丸外，還有人造肉，乾香乾香的不知如何

1967，母親和我。

母親此時已經臥床十一年，照相這天強打精神坐起來。牆上
貼着不只一張毛主席語錄，這是給可能闖進來抄家的造反派看
的「護身符」。一年之後，父親這個「反動學術權威」被關進「牛
棚」。大學一到四年級學生被送往軍墾農場，我和大弟弟都在此
列。我離家之前，父親拿出久久未用的相機，支上腳架，自拍
了一張「全家福」，替母親和我也拍了一張。

造出來；糠麩餅加了一點糖，不易下嚥，仍覺得美味；小球藻飲料
令我反胃，就像叫你喝下綠陰陰的一杯髒水。吃飯時煮黃豆任取。
我吃飽黃豆，把糠麩餅省下來，每晚偷跑出來，拿回家去給兩個弟
弟享用。醫院就在家附近，倒也方便。那時正值期中考，水腫病住
醫院不需要考試，正中下懷。不過那學期班裏來了個北京轉來的新
生，是我的競爭對手。不參加考試也失去和他一爭高低的機會，憂
喜參半。

　　歷來為子女健康憂心忡忡的母親，為我的病何等心焦。兒女有病有痛、有艾有怨，都去母親那裏尋求呵護與撫慰。母親為兒女的擔憂，所受的煎熬卻是我當年體會不到的。

　　十八年中該記的事實在太多太多，令人難忘的大事之一是我考大學，在三百多名畢業生中名列前茅，卻因政治原因不被錄取。我只知道哭，母親不停地勸我：「妹妹，怨命嘍！」我沒有看見媽媽掉淚，一定是她等我睡着才允許自己替愛女傷心。第二年政治風向改變，我考入雲南大學。當時一心要報考清華、北大的物理系，事後想到也許是命中注定，要我留在昆明上學，要不然母親恐怕等不到我大學畢業了。

　　文革幾乎給每個家庭帶來打擊和災難，我們家也不例外。爸爸首先被關到牛棚，景泰也不在家，我下鄉後就只剩母親和十七歲的景和了。母親的病已更重，肝臟開始硬化。母親不時拍拍她因腹水脹大的肚子，笑着說：「看我是不是懷孕五個月了？」

　　1967年，大學生被送到鄉下的軍隊農場受「再教育」。那時根本不知道何時再能回家，回家時母親是否健在。我出發的前一晚，和母親掉頭睡在她的大床上。母親以為我睡熟了，緊緊抱着我的腳，我怕她知道我還醒着，一動也不敢動，直到天明。我們在軍隊農場田裏做活受嚴格管制，不准回家探親，我和母親每週彼此交換一封信，大家都報喜不報憂。約一年後，我實在太掛念母親。若受天神啟示，我一連兩天不吃飯，第三個早晨昏倒在床邊。管我們的軍官准我去縣城看病。站在貨車車廂上，風迎面吹來，體會到出牢房一般的自由。到縣醫院，我哀求醫生助我回昆明去看母親，他通情達理地給了我一週的假。我立即坐火車趕回家，媽媽見我瘦得變了樣，自然心酸，我還是那句老話「不怕」。

　　那年母親見到我初戀的男友，欣慰不已。一切都符合母親的願望，最欣賞他對我十分體貼。她甚至說夢中見過此人，從來知道我

將遇見的人正是如他一般。歡樂不久變成憂愁，他的家人為了他的事業與政治前途，不同意他去娶一個「社會關係複雜」的女子。我們苦苦掙扎，還是以分手告終。我怕母親傷心，不願對她道明真相，只裝作一切如舊。幾個月後一個靜靜的下午，母親對我說：「你從不喝酒，那天喝了許多，我知道你們分手了。」之後補充她一輩子對我說過無數次的那句話：「心有天高，命有紙薄。妹妹，怨命嘍！」這以後母親從未對我提過男朋友、婚嫁這類事。到母親去世前，我已經三十歲，應了我三歲時大人取笑我的話：「嫁不掉」。親戚、朋友都替我發愁，或熱心張羅介紹男友，但母親從來連一句暗示的話也不說。我和她處境兩樣，卻一樣心寒。

1971年離開軍墾農場，被分配到征江中學教書，此時母親的病已相當嚴重，遲遲不成熟的我，也才開始懂得多些體貼母親。學校離昆明六十公里，離縣城五公里。每星期五晚上或星期六我便站到校門的公路上，提着一籃子雞蛋和別的土產，「堵」順風貨車回昆明。那個時代真安全，或者我的運氣太好，從來沒出過甚麼事。當然不是每位司機都會好心停下來。如果他們看得見我含着的眼淚，聽得見母女彼此的呼喚聲，一定會停車的。可惜不是。經常是一輛輛車駛過，一次次失望。有時等到天黑定了，只有回去，明天清晨再出來碰運氣。我最清楚早晨的陽光是怎樣把路邊茉莉花上的露水一點點吸乾，稻田裏的霜花如何化成水。「要是這個星期回不成家，誰替媽媽洗澡？」

生命的最後幾年，媽媽受的罪會令一般人只求擺脫軀殼，永遠解脫。但是她有一個要活下去的重要動機：我和景泰都在縣城工作，昆明病重的母親是我們有可能獲准返回故鄉的唯一理由。

多年病臥，她全身的骨骼、肌肉都開始疼痛，病的發作也更頻密。夜深人靜，她的哼吟令我心揪。十八年來我習慣用一個方法去乞求她減少痛苦。當她每哼一聲，我就開始數數「一、二、三、

1967，和第45頁照片拍攝於同一天。

四……」哼第二聲又從頭數起，一邊求上蒼讓她每次哼吟的間隔拉
長，讓她的痛苦漸漸縮短，可以安睡。我也不停地搓她的小腿，捏
她僅有的一點點肌肉，徒勞地希望緩解她的痛楚。我和兩個弟弟被
鄰居用來做孝順的榜樣，以教訓他們的孩子。不要以為我是標準的
孝女，當年為了追求所謂「進步」，體會不到媽媽比那些表現自己「積
極」的活動一百倍地需要我，失去許多可以陪伴她的時光，令我終生
後悔。

　　也有可資記錄的快樂事件。大哥娶得賢妻，帶兒女回來探親，
媽媽一下病除了一半，人也精神了。他們雖走了，天倫之樂的回憶

仍伴隨母親，久久不散。1971年，我們被父親的單位從宿舍趕出來，全家擠到一間借來的房間裏。幾張床和一張桌子勉強塞進去，其餘家具寄放到親友家中。這一年姑媽、姑爹從上海來探親，令母親大喜過望。所有人睡在一間房裏，對久別的親人何嘗不好？姑媽與媽媽很有緣，那個時代關山阻隔，相見何其難矣，上次見面已是1940年代初我尚未出世之時，姑媽姑爹逃難回昆明。日本飛機來炸，有時一天有幾次空襲警報，大家要疏散到郊外，稱「跑警報」。母親心臟不好跑不得，姑媽懶動彈，父親是天生的樂觀主義者，大概認為昆明炸平了，炮彈也落不到他們頭上。別人應警報聲撤離，兩對年輕夫婦在空城中玩牌作樂，很是開心。姑媽細腰豐臀，她那曲線誇張的旗袍晾在院子裏，母親在上面貼張字條道：「要看大屁股的這裏來」，不料這句話爾後報應在她女兒身上。

　　不能不信命運與人生的巧合。1973年，母親兩大心願了卻了。春天三舅從美國回來探親，蘇家十一姐弟(除了在台灣的大舅、美國的七姨)二十八年首次團聚。同年五月端午母親的生日，我們邀約了許多親友同慶。晚飯後我彈三弦為媽媽唱歌，還和她合唱〈我的家庭〉。多年來首次的歡喜聚會也成了告別儀式。7月我調回昆明，媽媽坐起來連聲說「終於盼到這一天了，終於盼到了」，她心裏大概也輕鬆地說「我終於可以走了」。1973年11月11日，住在我們家的三奶替媽媽煮了酸辣餛飩。我上樓去母親房中收碗筷，她模仿前些年回來探我們的三歲姪子的語氣，用東北話說：「可好吃，可好吃，太好吃了。」不一會兒二舅來看望她，見她已昏迷。幾句歡快的戲語，是母親一生最後的話。

文革中，母親給我的信。

父親的一生

父親熊蘊石，1913–1996

爸爸到了七十多歲，又再續他的摩托車之戀。不顧家人
反對，買了一輛輕便摩托車，在昆明鬧市風馳。有一回
車壞了他推去修理，修車人道：「這是甚麼世道，車壞
了要自己的爺爺推來修！」

從小就知道因曾祖父和祖父都在
舊社會做過官，父親出身舊官僚家庭，
故而他雖工作出色，年年帶回家一朵紙
紮的勞動模範大紅花，卻因為出身不好
不能入黨，他的職位也就永遠帶個「副」
字。我慶幸父親在舊社會只是個工程
師，我們的家庭出身就是「職員」。雖
然當不成根紅苗正的無產階級革命事業
接班人，亦不像那些家庭出身地主、富
農、反革命、壞分子的同學低人一等，
一旦政治運動開始便心中暗怕，擔心

1932，父親十九歲。

查三代查出家族的黑色印記。至於舊官僚的先輩到底做了些甚麼壞
事，茫然不知。直到1990年代末父親去世，為寫點紀念文字，才按
照父親生前提供的線索，在雲南省圖書館找到曾祖父的文集《唾玉堂
全集》（共四卷六十八篇），再到網上搜尋，多少知道一點關於曾祖父
母的事（見本書〈曾祖父熊廷權〉）。

不肖長孫

　　父親1913年6月在昆明出世時，曾祖父在麗江任知府，此時的昆明人口僅七萬。長房長孫誕生的喜慶卻被愁雲籠罩。產婦高燒不退，熬了十四個日夜，永遠閉上雙眼。這位美麗賢淑的少婦通曉琴棋書畫，又和丈夫恩愛有加，於是祖父視新生嬰兒為剋死妻子的孽種，父與子一生疏離。失去母親、也失去父親關愛的「孤兒」幸而得到曾祖母的寵愛，「躬親教養，愛憐備至，寒燠饑飽，隨時問視。」

　　熊家大宅在昆明昆安巷，曾祖父名之為「佚園」。傳統的兩層外走廊木式建築，精緻的木雕欄杆，兩院進深，前後花園中花木扶疏，小徑兩側花台上盆花四季交替開，筆直的棕櫚、梧桐供年輕的姑嫂依背留倩影。宅院幸而攝入父親的鏡頭，為我們留下舊時家園的大概模樣。曾祖母吃齋念佛，信仰日深。四十歲不到、生下兩男一女後，親自到貴州畢節去物色了一位年輕但不貌美的女子，替己行為人妻的職責，自己則躲進閣樓經室，在木魚聲中度日月。「姨奶」不負眾望，一連生下三男四女，大宅中人丁興旺，這位出身卑微的貴州婦女亦因多子而貴，漸漸成為家族中的實權人物。

　　長孫活潑機靈，贏得闔家老少的歡心。晚飯後，十多位長輩聚集在堂屋中，看他表演唱歌：「小青蛙，呱呱呱……」，猶如他這輩子的作風，玩耍在內的任何事，都全力以赴。有一回，他扯大嗓門，學小青蛙瞪大雙眼，結果用力過度，眼血管都掙裂了。又一回，小孫子的憨勁兒令祖母大笑不止，下巴鬆脫，請得醫生來，用一把木飯勺兜住，嘎啦一聲托回原位。他每天放學回來，不待放下書包，先到樓上祖母的經樓請安，得些愛撫，得點零食，然後樓上樓下，到一個個長輩屋裏報到，末了，還需去長他兩歲的姐姐房裏說一聲：「富敷，我回來了。」

　　曾祖母不識字，卻甚迷章回小說，一遍又一遍，讓讀小學的孫

子為她誦讀那些悲歡離合。有時，她聽着聽着瞌睡來了，眼睛半
閉，頭點點。調皮的小孫兒便有板有眼地大聲道：「念到這裏，念書
的口也乾了，肚子也餓了，沒有力氣再念下去了。」祖母於是給他一
枚錢作賞。淘氣、打架乃家常便飯，闖了禍總有祖母護着。傳宗接
代為本的時代，太太過世，不由得你是否心甘情願，須儘快迎娶。
難忘嬌妻的祖父拖了三年，執不過父意，再婚。父親與祖父本來就
隔膜，與後母更是無緣。嚴厲的父親，過度寵愛的祖母，境況大概
像今天的有些獨生子女。母親而後將父親任性的「大少爺」脾氣，歸
咎於他兒時的處境。

　　父親講起小時候，盡是些有趣的故事，後來讀到他寫的自傳，
才知道他的童年並不愉快。備受寵愛的幼童時代何其短暫。他極
聰明，但生性不受約束，討厭學校無休無止的背誦。上小學時書念
不好，害怕回家受嚴父責問、處罰，常常蹺課。表面天不怕、地不
怕的男孩，內心充滿恐懼，不但怕父親、怕繼母、怕祖父，也怕那
時家中權勢愈重、貴州來的姨祖母。祖父在五兄弟五姐妹中排行第
一，也許從未能從失去愛人的悲痛中恢復過來，幾乎不露笑容。

　　小學最後一年，小男孩不得不委屈自己去用功，1926年考入昆
明一所很好的學校——承德中學。祖父以為他從此會上進，誰知
他隨即返本還原，一學期後因成績不及格被除名。從那時到如今，
孩子背負着的都是家長重重的面子。在明爭暗鬥的大家族中，祖父
更為厭惡這個掃他顏面的孽子。除了疼愛他的祖母，父親覺得家裏
盡是陌生人。

　　1927年，父親十四歲那年，祖父出任雲南富滇銀行上海分行
行長，攜父親同往上海。父親考入復旦附中就讀。半年後，不知何
故，祖父回雲南，將他託給在上海做官的三祖父看管。他們夫婦待
姪子如下人，家裏大宴賓客，吩咐父親在廚房裏和傭人吃飯。每次

父親去拿月份錢，都像是找他們乞討。秉性倔強的父親受不了這個氣，兩年後私自逃離上海。他在自傳中寫道：

> 1929年底，三叔看到報上的廣告賣便宜大衣，給了我十塊錢去買，我按地址找不到，第二個星期天就不敢到他家去。第三個星期天，當他發覺我還未買到大衣，錢又不夠數了，打了我幾個耳光，並說決定將我送回雲南。我當時不敢回家，並非怕父親的責備，而是無顏見家裏唯一體貼我、對我期望高的祖母，便下決心逃走，向父親的一個朋友謊稱學校要交費，借了十五塊，也不敢回學校拿被蓋，買船票逃往南昌找我生母的弟弟，想託他找工作，以後再設法上學。到九江時正下大雪，警察局清查共產黨很嚴，見我是十五六歲的異鄉少年，又無行李，抓去關了兩天，問了幾次話也就放了。後來找到舅舅，他正失業，家裏很窮，無力幫助我找工作。他暗地裏拍電報告訴昆明家人我在他處。在南昌住了三個月後，我的三姑母寫信給我，假稱祖母病危，在夢中都念我，勸我速歸，並匯了六十元給我做路費。回家後父親對我更為冷漠，姨祖母不准我與同齡的五叔、六叔玩，我是逃跑過的壞孩子，會教壞他們。只有慈祥的祖母對我問寒問暖，使我再生不出逃跑的念頭。

那時沒有任何交通工具可以直接從陸路回昆明。離家出走的十六歲少年隻身乘海船到香港，輾轉越南，再過境返回雲南。

大家庭裏的國共兩黨

隨科舉制廢除，學而優則仕、官僚制度吸納精英的時代也成為歷史。曾祖父這位最後的進士也已接受社會變革的思潮，認為民主

共和是國家的希望。他的兒孫中，頗有幾位秉承他對國家社稷的關心，雖然對政黨政治幾近無知，對新近成立的國民黨、共產黨的綱領和主張的認識不過來自幾本小冊子，然而被先受感染的朋友影響，便帶着滿腔熱忱宣誓入黨了。精忠報國的古訓，和共產黨及國民黨救國救民的理念沒甚麼重大區別。社會上問題重重，官僚腐敗黑暗，稍有良知、讀過一點書的人，哪怕地處邊遠的雲南，機緣巧合的話，都可能因為心中有個「大我」而捲入

約1935，父親和姑媽。

政治。年輕人動機就更天真，湊熱鬧，隨大流，好玩。祖父正好有一位好朋友是雲南共產黨的創黨黨員，經他介紹，認識並加入共產黨。雲南省第一次黨代會就在昆安巷熊宅中舉行。

　　曾祖父深信教育興邦，傾家產將兩個兒子分別送到德國、法國留學，四女兒北京高等女子師範畢業後，也考取中央官費，到美國斯坦福大學留學。三子在德國柏林大學時，開始對政治感興趣，出任歐洲中國留學生會會長。幾個中國學生得知日內瓦大會中國沒有派代表參加，激憤地打電報質問中央政府，蔣介石順水推舟，說就派你們去吧。年輕的留學生從而一步登天，回到國民黨政府裏當現成的少壯派。此時這位三祖父在上海任中華通訊社社長。革命的義氣並不能改變人的劣根性，少年得志的留德學生，好大而自滿。這一輩中，他捲入黨派最深。但他的黨迫害他的好朋友、抗日志士楊

傑將軍時，他毫不猶豫地冒險相助。後來，他的兒子娶了楊傑的女兒為妻，此是後話。

有意思的是，家族中最具獨裁性格的祖父成為共產黨員，而幾位溫良的女性卻受到國民黨的感召。更有甚者，大姑姑愛上了從上海來招募黨員的小白臉。根據她數十年後的「交代」，她唯一參與過的組織活動是參加了一次國民黨的賑災演出。在邊城的精英看來，兩個黨都旨在喚起民眾，令國家走向光明；加入哪一邊，大概看你碰巧遇到哪個來自某黨、帶着使命、有感染力的黨員。

誰也未能預見，既經結黨，很自然就會黨同伐異。兩黨的鬥爭在大家庭中越演越烈，本來就慣於以家長威嚴壓眾的祖父，此時要脅這些「國民黨」女黨員退黨，否則與她們脫離關係。另一方有國民革命的真理做後盾，絕不示弱，院子裏梧桐樹幹上貼大字報，指祖父封建頑固，干涉信仰自由、婚姻自由。美貌的大姑姑此時自然分不出愛國民黨，還是愛某位黨員，義無反顧跟未婚夫遠走上海。但她從未擺脫對父親的歉疚，1950年代初，祖父家中拮据，她每月匯錢幫補。祖父入獄，在獄中病逝，她悲不可遏。此時，她的兒子已是一位接受紅色革命思想的少年，看到母親同情反動舊官僚的祖父，極為不快。人性與黨性摩擦，一代又一代。

上世紀20年代末始，黨派鬥爭鬧到了小城裏學校中。本來就唯恐天下無事的中學生，紛紛起來湊熱鬧。因家中兩黨並存，學校裏兩派都將父親視為對立面的同黨，令他日子很不好過。龍雲政府後來投靠國民黨，開始大舉清除共產黨員。祖父的好友兼同志有的下獄，有的遇害。祖父靠曾祖父在雲南的地位，得以逃離昆明遠赴上海。曾祖母擔心父親因為是「共匪」之子被欺壓，要求祖父帶他同去。按父親在自傳裏的說法，他是以大少爺兼僕人的身份與祖父同行。一路上祖父坐二等艙，父親坐統艙；住旅館父親睡地板。可以想見這位十五歲的少年心中積下多少怨恨。奇怪的是，祖父此時對

父親的教誨，卻令他牢記終身：「政客只是一張嘴，中國的事就是因為政客太多辦不好，你以後應該學點實實在在的東西，才可以萬事不求人。」因為自幼看到家中人因參加不同黨派反目，也看到黨派之爭不顧是非，令父親一生對政治頗有戒心。

邊城青年

父親1929年考入昆明新建的工業學校，三年後畢業。這些朝氣勃勃的少年，沒有為革命拋頭顱、灑熱血的慷慨激昂，不過以青春的熱忱、不受約束的好奇去擁抱新思維、新事物。胡適與錢穆爭論的聲音飄不到邊遠的小城，他們不去思考中國走向哪裏，到底應該全盤西化還是洋為中用等嚴肅的問題。在他們看來，西方的東西新鮮而不怪異，引人入勝的西方小說中的是非觀、好人壞人的標準和傳統中國沒甚麼不同。對包辦婚姻等舊禮教的批評早在他們的父親一代就有共識，連祖父也無異議。兩個世界的差異在於中國落後，農村尤甚。

半個世紀以後，在香港一次關於文革的研討會上，一位來自北京的學者回憶當年周恩來去世後，他們內心激盪，感到國家處在大難之中，做好重上井岡山的準備。我聽到後吃驚不已，因為同齡的雲南人完全沒有對核心政治的參與感。我們也曾在哀樂聲中失聲痛哭，在那個連哭和笑都不自由的年代，為自己和國家的命運，為親人和周遭認識的、不認識的人飽受的磨難而哀慟。父親和他的同伴曾是些順其心性、聽其良知、追求生活而非獻身主義的時代青年。萬水千山阻隔的，豈止十月革命的炮響。

1930年代，西風東漸，昆明的年輕人急不可待地脫下長衫，換上西裝，捧起翻譯小說，聽留聲機，拉小提琴。一個嶄新的世界從

書本中、銀幕上跳出來，帶着不可抗拒的吸引力，將這一代人拉上駛向現代化生活的大船。

　　生性好奇、喜冒險的年輕人，在工業時代新發明、新玩意傳來中國的1930年代，可謂生逢其時。摩托車首次在昆明出現，父親即去買了一部。問車行的人哪是油門、哪是剎車，就騎着摩托車回家了。吉普車買來，他幾天內學會，會了就開快車。他妹妹、表弟妹多年後回憶搭乘他的座駕的驚險經歷，都大笑不止。二姑姑有一次撞得鼻青臉腫，幸而昆明那時街上沒有甚麼行人，未釀成車禍。幾十年後父親擔任昆明市政工程公司的副經理時，他的司機姓楊，開快車出名。父親不無驕傲地說：「他開車就像我當年，」並補上一句：「那時路上沒有甚麼人呀！」

　　電燈、電報、電話、無線電……一樁一件的現代魔術，讓老一輩目瞪口呆，年輕人心花怒放。從來一本正經的祖父穿着緞子長衫出席晚宴，鈕扣是一粒粒微型燈，電池藏在口袋裏，他伸手進去，不動聲色地按動開關，鈕扣一閃一閃，出盡風頭。父親對無線電着迷到茶不思、飯不想的地步，自己動手繞變壓器，安裝過大大小小的收音機。這一愛好延續到半導體出現之前、還用電子管收音機的年代。我童年時代對父親的回憶，伴隨着家裏嘰嘰嘎嘎調頻的電波聲。西洋音樂沖進來，時代青年「如聽仙樂耳暫明」。操練了一年半載，小提琴剛成曲調，父親便和幾個朋友組成「洋吹鼓手」隊，為婚禮伴奏，起碼混頓好飯，甚至賺點外快。1940年代初，父親的摯友、當時和他一道參加滇緬公路的勘察的黃湛記道：

　　　　我們組成一支中西合璧的樂隊，每當清風月明之夜，就在陽台上演奏起來，有中國的〈漢宮秋月〉、〈昭君出塞〉、〈二泉映月〉，也有西洋的〈小夜曲〉、〈安慰〉、〈聖母頌〉、〈聖善夜〉等曲子。初初節拍不齊，經熊大哥調教一番，備覺動聽。有一天

估計拍於1930年，後立者是父親，
聶耳（前排右）離開昆明赴上海之前，三個好朋友合影留念。

晚上，我們連奏了許多哀怨的中外曲子，半小時過去，才發現大門外樹蔭下竟然有上百男女老少，全神貫注地聽。

父親這輩子最美好的回憶之一，便是和幾個愛好西洋音樂的朋友，帶着剛面世的留聲機，月夜泛舟翠湖。他的敘述中，翠湖門口一溜賣蓮藕的小販，多是妙齡少女，竹籃裏新鮮雪白的蓮藕，小小的菜油燈風中搖曳……如詩如畫。1930年，這群夥伴中的一位，大家稱他聶三哥的，到上海加入左派歌劇社，後來譜寫的一支電影插曲被選定為國歌，他就是後來被封為「人民音樂家」的聶耳。他在昆明西山的墓搬遷之前，有一段碑文寫道，聶耳和年輕的朋友們常常在滇池游泳，在湖邊談托爾斯泰。每次和父親到西山，他都帶我們去聶耳墓，緬懷他的朋友和青春歲月。

攝影是父親的另一愛好，他為我們留下1930、40年代大家庭中各人的真容笑貌、那時的生活場景。記得小時候父親書桌的玻璃板下，壓着一張老年農婦的照片，衣着襤褸，背負着高過頭的柴禾，靠在路邊休息，一臉悲戚。他有一整套暗房設備，放大機是自己製作的。他常有許多異想天開的主意，例如自己製造汽水，或者改裝引擎之類。除了至愛的無線電、音樂，還有網球、騎馬、打獵，象棋、圍棋，有的愛一陣，有的迷一世，都不算精通。母親最津津樂道的故事是爸爸帶大哥去打獵，瞄準樹上一隻斑鳩，一槍打中，歡歡喜喜跑過去取獵物，發現應聲而下的原來是一隻破草鞋。父親說他曾經一發子彈打下三隻鳥，我們都認為是他吹牛，他去世後卻讀到黃湛的記載：

> 他精於射擊，天亮起床後常一人出獵，只帶一粒子彈，總是彈無虛發，不管斑鳩、野雞，總會帶回一隻供午餐用。我也有支同樣的德國造七九步槍，那是父親挑選的，偏差極少。我不服氣，也只帶一發子彈出去，利用鳥類談情說愛的機會接近目標，在準星中出現目標重合的瞬間開槍，常可以一石二鳥。這個竅門被他發現，他耐心等待，恰好碰到第三者來插足，讓他創下一彈三中的記錄。我弗如也。

修建滇緬公路

這些組樂隊、打獵的年輕人並非紈綺子弟，他們離北京、南京很遠很遠，對政治沒多少興趣，居彩雲之南，一方面努力謀生求存，另方面找尋和追求生活中的樂趣。雲南大學已經於1923年成立，常有人誤認雲大1938年改為國立後第一任校長熊慶來和我們是

一家，其實不同祖宗。父親也與雲南大學無緣，雖然家境頗寬裕，祖父卻拒絕供他升讀大學。1933年工校畢業後，父親實際上的唯一親人、哺育他長大的曾祖母去世，父親在感情上從此離開了家庭。二十歲上開始他第一份工作，在雲南省公路經費委員會滇東馬過河橋工程處任監工員。父親天生對技術興趣濃厚，做事極為賣力，上司對他很賞識，每次調職，都讓這位年輕的技術員跟隨。父親成家後，為了較高的俸祿曾到石屏縣和建水縣任過幾年中學老師，但命運總是將他再拉回風餐露宿的公路勘探和修建。1936年，這位二十三歲的技術員被委派為開遠至箇舊段的段長，因工作表現出色，很快就升任股長。上司越是表揚器重，他越是賣命，雖然兼差不兼薪，卻廢寢忘食地工作，從此得了嚴重的胃病。母親常說父親是受褒不受貶，愛聽好話，喜歡人家「順毛撫摸」。也許小時候在學校常被先生罵的壞孩子，更容易為好言打動。

1940年初，日本入侵越南、菲律賓，滇緬公路、滇緬鐵路的搶修迫切如軍令。他負責施工的滇緬鐵路24分段位於巒煙瘴氣之地，人煙罕見，氣候炎熱。多年野外作業，下雨令周身濕透，打雷讓人擔驚受怕，許多經歷都伴隨着好玩的故事，而非甚麼豐功偉績。多年後，風雨交加的夜晚常令他想到當年大雨瓢潑、在泥濘中步行、天黑下來紮帳篷的日子，現在風雨無憂地安坐家中，幸福感油然而生。

為了準確無誤地知道昆明到開遠縣的里程，黃湛和父親組了一隊民工，手持竹竿，從昆明東站一竿竿量到數百公里外的開遠。如此大膽而艱辛的壯舉，在黃湛的回憶中輕描淡寫地帶過。他們記憶最深的反而是趣事一樁：吉普車的電瓶被石頭碰碎，只好搭便車到開遠，向美軍求援，借來蓄電池，回程中被美國憲兵當成偷車賊，不由分說戴上手銬，關押起來。這些二十多歲、樂觀開朗、富於冒險精神的技術人員，面臨工作的挑戰如同遊戲，全情投入，不服輸。

　　如今網上可看到有關滇緬公路、滇越鐵路如何在抗日戰爭中擔負着中國抗日戰場全部戰備物資，以及大後方的經濟供應，是「中華民族的生存的一條不折不扣的生命線」，等等。據當年滇緬公路管理局局長譚伯英回憶：當時僅有的測量工具是普通的酒精水準儀。由於時間緊迫，勘測人員白天工作完後晚上加班，常常在老百姓的茅舍裏、在菜油燈微弱的光線下完成勘測南中國兩條交通幹線的測繪圖。我們從未從父親口中聽到這類豪言壯語。父親的公路踏勘生涯，無非是各種驚險遭遇，包括土匪、豺狼、奇風異俗等等。崇山峻嶺中的探險故事曾經伴隨我們度過許多精彩的晚間，講完一個我們還纏着要他再講。到1990年代，黃湛撰文回憶當年，值得一提的都是有趣的故事。談到1942年搶修元謀縣至龍街的公路，只帶了一句「因軍運需要」。直到他倆已經年邁，追憶往事，仍然只是津津樂道各種巧遇、奇事。例如他們徵集各縣民工時，某縣以大煙抵數，讓父親和黃湛發了意外之財三千大洋。後來縣長邀約他們去參觀外國傳教士辦的麻風病院，這些離鄉背井、拋棄舒適安逸的日子、冒生命的危險來窮鄉僻壤救助病人的傳教士，令父親大為感動，於是全數捐出了他的「不義之財」。

　　1956年，共產黨有意吸收一批有貢獻的專業技術人員加入。父親工作表現突出，在單位裏頗有威望，但舊官僚的出身，令他先天不足。黨組織也曾對他有意，至今他留下的一份自傳，是應昆明市委組織部要求而寫的。即便在為入黨申請而寫的自傳中，他也沒有將自己年輕時冒着各種各樣危險、歷盡艱難的公路修建工作和偉大的抗日戰爭聯繫起來。反而，他帶着反省和批判，揭露了當時公路局的弊端，例如承包工程、驗收公路得請吃飯、走後門；賣力而有功的技術人員不得重用，有社會背景的人則可以青雲直上。他詳細描述的貪污現象，他本人受到的不公平對待等等，今天看來簡直不值一提。

成家

昆安巷大宅中，各房的孫輩陸陸續續出世。長者的呵斥、孩童的笑鬧在遊廊上、花園裏迴響不絕。眼睛鼓鼓的小青蛙此時已變作王子，被他的同輩稱為「大哥哥」。表兄弟妹把這一表人才、又精通「十八般武藝」的大哥當作偶像，尾巴似的跟出跟進。大哥哥發明的遊戲層出不窮，春天，蠶豆熟了，他帶領眾弟妹以及和他年齡相仿的叔叔、姑姑們組成「叫花子旅行團」，帶着米，背着鍋，外出旅遊，一路從農田裏偷蠶豆煮豆燜飯吃。大宅裏一夥「大孩子」熱鬧非凡，他妹妹（屬羊的二姑姑）有一次跟他父親去上任，父親做縣官，「二小姐」豐收而歸，一夥人慫恿着要她請客。她年齡最小，父親提議眾人稱她「娘娘」，他們在昆明繞一圈，看見餐館就進去吃，樂了一天。一夥年輕人通吃市內食肆的1930年代初，昆明人口十餘萬。

家族中長輩對這位長孫不抱多大期待，「讀了西遊記，到老不爭氣；讀了紅樓夢，到老不中用」，沉迷西洋玩意，玩物喪志，家中長幼多喜歡他，但不看好他。而父親好強任性，與祖父神離貌也不和，工校畢業後，無論有無收入，都不向祖父伸手，寧可向朋友借貸。直到1950年代，被現實和政治一再教訓後，他仍然認為交朋友、講義氣乃至高價值。

很奇怪，巴金的《家》《春》《秋》時代，上自京城，下到巴蜀，父母之命當道之時，昆明已經自由戀愛成風。媒人尚未失業，卻退居二線。女有情，男有意，雙方心中有數，才請媒人出面，為有地位的人家做大媒的，通常是有頭有面的人物。父親和母親年輕時是城中的俊男美女，彼時社會上雖非男女授受不親，仍舊有別，學校分男校女校。抗戰掀起的社會運動，給了淑女拋頭露面、少年君子好逑的機會。母親參加為抗戰募捐的義演，在《天鵝》歌劇中反串飾演最小的王子哥哥。就讀工業學校的父親，男扮女裝表演搞笑非凡的

1934，可能是結婚前。

「三隻蝴蝶」。結果小天鵝與小蝴蝶彼此相上了。多年後母親躺在病床上，回憶起父親着花裙、舞動紙翅膀的滑稽樣子，仍笑得摀住肚子。

我的外公蘇澄（1883–1951），號滌新，是雲南第一批「公派留學生」，畢業於日本早稻田大學。母親的外公錢用中（1864–1944）十六歲在雲南考中秀才第一名，1891年中舉人，赴京考進士不第，卻結識了康、梁參與變法維新。後來到日本考察，一生經歷許多驚濤駭浪。1911年在昆明創辦省師範學校（後改為昆華女中），他的兩個女兒是他示範維新的教材，是昆明第一屆女子高中畢業生，後又行「集體結婚」，廢嫁妝及婚禮鋪張，在世紀初的小城中頗為轟動。他提倡開民智，反對傳統的愚民政策，創辦了《雲南日報》。著有《思誠齋文抄》《中國社會總改造》《我之國民改造觀》等書。儘管兩家都屬革新派，八字仍須配，門當戶對更理想，雙方家長均為此美滿良緣十分高興。

母親家十一個弟兄姐妹，媽媽是我外公外婆最心愛的女兒，父親也深得我外公外婆的信任和寵愛。托爾斯泰的《戰爭與和平》中描寫娜塔莎家中大家庭的氣氛，活像我記憶中的外婆家。母親從小體弱，但聰慧活潑，無端端會笑個夠。姐姐妹妹親密無間，父慈母愛。熊家則長尊幼卑，庶出嫡出的各房之間是非不斷。加之父親從

來與祖父疏離，很自然就融入岳父母家。父親幽默善談，頗受母親的姐妹們歡迎。父親的見解、判斷很受他的岳父賞識。1951年外公自殺之前曾傳話要他去一趟，他因故沒能及時去，終身引以為恨。

父母1934年完婚。美麗、賢淑端莊的母親進了熊家，謙和有禮，淺笑盈盈。很快，老少上下、連傭人都喜歡上她。第二年我的大哥出世，完成老爺爺四世同堂的夙願。父親勘測公路，常年在外，新婚夫妻聚少離多。豈料兩年後，1937年抗戰爆發，不僅父親返回昆明，上海姑媽一家、美國四姑奶奶攜兒帶女，都回到昆安巷。平時不見面，槍響大團圓。「大哥哥」這位領袖人物雖已為人父，童心依然。「佚園」裏孩子們歡快的氣氛洋溢在他那時拍下的一張張照片上。母親和第一次見面的家姑，立刻成了形影不離的好朋友。母親身體弱，不能跑警報。轟炸機隆隆，爆炸聲此起彼伏，兩對年輕夫婦安坐家中打麻將，炒雞蛋飯吃，講笑話。父親說在工業學校讀書時，有個同學姓莫，天生幽默詼諧，半夜下雨屋漏，他的被子淋濕了，同學推醒他，他說「別吵」，假裝睡着了。炸彈落地，四個年輕人假裝聽不見。

同樣，父親留下的照片、轉述的故事，充滿陽光和笑聲，而我在他自傳中驚詫地看到，被戰爭驅趕回鄉的親戚住在一起，重逢的喜悅過去之後，張羅眾口之家油鹽柴米引起的麻煩，很快掃走各家之主婦臉上的笑容，各個小家庭都須計較付出，為一點小事發洩自己吃虧的不滿。打麻將排遣無所事事的時間，坐在麻將桌邊倒也開心，過後向輸錢的討債難免傷和氣。父親從小對熊家沒有多少感情依戀，此時更覺烏煙瘴氣，也因為要養家口，沒有在昆明多停留。滇緬公路搶修緊張如戰事，他先後在不同的公路工程段任副段長、段長。我1943年出生，那時父親在武定縣公路段，一年後哥哥留在昆明讀書，母親帶着我，隨父親住武定，後來引出一場驚險的事故。

一家之主

這對男才女貌、令人羨慕的恩愛夫妻新婚後離多聚少。母親少女時期就得了心臟病，大家稱她作「病西施」。但她極為好強，父親不在，獨自操勞家務，哺育兒女，心臟不堪負荷，不時暈倒。雖然醫生建議她不再生育，懷孕仍然不可避免。1945年景泰出世時，醫生要家屬簽字，風險自負。當時父親在外，由黃湛代簽。儘管體弱多病，母親是家中的光和熱，她溫柔善良，澤布接觸她的所有人。1955年，母親四十二歲就因心臟極度衰弱，臥病不起。她的病榻有着魔術般的力量，令家人、親友，甚至同學、鄰居，都樂意到她床前來說心事，感受她的愛，感染她內心的安寧。

不知道是否上天的安排，父母的性格幾乎截然相反。母親的線條有多細，父親的線條就有多粗。母親從來不高聲說話，父親則不時大發脾氣，用母親的話說，父親發起脾氣來像扯閃（昆明話：閃電打雷）。不過他自己很快忘懷，頃刻雨過天晴；他發脾氣的對象，尤其母親，則會傷心很久。我剛剛學會走路時，一天在吃飯時哭鬧，父親拿起盛飯的銻勺扔過來，沒打中我，摔斷了勺柄。我一邊哭，一邊搖搖晃晃地走過去，撿起飯勺，朝他扔過去，當然也沒打中。這把斷柄銻勺仍用了許多年，故事隨之傳下來。

恐怕無論中外，每一代為父者都認為他們對妻子兒女的態度比上一代民主多了（世界看來正過渡到老一輩需要力爭在家中的平等權）。只要他不發脾氣的時候，父親這位一家之主完全沒有祖父那高高在上、故作的威嚴。無論在我們的六口之家或熊家、蘇家兩大家族的親友中，女孩子，尤其是我這樣傻傻的女孩，特別得寵。現在父母早已過世，我回想起來才感覺到，比起哥哥和兩個弟弟，我似乎更得父母疼愛。兄妹們在無拘無束的環境中，在大人的憐愛中度過童年，我們整天在外面瘋，和一大堆小孩，要麼鄰居，要麼表兄

弟姐妹一齊遊戲、爬樹、野跑，無
端端大叫大笑。我們家有一套識
字卡片，我最喜歡的一張是「哥哥
跑，妹妹追，追不著，就退回」，
因為畫的就像是我和哥哥。記憶中
我的膝蓋頭總是跌破、結疤，傷疤
又碰開口，甚至化膿，從無完好的
時候。父母叫我「瘋丫頭」；大人
講話，愛插嘴，也被稱為「插巴丫
頭」。想來在父母年幼的時代，「插
巴丫頭」還不可能被容忍。

1937，大哥被裝扮成女孩，
拿着洋娃娃。

　　大哥自小品學兼優，無須父母
操心，記得他被父親罵過一回。他
念小學時去郊外西山旅行，帶回一
根竹杖，上端一對筍頭，他稱之為
「龍頭拐杖」，得意非凡。一覺醒
來，一支「龍角」被嘴饞的景泰啃吃掉了。大哥很傷心，反而被父親
大罵。他一邊哭一邊說：「我的手都刨出血來才挖到的。」我當時約
四歲，也許是生平第一次目睹他人遭受不公平待遇，所以至今還記
得清清楚楚。

　　幼我兩歲的景泰挨揍最多，也最得父親寵愛，他大概令父親想
到自己的童年，調皮、喜歡和人打架。上小學時他個子小小的，卻
已經在班上打出一片天地，贏得「大王」的稱號。一旦院子裏的小孩
或學校老師告狀，父親不問青紅皂白，先揍一頓。景泰屬雞，不服
父親打，歪着頭，挺着脖子，憋住不哭。父親叫他「歪冠雞」。父親
有甚麼冒險的玩意，例如去後花園試槍、騎馬，都叫上他。我膽小
如鼠，總是遠遠地躲着。

1943，昆明黑龍潭公園（父親支起三腳架自拍）。

　　兩個弟弟稍長大，就自動地成為父親這位無線電發燒友的忠實助手，三人樂此不疲，一有工夫就折騰電器，安裝一台又一台收音機，替親友修無線電。桌子上堆滿五顏六色的電線、大小零件、電子管、沒繞完的變壓器。1940年代，父親喜歡到舊貨市場物色美軍留下的電器，當一個汽車用的小電扇在他的撥弄之下習習生風，我們都呼叫起來。昆明因為有上帝賜予的空調，那時大家都沒見過電風扇。小電扇主要具表演功能，尤其同學來家的時候。家庭作坊的另一項業務是洗印照片，將最小的一間房門窗蒙個嚴嚴實實，電燈泡用紅玻璃紙包住。看着人影在顯像液中漸漸浮現，感覺不知多麼神奇。之前的準備工夫，配藥水之類就只有弟弟們感興趣盯着爸爸做了。春天，大概每年一次，他帶我們去放風箏。父親最喜歡的人物孫悟空，每年從城郊八大河邊、蠶豆田田埂上冉冉上升，回到家在大衣櫥頂上躺着，等待次年被興高采烈的男孩拿下來，抹去塵土。

　　中秋是另一個全家出遊的日子。母親病倒之前，有一年中秋，全家人去了一次大觀樓，父親指給我們看月亮上的玉兔和桂樹，我盯着初升的一輪淡黃色圓月，果真看到了。那幾年短暫的溫馨、家庭的和美留在幾張國際照相館拍的全家福上。我嫌自己的眼睛小，面對鏡頭時儘量睜大眼，所以每張像我都瞪着一雙圓圓的小眼睛，越發顯得憨傻。1955年，我十二歲，母親病重住院，直到十八年後去世，都沒有離開病床；父親越來越忙，常常出差，在昆明的日子，晚間不是政治學習就是開會討論工作。從此，和父母一道賞月的節日變作令人傷感的回憶，嫦娥的家再不對我顯現。

　　從小學到大學，同學們到家裏來玩，都羨慕我們家平等的氣氛。有一回，一個從專州來的大學同學到我家做客，她說當晚回去忍不住哭一場，她從來不知道一家人可以這樣融洽平等。那時母親已經臥床多年。我說：「喲，你沒見我爹發火的時候！」一家人，除了媽媽，都喜歡辯論。昆明人叫「強幹」，媽媽常說我們「強幹白，強到晚，餓到黑」。有時飯桌上爭個不休，放下碗筷，翻書尋找佐證。這般「沒老沒小」是少數家庭的風氣，抑或表示昆明此時在西化路上先走一步，我也沒有研究過。至少我外公家規定「吃不言，睡不語」，我們悶得受不了，就添碗飯走出去，一邊走一邊吃，這叫「吃遊雲飯」。聽一個父親是高幹的同學說，他家從來要等父親吃完飯，小孩才能上桌子，不可思議。

　　父親嚇得我最慘、令我對他印象最壞的事故發生在我大概有四五歲時。父親出門前在擦皮鞋，和媽媽爭吵起來。他對着桌子猛踢一腳，把桌腿踢斷了，東西嘩嘩啦啦跌了一地，媽媽哭了許久。後來聽媽媽說父親那時和他三妹、三妹夫交往密切，跟他們去抽鴉片，那一次是媽媽想要阻止他去而吵起來。母親說共產黨有一樣好，就是禁了鴉片煙，不然父親可能會上癮。現在父親已去世，不論我怎樣替他解脫，也不能諒解他對媽媽發脾氣。父親忍不住大發

雷霆，傷害了許多曾尊重他的人。事後看得出他也後悔，但仍然守着自己的尊嚴，不向人道歉。到他晚年，我開始明白他發脾氣時不能自我控制，幾乎是一種病態，才學會理解和同情他。將來的遺傳學研究，也許可以發明一種藥，讓人有能力克服他們的無謂的衝動。

　　每當我在親友面前抱怨父親脾氣差，令母親傷心，他們都說：你父親盛年之時你母親就病倒了，他從來沒有對你母親不忠，十分難得。許多年後，我們才開始明白這些話的含義。不過作為一家的經濟支柱，父親極為盡責。他每月工作扣下一點煙錢和零花，全數交給母親，後來母親生病，我十一歲起就交給我。其實父親的工資交給媽媽或我，都一樣放進媽媽梳妝枱不上鎖的抽屜，稱為「錢抽屜」，若干年後，我有了工資，也一樣放到同一個抽屜裏。我上小學時，一天不知為甚麼很想要兩毛錢，想得哭起來。媽媽問我為甚麼哭，我就是不說，只不停地哭，想着兩毛錢，但決不會想到去開錢抽屜。

　　我們並非富裕，但凡購置家電用品，總是領風氣之先。早年是父親自己組裝收音機，後來買短波功能強的收音機；答錄機、電視機一面世，父親立即傾盡全部積蓄去買。多年後聽到有親戚說我們家子女成器，都是爸爸有遠見，捨得投資這樣機那樣機，擴大孩子的視野，我們都覺得好笑，知道那明明是因為父親本身是個鍾愛玩具的大頑童。在父親文革中寫的檢查中，我頗為驚奇地讀到：

> 我認為社會主義不一定能持久，還是要走到修正主義道路，在這個思想指引下，我的女兒有一次對我說，她讀了五年俄語，畢業後用不上，是白讀了。我表面上對她說，就是敵國的文化也要學，只要學得好就會有用。實際上我心裏在想，眼光應該放長些，事物總是不斷變化的，可能有一天我國也修了，又和蘇聯好，就更有用了。我的二兒子自學英文，我也鼓勵他好好

的學，文化大革命期間，他們都在家裏時，我特地找我的表妹借來一部英文打字機給他們學打字，他們都學會了。我還買了一部答錄機，借來外語教學唱片，幫助他們校正發音。我這樣熱心地鼓勵他們學外語，就是我對帝修反抱有幻想，對社會主義懷疑的鐵證。

寫回憶的最大問題是記憶本身像篩子，並不可靠。我不記得父親鼓勵過我好好學習，不記得他對子女說教。不過文革中他教我古文，反覆講「使遂早得處囊中，乃脫穎而出，非特其末見而已。」令我印象深刻。

晚飯後的故事會、春遊、父子作坊等家庭活動，到1950年代中社會主義高潮掀起來後，都結束了。父親這位勞動模範早出晚歸，週末常常得加班。他像傳統的男人一樣，認為管教小孩是母親的事，在大公無私的政治環境中，孩子是祖國的花朵，由學校裏的園丁負責栽培打理。父親對我們的學業從不過問，連我們上到幾年級也不知道。1953年我十歲，上小學五年級，景泰上二年級，有人來調查戶口，媽媽不在家，爸爸告訴來人我上初中，弟弟上四年級，我在一旁大叫起來糾正他。無論父親或母親，都不以為在學校的成績好壞是甚麼大不了的事，除非留級。我因為虛榮心作怪，對分數看得很重，晚上溫習功課過了睡覺的時間，父母就嘲笑說：一百分可以當飯吃嗎？父母從不過問我們在學校考第幾名。

父母的教訓我們大部分都聽不入耳，媽媽說：「沒耳訓，左耳進，右耳出。」而從父親的收音機、唱機裏流出來的優美動聽的古典音樂卻從小感染了我們。音樂成為全家的愛好，直到文革前，父親每月發工資就到近日樓外文書店二樓買蘇聯出的古典音樂唱片，我記得陪父親去過幾次。三元左右一張，好貴。到文革抄家開始，父

1938，昆明大觀樓公園。

2008年夏天，我在昆明收到一個大件包裹，是胡傑寄來的一幅油畫，題名「一個溫暖的午後」。幾年前他看到我父母和哥哥這張攝於1938年的照片，很有感覺，於是成畫。香港中大同事看到1943年的出遊黑龍潭合影，問我說，這是巴黎嗎？那一年，中國仍在戰爭中，這座邊遠小城裏，中產的衣着打扮和當時的巴黎人沒太大分別。衣着的品味是文化的一部分，文化的興衰也表現在衣食住行之中。

親最緊張他的唱片，家裏找不到安全的地方，藏到表姨家的天花板上，珍貴的家譜反而付之一炬，現在想起來還痛心。

在出國好像登陸月球那麼遙不可及的1970年代初，父親認定我將來會出去，對我說過不止一次：「你將來出國，一定要去音樂廳，替我聽一場交響樂。」我剛到香港，收入雖低，想到父親的託付，帶女兒去聽音樂，不期然也令她愛上古典音樂。2004年夏天，父親去世八年多，我和朋友來到西班牙海濱小鎮西茄思，尾隨動人的歌聲，來到海邊的音樂會。藍天下，碧海之濱，細膩的白沙閃閃泛光，美麗的女歌手海藍色的長裙隨風飄擺，歌聲注滿水色天光，這一刻我突然想起父親，止不住眼淚。

我很小很小的時候，父親彈奏夏威夷吉他。戴上指甲套，坐着，吉他平放在腿上，「轉軸撥弦三兩聲，未成曲調先有情」，充滿異國情調的婉轉樂聲在小小的房間裏迴盪。吉他也好，小提琴也好，主人到了忙碌的中年，就束之高閣。父親最後一次將塵封的小提琴拿出來，好像是母親的生日，母親在琴聲中輕輕地吟唱：「往日的愛情，早已消失，幸福的回憶，像夢一樣留在我心裏。」

父親的寶盒

我小時候深信父親有一個故事寶盒，藏於高山之巔，鑰匙存在父親的頭腦中，不易搜尋。晚飯後我們就期待他找出鑰匙來，打開寶盒，精彩的故事就像巴格達竊賊的神燈一樣，先化為一股青煙，落下來變成故事。講完一個故事，得等待父親再去找鑰匙，找不到，沒辦法，就乖乖地去睡覺了。他最為津津樂道的當年勘測公路，在深山老林裏的種種奇遇，大多數都是和強盜、野獸有關，他和朋友則是故事中多勇足謀的主角。景泰最愛聽這類驚險傳奇，可惜我完全忘了情節。

1940，公路勘探工程師。

　　令我入迷而且至今不忘的，是充滿神秘色彩的「真實」故事，或家族裏的傳說。例如父親的一位甚麼女長輩，針線活做到無人能及，她訓練出靈巧的手指功，一個夜晚可以逮十幾個跳蚤，拔下一根長髮將跳蚤拴起來，而且每一個跳蚤都被綁住左大腿！我後來將這個故事講給同學聽，他們都不信。

　　我們幼時，鬼故事盛行，下了課，大家圍坐一圈，有人繪聲繪色地傳述從大人那裏聽來的鬼故事。通常，都是報告文學的形式，介乎經歷與創作之間。天黑後，一夥小朋友走在一起，只要有人大呼「鬼來了」，眾人立刻毛骨悚然，大叫狂奔。父親講的並非鬼故事，他特別交代和我們住在一道的奶奶，他的後母，不可以對我們講鬼故事。他的理論是不聽鬼故事就不怕鬼。我從來膽小，常躲開鬼故事的圈子，也真的不信鬼。1958年，我十五歲時，學校搞勤工儉學，我被派去做車工助手，上夜班，半夜三點多順金汁河堤回家，漆黑一片，微弱的手電筒光照出高低不平的河堤，不覺得害怕。那時就想，多虧父親從小不准我們聽鬼故事。

　　父親不信鬼，卻相信生命的神秘性。他自己有過多次奇特的經歷，例如走到某個從未到過的地方，突然覺得此情此景好生熟悉，甚至知道拐過前面山脊會看到甚麼情景，細細回想才知夢中見過。我也有同類經驗，還有過好夢成真的經驗。有兩次我夢見遠在省外的大哥回來，第二天就收到令我們歡欣雀躍的電報。爸爸戲稱我為「夢二小姐」。

　　為了讓老人延年益壽，生前就為他們選定棺木，置放家中，是

中國久遠的傳統。曾祖父的第二位夫人，貴州來的「姨奶」挑了上好的檀香木棺材，整層樓都聞得到悠悠的香氣。她入土後數年，成年的兒女為金錢、為是非，有時吵得天翻地覆。不止一次，喧鬧聲中，突然有人道：「別吵，姨奶來了！」一股熟悉的檀香味飄進來，眾人嚇得屏氣無聲。

父親說他的一位叔公，能預知自己的死辰。他身體好端端的，一天卻急急出城，為自己選好墳地，安排後事，告訴家人說某月某日，太陽照到了窗框第幾格，他的時辰便到。是日早，他起身後，並無異樣，誰也不信他就要離世，他卻平靜地換上壽衣躺下。果真，當陽光照到命中注定的那一格窗，他便咽氣了。1996年12月初父親打電話到香港給我：「我病了，不會好了。你回來，我有些事要交代。」語調平常得好像說他要到哪裏去一趟，我立即想到那位叔祖的故事。

父親的寶盒裏也藏着現成的故事，他對《西遊記》的情節瞭若指掌，我總覺得景泰就是孫悟空的化身，很猴精，隨時帶一條「金箍棒」伴身。待到我們長大，知道父親的故事《黑奴籲天錄》原來是《湯姆叔叔的小屋》，《塊肉餘生述》即《大衛‧科伯菲爾》，笑得肚子痛。從母親那裏聽來的歌謠都頗優雅，父親念的民謠通常滑稽幽默。母親說他是「屁派」文學家。

「屁，屁，屁，乃五穀之氣，不放你出來，你在肚裏撞天撞地；放你出來，又受這些龜兒子的氣」；有一位姓解的學士，雨天滑倒在地，一群女學生路過，嗤嗤而笑，這位受辱的飽學之士立即吟詩一首報復：「春雨貴如油，下得滿街流，滑倒解學士，笑煞一群癡母牛。」清明上墳，父親觸景生情，念他小時候聽來的諷刺庸醫的民謠：「出得門來墳滿坡，新墳更比老墳多；老墳是我爹醫死，新墳都是我之過。」他說曾祖父當年上京趕考，千里迢迢，攜鴨蛋一枚，每頓只捨得用細竹籤挑出一丁點兒來佐餐，末了還剩下少許黏在蛋

殼內，一不小心，被風吹走，於是吟詩一首。父親只記得末了的兩
句：「風吹鴨蛋殼，財去人安樂。」

　　我們自初中一年級起，古詩詞就入選語文課本，朗朗上口，好
像不費力便可背熟，考過試就忘記。文革時，忙得不可開交的父親
終於閒下來了，念古詩詞消磨光陰，他對我逐句講解白居易的〈琵琶
行〉，讓我開始領略古典文學之美、之細膩。從此，我開始對古典文
學上癮，把一首首詩背下來，在階級鬥爭火熱的年月，烏煙瘴氣的
環境中，找一刻清靜，踏進「楓葉荻花秋瑟瑟」的情景中，暫時忘卻
充斥四周的謊言和仇恨。

解放

　　父親在自傳中説：「自學校畢業，我的中心思想是好好做人做
事，認真的學習技術，有了本領，並得到上級的信任，在生活上便
可以日漸好過，所以有時工作雖難雖苦，不以為苦，我認為我是有
光明前途的。」像無數他的同輩，這簡單樸素的觀念，左右了他們的
一生。他三十三歲時，十一年顛沛流離的公路修建生涯，終於告一
段落。受與他志同道合、興趣相投的朋友黃湛邀約，父親參加了昆
明自來水廠的創建。

　　那一年12月9日，雲南省政府主席盧漢在電台向全省宣佈雲南
起義，歡迎解放軍到來。我們家那時住在黃湛家大宅內網球場邊的
一排平房裏，共六間一排，父親稱為火車房。大宅門對着雲南忠烈
祠，當時駐着政府的不知甚麼機構。我那年六歲，剛升上小學二年
級，對雲南解放一定比盧漢開心。還記得早上去上學，被守在忠烈
祠門口、全副武裝的衛兵擋回去。想到明天老師問起來，我有鋼槍
般堅硬的理由缺席，莫名興奮。收音機裏盧漢的〈告雲南同胞書〉一

遍又一遍地播放，語氣似讀悼詞。爸爸和黃湛不厭其煩守在收音機旁，就像誰要他們記熟背誦似的。

黃湛是父親最好的朋友，母親對父親的一些朋友頗不以為然，對黃湛則極為信賴尊重，更何況他對母親有救命之恩。黃湛在八十三歲時追憶和父親的結識道：

> 1929年秋，我還只有十三歲零三個月，竟然在成德中學畢業了。當時招生的有新辦的工業學校和東陸大學預科。那時應考的都比我大。工校出榜那天，我獨自去看榜，不敢從正面看，心想考得取就不錯了，所以從後面往前看。已經一半多了還不見我的名字，以為沒希望了。因為榜高人小，只得往後退，不小心碰到一位漂亮的小伙子，正擔心他怪罪我，他卻笑着問我的名字，知道我怕考不取倒着看榜，他大笑道，你莫急，你考在十五名，只在我熊蘊石後一名。

為了見證他和父母的友誼，我在懵懵懂懂的童年做了黃湛的乾女兒。回憶父親時，黃湛常常浮現。自那年榜下相遇，他們兩人的命運便交織在一起。出身顯赫、聰明絕頂、事業心重的黃湛頭三十三年如天之驕子。1916年他出生時，其父黃斐章正率領護國軍第四軍揮師北上，討伐袁世凱成功後，晉升為陸軍上將。黃斐章早年留學日本，參加過孫中山的同盟會。他和共產黨也有緣分，任雲南講武堂教官時，是朱德的恩師；他甚至參與策動盧漢起義，投向共產黨，後來並曾冒險救了共產黨派來雲南的楊傑將軍。國民黨特務準備動手殺楊傑的當天，黃斐章遣兩個兒子護送他逃到香港。黃湛開車送到機場，任機場警衛連連長的弟弟黃治掩護楊傑上了飛機。楊傑後來仍未能躲過國民黨特務的子彈。當初冒生命危險送他出境的兩個年輕人，後來卻進了共產黨的監獄，一個被槍斃，一個九死一生，畢生備受磨難。楊傑將軍這位抗日英雄若地下有靈，會

作何感想？這兩個邊城的青年，無非是遵從父命，幫助父親的摯友脫險，黨和政治不在考慮之中。政治的繩索和鞭子卻不留情地將他們拴起來鞭打。黃湛一直認為如果楊傑不死，他們可得以申冤，因而只能怨命。真的嗎？起碼，後來朱德的手諭免了黃湛一死；縱然如此，也救不了他出牢門。

城市供水和排水系統建立，是邁向現代化的重要一步，青年的黃湛意氣風發，雄心勃勃，一個偶然的機會，接手籌備昆明自來水廠，當然地找他能幹的好朋友——我的父親加入。不知道哪一位有心人，將黃湛和父親等人的貢獻呈現給今天的市民，令人飲水思源。明珠般點綴昆明的翠湖公園內，現在還可看到昆明自來水的歷史展覽。展出的照片上兩個年輕英俊的廠長，命運各異。1940年代末，廠裏有了共產黨地下組織，廠長黃湛那時曾兼任國民黨的青年組織三青團主任，但仍然保護和支持共產黨地下黨的活動。大都市黨派鬥爭的驚濤駭浪到邊疆小城化為和風細雨。在昆明人眼中，兩黨並非不共戴天的敵人，誰沒有親戚朋友加入此黨彼黨？蔣介石令人失望，國民黨的聲望喪失，故而共產黨的正當性大增。待到1949年底，黃湛戴上無產階級專政的手銬時，還天真地以為他歷來以正義為大、黨為小的作為，必當得到理解，這場誤會很快能解除。當年中國諸多愛國人士，做如此美夢的，不知其數。文革開始時，我就讀的雲南大學和隔壁的昆明工學院，一夜之間成了敵人，我當時自作聰明地肯定這場誤會用不了多久就會過去，誰知反目成仇的日子拖了十年，甚至更久。革命或者群眾運動的巨輪滾動起來，就別指望大小齒輪均長着眼睛。

解放軍進城那天，昆明市民夾道歡迎，鑼鼓喧天。父親回家路上見興高采烈的行人將帽子拋向高空，玩性發作，摘下自己頭上的帽子，裝進衣袋，乘亂將路邊一位仁兄的帽子抓下來，高高拋出，

揚長而去。這個三十歲出頭、精力旺盛的工程師，將用一生去理解無產階級政治是不興作玩的。

在「解放區的天是晴朗的天，解放區的人民好喜歡」、「勝利的旗幟嘩啦啦地飄」歡快的歌聲響徹昆明大街小巷時，黃家一片陰霾。士兵來抄他們家的那天，大院裏群童的領袖、黃湛十四歲的大女兒眉頭深鎖，她自言自語說了一句話，我一直記得，到今天也不能夠寫下來。我怕怕地問她，「黃爺爺呢？」，她指着遠處圓通山說，在山上散步。我至今不明白那個六歲的小女孩為甚麼很擔心黃爺爺，並且好像真的看到他在山脊的側影，鬍鬚飄然。平生得志、傲骨凜凜的黃湛被捕後，在審訊時質問對方為何抓他。人家拍桌子，他拍得更重。如此膽大妄為的階下囚立刻受到懲罰，幾天後押他去陪殺。

> 隔了幾天，早上八點，我被叫出去，五花大綁，押上汽車，共有十二人到潘家灣體育場，開公審大會，我被按下跪在主席台下前排的跑道上，我氣憤至極，甚麼也聽不見，心一橫管他的。約一小時後只聽見「押下執行」就拉到溝邊，硬將我打得跪下去。三十五歲的我此生歷險無數，猶記父親當年戰場豪言：「人生誰都免不了一死，何懼之！」真的做到面不改色，心不慌。一陣槍響後，我側頭看看，只有我和另一個沒倒。我大叫：「給個快信吧！」背後那個兵說：「讓你再活幾天。」不知道為甚麼，我當時腳沒軟，奮力一站就往車上走，而我隔壁的那個是三四個人把他抬上車的。

刑場上面不改色只說明他的頑強抵抗。黃湛從此失去自由，「在其後的年代裏，從南到北，不知住過多少看守所、監獄，一直到茫茫北大荒勞改農場，被耗盡年華，榨乾骨髓。」三十年後，黃湛得到徹底平反，而且因他在北大荒任犯人工程師的傑出貢獻，被選為人大代表。雖出了監獄，腳鐐磨損了的後腳筋仍夜夜折磨他，睡中

痛醒，以為還在牢中。他的六個兒女，由於父親是勞改犯人，都沒
資格讀大學甚至高中，到他老邁年衰之時，仍不能擺脫對父親的怪
嗔，這對黃湛，乃是更深的創傷。晚年，他和弟弟，一位單身、退
休的中學老師同住。我每年回昆明去探望他，問起我幼時的玩伴，
他都輕飄飄帶過，聞者可知他心中的悽惶。一位與他素不相識者讀
了他的《永遠的北大荒》，深受感動，向我打聽到他的地址，前去探
望，問起貴庚，答：「在下二八佳人。」那年他八十八歲。

　　雖然父親極力設法營救黃湛出獄，有人從中挑唆，令黃家的人
認為父親為了奪取自來水廠廠長位置而出賣朋友。這場誤會，加上
文革間「外調」的另一場誤會，將兩個摯友分開了三十多年，到彼此
年屆七十才澄清真相。黃湛在書中道：「可惜的是，彼此年事已高，
精力不足。雖有交往，但失去了往昔之親切，我們曾兩次出遊，在
大觀樓見到滇池的臭水，均有不堪今昔之感。又曾到（原水廠所在
地）九龍池，只見機房尚存，水則早已枯乾多時。觸景生情，不禁悲
從中來。」追悼故人時總是寬宏大量的，黃湛對父親的回憶沒有半句
微言。1980年代兩個好友再聚首時，我們那位從未學會體貼別人的
父親，隨時忍不住地誇耀兒女的成就，對六個子女都因他失去機會
的黃湛，何以堪！

　　父親在自傳中說：

　　　　1949年12月9日昆明解放了，我對共產黨毫無認識，我認
　　為不管甚麼黨都是少數人爭權奪利，我所擔心的問題是在秩序
　　尚未恢復的一段時期我家裏的生活怎樣過，我認為國民黨要造
　　橋修路搞自來水，共產黨也要造橋修路搞自來水，我工作積極
　　又有技術，總是有飯吃的。

　　父母都對解放喜多於憂。八年抗戰已經令舉國上下民不聊生；
內戰一年一年打下去，對老百姓，快點打完比誰打贏還重要。到

1948、1949年通貨膨脹弄得人都要發瘋了。八姨用金圓券摺扇子、紙帽子，派給我們玩。解放後，工資雖低，貨幣穩定了。解放軍軍紀嚴明，笑容滿面。我記得乾爹的弟弟黃治很不喜歡他們，有一個解放軍叔叔將我抱起來，放到網球裁判的高座上，我玩得很開心，他兇巴巴地拖我走開。解放軍進駐隔壁忠烈祠，週末演戲，小孩子們一窩蜂地每場必到，只有四歲的景泰從無興趣。我多少有點照料他的責任，有一回想拉他去，他坐在灶門前，將一截甘蔗放在火裏燒：「賣甘蔗的説，甘蔗梢梢（燒燒）最好吃。」歌劇《劉胡蘭》不知道看了多少回。劉胡蘭的頭在鍘刀下咕隆地滾下來很嚇人，看第二遍時，就知道甚麼時候該閉上眼睛。「一道道水來，一道道山，隊伍出發要上前線⋯⋯」第一次聽到的西北民歌真摯動人的調子，令我喜愛至今。

　　祖父沒田沒地，退休後在城郊車家壁山坡上建屋自住，間居鄉間。1951年2月，農會的人氣勢洶洶地來找他，首先要他低下狗頭，他不依，人家將他的頭硬壓下去，手一鬆開，這位早年的共產黨員又倔強地昂起頭來。農會給他定下惡霸的罪名，五花大綁，拖到農會組織的群眾大會去鬥了幾次，鬥完後關押起來，要家屬拿錢去賠剝削帳領人。父親幾兄妹湊了一百元交進去，農會的人又將父親的自行車「借」走，都不足令對方發慈悲。祖父就這樣不明不白地被送進大牢，幾個月後因病釋放回城就醫，死在家中。父親對祖父雖然感情不深，依然十分傷心，也令他初次領略了無產階級專政的威力。

立業

　　父親比黃湛和那時絕大多數中國的專業人士幸運，他的事業得以跨越1949年。1950年1月11日，自來水廠召開全廠職工大會，父

1950，昆明自來水廠001號工作證
上的父親照片。

親被推選為廠長。他不負眾望，在自來水廠做得很出色，1950年代初，私營企業倒閉，父親趁機為水廠網羅了一批技術人才，並將出色的部下派到上海學新技術。他對機械有天生的悟性，上任不久便改善了主供水泵，將供水量提高了三分之一，增建了快濾池，大大提高水質。我記得父親每次參加全國自來水水質評定會回來，都異常高興，因為昆明的自來水質總名列前茅。很快，水廠扭轉了長期虧損的局面。1953年他被調到昆明市建設局，任工程計劃科副科長，後來又被派到昆明市政建設公司，任總工程師兼副經理，文革後任昆明市房屋管理局副局長直到1982年，六十九歲退休。

父親雖然只進過中等專業學校，鑽研科學技術的熱忱令他不斷進步，在1930年代就自學考取工程師資格。因為不是黨員，歷任職位都是副職，但實際卻負技術和業務上的全責。他幾乎每年都被評選為市勞動模範，從1955年起被選為市人大代表。父親珍惜地留着無數的獎狀、代表證、聘書。

等爸爸回來吃飯是我們從小到大日常生活的一部分。爸爸總是不準時回家，尤其下午開會往往拖得很晚。我們常走到門口街邊看着一輛輛單車流過，盼望街口轉過來單車上熟悉的身影，久等不見人就開始數單車，心裏定一個數目，自己給自己打賭，數到第一百輛爸爸一定出現。爸爸有一把長長的計算尺，我兒時的記憶中，他每天晚上都趴在書桌邊，一大堆圖紙攤在面前，計算尺推來推去。

到我上中學，爸爸開始當「領導」，計算尺送給弟弟。晚間、週末他的房間成了會議室，來找他的多是年輕的工程師，談工作談得非常投入。此刻我才想到，那時不議論時事政治（因為不可以），也不抱怨貪官污吏（因為不多），不談後門（通常不敢開），甚至不談保健養生（因不甚懂），那個時代，離我們遠去了。1950至1960年代父親一直兼任昆明防洪指揮部負責人。每一年下大雨發洪水，他都日夜守在工地上，到危險過去，才回家來睡覺，常常一睡兩天。他很為自己的「特殊本領」自豪，說可以把一星期覺集中起來睡。從我記事起到文革前以及文革後工作恢復正常之後，爸爸就等於工作，除了工作，還是工作。

他多年來的習慣每天睡前一定回顧今天一天工作，考慮所做的決定有否不妥；早上醒來躺在床上便開始籌劃一天要開的會、要見的人、要下的工地。據他的同事說，父親最難得的是敢於排眾議，不屈服於上級的壓力而支持正確意見。他在1950年代因為頂撞蘇聯專家，幾乎惹禍，幸好他的上司夠正派，保他過關。他大膽地支持年輕工程師的創舉，他在位時，昆明自來水淨化系統在全國領先。熱火朝天建設社會主義的年代，父親正好在昆明市建設局負責市政建設策劃，當年雲南省公路局第一個機械築路工程隊的副隊長的經驗和技能派上用場，他親自動手改裝了築路機械。昆明市內道路幾年之內大為改觀，他被評選為市級機關優秀先進工作者。

他的貢獻往往是由於創意和膽識。記得他說，一個領導，重要的不是你自己有多大本事，而是善用能者，開會時傾聽各種見解，然後做出判斷，最後拍板。固然，他也有不尋常的天賦。到六十多歲，他仍可以隨手寫出複雜的數學公式，記憶力令年輕的同事佩服得五體投地。母親及我們做兒女的也看得到他「吃軟不吃硬」的個性，加上制度的官僚性，令父親有時被阿諛奉承的小人包圍。而且他太自信，難免主觀。我有一次和他的下屬，一位和我們家頗熟的

工程師說起父親的「壞話」，他說：「你爸爸有時脾氣真夠大，幸好事後他會冷靜反省，嘴上不說，行動上尊重別人的意見。」當然，想到他的暴躁，我十分奇怪為甚麼他在單位有那麼高的威望。他離開自來水廠多年，廠裏的工程師、技術員還不時到家裏來向他討教。他在文革中的反省讓我多少明白：

> 十七年來，我服務於昆明的城市建設，由於我資產階級思想的指導，曾積極地推行了叛徒、內奸、工賊在城市建設上的反革命修正主義路線，是對人民犯了罪的。但主觀上，我還是想為社會主義做出貢獻，十七年來，我參加了昆明市自來水從設計、施工、擴大供水、提高水質工作，城市建設的道路、下水道、水利的基本建設工作，籌組施工力量工作。

一位認識父親的人，讀了我對他的敘述，認為我寫父親偏重「走麥城」，忽略「過五關斬六將」，他特意從《昆明自來水廠志》抄下一段：「1968年7月，熊蘊石、董文成、王永鏢不顧武鬥危險，由安寧步行到雲南化工廠。得知該廠有三氯化鐵後，幾經周折，最後由軍管會簽章，破例從銀行提取1.2萬餘元現款，提回十餘噸三氯化鐵，作為淨水的原料。」父親在工作中不畏難，以為甚麼事通過努力都能辦到的傻勁也傳給他的兒女。可是，像父親一樣兢兢業業、先公而後己的一代知識分子，大概已隨20世紀一齊成為歷史。

限制、利用、改造

直到此時，翻看他1956年寫的自傳，文革時寫的將近十萬字的交代，在文革後寫給市領導的信，才明白我們從來沒有真正理解父親。因為太驕傲、太男子漢，他將所有的委屈在妻兒面前藏起來，

要麼化作脾氣發洩。此外，妻子體弱，四十出頭便臥病在床，子女尚幼，不是傾訴對象，待我們稍年長，任何影響我們對黨光榮、偉大、正確看法的言論，都不可發出。經過各種政治運動的洗禮，為彼此的平安，親友之間更不能吐露心聲。兒女眼中，父親是事業成功的專家，雖然文革中受了罪，與黃湛相比，他何其順利。不似心地極為善良的母親，父親自我中心而不解人意，從未贏得我們由衷的敬佩。而今父親墓木已拱，方知這終日勞碌的工程師，曾被官僚蹂躪，在一個又一個的挫敗之下何等沮喪；這性格孤高的大男人，怎樣地在政治的淫威下低頭。

被選為廠長令父親受寵若驚，以為從此可以一展抱負。很快他就明白事情的複雜性。廠裏的黨支部1950年代初期尚未公開，依照地下黨的規矩悄悄開會，也同樣對枱面上的領導暗中作梗，令廠長有職無權。當時實行低薪制，1949年底弟弟出世，家中拮据，原打算將他送給親戚。想必上蒼有知，嬰兒落地，俊俏趣致，醫生護士都爭相來抱。當然，即便他長得不是那麼好看，父母一旦抱在懷中，大概也不忍送走。母親照例不能哺乳，請奶媽要錢，父親四處奔走，得一位朋友相助，贈130元（舊幣130萬）。此人和水廠曾經有生意來往，1951年底的「三反」運動中，父親主動交代的這一筆額外收入，被定性為受賄。他雖想不通，但如果不認罪、不深刻檢討的話，罪加一等。連續幾個月反覆開會學習、批判，全廠大會上聽「工人同志尖銳的批評」，然後等待組織發落。次年6月，在另一個相對小型的「思想建設」運動後，「三反」運動的處分總算宣佈了，父親被記了過。1952年6月，他調任建設局工程科副科長不久，又宣佈他的「三反」記過處分因工作努力而取消。文革時，他將知識分子感受的政治高壓總結為孫悟空的緊箍咒。這次算是他初戴緊箍咒。

周圍許許多多熟人親友都在「三反」運動中受牽連。父親的表哥，一位謹小慎微的會計，被他所在的大光明電影院黨組織定為「三

反」的「老虎」關起來，他不堪受辱，縱身跳下三樓，雖未死，終身致殘。1954年「思想建設」運動繼續開展，好像嫌政治的弦還繃得不夠緊，機構裏又搞「新三反」。雲南黨政軍內，任中上層幹部的大多數是一路打天下過來的南下幹部，也有少數本地「土八路」，1949年前投奔「山那邊有好地方」的地下黨員(爸爸同父異母的四妹就是一位)，他們掌着各部門的實權，領導着父親這批負責幹活的專業人員。歷史學家分析上層政治，指出1949年後政治運動不曾間斷的原委，其中一條簡單的道理是，當外行領導內行時，外行的權威得靠政治運動來樹立和實施。所以當北京吹響運動號角時，他們之中最不學無術，或者心術不正者，就興高采烈地揚起鞭子。「三反」「五反」鬥爭驚魂未定，「肅反」運動又開始了：

> 1955年7月機關內開展了肅反運動，在聽了薛副市長報告後，我產生了兩種思想。一種認為是我在舊社會歷史時間較長，社會關係複雜，出身不好，假若這運動也像三反是提倡大膽懷疑，那麼我也必是懷疑的對象了；另一種思想是聽到報告中說到對每一個問題都要做結論，我認為這是搞清歷史上一切問題的機會。

「肅反」和「三反」運動一樣，須人人過關。父親又挖空心思地交代了他的歷史問題。最嚴重的歷史問題是1948年被祖父的一個朋友動員「加入」了一個甚麼新民主黨，過程聽起來頗像電影上看到的動員年輕人加入地下黨的故事。

> 我還在幼年時，父親有個朋友叫黃天石，廣東人。1948年他又來昆明找父親，和我談過幾次，問我對政府的看法和對自己前途的看法。我發了滿腹牢騷，認為有錢有勢的人甚麼都好，而我們靠自己力量找飯吃的便永久受氣和困難。有一次他

1975，父親每天總是最後一個回家。晚飯好了，我去門口等他，數門口經過的自行車。就在這個地方，翠湖南路21號門外路邊。

對我説，蔣介石政府即將垮台，你雖是做技術工作的，但應當加入政治活動。他們有一個新民主黨，目的是救國圖強。他約幾個有作為的青年人一道加入，這樣以後才會有前途。我雖然沒有加入過任何政黨，對政治也不感興趣，但他是父親的朋友，態度懇切，感到盛情難卻，就答應了，還約了幾個朋友。然後填表，他帶我們幾個人到一間房子裏，舉起一隻手宣誓，當時態度很嚴肅，我心裏反而覺得有些可笑。

不久，父親發覺這位父執其實想利用年輕技術人員替他賺錢，就「自動脫黨」了，「新民主黨到底是進步組織還是反動政黨，也許誰也弄不清楚」。不過，「肅反」開始的年代，父親明白，小黨之進步與反動並非取決於他們的宗旨，而是看他們掛靠哪一個大黨。父親的這點覺悟，得益於他五年來每天參加的政治學習、每週聽的政治報告，尤其是剛剛解放時的思想大掃除。1950年11月到次年2月，父

親到為他這類人設的革命大學學習。他在學習期間被評為模範,以全班第一名的成績畢業。

他是心悅誠服地相信當時的教化,還是為了在逆境中求生,不得不每天在說違心之言?兩者皆有的話,何為先?無論我怎樣思索、回憶,翻看父親寫的自傳、檢查,都找不到答案。可以肯定的是社會主義和共產黨的話語體系,在短短的革命大學學習期間他就把握了。一切正面的、光明的東西,都產生於解放後;一切黑暗和醜惡都因為黨和領袖的光輝沒有照到。這套現在看來匪夷所思的邏輯,當時所向披靡。父親當了廠長,工作賣力,成效立刻顯現。此時他必須反省個人英雄主義、好表現自己,認識到主要是黨的支持和群眾的力量。同時一刻不能忘記,自己是舊社會過來的技術人員,黨和人民對自己太寬大了,才給了這個為人民服務的機會。「解放」時,他不過是三十多歲的一個工程師,這番話何等可笑!我倒寧願他真的被改造了,可以免卻內心深處無法排解的悲哀。父親為入黨而寫的自傳為甚麼沒有交上去,和他的重要文件鎖在抽屜裏,至今不得而知。

父親每年勞動模範的獎品,毫無例外是一本硬皮筆記本,正好用來為每週市級機關領導的報告,以及各種政治學習會做筆記。本子大多是紅色,扉頁上有毛澤東的頭像。1990年代,父親將記得滿滿的十多本筆記燒了。看着耗盡無數年華的無謂付出化為灰燼,不知他作何感想。母親1950年代初任昆明第四門診部的會計,也算公務員,她的一本政治學習筆記卻保存下來了,她的鋼筆字工整而秀麗,筆記本曾被她的同事借去做帖。整本筆記密密麻麻記錄了首長的講話,從國際到國內,從北京到雲南,從昆明到衛生局,再到她就職的單位,越是與她的工作無關的事,講得越詳盡。不知情的話,還以為母親入了中央黨校,準備進政治局甚麼的。

開篇是1953年3月6日丁副市長的報告:「新中國革命的動力和

領導」。3月12日、20日，4月2日，共分三講，傳達中央關於斯大林逝世的報告。每講都有好幾大題目，之下再分小題目。且引第一講，第四點：

> 斯大林逝世後，國際形勢會不會受到影響？
>
> 斯大林逝世是勞動人民的大不幸，敵人要趁這個機會破壞，但肯定不會實現。
>
> 中蘇友誼是牢不可破的，以高度警惕性的精神，化悲痛為力量，提高政治覺悟。
>
> 斯大林逝世，毛主席的責任加大，不應該只是毛主席一人的責任，而是每一個人的責任加大，必須努力工作，彌補損失。
>
> 斯大林是全世界革命的領導，中國的解放是和斯大林分不開，給中國幫助很大，並指出中國的革命是武裝的革命，在理論上，物質上，經濟上，技術上，都給了極大的助力，斯大林的逝世是不可用言語形容的悲痛。
>
> 蘇聯醫學發達，為甚麼斯大林還會逝世？蘇聯科學進步是可以延長人的壽命，但不是長生不死藥。

總之，那些看來應當是國家領導一級人物關心的問題，小小的一個門診部會計都必須記取和思考。例如國家為甚麼要工業化，如何對工商業進行改造。具體到：「為甚麼要實行糧食計劃供應？實行糧食計劃供應與國家總路線存在甚麼關係？在實行糧食計劃供應中，我們的任務是甚麼？」這些對父親這樣從不過問政治的工程師、母親這般賢妻良母如此遙遠而陌生的課題，必須每週三個晚上、週六整天去認真學習，絞盡腦汁在小組會上發言，表示附和。筆記記到1954年6月23日。從頭到尾，只有五個字是母親自己的思想，本子是1953年昆明市建設局工會「贈給積極籌組慶祝1953年元旦的熊

蘊石同志」的。調皮的母親在人家正兒八經的毛筆題字下，寫上「蘇爾端揩油」。

做報告的首長一開口滔滔不絕幾個小時，大禮堂還沒建好的初初幾年，聽眾往往席地而坐，或者自帶小板凳。體弱的母親地上坐不住，景泰為她做了一個可折疊的小凳。我們在新中國長大，從不知道天外有天，自然地相信學校和社會灌輸的教條。那樣聰穎而詼諧的父母，在「舊社會」生活了三十多年，怎麼會乖乖地聽從而今看來近乎滑稽的教化？這些筆記和自傳記載歷史荒唐的一面，而我對1950年代初的記憶充滿陽光。也許，就是那明天會晴朗的「天氣預報」讓苦苦盼望天晴的中國人跟着預報者的指揮棒轉。此外，戰爭的硝煙過後，日子一天天鬆活起來。父親因為是高級知識分子，母親因為有病，都可以享受「中灶」待遇，我們也沾光。過年食堂聚餐，一萬元（就是改幣制後的一元）一位，全家興高采烈地步行到市政府大食堂，一道海參麵包湯是我今生記憶中最鮮美的湯菜。

父親因為與祖父不和，十九歲雲南工業學校畢業後就自立，直到結婚，常常為生計而奔波，有時得借貸度日。解放後無論如何，生活日漸安定。父親的工資從每月八十多元一直增加到文革前180元，當時已算高工資。這些經濟基礎，想來也是他接受新社會的原因。

總工程師

1961年我高中畢業，政治課令我頭疼，數理化則輕鬆有趣，我喜歡民族舞蹈，愛看話劇，省話劇團的劇碼從未錯過，但是考藝術院校缺乏天分，還是規規矩矩報考大學。考場出來，標準答案就貼在牆上，不出意料，數理化三科幾乎全對。得意的白日夢並非

1958，忙忙碌碌的父親難得抽出時間和我、景和弟，去家附近的運動場。

完美，我可以到北京上大學，臥床的母親怎麼辦。我一走，她還能活多久？結果出乎意料，我既沒有收到任何錄取通知，也沒有收到不錄取通知，當然也就沒有了上任何一所大學的可能。連我的中學校長都難以掩飾他的氣憤和失望，這一年幾個最優秀的學生都因家庭的政治問題沒有被錄取，我也在內。臥病的母親恨不得能爬起來去討個公道，無論她怎樣求父親，他都不肯去找認識的市委領導詢問。許多年後，我才知道父親在反右運動中有右派言論，受到當時的上司保護，沒公開劃為右派，只將這筆帳記到他的人事檔案中，緊箍咒又升一級。他一向大膽直言，能免於戴上這頂可怕的帽子，我們一家多年可以衣食無憂，實屬萬幸。他的妻子兒女並不知道他的苦衷。

　　父親在文革中寫的交代提到：「經過反右鬥爭後，得到一個結論，就是對共產黨和黨領導的一切措施，只能奉承，不能批評，如

在大躍進中產生了一些缺點和錯誤，是客觀事實，在批評議論這些錯誤的時候，並非是有意攻擊黨，也要被扣上攻擊三面紅旗的大帽子，尤其對出身不好，或有歷史問題的人，更容易放到階級敵人的地位上來分析，這樣就造成許多人說假話，心裏明明有意見，只說正面，不說反面。」

　　謊言時代的開始，意味舊知識分子與掌權者的蜜月結束了。以他心直口快、敢想敢為的個性，要小心翼翼、陽奉陰違，本來就不容易，更難的是城市建設是實際的操作。作為被限制利用的舊人員，他上面都有一位完全不懂業務、又必須裝作能夠領導業務的上司。從1956年他開始任總工程師以來，我印象中只有一位黨委書記耿伯伯對父親友善而坦誠，對他非常之尊重。耿伯伯是雲南人，老地下黨員。我們兩家同院住，關係極好。耿伯伯的女兒，每天和景和手牽手去幼稚園的四歲小俏囡，不幸在大門前的小河溝內淹死。那天我生平第一次看到爸爸掉眼淚。

　　耿伯伯調走後來的上司，一直到他退休前的各位領導，顯然都是因為他們的政治背景而坐上位子的。父親在家裏不提工作中不順心的事，只是脾氣越來越大。我現在看到他1980年任昆明市房屋管理局副局長兼總工程師時，給分管城市建設的市委書記寫的一封信，才了解他的沮喪與憤懣。事由是一位房管局的領導在電影上看到羅馬尼亞在五天內吊裝了一棟五層大樓，決定在昆明用同樣的方式建樓房。為了讓他們打消這異想天開的方案，父親到北京找國家建委科技局，又到當時建房技術領先的天津房管局，半個月後他取得足夠的理由證明此路不通。回來要求給一天的時間來彙報，最後給了他二十分鐘。

　　　××同志：

　　　　1976年10月「四人幫」垮台，我認為可以放手大幹了，幾年

來的工作，在房管局技術力量十分薄弱的情況下，能為黨為人民做出一點成績，我是十分高興的。經過「文化大革命」的鍛煉和考驗，我在政治上已經不是那麼天真爛漫了！出於愛國主義思想，對不符合黨和人民利益的事，我是不願意屈從的。我努力想把本職工作做好，開始阻力重重。

這樣的投訴信在1980年代以前會定性為對黨不滿，甚至向黨進攻，大概寫都不敢寫；作為大公司的技術總負責人，他可是經歷了一輩子各種挫折和「重重阻力」。他在信中提到的愛國主義思想，和我們這一代、我們下一代為了應景而隨便說出口的高調不一樣。1970年代文革後期，「四人幫」仍把持着政權，從共產主義的夢中醒來的年輕人，對國家前途沒有一點信心。有一次飯桌上我和景泰、景和一方，和父親爭論起來，他為我們不愛國大為生氣，像往常一樣應用父親罵兒女的權威大聲道：「那你們都去跳大觀樓好了！」我鼓足勇氣還嘴說：「不是我們不愛國，是國家不愛我們。」幾年後白樺的《苦戀》出來了，影片的名言只不過表達了許多普通中國人的悲哀。對父親這樣一輩子奉獻給社會主義祖國的知識分子，愛國是他們的最高的價值和生命意義所在。

文革

文革開始，抄家、武鬥，搞得人心惶惶。舊知識分子從來是老運動員，此時都擔心哪一天紅衛兵闖進家來。在破「四舊」的高潮中，我們先將自己判斷的舊東西，比如家譜、穿了「奇裝異服」的老照片燒掉。每當我想起緞子裱糊的、精緻的家譜，父母優美的照片在鐵皮洗衣盆裏火化的情景，都恨自己為甚麼那樣傻。父親作為「反動技術權威」，被揪鬥了幾次。那時造反派的頭是一位極為佩服他的

年輕工程師，並沒太為難他。父親此時更大的擔憂是如何保障昆明市的自來水供應。

> 在文化大革命期間，機關工作不正常，我始終圍繞堅持使昆明不至斷水這一工作，沒有離開過工作崗位。在武鬥嚴重時停了電，我協助自來水公司在二水廠搞無電自流供水。在小壩地區嚴重武鬥時，少數人不願堅持工作，我冒險繞山路到二水廠做說服工作。安寧武鬥時淨水藥劑中斷時，我會同自來水公司部分同志冒險到安寧組織供應。

我們家因為母親這磁力人物，來探訪她的親友常年不斷。文革開始，不用上班，從前連晚上也不在家的父親，白天都閒下來了，兩位姨父和二舅成為常客，我也不用上學，負責替大家做飯，他們正好四人湊一桌橋牌。我的六姨父也是一位工程師，博聞強記，對歷史掌故如數家珍。他成了大家的啟蒙老師，將一個個歷史故事和當今政局比對，點評此時神台上的人物。突然之間，貼在每人口上的封條破了，卡在腦袋的框框裂開了，我們變成會思考和懷疑的人。

能夠說出從前親人之間都不能吐露的真言痛快之至。父親講到他數年前的見聞：「在大躍進中我出差到北京去，夜裏在火車上看見到處一片火光，都是小高爐在煉鐵。白天看看有的地方還是燒木材。我們國家的森林資源本來就不豐富，不知毀了多少森林。」（《我的反動言論交代》）父親並講出令我們大吃一驚的故事，他曾經見過那時女皇一般的人物江青！當然他見到的是女演員藍蘋。1938年父親工校時的同班同學，當時的高大英俊的國民黨軍官王兆仁，帶了女朋友藍蘋到雲南。

「我們一同到旅館去看藍蘋，她為了與我們見面，還在裏面換衣服，打扮很長時間，出來時穿一件黑色起花的絲質旗袍，我們還請她唱了一支抗日歌曲。」

1967，文革第二年，我隨全班同學被遣往彌勒某部隊農場，景泰也將下鄉，行前拍照。牆上的毛主席語錄：「學習的敵人是自己的滿足。要認真學習一點東西，必須從不自滿開始。對自己『學而不厭』，對人家『誨人不倦』，我們應取這種態度。」我們曾經去書店挑來挑去，找到幾條可以接受的。

　　父親說：「若藍蘋這個婊子式的人物就是江青，真是中國人民的大不幸。」

　　為了他們在我家小小的房間裏，二十六年來首次獲得的這點言論自由，每個人都付出巨大代價。六姨爹後來不知為了甚麼事被單位造反派關起來。嚴刑拷打下，為了求得寬大，他交代了父親攻擊偉大領袖的夫人、中央文革小組的領導江青同志的反動言論。比這輕微的指控，當時如果彙報到江青那裏，將性命難保。父親立刻被收押，送到五七幹校的牛棚中改造。

　　無論從精神上或身體上，在小哨的五七幹校被折磨的兩年，是爸爸和他同代的知識分子最痛苦的經歷。他被上千人的群眾大會批

1969年5月26日生辰　七律

五七乎月候支雄，峻峰欢乐告公車。
埋首速迷多返進，青山中像悲心暗。(旧手考查待事中人历史上信供)
面我小啃查历史，童来故繁信心話。
忍辱交宣信群众，革命路上不绝缕。

抹案亡一谒陽

抚镜誓见的磐痛，多之谒陽。
今文就儒，忍辱恝宣经肝胆。
埋首速迷七载，为氏纽身。
有国纫年，谁谤辛苦视辛闲。

有小华以之照像有感　七律

妻兄朝夕引青㷩，谣会揽人军解放。
石忆香之来抢我，唐革鹜蒡君相生。
椎不石知团不娘，反帝防修幸一桩。
暂捨今朝慰欢乐，为尔幸福万年长。

輕石

母親抄錄父親在文革中寫的詩。

鬥，胸前掛上牌子，寫着「反動學術權威」之類的臭名，低下頭站在台上接受污辱。他歷來心高氣傲，蔑視對他叫囂的人，保住自己的內心的尊嚴。也幸而他一貫喜歡體育運動，除了一輩子被胃病困擾外，體質還算好。在幹校時他已經快六十歲了，每天做八小時以上苦工還可以挺住。最重的活是從卡車上卸下50公斤一袋的米，背到食堂。父親一貫好強逞能，咬緊牙關在牛棚裏做牛馬活，後來引發坐骨神經痛。幹校開恩讓他回昆明醫治，躺在一輛大卡車的車廂裏拉回昆明。弟弟去接他，看到他痛得蜷縮在敞開的車廂地板上，經過一路顛簸，面如土色。此時對他批鬥得也差不多了，本來以為幹校的勞改也就此結束，病未痊癒，新的「檢舉材料」到了，再將他押回。

　　1969年元月，父親在小哨幹校六連三班。簡陋的住房擋雨不遮風，父親用長滿凍瘡的手指握住筆，寫他「在舊社會的簡要歷史情況交代」。這份交代須為解放前各個時期的歷史提供證明人，然後造反派就派人到全國各地調查對證，最好也搜索到新的反黨證據。造

反派遠赴北大荒，找到黃湛。所謂新揭發的歷史反革命證據就是造反派從數千里外找回來。那個年代誰都嚮往到省外一趟，去東北必須經過偉大首都北京，更為誘人。父親沒想到造反派出美差不能空手而歸，以為黃湛恩將仇報，被朋友背叛，受到的傷害甚於皮肉之苦。誤會到十年後兩人重逢時才澄清，但內心的裂痕不會在真相大白後完全癒合，人性就這麼奇怪。

父親將自己的許多文件，包括十多本筆記都銷毀了，卻留下完整的、文革中在牛棚裏寫成的七八萬字交代。讀罷，看得出這並非「認罪書」，而是他在屈辱之中試圖為歷史作證。這些對我們這代人常識一般的內容，原本不打算包括在這篇回憶中，然而想到父親秉筆直書的勇氣，和他留下這份文件的苦心，謹錄下其中幾段。

評論毛的〈沁園春•雪〉：「他打下天下成功後，便目空一切，還是走了歷代帝王的老路，這樣下去是很危險的。」

評論毛〈炮打司令部〉的大字報：「劉少奇是個笨蛋，他過去是搞工運工作的，在鬥爭策略上他怎樣也敵不過毛主席。看來他是沒有思想準備的，這樣搞法也太過分了，毛主席曾經提出反對在黨內對同志搞突然襲擊，現在搞黨內的宗派鬥爭，就顧不得那麼許多，只要能將對方搞垮，甚麼手段都可以採取。」

評鬥爭彭真的照片：「毛主席反對在黨內搞殘酷鬥爭，無情打擊，可是這次文革都在發動群眾對黨內的領導大搞殘酷鬥爭，無情打擊，一律以對待敵人的態度對待自己的同志，目的就是為了宗派鬥爭的需要，自己的意見也可以做另外的解釋，可是這樣下去，必然搞到眾叛親離，不可收拾。我幸虧不是共產黨員，否則也可能搞得不可設想。」(當時他還沒料到，非黨員領導也不能倖免被毛主席動員起來的群眾打倒在地，再踏上一隻腳。)

評彭德懷「萬言書」：「他還是首先肯定了大躍進的成績，然後指出問題，提出建議，我看他指的問題也是事實，建議也是對的，

怎麼說他是攻擊毛主席、是反黨呢？看來毛主席也太主觀，不肯接納別人的意見，承認大躍進中的問題。」「彭德懷是個軍人，說話直率，自古道忠言逆耳，何況毛主席要是接受了他的意見，也就是承認了大躍進中的錯誤，影響了他在黨內的領導權威，他這樣自視甚高的人，是不肯接受這些意見的。」

議論卓別林的《大獨裁者》：「要說大獨裁者，毛主席才是當代最大的大獨裁者，法國不過幾千萬人口，中國有幾億人口，歷來各次的政治運動，都是毛主席說了就做。解放後黨的各次會議，都是以毛主席的意見為準，誰也不敢反對一句半句，遇有不同意見，立刻就要受到打擊，如山東、浙江省委書記，按當時情況砍了一些合作社，毛主席批評是小腳女人走路，他們就受處分，還有誰敢不同意毛主席的意見，敢於反對？」

評毛主席接見紅衞兵的電影：「這個電影從頭到尾都是一片高呼毛主席萬歲！不論毛主席怎樣偉大，但還是一個人，個人迷信在我們國家可謂達到極點了，毛主席以前還提出過，不准為個人祝壽，不准以個人名字對城市和街道命名，這些都是反對個人迷信的具體指示，是令人信服的，可是現在這樣做法，毛主席也不提出制止，斯大林死後赫魯曉夫就利用這一點來攻擊斯大林，為甚麼不警惕這些問題？」

評揪鬥走資派：「把解放後的錯誤都算在這些地方黨委身上，是不公平的，其實他們只不過是執行上面來的東西，黨的紀律這樣嚴，不執行黨的指示，就是反黨。現在拿着這些人拼命整，叫人怎麼想得通。」

評打擊資產階級反動技術權威：「這是十分難理解的事，十六條中說到，資產階級反動學術權威，他們之所以被稱為反動，是因為文學藝術都是意識形態領域中的問題，就有無產階級和資產階級的分別，而技術是自然科學領域中的事，只有為哪個階級服務的問

1968，父親和孫兒孫女。

題，在我們國家裏，不論是甚麼資產階級知識分子的技術權威，他的技術總是為社會主義服務的。反動在甚麼地方呢？列寧說，我們之所以看得遠，是因為我們站在一個巨人的肩上，科學技術也是這樣，今天的科學成就，還是在前人的基礎上發展的，我們國家技術進步的基礎，過去還是通過這些老專家、老科學家介紹的，解放後大多數人，不同程度都為社會主義做出過貢獻，是不是高級知識分子一律都在打倒之列，這種做法對我們國家今後科學技術的發展是很不利的。」

　　1968年在校大學生到部隊農場勞動鍛煉，我去了彌勒縣。次年景泰被分配到離家遠得不能再遠的孟連縣，父親在牛棚，家中留下上初中的景和照料母親。一連串的磨難之下，母親更加衰弱，因為心力衰竭、肝硬化，日夜受疼痛煎熬，但她頑強地撐住，因為一旦撒手，我和景泰就失去要求調回昆明的理由。1972年，父親恢復了工作。1973年6月，父親過六十歲的生日；8月，我終於在離家五年後獲准回昆明；10月，母親盼回來了闊別二十八年的三舅；11月，母親走了。

1976，昆明西山，為母親上墳回來，父親為多年來最開心的一樁事舉杯。

文革最大的動盪過後，開始「抓革命，促生產」，當時仍然是造反派當權，父親這位城市建設和給排水專家被施捨的工作是造房子……

> 我從1972年恢復工作後，當時分派在城建局，可是「四人幫」分子×××、×××當道，叫我搞房管工作，您知道從解放後我一直是搞城建的工作，尤其是長期搞自來水，他們叫我搞房屋建設，我十分不滿意。當時我曾想，再過兩年便到退休年齡，便忍氣吞聲幹下去。可是出於責任感，既然幹了，便對工作發生好感。

習慣使然，平反後他工作十分賣力，我們又回到每天等待父親回家吃飯的日子。直到1978年底，政治掛帥的氣氛依然濃厚，作為非黨的領導，只不過是被團結的對象，地位邊緣；作為對業務最了解而且要負全責的總工程師，他的指揮棒不靈，或者乾脆沒有。

1979，父親和孫女小華。

　　工作極不順心，但如他自己所言，這時他年過六十歲，「不那麼天真爛漫了」，父親又撿起對音樂和文學的愛好。我這時幸運地結識了幾個好朋友，他們都比我博學、有見識，我跟着他們學英文、讀古詩、探訪城中遺老，或聚在我家看電視、聽父親的古典音樂唱片。父親和我們同樂，幾乎沒有代溝。社會異常沉悶的年月，這些聚會賦予我們人生的喜悅，許多夜晚，沉醉在動人的樂聲之中，暫時忘卻各自的傷心事、民眾的疾苦。父親是我們中間年齡最長，也是最為忘情的一位。中秋夜，租一條船，泛舟滇池。大觀樓一帶，點點漁船，漁網在月光下優雅地揚開，輕輕落到水中，如詩如畫。

　　父親說我們是「叫化子養鸚鵡，苦中作樂」。批鬥、武鬥、牛棚雖然過去了，恐怖不再，但生產幾乎癱瘓，國家看不到前途，個人也就無出路，新聞言論都在嚴格控制之中，社會沉悶無比。柬埔寨的西哈努克親王和他的法國太太成為中國影視雙棲的「明星」，比起千篇一律的宣傳片、領導接見片，他們倆四處訪問的記錄、美麗的

親王夫人非革命化的裝扮，多少還有一點娛樂性。物質匱乏給每人生活帶來不便，絕大多數人的生活狀況都相當於20世紀末的下崗工人。應該說更不如，每人每月有一斤肉、一塊豆腐的定量供應；好處是大家都很苗條，沒聽過減肥這回事，也沒聽說過脂肪肝，肝炎病倒極為普通。1950年代初生活水準恐怕也不比文革時好到哪裏，但當時人們有對美好未來的憧憬的豐富精神食糧，而且，看看那個時代的報刊，言論自由超過以後數十年，文化思想的多元是文革中不能想像的，從文言文脫胎來的白話文還沒有清洗為乾巴巴的教條。迄今還在歌頌文革時代的人，可以去翻開當時的報紙，看看空無一物的長篇大論、連篇的謊言和口號，找到一點現實感。

　　摘自外國通訊的《參考消息》雖然都經過細密的審查，將一切不利於統一全國人民思想的東西都過濾掉了，還是唯一可讀的東西。不脛而走的「小道消息」，成了死氣沉沉的日子中挑動神經的興奮劑。任伯伯是我的同學的父親，在電影公司做事。他是「小道消息」的靈通人士，和父親一週起碼見面一次，縱橫時事，分析官場變化的蛛絲馬跡。任伯伯送來內部放映的電影票，是家中大喜事。小托爾斯泰小說改編的《兩姐妹》，普希金的長詩拍成的《奧涅金》，看得人回味無窮，連一部關於羅馬尼亞的甚麼地下組織的電影，都看得津津有味。

　　父親的大功能收音機，為我們聽《英語900句》提供了方便，每天晚上我們定時跟着天那邊的一男一女牙牙學語，也為好奇心驅使，冒着「收聽敵台」之大不韙，聽聽海外廣播。1976年10月的一個晚上，在一片嗡嗡干擾噪音中，聽到令人無比震驚的消息，「四人幫」倒台了！我們將聲音開大，同時將一個半導體收音機擰到中央台新聞，放到地板上，以混淆樓下鄰居的視聽。父親說此時的歡欣鼓舞，堪比八年抗戰勝利，只是彼時大張旗鼓的慶祝，此時如從夢魘中初醒，還將信將疑。

1981，父親教外孫女說普通話。

響噹噹一粒銅豌豆

1979年，鄧小平時代拉開序幕，我們都天真樂觀地以為從此國家將沿康莊大道走向未來。兩年間，我和景泰都離開家鄉。父親的工作並沒有因為撥亂反正而順當，反而更心灰意冷，但也做到六十九歲才退休。1985年，少小離家的大哥，終於得以從山西調回昆明，攜同嫂嫂、三個兒女和父親同住。父親給我的每封信內容都不外乎他如何自我滿足、大嫂如何對他照料周到。1988年，曾外孫女出世，而今的四世同堂，大家只是開玩笑地說說而已，和七十五年前「佚園」的四世同堂概念全非。

爸爸到了七十多歲，又再續他的摩托車之戀。不顧家人反對，買了一輛輕便摩托車，在昆明鬧市風馳。有一回車壞了他推去修理，修車人道：「這是甚麼世道，車壞了要自己的爺爺推來修！」七十三歲那年，他突然想到武夷山看看，母親常形容他「說風就是雨」，念頭一現，立刻就付諸行動。沒人陪伴，獨自出行，當時旅遊

諸多不便，他驕傲地告訴我們，如何從火車下爬過鐵軌。我至今非常後悔，為甚麼沒有多陪他去旅行。

到了晚年，讀小說幾乎是他最主要的消遣，幸而市圖書館就在家門口。他講話很風趣，卻從來懶得動筆寫作。熊家上兩代的故事精彩非凡，我一直勸父親寫回憶錄，他都懶得，連口述史也不耐煩去錄。我在這篇東西裏描寫的熊家故事，是從父親那裏聽來、殘留在記憶中的一鱗半爪。父親自己最喜愛的作品是關漢卿的散曲〈不伏老〉：

> 我是個蒸不爛、煮不熟、捶不匾、炒不爆、響噹噹一粒銅豌豆，恁子弟每誰教你鑽入他鋤不斷、斫不下、解不開、頓不脱慢騰騰千層錦套頭。我玩的是梁園月，飲的是東京酒，賞的是洛陽花，攀的是章台柳。我也會圍棋、會蹴鞠、會打圍、會插科、會歌舞、會吹彈、會咽作、會吟詩、會雙陸。你便是落了我牙、歪了我嘴、瘸了我腿、折了我手，天賜與我這幾般兒歹症候，尚兀自不肯休。則除是閻王親自喚，神鬼自來勾，三魂歸地府，七魄喪冥幽，天那，那其間才不向煙花路兒上走。

他1978年小中風一次，1992年再中風，幸而搶救及時，身體似乎沒有留下後患，但腦部受損，性格逐漸改變。他一貫為人慷慨，對錢看得很淡，常説錢財是身外物，生不帶來，死不帶去。腦子受損後，父親開始小心用錢，只有購買他這輩子所好的電器例外。我告訴我的女兒，等到我很老很老的時候，要是有一天變得小氣，你要體諒我，知道那是因為我腦細胞開始軟化所致。

父親要強、萬事不求人的個性則始終如一。1996年，他最後一次病倒，我回到家，睡在他隔壁，告訴他需要我時就叫醒我。我一夜不敢入睡，側耳聽着他的動靜，聽到他掙扎着起來的聲音，過去問他是不是要開氧氣，為甚麼不叫我，他一言不發。醫生説他的心肺情況都不錯，像這樣患老年肺心病者，可以痊癒，再活些年。

1994，父親第一次去到他祖父民國初年任知府的麗江。

但父親意已決，知道即便苟活，以後的歲月也要依賴家人和醫院，他一向說不肯做兒女的包袱，堅持不接受治療。臨走前備受痛苦，醫生說很少見像他這樣有勇氣的人。我和他告別回到香港的家中，跪在地上號啕大哭。我不乞求上蒼讓他殘喘，只求讓他平靜地走到媽媽在的地方。他的肺或許可以復原，但他的腦細胞已壞了許多，擺不脫精神上的痛苦。父親用如此剛烈的方式結束他傲岸不羈的一生，只有他做得到。

　　父親活到八十三歲，據說在熊家是最高壽的一位。他一生遭逢戰亂和社會動盪，到終於太平的1980年代，已年屆退休，四個兒女中，三個相繼離開昆明。1996年，我們搬到香港眺望海灣的居所，最大的願望便是讓父親來這裏過冬，享受美麗的湖光山色。他已辦好手續，計劃動身，卻病倒了。「樹欲靜而風不止，子欲養而親不待。」何況我們有這等不尋常的母親、父親。

　　黃湛對父親的追憶開頭道:「我們交往近七十年,他乾淨俐落地走了。這只有智勇雙全的人才能辦到。」黃湛比父親晚走八年,棺木上放着他剛出版的書《永遠的北大荒》。寫書時他只有0.1的視力,不在稿紙或意識形態的框框之內,回憶他那不想追憶卻又不敢忘記的艱辛一生,吃力地寫下每一個字:「余在耄耋之年,勉強作此書,聊以告慰無數無辜之靈,並遺後世,知社會進步之艱難,上下求索之坎坷。」

　　2007年5月,溫家寶在同濟大學發表演講時說:「一個民族有一些關注天空的人,他們才有希望;一個民族只是關心腳下的事情,那是沒有未來的。」這句話讓我聯想到黃湛回憶他和父親三十多歲時,忙於籌劃昆明的自來水廠,一天晚上,談到十一點多,出門看見空中突然一亮,一顆紅色飛行物快速劃過星空。當時飛碟之說盛傳,兩人久久不能入睡,心繫外空。次晚,仍不能釋懷。

　　　我想起過去測量師在不同地區磁鍼會亂轉,與所測的水平角相差很大。有一次磁鍼頂在玻璃上,它的力勝過自身的重力。只要我們能夠將分散的磁力聚集,又用電場改變磁場的南北極,造成人為的「聚磁」和「拒磁」,必可獲得較大動力。蘊石兄也提起他測量時發現的磁力作用。後來同學馬榮標加入。又專門商談過兩次,最後決定由馬供給各種永磁材料,我們做實驗記錄,目的是想造出地球上第一個飛碟。

　　將近四十年後,當年三個充滿了幻想的人重聚,「大家都還記得,也堅信我們的想法,都感到此生已矣!但願後繼有人會實現這一偉大目標」。這一代曾經關注天空的年輕人,一生坎坷,他們失去了理想,失去了機會,中華民族失去了他們。

父親的攝影作品

1934–1955

　　父親在熊家排「在」字輩，原名熊在琨，這位大家庭裏性格叛逆的長孫後來自行改名為熊蘊石。他從昆明工業學校土木工程專業畢業，1938年參加滇緬公路的勘察和修建。其間遇到的關於土匪、野獸、暴雨、打獵、塌方等等的驚險故事，給我們童年的夜晚帶來無窮想像。直到他去世後十多年我寫〈父親的一生〉，我才意識到他曾經參與一椿有歷史意義的偉大工程。

　　父親和我的乾爹黃湛這些民國時代的昆明青年，在遠離政治中心的邊城出生長大，雖然父輩介入地方政治，他們卻是某種「純粹」的年輕人，努力上進、爭強好勝、貪玩、愛冒險。為了踏勘昆明到開遠的道路，兩人帶着民工組成的測量隊，翻山越嶺用竹竿去一節節丈量。工作的艱辛化解在他們的好奇和好勝心裏。由於教育，也因為抗戰的經歷，他們將愛國、報效國家當成天經地義的信念。

　　在1920年代和1930年代，中國首次對外開放，提倡個性解放，新事物層出不窮。吉他、小提琴、打獵、騎馬、攝影、吉普車、摩托車這些玩意從電影銀幕走進生活，父親統統沒有錯過。此時，君君臣臣父父子子的禮教束縛解脫了，年輕人不必事事聽命於長輩，可以去開闢個人的天地，追尋自己的夢想。在眾多的愛好中，攝影是父親的至愛。書中插入的父親攝影作品之外，挑選出以下照片，加以說明。大部分攝於1930至1940年代，表達了文字無法解說的時代風貌、人物個性。照片按年份排列，年份為估計。

　　1934年，昆安巷熊家大宅，父親在這裏長大。聰明、調皮、由祖母帶大的少爺一樣得遵守所有家規。每天放學回家放下書包之前，先到樓上樓下各人房中請安：爺爺，我回來了；爸爸，我回來了；二姑媽……一直到長他兩歲的姐姐：富敷，我回來了。這一年他結婚了，在關係複雜、規矩多多的大家庭裏，有了自己溫暖舒適的小家庭。父親在花園裏為母親留下許多倩影，也有兩人合影，只有這一張自拍的單人照。這位年輕人的衣着和今天所差無幾，而神情和姿態卻不大相同。

　　1934年，昆安巷大宅的花園裏。幸福的少婦笑容燦爛，或立於
花叢，或斜依梧桐，一樣優雅端莊，正如她的名字蘇爾端。戀愛自
由、婚姻自主的風才吹進這古老的國家。兩人在婚前彼此愛慕，仍
需託媒人去說親。進士頭銜或地方官位階都不算甚麼，外公最看中
男家祖父出版過一本書，說明是書香門第，可將愛女託付。

母親不單單嫁給父親，而是嫁到熊家。一道門裏住了八九個小家庭，小孩成群，傭人成隊。長孫媳婦在眾目睽睽之下，舉手投足受人議論。母親很快贏得上上下下的喜愛，眾人也樂意見到不受管束的大少爺變規矩了。

政治曾經悄悄走進這四季花香的熊家大院。1920年代中期，祖父加入共產黨，熊道尹家正好是召開秘密會議的好地方。

四姑姑和小夥伴們被派去站崗放哨，無比刺激；晚年回憶起來，還很興奮。大姑姑後來和上海來宣傳國民黨的「小白臉」相戀，不敢與父親直接衝突，夥同傾向國民黨的四姑奶奶，在花園的梧桐樹上貼宣傳標語。

　　此時的婚嫁，和二十多年前外公外婆結婚時已經兩樣。外公1910年從日本早稻田大學畢業，滿腦子新思想，同年9月結婚，在昆明舉辦「文明婚禮」，轟動一時。即便如此，外婆這一代女性，無法想像女人將無需經歷纏足的痛苦，無需一生跛足；也未曾幻想像她的女兒一樣張口大笑，露出臂膀、小腿，足蹬涼鞋。外婆之前數十代、乃至上百代中國婦女遵從的規矩，到母親這一代終於瓦解。我們這一代視男女平等為理所當然，更不曾料到，1950年代到1980年代初的三十年間，民國時代五花八門、色彩繽紛的衣着打扮被取締，美和醜由政治定義。對歷史而言，三十年只是一瞬間，對經歷者可能半生人。

　　1934年。母親來了客人，父親心血來潮，設計出這幅女子搭肩圖，依序為香姑姑、二姑姑、八姑奶奶、李家瑛、四姨媽、母親。婦女可以露出手臂，不過十多年的事。我的外婆、奶奶一輩，從沒穿過短袖衣服，笑不露齒，不可拋頭露面。思想解放的女性可以走得很遠。照片中的李家瑛才十六歲，不久追隨她哥哥去了延安。她哥哥李家鼎、聶耳、我父親、黃湛都是喜歡西洋音樂的好朋友。傳說她到延安後，曾被毛澤東摸摸她的頭說，這麼小就來了。幾年後，李家瑛精神分裂，被送回昆明。病發時，爬到房頂上高呼共產黨萬歲。我父親和黃湛為避免朋友的這位妹子去坐大牢，很費了些功夫。李家鼎後來成了解放軍總政文工團的一位領導。直到文革前，父親每到北京出差，都去找他敘舊。母親病臥在床後，李家瑛時常來探望，不停地用鉗子夾松子，安定情緒。她在延安究竟發生了甚麼事，有不同的傳說。她不止一次試圖自殺，文革中有一次挨批鬥後跳河，被人發現已經太遲。就像外婆去世，我們瞞着母親。自然是瞞不過的……

　　1935年。父親1933年從昆明工業學校畢業，到公路局做道路勘
探。對他而言，有機會跑野外和「探險」甚對胃口。結婚後得養家，
接受了一份工資較高的位置，到石屏中學教化學。照片是當年的石
屏中學化學實驗室。西風東漸的時代，年輕教師穿着西褲，足蹬手
工布鞋。父親一輩子對新事物充滿好奇，很早迷上攝影。隻身在外
自拍這張照片，新婚的妻子看到一定十分欣慰。不知道是否就在這
個化學實驗室裏，父親開始學習沖洗照片。2017年我去石屏和當地
做文化保護的人交流，準備講稿時才發現，民國時期我的祖父和外
公都在石屏任過縣長。母親曾從昆明師範學院退學陪同外公前往，
學會一口動聽的石屏方言。

　　1935年9月，母親誕下男嬰，成就了熊家的四世同堂。同一年，我的姑媽也生下一名男孩，他姓胡，對熊家的意義完全不同。四世同堂標誌興旺，是得到祖上保佑的象徵。那時還無法判斷胎兒性別，等生下來接生婆看清楚那個地方，才做出權威宣佈。而我母親另有所盼，一廂情願地準備了些漂亮的女孩兒衣帽。哥哥一歲時，母親將他打扮成女孩到照相館去拍照，分送她的好朋友。這張將哥哥扮成女孩的照片，是在家中花園裏拍的。父親沒準備就緒便按下快門，將看熱鬧的女孩也收到鏡頭裏了。

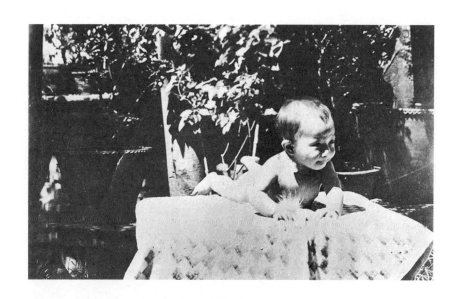

　　1936年，為滿週歲的兒子拍照顯然經過一番擺佈。父親二十三歲，母親二十二歲。9月陽光下，這對年輕夫婦滿心歡喜，從客廳搬來藤椅、方桌。那時父親用的是玻璃底片，每一張都得小心翼翼地對待，不似今日用數碼相機的父母，唓嚓唓嚓隨意拍。哥哥很配合，看他的小手放的位置多麼合適。等到1943年、1945年、1949年我們姐弟出世，國家在動盪之中，便沒有了和平時代的這份奢侈。

　　一年後，父親離開石屏去到規模大得多、薪水高不少的建水中學。母親和哥哥也來到這個文化氣息濃厚的美麗小城。這天大概是二姑姑從昆明來探班，去遊覽著名的建水文廟。這處有六百多年歷史的建築群是建水的地標，外面的荷花池稱為學海。二姑姑剪了今天都依然時髦的短髮，母親還是忍不住給哥哥買了女童涼鞋。照片是自拍的，大人留意鏡頭，小孩才不管呢。

　　父母1934年結婚，與這一代無數的小家庭一樣，抗戰爆發前的三四年是他們一生中難得的美好時光。這一時期留下的父親攝影也最多。照片上透露出的溫馨和優雅，後來被稱為民國風。同代人，才華煥發的梁思成、林徽因夫妻一生中最好的年華，同樣被抗戰打斷……

　　同一時期，四姑姑和小叔叔大約是學校放假，來玩。父親往往不等每個人看着鏡頭，只在他覺得有趣的一刻按下快門，使得照片充滿動感。一年後，滇緬公路動工，他短短的教書生涯便結束了。如果他生在計劃經濟的年代，到建水縣教書就是扭在那裏的一顆螺絲釘，一輩子將隨着這所學校的機器轉，別無選擇。父親後來被好友黃湛約去辦自來水廠，1950 年代中轉入市政建設，不負重任，直到退休。照片上的四姑姑長大後成了熊家唯一的「革命幹部」。她中學時代受到地下黨員老師的感召，加入共產黨。高中未畢業，因為數學成績優異被大學錄取，上了沒幾天學，參加地下黨到「山那邊」打游擊去了。1949 年後，這位高中生作為黨內「知識分子」被派到省委宣傳部工作，這顆革命的螺絲釘一生沒有離開過這一崗位。文革後她觀念變了，六十歲那天，將一封退休申請放到辦公桌上，回家。當然，她到死都是黨的人，享受高級幹部的待遇。

　　1937年，昆明大觀樓。從左至右：大哥，母親，姑媽，三姑姑，二姑姑。小男孩背對鏡頭，兩名婦人眼光不離開他，兩位妙齡女郎坐姿悠閒。乍暖還寒時候，手臂上挎着薄外套。人物佔不到四分之一的畫面，主體是春天，是吐出新芽的柳樹、楊樹。一幅溫馨的大觀樓遊春圖。

　　姑媽後來成為上海的一位小學校長。她的兒子，1935年出生的胡伯威是熊家的「天才兒童」，寫過一部《兒時「民國」》。出奇的記憶力喚出的細節，彷彿回到昨天。三姑姑不僅貌美，且有一股冷艷氣息，我們小孩都不敢和她接近。1950年代初，她在生命中遇到的第一個考驗前了斷今生。

　　1937年底。平時不見面，槍響大團圓。四姑奶奶帶着三個孩子從美國回到家鄉，表哥隨父母從上海回來。講昆明話、上海話、英文的表親，毫無障礙地玩到一起。我哥哥、表哥、表叔都屬豬，三隻小豬結為一夥。長大後，他們分別成為工程師、醫生、物理學家，均有作為。本書〈滿園的菊花謝了〉一章中，寫了美姑姑(左三)和香姑姑(右四)長大後的故事。

　　想必父親說了句甚麼把大家逗樂，同時果斷按下快門，將他們童年的快樂時光定格在這張照片上。國破山河碎，國人為生計發愁的年代，大後方的這群兒童在享受悠長假期。滿庭滿園小孩子的歡聲笑語，是大人在艱難歲月中最大的安慰。

　　1938年。這個地點我很熟悉,是姑奶奶家後花園,我們後來也住到這裏。照片比上一張多了三個人物,姑奶奶和她的兩個女兒,周慕容、周慕昭。姑奶奶熊韻篁任女師附小校長多年,曾經是雲南省天足運動中的風雲人物,此時患了肺病,在家休養。大女兒洋氣,小女兒美麗,長着一雙會説話、能傳情的大眼睛。1950年代在雲南英語專科學校念書,被喚去陪首長跳舞,成了首長夫人。

　　照片的亮點是調皮的小叔叔,他不放過任何捉弄人的機會,此時用手指去捏表弟的臉蛋。表哥伯威是家人公認的天才兒童,雖經波折,後成為物理學家。出版過兩本書,《兒時「民國」》、《青春北大》。五歲時在輪船上偶遇的幾個玩伴叫甚麼名字、梳着甚麼樣的髮型都記得。服了他。

　　1938年。記得父親講過，照片是當年父親在某地踏勘公路時，母親帶着大哥去探班拍的。人工單桿左右的兩位叔叔是測量隊的同事。母親依然替大哥戴上小手鐲、穿上女孩的涼鞋；父親則要訓練他的力量了。大哥的兒時照片比我們都多，直到八年後我出世他都是獨子，在我們四姐弟中受到最多的關注，卻沒有被嬌慣。

　　1938年，大觀樓似乎是每次家庭出遊必到之處。比起昆明人郊
遊的另外三大景點西山、金殿、黑龍潭，大觀樓最容易前往，且與
滇池相連，水天一片，令人心曠神怡。昆明城邊，大觀河畔有個小
碼頭叫篆塘，從這裏可坐船或乘馬車去到五公里外的大觀樓。小學
時，每年春遊多半去大觀樓。靠船一側坐，附身水面，伸手撥弄河
中搖曳的水草，多麼愜意。走陸路，馬車在彈石路上夠顛簸一陣。
五公里曾經那麼遙遠，看到白馬廟的拱橋真高興，終於行過大半程。

　　父親是家中唯一會照相的人，有他出現的照片都是自拍。這次
他失了水準，鏡頭位置偏向左邊。早春，棉旗袍還未脫下，誰的主
意出遊？多半是貪玩的父親。小叔叔從不安分守己，爬到眾人身後
扮鬼扮馬。

　　父親書桌的玻璃板下面壓着他最喜歡的照片，這是其中之一，拍於1938年他參加修建滇緬公路時。父親珍惜這張照片的原因，想來不是因為它的構圖和畫面感，而是這幾位同甘共苦的同事，是懷念當年在艱辛環境下工作結成的友誼。我也喜歡這張照片，因為母親優美的姿態。

　　父親說，每逢下雨天，安坐室內，他便有一種幸福感。這是多年在野外餐風露宿，勘察、修築公路所修來。

　　1938年，姑媽，袁婉芝，母親，和另一位朋友。袁的祖父袁嘉穀是雲南唯一的狀元，也是我曾祖父的好朋友。我記得這個名字是因為爸爸說：冤之，枉之，袁婉芝。爸爸對大觀樓的這座拱橋情有獨鍾，拍出這張民國仕女圖。攝影師的角度、構圖都無可挑剔。

　　1938年。有些照片令人聯想翩翩，例如這一張：小男孩獨自站在橋中央，四周空無一人。受到父親的啟發，我替女兒拍照也想模仿模仿，發現要找到一個空曠無人的背景，沒那麼容易，大觀樓一年四季人頭湧湧。只能想，這麼多人有閒暇和心情外出，畢竟是好事。

　　1939年。前文也曾引用的這張四世同堂照片,是父親得意之
作。當中的老者為曾祖父熊廷權,手扶第三節拐杖的男孩是我哥
哥。左右淑女:母親,二姑姑,七姑奶奶,伯威表哥,姑媽,八姑
奶奶。戰爭將離家的子女驅趕回故鄉,熊家在戰火陰影下團聚。從
少年時發奮考功名、中舉人、中進士,到外鄉做官,曾祖父勞碌的
一生得以歇息,卻心憂國事。

照片拍於大觀樓假山前，後面的樓台對水一方懸掛着著名的長聯：

五百里滇池奔來眼底，披襟岸幘，喜茫茫空闊無邊。看東驤神駿，西翥靈儀，北走蜿蜒，南翔縞素，高人韻士，何妨選勝登臨。趁蟹嶼螺洲，梳裹就風鬟霧鬢；更蘋天葦地，點綴些翠羽丹霞。莫辜負：四圍香稻，萬頃晴沙，九夏芙蓉，三春楊柳。

數千年往事注到心頭，把酒凌虛，嘆滾滾英雄誰在？想漢習樓船，唐標鐵柱，宋揮玉斧，元跨革囊，偉烈豐功，費盡移山心力。儘珠簾畫棟，捲不及暮雨朝雲；便斷碣殘碑，都付與蒼煙落照。只贏得：幾杵疏鐘，半江漁火，兩行秋雁，一枕清霜。

那是他們這一代人的所思所慮。書寫對聯的趙藩是曾祖父的好友，兩家曾指腹為婚。曾祖母腹中女兒、我的四姑奶奶，只做了幾天的趙家媳婦。守寡後，父母並沒有要求她作節女，反而送她出國留學。大概是雲南首位赴斯坦福的女學生。拍照這天，她還在美國。

　　1940年，為避日機轟炸，全家疏散到車家壁祖父家默園。我不敢問母親襁褓中的嬰兒是誰，估計是我那早逝的姐姐小蘋果。母親一直巴望生女兒，大哥之後，生了兩個兒子都夭折了。終於如願生了女兒，聰明美麗，不到兩歲便會唱完整的國歌〈三民主義〉，兩歲時死於痢疾。父親講起來都會補充一句：要是有盤尼西林就能醫治了。

　　哥哥比我大七歲，他和我之間，母親生下的三個孩子都沒有活下來，那是她一生的痛。母親已經受惠於西方傳來的新式接生法，在之前，能活下來的嬰兒是少數。讀曾祖父寫的長輩故事，父母雙全在少數。科技的進步對文明的貢獻，超過制度。

1940年代，拍照是件奢侈的事，非專業攝影者極少將寶貴的膠片浪費在景物或陌生人那裏。父親卻曾拍下令他深有感觸的場景，例如一位老年農婦，背着比她高出一倍的木柴；背着木炭來城裏售賣「滿面塵灰煙火色」的農民。

文革時，父母擔心會被作為「污蔑勞動人民」的證據，覺得反正不是家人的照片，不知道珍惜，燒了。這兩張是僅存的風景照，無需贅言。

　　1943年母親如願生下另一個女兒。長相完全不能和她的姐姐相比，本人是也。母親的閨蜜忍不住笑道，你説要生女兒來扳本喲。母親對這個並不美麗的女兒的疼愛沒有減少半分。從小學到大學，母親從來不鼓勵我爭第一，只願我健康快樂。她在病中讀了我的偶像居里夫人傳記後説：你看人家還曾經整夜跳舞，跳破了一雙鞋呢。

　　1944年。母親穿的毛衣是她自己織的，在「興無滅資」的紅色年代，這樣的裝扮屬於應當被「滅」的資產階級。母親臥病在床時，將她的毛衣拆了，用羊毛線替我織毛衣。毛線很細，很久很久才織得完一件。上大學時我住在學校，一天心血來潮，將母親替我織的紅黃兩色的毛線背心拆了。母親傷心地說，這是我留給你的紀念啊。每想到我的愚蠢和無情，痛心不已。

　　1938年9月28日，九架日本飛機到昆明投下炸彈，後方小城從此淪入戰火之中。1941年12月28日，飛虎隊來到，結束了昆明人「跑警報」的驚恐日子。在整理父親攝影作品時，才發現1939至1943年間，幾乎沒有留下甚麼照片。1944年，昆明的領空才回復平靜，人們得以重新享受晴朗的天空，照片拍於此時。從上方一角的棕樹（昆明人稱為棕披樹），看得出照片拍於塘子巷外婆家。同一時期，母親在這裏拍了多張單人頭像，放大存在相簿裏。記得母親說，照片是一位愛好攝影、顯然也欣賞這位「模特」的人拍的，好像叫周慕新。他的風格與父親不同，鏡頭仰視人物。母親自然真誠的笑容永遠那樣。

　　1945年，前來昆明參加石龍壩水電站建設的德國工程師一家成了祖父在城郊車家壁默園的房客，我於是有了一個玩伴。父親替我們拍的照片上，她總是很大方，我總是一副傻乎乎的樣子。我穿的衣服都是母親的手工製作。我還記得小毛衣的顏色，不知道是想像還是真的。

　　看到林超民教授在序言中提及，近代雲南在現代化進程中曾經獨領風騷，建成國內第一個水電站，我才知道也應當感謝小夥伴的爸爸呢。

　　1951年，外公突然自己決定結束了生命。聽到噩耗，母親隨即昏厥倒地。這天是外公的葬禮，靈堂設在正廳，牆上掛着外公的放大照片，地面鋪滿松針。葬禮後照片依然掛在原來的地方，每次走過，我都覺得他在注視着我，不由加快腳步。

　　1951年，照片上一群孩子中我最大，八歲。父親拍照時只有我正兒八經地坐着，同時不負使命，一隻手緊緊抓住要逃走的弟弟。顯然攝影者沒有要求大家看着鏡頭，才能捕捉到各人天真自然的神態。看照片我才留意到，原來花園的小道也都鋪滿松針，怪不得我回想起外公的葬禮，伴隨一股清香。

　　1955年，母親因嚴重的心臟病住進醫院，一住兩年。我12歲，初中二年級，成為家中的「主婦」，父親每月將工資交給我，我負責採買、洗衣做飯、帶小弟弟，當然還要上學，還要考第一。母親住院的兩年中，我隔天去醫院看她一次。醫院吃得比家裏好。母親知道我來，會將當天的晚餐留下一點，放在一個雪花膏瓶裏給我吃。當時只有一個願望，願母親好起來。確切地說，希望她活下去。

第二部

故鄉親人

兒多母累

外婆錢維英，1890–1956

> 我腦海中呈現的外婆形象，有一隻貓尾隨於後，就像瑪
> 麗的小羊，外婆走到哪裏，這隻老貓跟到哪裏。如果它
> 不在跟前，外婆只要一聲「喵！」它立刻魔術般地出現。

　　外婆的父親錢用中從日本留學回來，以辦報和提倡女子教育為
己任。他參與籌備的昆明第一所女子學校「雲南省立昆華女子中學」
1908年成立。理所當然，兩個女兒進入這所以培養小學教師為目標
的女校。外婆為該校第一批畢業生，高中部1926年才成立，故她應
當是初中畢業。我見過外婆的畢業照（可惜找不到了），這些女生看
起來已經二十來歲，一律梳着髮髻高聳的東洋頭。日本打扮是當時
的潮流，似乎也暗示着她嫁給日本留學生的宿命。

　　接受中等教育的這一代婦女，位置依然在家裏。外婆每兩年生
一個孩子，從1910年到1936年之間，不在懷孕，就在哺乳。懷中抱
一個，旁邊還有兩歲、四歲、六歲的哥哥姐姐。如何是好？外公將
追求維新、破舊習俗的使命帶到家庭中，要求家人身體力行，定下
的家規之一是不請備人，難以想像外婆如何應付。

　　永遠做不完的家務是當時每個婦女的天職，外公的詩文中許多
對外婆辛勞的感嘆和感激。詩成，當然會給外婆看，所有的付出都
得到回報了。

1920，外婆與五個子女——大姨、母親、二舅、三舅、六姨。

〈老妻病作〉

嗟予老矣退身藏，愛國憂民每自傷。

家政不修諸待理，偏勞老伴費心腸。

相夫教子著賢良，難得同甘共苦嘗。

婦職無虧中饋主，老猶備膳補衣裳。

積勞成疾就醫忙，扶病歸來撿藥方。

井臼親操心不倦，支持弱體下廚房。

治家勤儉熱心腸，力拙心餘有主張。

過度操勞徒自苦，一生枉是為人忙。

　　有趣的是，夫妻之間意識形態抵觸，而相處有道。外婆信佛教，家中卻不能供佛，外婆忍了；外婆念佛，逢初一、十五吃齋，

逢年過節供奉，外公忍了。外公不允許外婆對兒孫「傳播迷信」，每年七月半祭祖，外婆只能秘密進行。孫輩被派上用場，由外公寵愛的一個小外孫充當奸細，去纏住他，我們則做外婆的群眾，在洗手間臨時祭壇拜祭，之後手持香火，跟隨外婆在花園「遊行」，好玩又刺激。幽默感是兩人關係的潤滑劑，他們彼此的不滿，多用嘲笑表達。除夕夜，外婆一定「守歲」，外公詩道：「堪笑老妻守舊傳，每逢除夕不成眠。」

外公每年給外婆的「生日禮物」是一首詩。「舊製冬服破弊不堪，再着妻為改製，以作禦寒之用，因書五字示之。」雖是借題發揮，也令人感嘆，外婆操持家務，養育子女，那麼多人的衣服鞋襪，怎麼縫補得完？

> 年老身多病，體弱不禁寒。秋冬霜雪重，怯冷覺衣單。
>
> 啟箱撿舊服，裘弊不能穿。袷衣質料薄，禦寒保溫難。
>
> 老妻為改製，補舊添新綿。布衣為初服，安用身着紈。
>
> 有子未為貧，衣食粗能完。優游以卒歲，飽暖一身安。
>
> 嗟彼無衣民，襤褸狀可憐。饑寒日交迫，凍餒摧心肝。
>
> 路有凍死骨，古來人所嘆。安得大裘被，展復寒士歡。

外婆聊天的主要對象是每天來家中廁所「倒糞」的大張。他長着兩撇小鬍子，蹲在廚房門口，咕咚咕咚地抽水煙筒，看外婆忙活，一面笑眯眯地閒話。我記得聽到他告訴外婆，土碗不能疊在瓷碗上，否則姑娘會嫁得門戶不當對。有時來倒糞的是他的弟弟小張，幹完活就走。大張懶，得過且過，家裏窮，按照政策將他的政治身份定為貧農成分，做了農會主席。小張勤快，買田置地，成了地主。土改時田地被沒收，還被鬥。外婆說，她家運氣太好了，父親

不喜歡吃老陳米，所以沒有買田置地，否則一定成地主了。「佃戶用穀子交租，多半交的是陳年舊穀子」，這是我童年時代上的一堂政治課，意思等到多年後才理解。

我腦海中呈現的外婆形象，有一隻貓尾隨於後，就像瑪麗的小羊，外婆走到哪裏，這隻老貓跟到哪裏。如果它不在跟前，外婆只要一聲「喵！」它立刻魔術般地出現。那時昆明人無論貧富，飯桌上大抵都有一碟下飯菜，醃抗浪魚。魚來自澂江撫仙湖，似乎取之不盡，到21世紀，這些小魚的魚子被投放湖中的外來魚吃掉，抗浪魚幾乎絕跡，賣到幾千元一斤，據說招待部長級幹部才吃。外婆的老貓享有今日部長待遇，每餐有抗浪魚伴飯。

用殘忍的手段將自己親生女兒的雙腳致殘的習俗——纏足，在中國歷史上延續了六百多年，外婆是最後一代受難者。晚間洗腳，她將層層裹腳布打開，被壓扁的四個腳趾緊貼在腳掌上，擠壓骨肉而成的錐體，全然沒有腳的樣子，有點嚇人。

我喜歡看外婆梳頭。對鏡梳妝，大概是外婆一天中唯一慢慢悠悠的辰光。用梳子沾點玻璃瓶裏的刨花水（我始終沒弄明白那捲捲的刨花是來自甚麼木頭），一梳又一梳，將平滑得不能再平滑的頭髮挽成髮髻，戴上帽子。外婆一年四季都戴着帽子（只有昆明人才做得到），為何要大費周章梳頭呢？

下一步驟是在臉上抹雪花膏，外婆和媽媽用的都是雙妹嘜牌。擦手則用自製的蜂蜜泡臘梅花。「儀式」完畢，外婆捉住我的小手，給我塗一點。黏黏的、香香的，我很想舔舔。這雙小手對外婆也有用。家裏似乎經常都有人服用中藥，外婆將包藥的紙一張張展平，折好放在抽屜裏備用。拴藥包的紅白相間的棉線交給外孫女，靠她的小指頭解開線節、繞成小卷，也是有用之物。

　　小時候吃過最美味的飯菜是外婆所烹，過年她必定準備令人流涎的紅燒肉、酥肉燉紅蘿蔔等四個葷菜，盛在土鍋裏，從初一吃到初好幾，儀式一直持續到1950年代初期。她的八個女兒中，四人承傳了外婆的烹飪手藝和興趣。我母親是其一，但她做的蘇氏傳家菜已達不到外婆的水準，傳到我這裏更走樣，我不以為值得傳給女兒了。母親的兄弟姐妹，各人興趣愛好、處世為人都不相同。外婆常道，「一娘養九種，九種不像娘。」而今這代人也都一一走完人生路程，看他們各人留下的故事，的確如此。

　　1950年代初鼓勵生育，宣傳蘇聯給生下十個兒女的婦女頒發「母親英雄」證書。我立即想到外婆，養育十一個子女的外婆是怎麼過來的，不可思議。那時對子女學業成績，遠不如今天這麼看重，況且外婆的子女大部分是學霸，不那麼擅長念書的兩位姨媽，表現也在中等以上，無須父母操心。1950年代中，外婆到我家來住了大約一年。這位昆華女子中學第一屆畢業生，終於有了學以致用的機會。

　　那時我們住在父親單位的宿舍，唐家營20號，曾經是一位民國軍官的官邸，此時五六家人同住。景和尚未入小學，景泰調皮搗蛋，成績卻不錯，我初中二年級起，穩拿第一名。外婆得到的「學生」是同院住的男孩海光。小男孩的成績在及格線上下，面臨留級的危險。外婆很當回事，幫他追上同學。我記得他站在外婆面前，低着頭背書的樣子。學期末，他科科及格，成了院子裏的大喜事。

　　我寫過一篇〈媽語錄〉，記錄了二百多條從母親那裏聽來的「格言」，從人生觀到為人處事，舉止行為到穿衣吃飯，無所不包。母親總是用「外婆説」作為開頭，甚麼「吃得虧，在一堆」、「心有天高，命如紙薄」、「寧替烈漢牽馬，不為溫奴公當軍師」、「天不容跳蚤長大」，生動而言簡意賅的表述，在我們心中播下文化的種子。這些充

1948，晚年的外婆坐在廳堂前，照片拍來寄給遠行子女。

滿哲理和智慧的箴言當然不是外婆發明的，她一定也是從她母親那裏聽來的。外婆的母親那一代中國女性都沒有進過學堂，我們甚至不知道她姓甚名誰。那張1928年的全家福中，留下她老年的樣子，看得到她那雙小得不可思議的腳。

我小時候胖嘟嘟，傻乎乎。大家叫我憨丫頭。外婆説，「憨人有憨福」。這是外婆對我一生的祝福。

歸不得也

二姨外婆錢維芬，1893-1963

1920年代的中國，新思想和舊文化同時影響人們的舉止行為。一方面丈夫死去妻子必須守寡；另方面寡婦也可以拋頭露面，出席社交場合。二姨外婆結識了一位有共同興趣，從江浙到昆明的富裕鹽商，兩人繼而相好。寡婦名節關乎家庭的名聲，事件引起的聯想、猜測令當事人惶惶不可終日，遠走他鄉看來是唯一的選擇。她幾乎是出逃，從此和昆明家人斷了聯繫。

外婆錢維英有一個妹妹錢維芬，生於1893年，比外婆小三歲。兩姐妹同一天出閣，分別與兩位日本留學歸來的學生結婚，妹妹錢維芬嫁給庾恩暘。1918年，時任滇軍將領的庾恩暘遇刺身亡，二十五歲的二姨外婆帶着兩個女兒寡居庾府。1930年代女兒相繼嫁出去後，她與繆姓外省鹽商結婚，移居香港，改名錢文琴，1963年在香港去世。2012年移靈昆明，安葬在滇池邊金寶山墓園。

約1953，二姨外婆，攝於香港。

　　跨入20世紀的中國，上上下下改革呼聲中，「資送學生出洋留學，係為培植師範，造就通才。方今急務，莫要於此。」曾外公錢用中1904年被雲南省政府派往日本考察及留學時，已是一位四十歲的舉人。這一年雲南派出的留日學生有144位，據說他作為學監前往，已無法查證。留學生選擇的條件為：心術端正、文理通明之士。回國後，庾恩暘說服了抱獨身主義的蘇澄，聯袂向錢老先生的兩位千金求婚。並開風氣之先，在昆明舉辦新式婚禮，頗為轟動。

　　二十歲的庾恩暘進入日本陸軍士官學校，和大多數留日的年輕人一樣，受革命思潮感染，加入同盟會。回國後從講武堂教官一路高升，歷任雲南軍政廳廳長兼憲兵司令官、靖國第二軍總司令官等職，民國五年授陸軍中將。1911年9月在雲南回應武昌起義，參與雲南重九起義。年輕英俊的將軍在滇軍中深孚眾望。

　　1918年初，年僅三十四歲的庾恩暘在貴州畢節被手下勤務兵刺死。死後孫中山為他題詞「死為鬼雄」，葬於昆明金殿公園。依山而建的三層西式陵園，是我們小時候旅行常去之處，至今昆明不曾有過更為壯觀的墓園。文革時遭紅衛兵洗劫，砸爛石雕、圍欄，挖出棺材撬開，取出將軍的屍骨，棄於谷底。

　　暗殺作為政治傾軋、消滅對手的手段，那個時代屢見不鮮。庾恩暘被刺，引起的揣測都與政治有關，聽舅舅說起過當時眾人猜測的幕後兇手，皆屬推斷，並無證據。不料半個多世紀後，因為電視宮廷劇盛行的緣故吧，有人編故事，將庾被刺說成是情殺。二姨外婆成了主角，因姿色不凡，被雲南省主席唐繼堯看中，做了他的情婦……編造故事者連她的名字都寫錯了。謠傳不脛而走，內容越來越豐富，甚至貼上兩張美艷婦人的照片，說成是庾恩暘的夫人錢××。瞎編亂造也被正式出版的雲南野史採用。庾家一位後人寫的家族史中，編了（或者抄來了）另一則故事。同樣，作者連二姨外婆以及她女兒的名字都沒弄清楚。

　　庾家為雲南的大商家之一。庾恩暘的弟弟庾恩錫還做過短暫的昆明市長。1920年代的中國，新思想和舊文化同時影響人們的舉止行為。一方面包辦婚姻依然普遍，出嫁意味着終生歸附男方家庭，丈夫死去妻子必須守寡；另方面寡婦也可以拋頭露面，出席社交場合。在重視女子教育的父親錢用中身邊長大，二姨外婆喜好閱讀。她結識了一位有共同興趣、從江浙到昆明的富裕鹽商，兩人繼而相好。聽二舅講過一個傳奇故事，一天晚上二姨外婆和這位繆先生分手，坐人力車回家，小巷裏衝出刺客對她當胸一槍。二姨外婆抱着繆先生送的一本精裝書，正好擋住子彈。寡婦名節關乎家庭的名聲，事件引起的聯想、猜測令當事人惶惶不可終日，遠走他鄉看來是唯一的選擇。

　　掙脫庾家媳婦的名分去嫁人，不是件容易的事。她幾乎是出逃，從此和昆明家人斷了聯繫，不通音訊，並改名錢文琴。直到1940年代末我大舅一家去到台灣，才和她聯繫上。同樣流落異鄉的侄子一家，成了她唯一的故鄉親人。在此之前的1938年，台灣一個五歲的小女孩跟隨父母去父親上司家做客，對當天場景留下很深的印象。她長大後去美國留學，和我三舅結婚。無意中說起來，才知道小時候她見過的那位病懨懨的女主人，竟然是丈夫的姨媽。這偶爾的機緣，證實1930年代二姨外婆已經再婚，身份是繆夫人。據說繆先生在上海另有家室，二姨外婆獨自住在香港。

　　外公留下的詩稿中，有兩首代外婆寫給她遠走香港的妹妹。她寄衣服給姐姐，此生再也沒有返回故鄉，就連父親錢用中先生去世，她也沒能歸來奔喪。

> 往歲歸寧喜見君，十年遠別一朝親。
> 杯盤話舊憐分袖，還蜀匆匆又兩春。
> 親喪何故不歸來，兩地情懷益可哀。
> 思君時作還鄉夢，會有東風送輦回。

骨肉情未忘，解衣相贈送。睹物因思人，還鄉時作夢。

手足本無多，遠離心所痛。今老更何求，歸寧應有空。

何日君再來，月圓花好弄。秋扇各被捐，晚途誰與共。

當年自己性命堪憂，為了早日離開昆明，二姨外婆極力促成女兒的婚姻。大女兒嫁了一位到昆明來的北大學生，後來死於難產。小女兒經她做主，嫁給同是護國運動功臣的羅佩金將軍的長子羅曙。二姨外婆得知小女兒亞華婚姻不幸，一輩子自責。到她病重，見亞華一面乃唯一的心願，她想方設法帶信給昆明的一位侄女，請她幫忙。很巧，庚亞華正好在她家借住。不知何故，此人回話說，亞華表姐已經去世。失去最後一絲對人世的留念，二姨外婆很快走了。

庚亞華是我從小熟悉的二表孃。外公的書桌上有一張照片，是他1940年代到南京看望大舅和在金陵女大念書的二表孃時拍的。外公身後站立的俊男美女，皆可入畫。二表孃後來轉學復旦，據說是公認的校花。畢業後回雲南，在省政府任職，升為科長。抗戰期間，政府人員皆被授予軍銜，她的職位等同少校，文革時作為「反動軍官」被居民委員會「揪出來」，送去勞改。她的另一條罪名是「企圖叛逃」。二表孃第一次結婚才十六歲，兩次婚姻都以離婚收場。越往後，她對母親思念越切，今生必須見到母親的願望幾乎令她發瘋。沒有地址電話，只知道母親在香港，二表孃不顧一切去羅湖闖關，被拘留押送回昆明。

勞改營離昆明不遠，二舅每個月去看她，送點吃的和香煙。我隨二舅去過一趟。她患子宮癌，勞改隊認為癌症會傳染，把她單獨關在山上的一間小屋裏。空蕩蕩的茅草房內，沿牆一排玻璃罐頭瓶。她說每天早上擔水回來倒在這些瓶子裏，可以用一天。文革後，她從勞改隊釋放出來，這位白髮凌亂的老婦人身上，看不出一

絲當年艷壓群芳的風采。她住在我八姨媽家樓下，蘇家的房子裏，這裏從來是她的娘家，靠在美國的三舅每月匯款，她的生活有着落。我偶爾去看看她，找不到話説。她讓我想起莫泊桑的〈項鏈〉，雖然她當年戴的珠寶首飾不是借來的……

　　1945至1985，四十年之間，一國兩黨不共戴天的敵對意識鑄成的銅牆鐵壁，阻隔了多少家人相聚。二姨外婆和亞華表孃只是苦苦相思而不得相見的千千萬萬親人中之一對母女。年年歲歲，日日夜夜，她們的啼哭未能哭倒高牆。

附：冥冥之中

　　1963年二姨外婆去世，大舅到香港辦理後事，設靈於香港志蓮淨苑。1981年大舅在台灣去世，之後大概沒有人去拜祭過她。2012年春天，在美國的三舅突然有一個強烈的念頭，要讓姨媽的骨灰移葬家鄉，託付住在台北的表弟俊中辦理。志蓮淨苑1990年代大規模重建於新址，近半世紀前寄存的骨灰恐難尋覓，也無法找到當時的寺廟收據，不知道靈位設置是否逾期。一天俊中表哥拿起二姨外婆遺照拂塵，看到貼在瓷像後面大舅寫的一張字條，上面註明靈位編號等信息，簡直難以置信。

　　俊中立即聯絡志蓮淨苑，表示計劃遷葬昆明。對方十分客氣，但遺憾靈位資料已經找不到。俊中決定還是去一趟香港，親自去寺廟的電腦裏查找，最起碼拍幾張照片，算是對長者有所交代。而今已成為香港遊客觀光點的志蓮淨苑這天適逢法會，廟裏一位法師協助他在電腦搜索，依然找不到二姨外婆的資料，他於是前往靈塔拍照。見到一位管理員坐在塔旁大樹下休息，俊中對他説明來意，不料他正巧負責資料管理，説有幾個多年未曾打開過的資料櫃，可以

去看看。進到資料室，管理員從櫃子裏拿出幾本封塵的記錄簿。俊中從背包裏拿出印有二姨外婆照片的瓷盤，遞上姓名及當年的靈位編號，很快就找到對應的資料。此時一位法師接到管理員的報告，迅速來到靈塔，確認無誤。二姨外婆的遺骨彷彿已經在這裏等待他。法師説，看來冥冥之中注定她要返回故鄉。之後各種手續，包括到香港政府死亡登記處獲取當年火化證明，直到俊中和兩位表妹將骨灰帶回昆明下葬，都順利到好似有人從中協助。

三舅在完成這椿遺願不久，也離開人世。按他的囑咐，葬回昆明，和外婆外公、二姨外婆、我的父母、二舅、八姨……永久安息在滇池邊這塊美麗的地方。

1998年，我應邀到台灣觀光，主人問我台北之外想到何處。我不假思索地回答説，去花蓮。我對台灣所知甚少，隨口説花蓮是因為名字聽起來好聽。表妹慧中陪我前往，她説有位昆明來的遠親羅伯伯住在花蓮，已經去世，不知道家人是否還在。羅伯伯的女兒其實是他到台灣後娶的太太帶過來的。原來留的電話沒變，羅伯伯的女兒到車站來接我們。這位年輕的媽媽看起來似曾相識，性格開朗，帶我們去她家，羅伯伯的妻子看到我們很高興。家裏最顯著的位置供置牌位，上書：先夫羅曙。我驚訝不已，這不就是亞華表孃的前夫嗎？

羅曙與這位台灣本地人1950年代初就結婚了，他在地方政府有個低級職務，一家人在花蓮過着平凡的日子。直到他去世的五十年間，他從來沒有對妻女提到自己在大陸的經歷、顯赫的家世。她只知道自己是第四任妻子。我對她們母女敘説羅佩金將軍當年變賣家產、支持護國運動的故事。告訴她們，他第一任妻子庾亞華是我的表孃，羅曙的姐姐是我的乾媽。她們給了我一張羅曙孫女的照片，要我交給在昆明的親戚。

滿園的菊花謝了

四姑奶奶熊韻筠，1904–1960

二八佳齡的少女抱着一隻公雞，經歷了她生命中最荒謬的一天。兩邊都是世家，賓客雲集，體面的儀式從早到晚，被人攙扶着，跪、拜、參禮。花帕遮面，沒有人看得到她的表情。君子之約不可毀，曾祖父最疼愛的女兒許過門去守寡。後來和男家商議，曾祖母變賣了首飾，支持她去北京念書。

小學三年級，八歲，那是剛剛開始去觀察大人世界的年紀。這一年發生過幾件留下深深印象的事。那天，興高采烈放學的時候，校門口站着一堆同學，默不作聲。學校前，鵝卵石鋪成的大街上，走過一隊犯人，身穿土灰色粗布囚衣，扛着鋤頭、鐵鏟，在持槍軍人押送下，面無表情地邁步。當中有人帶着鐐銬，和路面卵石撞得哐當作響。突然間，我呆住了，我的四姑奶奶也在隊伍中！本能地想呼喚她，卻叫不出聲來，好像在噩夢中，這一刻，她側過頭來看到我。

一年後四姑奶奶放出來，病得很重，知道將不久人世，說想見見我。母親帶我去到她的病床跟前，她拉着我的手道，那天在學校門口看到你，知道你心疼四姑奶奶，我關進去從來沒有掉眼淚，當晚哭了一夜。她才五十多歲，頭髮幾乎全白，蒼老、浮腫。

若講述20世紀上半葉中國婦女在大時代變幻中富戲劇性的故事，四姑奶奶熊韻筠的一生便是現成題材。尚未出世，她的終身已

約1925，四姑奶奶（左一），在北京女師大時期。

訂，未來丈夫是曾祖父考功名時的同窗好友之子。指腹為婚當時是平常事，人生難得一知己，有幸結為金蘭之好，友情能延及後世，豈不幸哉。而不幸的是男孩是個病根根，到雙方成年時，他已奄奄一息。為了「沖喜」，訂下婚期。好日子至，他卻病得起不了身，雙方長輩期待了十六年的婚禮如期舉行。二八佳齡的少女抱着一隻公雞，經歷了她生命中最荒謬的一天。兩邊都是世家，賓客雲集，體面的儀式從早到晚，被人攙扶着，跪、拜、參禮。花帕遮面，沒有人看得到她的表情。

　　沖喜沒有效果，男的很快過世。君子之約不可毀，曾祖父最疼愛的女兒許過門去守寡，非他能左右，後來和男家商議，曾祖母變

約1934，歸國留學生。

賣了首飾，送她去北京念書。曾祖父深信科教救國，曾傾畢生積蓄將兩個兒子分別送到法國、德國去留學；家中傭人之子，只要能考取高一級學校，一律供讀。他「以天下為己任」的抱負，也許經血液或基因傳給了子女。四姑奶奶後來考入北京女師大。來自邊遠小城的女學生，在學校激進又活躍，反對段祺瑞政府比求學要緊，鬧到上了逮捕學生名單的地步。當時引導學生對抗反動政府的有各種思潮，包括三民主義和共產主義。命中注定吧，接觸到她的是國民黨。待到風聲鶴唳時，這位女大學生化裝成農婦逃離北京，投奔南京國民黨中央黨部。

　　同在中央黨部做事，來自湖北黃岡縣、清華大學畢業的青年翟鳳陽，愛上了這個聰明、外向，個性和相貌都帶着異域新鮮味道的雲南女子，之後成了我們的四姑老爹。他不久考取公費留學，進入斯坦福大學，其後再從伊利諾大學拿到博士學位，畢業後在領使館任職。四姑奶奶考取中央官費留美也進入斯坦福大學。之後夫走婦隨，轉學到倫敦大學，畢業後以「外交官夫人」為職。在香港出世的長女叫香萍，美國生的次女取名「梅」，諧「美」音。兒子生在葡萄牙，昆明的親戚都叫他塔木士，很久以後，我才明白其實是 "Thomas"（此刻想起另一位小表姑，人稱「顧理士」，應是 Grace 吧？）。大學時代就接受新式思想的四姑奶奶已非傳統的賢妻良母，大女兒很小就送回昆明娘家，在使館也參與公事，隨時不忘她對「黨國」的責任。

約1934，國民政府葡萄牙公使館。
前排左一為四姑奶奶，後立者翟鳳陽；旁邊顧維鈞，前排右一其夫人黃蕙蘭。

　　1937年抗戰爆發，四姑奶奶帶着另外兩個孩子回到昆明，當上國民黨市黨部書記長，再升任省黨部監察委員。雲南當時軍閥當政，國民黨地位模糊曖昧，大概為了擴大影響，決定在昆明辦職業女子學校，四姑奶奶任第一任校長。這大概是她一生中最充實、愜意的日子。在外國領事館孤島般的生活，怎比得上在故鄉大展拳腳、開創事業。何況周圍的眾多姐妹兄弟、叔伯姑嫂，親情四溢，麻將桌上講不完的笑話、趣聞。

　　獲得經濟獨立的第一代婦女，政治參與的熱忱前無古人，在國民黨國民大會代表的選舉中，昆明職業女校的學生都成了她們校長的義務助選人，結果四姑奶奶以高票當選為國大代表。

我的外公、祖父
退休後都成了全情投
入的園丁，我對他們
的回憶總是和別致、
精心照料的花園連在
一道。四姑奶奶則無
暇園藝，花園僱工打
理，她用鄉下種菜的
方式開闢庭院，除一
畦雞冠花，其餘幾乎
都是依黃、白、紅各
自成排的菊花。

約1934，四姑奶奶（中）及其姐妹。

　　1940年代，大家族已失去嚴格的長尊幼卑的傳統秩序。四姑奶奶的長兄，我的祖父，不知是否為了保持尊嚴，從來都板起面孔，眾人對他敬而遠之。四姑奶奶正相反，雖居要職，卻笑口常開，在眾多親友中自然成了排紛解憂的中心人物，甚孚眾望。她很喜歡我的母親，每見面，都不惜當面讚她，總想找出點甚麼禮物相送。我記得一截進口的旗袍布料，好看極了。

　　那個三四歲的小女孩，不知道樂呵呵的四姑奶奶內心的傷痛。擺脫做守寡小媳婦的厄運，隻身北上求學，再隨丈夫遠渡重洋，到兒女成行，回到故鄉，事業有成，似乎一帆風順。四姑老爹那時在英國公使館任顧維鈞的秘書，內戰起，遠在美國的丈夫一再催促四姑奶奶歸去，又求又逼，信件、電報都打不動她的心。熊校長總是有各式各樣的理由推遲行程，也許是捨不得她的事業、學生和同事，捨不得親情洋溢的故鄉。

　　四姑老爹在外交部任職多年，對國民黨很失望，他曾參與籌建聯合國，1946年他脫離國民政府加入聯合國，後升任安理會政務司

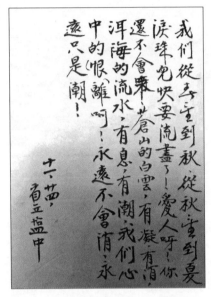

我们從春到夏，從秋、冬到夏，淚珠兒快要流盡了！愛人呀！你還不會來，蒼山的白雲，有疑，有消，洱海的流水，有息，有潮，我們心中的恨啊，離啊！永遠不會消，永遠只是潮！

十一、廿一、省立盤中

約1942，四姑奶奶寫在給丈夫的照片背面的附言，詩句抄自郭沫若〈湘累〉。

司長，直到1970年代退休，此是後話。到1949年解放大軍南下，誰都知道共產黨來到雲南是遲早的事。在昆明的國民黨其實和共產黨從未正面交鋒，而且作為抗日後方的重要基地，本地土國民黨和土共產黨常常同聲同氣，家族中的國民黨員和共產黨員都和平共處，只不過前者在明處，後者在暗處。在這改朝換代之際，國民黨不斷宣傳共產黨如何兇殘，共產共妻，雲南的貪官、大財閥急於逃離。共產黨地下黨員紛紛亮出身份，不少竟是熟知的親友，不但非紅眼睛、綠眉毛的共匪，個個皆正人君子，他們越來越令人相信共產黨「統一戰線，團結一切可以團結的力量」的英明政策。

　　四姑奶奶歷來自信，認為自己辦女學，宣導新民，符合共產黨的主張，共產黨來了也不至於和她過不去。在美國的四姑老爺一再警告她留下來後果不堪設想，並買好一家人的機票要她走，她仍有各種理由不走，例如有人欠她一筆錢未還。之所以遲遲不走，除了相信共產黨的宣傳，大概也因為不能忘懷丈夫的背叛。到後來她終被說服，好不容易買到機票，告別親友，行李也收拾得差不多了。出發前一天，早晨，出去買菜的傭人回來了，說：「太太，外面戒嚴了。」

　　對三個念小學到高中的兒女，走不成才高興呢，正為捨不得朋友、同學而哭泣，為帶不走自己收藏的「寶物」而傷心。每人只能收拾一箱隨身物品，在美姑姑的箱子裏，多年積攢的外國電影畫報佔了許多位置。那是1949年12月9日，雲南軍閥盧漢向共產黨投降的日子，昆明和平解放。四姑奶奶當時任國民黨省委監察委員，共產黨數次要她出來做統戰工作，她婉轉回絕，即遭逮捕入獄。

　　從此，大洋彼岸的美國，幾乎成了陰陽相隔的另一個世界。四姑奶奶被逮捕後，房子也就隨之被沒收了。他們家住在昆明的新市區，篆塘新村。這一帶皆是一座座兩層高、帶花園的小洋樓，大多仿照法國人當年在昆明建的花園別墅格局。新式住宅區在1930、40年代迅速擴大，將近佔城區的四分之一，古樸的昆明城開始邁向現代。新政權建立起來，政府乾脆築上圍牆，將城中洋樓圈成兩個住宅區，曰省委大院、軍區大院，都是老百姓不得入內的禁區。南下的軍政幹部，一下住進了歐陸式別墅，通過「組織」安排舞會，從女大學生中挑選出與他們的宅院相稱的女主人；也有忠心的丈夫接來原配，頗實際地在院子裏種瓜菜，養雞鴨，將那些菊花、海棠、玫瑰和舊社會一道剷除、埋葬了。

　　最後一次隨母親去篆塘新村，見從來對任何事都把握十足的四姑奶奶，顯得心煩意亂。塔叔叔向她要錢買鴿子，遭她一頓罵。整個家了無生氣；花園裏，盡是菊花的枯枝敗葉。在那個小女孩看來，這一切都是不聽話的表叔惹的禍。

　　四姑奶奶出獄後病得很重，那頑皮少年瞬間變孝子，伺奉床前。這時香姑姑已大學畢業，到了按那時觀念不嫁就嫁不出去的年紀，於是又重複三十年前「沖喜」的癡願。為了讓喜事沖走病母的晦氣，匆匆嫁給一位向她求婚的同事，至少也可讓母親安心閉上眼睛。

　　四姑奶奶1960年去世，沒有來得及為大女兒錯誤的婚姻懊惱。這對夫妻之不匹配，連我們這些小孩子都看得清清楚楚。香姑姑小

約1949，笑容燦爛的美姑姑。

時候害過肺病，那時叫肺癆，聽起來都怕人。離開美國的父母到外婆家的小女孩，本來就有重重心事，易受歧視的病令她格外敏感，到別人家吃飯，她會自帶碗筷。她從少女時代便戀上一位遠親的表哥，一年年過去，癡心不移。這位表哥後來被打為右派，那是比任何傳染病還可怕的個人標籤，親戚們只能為她嘆息：「命苦呵！」婚後兩人格格不入，剛生下女兒，她便決定離婚。那個時代，一旦婚姻變為你想擺脫的枷鎖，一紙結婚證就是你的終生判決書，要解除它得經歷苦鬥和等待。長年累月的爭吵、哀告，從分居到拿到離婚證，已經步入中年。多年後我讀到哈金的《等待》，立刻想到香姑姑。

　　她的單位在郊外，環境幽美、寧靜，因為附近只有農村小學，她把女兒送到城裏美姑姑家。女兒大約七八歲，香姑姑怎麼也沒有想到，這一送，便將獨生女兒永遠地送走了。香姑姑退休前沒有評上正研究員，令她意難平。她的住房在大學校園中，綠茵環繞。四季如春的城市，衣食無憂的日子，有同學、親戚可往來。她在平靜、優悠的環境中找不到內心的平和，決定要去香港取得香港身份，也許她只是不顧一切要離開這塊傷心地。那個炎熱潮濕的夏天，香姑姑來到她的出生地香港，我去看望她。在一間悶得幾

乎透不過氣來、昏暗的小房間裏，她一面扇扇子，一面説，「也不算熱，也不算熱」，然後拿出高血壓藥來服下。我陪她上街，買了幾件衣服，分手時，看着她汗流滿面的樣子，心裏難受之極。如果她初戀的情人沒有被打成右派，如果她不那樣癡情，她此時會在昆明寬敞涼爽的家中，勤快地做她的家務，心甘情願照料她深愛的人。她取得了香港正式身份證，幾十年來已習慣在昆明和香港之間往返奔波。習慣，本來就是活着的理由。我此刻在記憶中搜索對她的印象，想起她年輕時的一張照片，長髮披肩，眉目清秀，笑得十分溫柔。

　　四姑奶奶的聰明、達觀開朗似乎都被美姑姑遺傳去了。我沒有遇見過比美姑姑笑得更爽朗的人。每想到她，就好像聽到她那發自內心、無拘無束的大笑聲。她跟隨母親回昆明時，小眼睛炯炯有神，只會講英文，裙子下穿着緊身的毛線褲子，洋裏洋氣，甚至長着洋人般的高鼻子。幾年前回外婆家的姐姐是「不可説錯一句話，不可行錯一步路」的乖女孩，而這位假洋小囡卻不受老規矩的約束，大人也都以寬容、好奇來接受、欣賞她。1949年解放時，她已上高中，房間牆上掛滿石膏浮雕，那是我對少女時代美姑姑唯一的印象。家產被沒收，母親被捕，父親背叛家庭，所有這一切變故沒有奪走她臉上燦爛的笑容，未妨礙她融入那舉國亢奮的1950年代。「我們走在大路上，意氣風發鬥志昂揚，毛主席領導着我們，披荊斬棘奔向前方，向前進，向前進，革命的氣勢不可阻擋。」比起為全民族的繁榮昌盛而奮鬥的事業，為小家庭的物質生活而營役近乎可恥。這一代年輕人中絕大多數，都被這光榮而偉大的使命吸引過去，相信為了美好的明天，今天的一切痛苦和挫折都在所不惜。父母一輩受到不公正的裁決、處置，又怎麼樣？革命洪流滾滾向前，波及無辜在所難免。他們熱忱地投入熱火朝天的建設新中國的偉大創舉中。信者有福了。

1957，前程似錦的一對，在大難臨頭之前。

　　美姑姑考入雲南大學醫學院，住進學校。除了功課，迷上運動，被選拔進了雲南省女子排球隊。那時的運動代表隊都是名副其實的代表，來自學校機關。她曾去重慶參加西南運動會，翻過雲貴高原出省去比賽，令周圍的人羨慕不已。我小時候，一直以為她是去到北京，那是眾神所在之地，無比遙遠。

　　美姑姑大學畢業後分配真的到了北京，而且是到當時全國最好的醫院，北京協和醫院。從雲南分到北京，殊不尋常。她父親那時已是聯合國的高級官員，大家猜想可能是和政府的「統戰」政策有關。命運對她的眷顧不止一樁，她的男朋友也從昆明分到北京進修。幸福凝固在結婚照上，着白衫衣，臉上掛着陽光似的，抑制不住笑容的一對新婚夫婦，男的胸前「北京工學院」校徽的字樣清清楚楚。我母親收到這張照片，把它放在家中寫字台玻璃下面。蜜月中，完全沒有任何徵兆，讓他們預感到厄運來臨。丈夫的母親秦

淑貞是當時雲南最好的中學之一、師大附中的校長。這位昆明出色的職業女性亦是省人民政府委員，又兼民主黨派負責人。一夜間被打成右派分子，不堪凌辱，投河自盡。他自己一直是學校的積極分子，聽黨的話，又紅又專。母親自殺的消息傳到學校後，領導要他寫材料揭發母親，這是他不可能接受的行為，於是被劃為右派，剛剛新婚四十天。之後，他被發配到雲南大理劍州縣中學。

美姑姑仍留在協和醫院。放射科醫生是真假功夫最易表現得出來的行業，她很快在同行中嶄露頭角，成為替中央領導看X光片子的醫生之一。丈夫調北京絕無可能；幾年後，她做出痛苦的抉擇，放棄事業，回到昆明，帶着將丈夫調回昆明的期望。從此開始漫長的，敲開前門、後門的努力。

美姑姑在雲南同樣很快建立起業務上的聲譽，領導總會病，醫生就有了接觸他們的機會，但無論找到多少單位願意接受，你的單位不放，就永遠走不了。這位下放來的教師在學校身兼數、理、化三科，自從他來了以後，學生的成績大大提高，入大學的人數增加，學校當然不放人。1966年，文革開始，鬥「走資派」的高潮過去後，階級鬥爭的氣氛仍很濃，右派，無論摘帽與否，都成了現成的鬥爭對象，幾乎要辦成的調動又吹了。到學校停課了，別的老師可以回家，「五類分子」仍要留在學校，無須教學，他練就一手木匠活，打造了一件又一件家具。那時眾多知識分子不可以碰業務，也無書可讀，紛紛拿起斧頭、鋸、刨，從事有益身體、也為家庭帶來實惠的行當。1980年代初改革開放，這些社會底層的「五類分子」頭上的緊箍咒總算被拿掉了，他調回昆明，後來成了城裏一所重點中學的校長直到退休，總算一展才幹。

我和美姑姑最接近的那些年，正是她隻身帶着女兒在昆明，為丈夫調動奔走的年頭。為託醫生替我母親開藥方，我常常去醫院放射科找她。她在或不在，不必推門問人就可知，若在，必定聽得到

她的笑聲。多年後，一個朋友告訴我，她少年時代的偶像是她母親的一個同事，隨時笑聲朗朗，走路、說話皆與眾不同，原來便是二表姨。1970年代，眾人畏縮在政治的寒風中，這位女醫生我行我素，說話不轉彎抹角，技術精湛，令同行羨慕，又因助人為樂的熱心腸贏得大家喜愛。每次我去，她總是詳細問我母親的近況，聽到有甚麼不好的跡象，就自己來看表嫂，挨着母親側躺着，聽她說病情、話家常。

美姑姑最大的愛好是讀西方古典小說，職業的便利和她的人緣，令她成為小說流通中心。1960年代後期以來，政治教條書和樣板戲霸佔了視聽空間，被打入冷宮的小說成了人們透透氣的視窗。她家不見書櫃的影蹤，每本書總是神秘地出現，《九三年》、《約翰‧克利斯朵夫》都是她借給我的。傅雷優美的文字，記錄了羅曼‧羅蘭的人生感悟，我大段大段抄在小本子上，它們為我打開的窗戶，從此未曾關上。

她家住在武成路426號，這一帶佈滿典型的昆明小家戶庭院，正房三間，坐南向北。十二扇雕花木門，白天背靠背直立推向兩側，廳房便和小院連成一氣，院中高高矮矮的石礅上坐着大大小小灰瓦、綠瓦花盆。主角是兩株山茶，一紅一白，傲視群花。白山茶花瓣潔白厚實，鋸齒邊的葉片，在陽光下閃亮。院子左側有帶水井的另一小院，自來水管接進來後，水井被冷落了，住在下房的親戚老夫婦，堅持說井水才甜，拒喝自來水。

這裏曾是我們短暫的家。文革中，美姑姑一家離開昆明，正值我哥哥攜家回昆明，家中不夠住，於是全家搬到武成路426號。時局動盪，每人每月有一塊豆腐吃的日子，一家人團聚了，笑聲不斷。兩歲的小侄子最可愛，晚飯後他常說：「姑姑，走，我帶你看大字報去。」我抱着他出去，大字報滿街滿巷，他用小胖指頭指點着說：「看，這不是？這不是？」

1968，文革中，不止一家親戚到美姑姑家來躲避武鬥。

耳房進住的一家工人嫁女兒，請了兩桌客，我們去偷看。主人舉杯，帶領賓客用普通話誦讀毛主席語錄：「我們的同志在困難的時候要看到成績，看到光明。」再轉回昆明話接着説：「飯菜簡單，請大家包涵。」我跑回來比劃着學給母親看，笑得她咳嗽。石板鋪的武成路，連這一帶民居住宅，都在1990年代拆了。

我第一次看到英文的人格魅力 (charisma) 這個字就想到美姑姑，她能幹而自信，吸引力來自坦誠、熱心、風趣的個性。1980年代後期，傳説各單位要改革，民主推選領導。這一年她四十五歲，是城裏數一數二的放射科醫生，突然接到通知要她退休，説是為了可能受到放射線傷害。讓她提前十年退休，不難猜出背後的原因。

　　許許多多中國人都嚮往着「美麗的國家」的1980年代，她那有着小腳板印的出生證有用了，很快辦妥了手續，取得美國公民權，第一站去看早已退休、定居夏威夷的父親。

　　分離四十年，對他幾乎沒有任何印象，在一家人的生活中，他曾經是母親痛苦的根源，後來又成為三姐弟在政治運動中的包袱。1980年代中開始通音訊，遠距離的父親仍是陌生人。他的來信書法蒼勁、文字典雅，不多談他自己，不時發些人生感慨。我也看過幾封。現在想起來，似乎很奇怪，家信為甚麼彼此傳看？而那時，寫得好的家信，彷彿為大眾而作。記得他在信中寫道：人活在當前，同時生活在希望中。

　　看到這位白髮老人由妻子攙扶着走過來的瞬間，她突然看到父親經歷的困苦，內心所受的折磨。此刻，積壓在她心底的，對他的多少責怪頓時消弭。

　　美姑姑住在武成路三合小院中時，每去，幾乎都會碰到其他客人，眾人天南地北地聊天，交換聽到的笑話。那時熊家十多戶親戚彼此已不大來往，卻都會來看她，理由各式各樣，開藥、借小説、聊天，有幾個二十來歲的表侄，似乎以受她差遣為榮，又像是專門來挨她罵。「你搞甚麼名堂？」對這幾位仁弟的教訓都由這一句開頭。她講話從不轉彎抹角，「有男朋友了嗎？」「將來誰要娶到你，就是有福之人了。」她到美國去後，維繫這昔日大家族的唯一一條線也就隨之斷了。

豁達人生

大姨媽蘇爾聰，1912–1994

臨終時，她對兒女說，這一生十分滿足。女兒道：如果你們當初沒有去雙柏，如果父親沒有被打成右派⋯⋯大姨媽回答：「沒有如果，只有現在。」

大姨媽蘇爾聰比母親大兩歲，生於1912年。這兩姐妹之後，弟弟妹妹滴滴嘟嘟出世，兩年一個。她和我母親兩人這輩子在家中的位置定格為大姐、二姐，分擔母親的家務理所當然。母親由此養成勤快、做事利索的習慣，而大姨媽永遠優哉游哉。母親和大姨媽從小同床睡，姐姐本分，妹妹機靈。兩人定了規矩，後起床的負責整理被褥。早晨母親醒來，躺着不動，看到姐姐醒來，扭動身子左右轉動，立刻坐起來說，「我先起」。現在早晨不疊被的年輕人，難以想像那時每天的床鋪需要打理得像軍營裏那麼整齊。

八個姐妹先後進入昆華女中，據說都是學霸，成績霸住頭三名。大姨媽在姐妹中個子最高，樣貌洋氣，是女中的校花。青春少艾時留下的幾張照片，明艷動人。外婆為昆華女子中學第一屆初中畢業生，大姨媽則在女中第一屆高中畢業。我的父母不算自由戀愛，卻在婚前彼此悄悄看中。大姨媽就早生了那麼兩年，在父母之命、媒妁之言結束前的年代到了出嫁的年紀。外公當時在雲南省教育廳任職，看中一位下屬，來自雲南墨江縣殷實的地主家庭，天津南開大學畢業，外公尤其賞識他為人忠厚，將大女兒許配給他。

 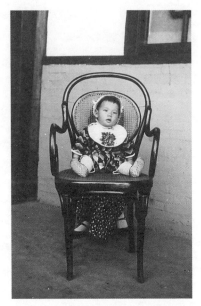

1929，大姨媽(中)、母親(左)和四姨。　　　　1937，調皮的大姨媽躲在兒子身後。

　　大姨媽也像外婆一樣，生了十一個孩子，卻只留下四個。她說生孩子很簡單，就像將豆米從豆莢裏擠出來。抗戰內戰，即便在大後方昆明，老百姓度日艱難，養孩子就沒那麼簡單，通貨膨脹，在政府任職，拿到工資第二天要儘快跑到米舖去換成大米，跑到商店買日用品。一則關於大姨媽的故事說，傭人來到麻將桌前說；「太太，太太，家裏沒米了」，「好，知道了，你先回家，等我打完這一圈來看」。母親說：你大姨媽甚麼都不急，她覺得天垮下來反正有高個子頂着。

　　1949年新政權成立，舊政府解散。大姨夫失業，一家人生活無着落。夫妻一道考入新政府設立的師資培訓班，畢業後分配到滇西北的小縣雙柏，在中學教書。那時她三十七歲，和那個時代眾多來自城市的知識分子一樣，成為政府鑲嵌在此的一顆螺絲釘，終其一

1948，大姨媽(後排中)、母親(後排左)和我們表兄妹。

生固定在這個位置上。不斷革命的年代，不斷需要敵人，一連串的
厄運來到。大姨夫出身地主家庭，先天就被打上「階級烙印」。他教
歷史、語文、音樂，會拉手風琴，風頭十足，講話隨意，反右運動
開始不久就被「揪出來」。主要的反動言論為：「當初在省教育廳裏，
老岳父罩着我(「罩」是雲南話，關照的意思)，生活幸福」，問題出
在這個與「照」同音的「罩」字，引申分析，說明他認為解放後，偉
大領袖的光輝沒有照到他。他被打成右派，送到勞改農場，幾年後
去世，原因不明。我們從沒聽大姨媽講他的事情，只記得她詼諧地
說，我填表寫丈夫一欄，就六個字：右派，勞改，已死。

　　右派的妻子也沒有資格上講壇，大姨媽被派到教務處，負責刻
刻蠟版。沒有發明影印機的年代，刻蠟版即人工複印技術，手握刻
寫筆，一筆一劃在蠟紙上刻字，然後上油墨壓印成油印件。大姨媽
刻蠟版的能力、漂亮的字跡全縣聞名，她並不覺得上不了講壇有甚
麼委屈的，整天樂呵呵，誰都喜歡這位蘇老師。她的兒女總結母親
的個性：知足常樂，助人為樂，自得其樂。

1984，大姨媽於雙柏中學。

1959年到1961年饑餓時代，在美國的三舅託他在香港的朋友給內地親友寄罐頭豬油。大姨媽家收到海外寄來的長方形的鐵皮罐頭盒子捨不得扔掉，洗乾淨放着。文革開始，小縣城找不出甚麼裏通外國的特務間諜，來抄家的紅衛兵看到從沒見過的、規矩四方的鐵盒子，認定這就是通敵用的電台。將大姨媽捆綁帶走，定性為雙柏縣的大案，大姨媽是大特務。據說多虧她人緣好，其他特務嫌疑分子被吊起來打，大姨媽只是被罰跪，跪在碎瓦片或者搓衣板上。大姨媽後來講起這段經歷，笑着說她穿上寬鬆的褲子，裏面用幾層棉布包住膝蓋，紅衛兵看不出。她說每天被批鬥之後很生氣，於是「氣管沖了食管」，越發想吃。她悄悄在瓦罐裏打進兩個雞蛋，拿到開水房，沖開水將雞蛋燙熟來吃。她一面講述，一面哈哈大笑。

文革高潮過去，大姨媽被遣送到山區農場。1973年，尼克森訪華後，雲南迎來第一位回鄉探親的美籍華人，我的三舅。此時，大姨媽還在農場勞動，特務的罪名自然煙消雲散，她成了政府的座上客，美籍友好人士的姐姐。苦難終結。大姨媽後來搬回昆明，四個兒女各自成家留在專縣，她偶爾回去探望。臨終時，她對兒女說，這一生十分滿足。女兒道：如果你們當初沒有去雙柏，如果父親沒有被打成右派……，大姨媽回答：沒有如果，只有現在。

記得看到過大姨媽年輕時美艷動人的照片，問表妹照片呢？「我大哥說：照片？保住老命就不錯了。」

屬羊的二姑姑

熊在岑，1919–1987

二姑姑的衣着，也配着同樣的色調，米黃、淡黃、淺咖啡。每次到她家總見她在織毛衣，全是最細的絨線、最和諧的顏色。能用那麼細的線織出平滑如絨的藝術品，指頭挑針繞線，百分之百均勻，需要的不只是技術，還有那寧靜如止水的心境。

　　昆明如安街昆安巷裏的大宅，是省城這戶日益沒落的大家族最後的領地。不只是一個家族，而是一個時代在消亡。曾祖父走功名仕途的傳統路，中進士，做清官，為民憔悴。他的大兒子，我的祖父，欲繼承父業，卻沒有父親的風範與才幹，不過，到1930年代還能威嚴地坐在大家長的座位上。挑戰他那絕對權威的，竟是悄悄走進大宅院的國家政治。花園中粗大的梧桐樹幹上貼上國民黨的標語，三爺爺、大姑姑等一班人，認定要跟隨民族救星孫中山、蔣介石，標語是衝着曾加入共產黨的祖父來的。大姑姑後來公然跟一個祖父稱為「上海小白臉」的國民黨員私奔了。親戚們當然懷疑她到底是信奉國民黨，還是愛上這名黨員？祖父卻政治掛帥，在報上登啟事與大姑姑脫離父女關係。

　　來自花花世界的愛國青年，迷上高原小城的大家閨秀，顯然還因為她姣好的面容、身段。她的同父異母妹妹，我的二姑姑，可就缺這先天的幸運。族中那一輩的女孩，幾乎個個俊俏，各具姿采，二姑姑卻矮小、乾瘦、皮膚黑，眼睛還有點斜視。我從未想過，大

1938，看起來像昆明金殿公園。

哥哥、伯威表哥、小叔叔、四姑姑、三姑姑、二姑姑。父親很少讓眾人排排坐拍照，這一張顯然刻意安排，從小到大。用糖果將三個小人哄得乖乖地就坐，三姐妹也許被父親的笑話逗樂了。我只知道三位姑姑的命運何其不同，第一次留意到她們的眼睛那麼相似。二姑姑年輕喪夫，三姑姑在困頓中選擇自殺，四姑姑做到省級政府的副部長。此刻，在初春的陽光裏，三姐妹無憂無慮。看二姑姑絨面鞋上的蝴蝶結，多麼時髦（父親攝）。

家族中生而不如眾姐妹漂亮的人，要多大的定力和自信才不至於心理不平衡、性格怪異。家人議論起她，從未品評她的長相，只說：「哎，屬羊的女人命苦。」

　　有關二姑姑的故事，僅有一個是喜洋洋的。祖父去某地做縣長，帶上祖母及二姑姑同去，任滿還鄉，十歲上下的二小姐衣袋中，一串串銅板叮噹作響。大宅中表哥弟姐妹，都對她巴結有加。她的大哥，即我的父親，想出一個主意，要她請客，計算過她的財富，吃一餐是太小意思，便別出心裁，約上七八個家中少年男女「去吃通昆明」，走遍小城中的幾條大街，逢館子就進去吃一通。她那鬼

馬的大哥說,別讓人家以為我們欺凌弱小,這一路上大家須稱她小姑姑,於是,一班人每吃完一餐後,便大聲道:「飽了,飽了,小姑姑你去結帳吧。」出得門來,眾人大樂。

　　我記事起,二姑姑已出嫁了。瘦瘦黃黃、矮矮小小的二姑,嫁給一位高大英俊的廣東人。二姑爹樂觀幽默,笑口常開,對我父親這個從打獵到撥弄電器都在行的大哥哥,崇拜得五體投地。他們家在昆明最主要的街道正義路開了一家拍賣行,其實是寄售行。1950年代被打倒的工商業主,從鄉下來住在城裏的地主,還有舊政府中的大小官僚,變賣家當是主要生活來源。世世代代聚下來的收藏,乃至家具衣物,都閉上眼睛拿去換幾個錢來應付急需。我約十歲那年,聽說昆明大德藥房的老闆家售賣席夢思大床,160元,於是和弟弟自作主張將家中唯一的自行車推去賣了,為臥病的媽媽換來一點點舒服。自行車在二姑爹的寄售行停放了沒幾天就賣掉了,120元。

　　二姑姑家就住在寄售行樓上。昆明的親戚朋友家用的都是中式桌椅,而二姑姑家卻是一套雅致的西式家具,搭配得非常順眼,二姑姑的衣着,也配着同樣的色調,米黃、淡黃、淺咖啡。每次到她家總見她在織毛衣,全是最細的絨線、最和諧的顏色。媽媽、二姑姑、八姨是我見到過的三位織毛衣高手,能用那麼細的線織出平滑如絨的藝術品。指頭挑針繞線,百分之百均勻,需要的不只是技術,還有那寧靜如止水的心境。

　　結婚沒幾年,二姑姑的心已難以靜下。先是收入成了問題,當大戶人家、中戶人家把多少值錢點的雜物賣光後,寄售行也就完成了歷史使命。二姑姑曾上過師範,通過當時幼稚園教師招聘考試,去幼稚園任職。二姑爹大學畢業,本來也可以去公家部門求職,不幸他曾經登記過加入國民黨,通不過政治審查。他覺得冤枉之至。當年他那位任職警務處的連襟,有任務要動員人加入國民黨,自然先從親戚朋友勸說起,二姑爹為人隨和,煩不過他纏,也就登記

了，想不到一落筆成千古恨，如今一家的生活擔子要落到弱小的妻子身上。二姑爹由此落落寡歡，早年惹上的肺病復發，沒幾年便過世了。

　　他們的獨子從小體弱，一丁點大開始便中藥、西藥不斷。後來二姑姑聽說西山一位和尚很靈，帶他去取了個法名「醉海」，往後我們都叫他「醉海」，而想不起他的真名來了。恐怕還是靈驗的，從此他雖然算不上體魄強健，但嚇得二姑姑一夜夜不敢合眼的大病也就少犯了。小醉海長得更像父親，有張引人愛憐的面孔，無論是笑是哭，臉上都會泛起不止一對「酒窩」，喚起大人的呵護。

　　二姑爹去世後，二姑姑乾脆搬到她任教的昆明第二幼稚園，在翠湖邊水晶宮大梅園巷，這一串動聽街巷名稱有個也不尋常的句號：幼稚園宅院曾是後來任中華人民共和國三軍總司令的朱德大元帥在昆明時的住處。前後兩院，綠色窗，紅色「遊春」（即外走廊），大紅大綠，卻配得安安靜靜。兩院花木也許是朱德在雲南講武堂的年代就種下，最孤標一株紫薇，昆明人叫抓癢花。我一有機會就去抓抓它的光滑的樹皮，看花枝在魔法下搖盪。桂花季節，滿院滿屋，清香瀰漫。幼稚園老師，尤其充當駐園教師的二姑姑，生活可沒有多少詩意。大清早起來拿着肉票去菜場排隊，一斤肉票可買兩斤排骨，給孩子們熬肉湯喝。家長七點半送孩子來，下午六點半來接走，一百多個四歲到六歲男女童的吃、喝、拉都包在全園幾位「阿姨」和老師身上。

　　到香港後聽說幼稚園只接受自行如廁的孩子，不由想到二姑姑一輩子不知訓練過多少小童學會處理消化系統末端工作。令我無比驚訝的是孩子們可以訓練得定時去集體解決問題，小班的排排坐在靠牆的一個個便盆上，中班、大班依時去廁所。我們記得小學、中學裏對自己影響至深的良師，大概都忘掉替自己擦過屁股的幼稚園的老師、阿姨了。

幼稚園的老師沒有「空堂」，二姑姑和大多數老師都一樣，從幼稚園開門到關門，十來個小時裏外張羅，教唱歌、講故事、教認字。我曾去聽她上課，大約有一半時間都是在設法制止小朋友講話，設法吸引他們的注意，小朋友的名單貼在牆上，每個名字後面貼着數目不等的小星星，是對乖乖聽話的孩子的表彰。

約 1941，二姑姑和母親，
在車家壁祖父家（父親攝）。

　　學生走了，老師下班回家了，二姑姑前院後院巡視過，門窗關好，天也黑了。生活中的盼望很簡單，等待星期天，可以多睡一會，少忙一天。沒有星期天的年頭也不少，「大躍進」的幾年，星期天要放衛星，領導總可以想得出點新名堂來要員工加班加點。文革到處停課，抓革命，幼稚園則停不了。二姑姑出身舊官僚，一旦有政治運動（那是大部分年頭都有的），就得寫各種各樣的「認識」、檢查，沒有運動的日子也有政治，出身不好「重在表現」。身在幼稚園，到處都是表現的機會，只要起早貪黑地幹，一不怕苦、二不怕累、三不怕髒地做就行了。二姑姑經常因表現好被評為模範教師，幾句好話，一張獎狀，足以令她覺得辛苦有所回報了。她在同事中資歷最高，也很受學生家長喜愛，但是從來不可能被提拔，家庭出身屬舊官僚，還評她先進，已算對她寬大。這所幼稚園後來成為城中名校，據說比入重點大學還難，那已經是二姑姑和這一輩開拓者離去後的事了，另一所同樣出名的幼稚園，就設在二姑姑度過少女時代的熊家寬街大宅。好巧。

　　二姑姑愛看小說，對俄國作家情有獨鍾，許多時候我去找她是交換小說。她講到幼稚園的許多趣事，我最記得關於她們園長的故事。這個園長出身好，是幼稚園唯一的黨員，但沒有上過多少學，經常出語驚人。她去參加衛生局召開的會議回來，召集全園老師開緊急會議傳達說：「現在昆明流行阿爾巴尼亞痢疾。」大家雖明白那其實是阿米巴痢疾，卻不敢笑。那年頭動不動要去參加反美大遊行，園長帶頭呼口號：「打倒美帝國主義！」「支持嫩巴黎人民的愛國行動！」她批評員工說：「看看別的幼稚園，散會後都走在一起，而我走出來就只一個人，你們都走開了，完全不靠攏組織。」

　　二姑姑微薄的工資，還要供養相繼加入這個家庭的侄女和外甥女。與二姑姑模樣和性格毫無相似的三姑姑1950年代初就自殺了。三姑姑從不正眼瞟我們這些小孩一眼；姑姑、姨姨中，僅有她平時擦脂抹粉，會在大庭廣眾中拿出小鏡子來抹口紅。我家的相冊裏有張她的得意照片，穿着海狐絨大衣，學好萊塢明星的髮式，頭上頂着高高的髮捲，扮得雍容華貴。文革初期害怕被抄家，家家戶戶自行「掃四舊」，三姑姑那張不折不扣的資產階級太太玉照，就第一時間被從照片簿裏抽出來燒掉了。三姑爹當警官，那無非是一種職業。人長得氣派，肯吃苦，不笨，在那個行業中容易升官。新政權建立，他和幾百萬在原政府軍政部門供職的官員一樣，全成了「敵偽人員」，一下子都欠了人民的血債，要去坐牢。母親不喜歡這位三姑爹和三姑姑，兩人吸鴉片，男的説不定還販過鴉片。三姑爹被抓進去，一下子全家生活沒有了着落。三姑姑從來心高氣傲，沒和任何人商量，便借錢開了間賣米線的小館子，地點選在離祖父鄉下別墅不遠的小鎮上。從來衣來伸手的三小姐現在要涮鑊洗碗端米線，主顧是她歷來看不起的鄉巴佬，如今輪到別人向這位縣長家的千金小姐拿一點架子了。開張幾個月，一直只虧不賺，終於在一個晚上，大概吸了一陣鴉片，雲霧中完全忘了一對可愛的兒女，就吞下剩下

的鴉片，再喝幾口酒，一了百了。丈夫在牢中，她留下一子一女。男方親戚接走男孩；女兒小平像個洋娃娃，皮膚白裏透紅，大大的眼睛會説話，她後來一直住在二姑姑家，管她叫媽。

　　文革中二姑姑的弟弟、我的小叔叔也自殺了。他在縣裏工作，文革成了縣裏造反派的頭頭，到造反派成鬥爭對象的時候，出身不好的小頭目自然變階級敵人，被日鬥夜鬥。需要顯示自己革命立場的群眾，本派的和對立派的一樣，對他拳打腳踢。記得小叔叔話不多，很會「啞鬧」，不動聲色地頑皮，他整天在後山樹林裏抓鳥捉蛇甚麼的。家裏有不速之客，奶奶會差他去找菌子，他知道菌窩子，從不空手而歸。那個夏天，一次批鬥會後，他失蹤了，後來放羊人看到他吊死在一棵樹上。也許他只是去採菌子，想起明天、後天，不知哪年哪月才受得完的凌辱，於是心一橫，永遠留在他心愛的樹林裏了。

　　他太太是四川人，年輕漂亮，皮膚剔透如孩童，不久改嫁了，帶走兒子，女兒小妹送來給二姑姑。過了些年，小妹她媽又來把她接走了。沒有着落的孩子託給二姑姑撫養，到不需要她時來説一聲，就接回去了，這一切好像都理所當然。現在不時從新聞中看到為爭奪小孩造成家庭間的戰爭，拼個你死我活，我才想起二姑姑和她撫養過、又離開她的孩子們。她後來心臟越來越差，記得她似笑似泣地念説：「心操得太多，傷得太多了。」誰又曾明白過她？

　　對她永遠懷着感激和敬意的是她最小的弟弟。「老弟」從小過目不忘，家人視為神童。飽讀詩書的祖父對他的小兒子最寄厚望。家庭出身不好，家中又缺錢，於是他選擇了不收費還供伙食的西北牧畜獸醫學院，畢業後，分到甘肅祁連山山區任公社獸醫，一去三十載。他説羨慕蘇武，只需管一群羊，做鄉村獸醫要背着藥箱翻山越嶺、走村串寨，替牧民、農戶的牲口打預防針、治病。他曾在風雪中迷路，有過不止一次九死一生的經歷。故事也有另一面。山民眼

裏，獸醫比醫生還要緊，牲口死了，一家人便斷了活路。老叔個子矮矮的，皮膚不知為何曬不黑，慈眉慈眼，在西北漢子中像是外星人。老百姓覺得這位心好醫術高的「救命恩人」，彷彿上蒼派來，對他極好。文革來了，革命隊伍將這個數十年前的舊縣長的兒子清理出來，下放到深山去放牧。這回他知道蘇武的滋味了，睡窩棚，燒牛糞，幾個月不見人蹤。有一次，聽到對面山上傳來鈴聲，想是有牧民路過，飛跑下山，一路呼叫，結果還是沒能看到人影。他從不知道，渴望見到人、和人說話，會似饑餓般難受。文革後期「促生產」，遠近聞名的獸醫才被調回縣城。年復一年，像二姑姑一樣，總是被評為模範，卻也不受重用。

　　二姑姑每次來找爸爸，話題都是如何幫弟弟調回昆明，多年來只有二姑姑不斷地寫信給放逐西北的弟弟。直到1980年代中期，人才引進可以不必先調個人檔案、轉戶口，昆明的親戚終於幫他聯絡到接收的單位。但「擁有」他三十年的原單位仍不放他走，沒有單位證明買不了火車票。二姑姑來找父親商量，決定打個電報給他，「母病危，速歸」，他接了電報立刻請假買火車票，四天三夜趕到家裏，奶奶和二姑姑笑眯眯地迎接他，而他這一路不知淌了多少眼淚！

　　我1988年回雲南參加澳大利亞的扶貧項目，還和他同過事呢。他講着帶甘肅口音的雲南話，無疑是最高明的「中方專家」之一，依然不受重用。前兩年去探望過他，早退休了，在教小孫孫做功課，心滿意足。

　　二姑姑終於盼到兒子結婚、孫子出世。她死後，葬在西山五老峰，離母親墳不遠的地方。去上墳頗不易，須沿陡峭的山路攀爬一小時。那年清明，我們上罷媽媽的墳，如以往，也去二姑姑墳上燒香，見有人留下的紙錢、香炷，想一定是二姑姑的獨子來過。下山時卻遇見他們一家正往上走。那是誰來拜祭二姑姑呢？她卑微的一生中照顧過的人，誰還記着她呢？

舊腦筋、新思想

二舅蘇爾敦，1922–2006

在雲南最大的外貿公司居要職、在舞廳裏展身手的二舅，隨着他依附的事業退出時代的光影，成為國家機關一名默默無聞的會計。他在單位上是一個老實得不能再老實的人，負責得無法再負責的會計。在五彩的世界中他是一個黑白之間單純的灰色。沒有和任何一個同事有任何過節，在公眾生活中基本上不存在。

從1990年代中起，我每年返鄉後回香港，二舅一定要來機場送我。他說蘇家沒人活到八十歲，下次我回來他多半不在了。他歷來話少，在機場的椅子上默默地坐着，我並沒有感染到他的愁緒，因為明年、後年……還會再見。2005年，二舅跌傷入院，我不由驚恐地想到，如同許多老者，這可能是他們生命中最後一跤，立即和女兒趕回昆明。枯瘦如柴的二舅，躺在醫院病床上，像一盞燈油燃盡的油燈，顯然已走到生命的盡頭。

1930，二舅的學生照。

曾經時髦

　　二舅在蘇家這個和睦、相親相愛的大家庭出世，四個姐姐、一個哥哥。他體弱，特別受母親寵愛。上小學去遠足，外婆不放心，僱一輛人力車坐着，陪他前往，在家中傳為笑話。他在省立會計專科學校畢業，加入了那時做進出口貿易的商號永昌祥，雖不過一個會計，帶來的新式簿記方式，取代老式帳房的一套，讓洋行和「國際接軌」。從此生意大大擴充，二舅成了公司的要員。他認真、一絲不苟的作風，誠摯的為人也贏得老闆的信任，漸漸二舅和老闆一家成為至交。穿着洋派、管理有方的二舅代表未來，令白族商人另眼看待，公事、私事都向年輕的會計師請教。老闆的少爺相親，必邀二舅同去，借重他的現代眼光。在1940年代的昆明，二舅成了一位時髦人物。

　　對遠走他鄉的大舅、三舅，外公外婆心存無盡美好回憶和掛牽。現在回想外公的房間，只記得那有可伸縮蓋罩的半圓形書桌，更清晰的印象是上面兩位英俊舅舅的放大照片。三個兒子中，唯一留在身邊的二舅在父母眼中毛病多多。甫成年，撞上好萊塢電影空降到這座小城的文化與生活方式。外公對他一身洋裝，夜晚流連電影院、舞廳，早上睡懶覺頗看不順眼。有一晚他胃疼，早上睡到日出三竿，醒來看見房門上父親貼的「大字報」：「飲食免能慎，誤傷病胃腸，惡勞好逸樂，積弱內成傷，努力勤修養，身心可自強，勉哉宜自愛，早起習為常。」夾在母親的溺愛和父親的威嚴之中，二舅一貫我行我素。

　　其實，外公很清楚表面追求時髦的二舅個性敦厚。三舅上中學時切除盲腸，術後感染，在醫院躺了一個月。二舅每天到醫院，日夜守候。他遲遲未婚，外公有詩，責中帶讚：「關門閉戶作箴規，直

1940，二舅在昆明永昌祥。

道於今誤我兒，黯言詞傷太戇直，古人心跡有誰知，學職業成當議婚，祖傳家法及兒孫，此是人生三部曲，均須演奏出吾門。」

兒時記憶中的二舅

　　童年回憶中的外婆家，是一幅幅色彩鮮明的畫面。多少甜蜜的兒時記憶，都和二舅有關。他訥於辭令，不會講故事給我們聽；衣着光鮮，不讓小孩挨得過近。在我們心目中，二舅卻份量不輕。他那身打扮，完全仿照1940年代好萊塢電影的男明星，一絲不苟的頭髮，燙得筆挺的西裝，雙色尖頭皮鞋。二舅出門前，坐在臥室的小凳上，面前小箱子中裝滿各種刷子、鞋油、抹布，他仔細對待一道道工序，令黯然失色的皮鞋重放光彩。我依在門邊，津津有味地看着二舅打扮，看他在穿衣鏡前左顧右照，末了走過來捏捏我的鼻

子。二舅覺得這些侄甥的鼻子都太平扁，那是和銀幕上美麗的外國小孩最大的差別。

週末、假期外婆家孩子成群，我和哥哥、弟弟、表妹、表弟，還有來串門的小孩。晚上二舅不回來我們不肯上床睡覺，盼望他拎回來的點心：薩琪馬、回餅、重油雞蛋糕。圍在餐桌前吃二舅帶回的「宵夜」，是一天中最快樂的時分。1953年公私合營以前，在洋行任會計的二舅收入頗豐，惠及大家庭中的老老少少。大哥是外公外婆的寵兒，如果有人摘了公公心愛的花、打碎了婆婆的碗，賴給大哥，風波立即化解。我是大家眼中的憨丫頭，二舅總是不露聲色地給我優待。最記得晚間孩子們吃罷二舅帶回的美點，仍不甘心，想等着再參加大人的夜宵。一天夜晚，在大家的吵鬧聲中，二舅悄悄問我，「老妹，你幾歲？」「九歲。」「不要吵，九歲以下的通通去睡覺。」他帶我去小東街北京飯店冷飲部吃冷飲，冰激淋、紅豆冰。第一回嘗到這些美食，終身難忘。

外公去世前，逢星期日，嫁出去的女兒回來了，陪爸媽打麻將是這天主要的節目。花園是孩子們的天下，唏哩嘩啦的麻將雜着笑聲從廳房傳來。麻將桌凝聚家庭成員，給大家庭帶來和諧與歡樂。外婆家打的是「衛生麻將」，有複雜的方式計算「方數」，輸贏的額度卻微不足道。二舅摸過牌來，手指滑過牌面，一眼不看就隨手拋出，或收下，令我們驚嘆。媽媽說他一心想做大牌，很少贏，大家猜他樂意輸牌贏得別人開心。

1948年內戰烽煙四起時，大人為通貨膨脹而操心，為遠方的炮火而驚惶。此時的外婆家則是世外桃源，大舅帶着賢慧又美麗的日本太太從東北回來，生下可愛無雙的女兒，粉紅色的絨帽下，小表妹粉紅色的小臉像太陽照亮了這個大家庭。人人臉上掛着笑容，眼睛裏含着愛意。端午節，外婆帶着五姨、六姨、七姨、八姨、日本大舅媽、母親，圍在一起包粽子。粽子熟了，粽葉和糯米飄出的清

香將我們從花園中招喚回來。巧手的五姨媽會包一串比菱角大一點的小粽子，最先煮熟，安撫我們這些急不可待的饞鬼。

外婆一早就鄭重其事地在門頭上插上菖蒲和艾條。我們排着隊讓她在額上用雄黃汁塗個「王」字，以保來年平安。大舅一家在昆明住了一年後去了台灣，半個世紀後，大舅媽對我說，那是她一生中最快樂的一年。這位來自日本的賢淑女性學會包粽子、蒸年糕，當然還有各種禮儀。如果她留在大陸，也就白學了。

隨遇而安

外公是20世紀初唐繼堯政府為振興雲南派到日本的留學生，在早稻田大學攻讀教育，參加了孫中山的同盟會，回國後作了幾任縣長，對政治失望之極，走上自古以來文人的老路，辭官歸故里，賦詩種菊。外公對共產黨帶來的「解放」十分雀躍，以為青年時代的革命理想終於實現，自告奮勇撰寫新雲南再建設計劃書，提出民眾教育、衛生、民眾職業、救濟等多項主張。新政權很快令他幻滅，覺得自己此生應盡之力已盡、可為之事已為，服下一瓶安眠藥，不再醒來。

外公去世，也到了「舊社會」色彩褪盡的時候，電影院播放蘇聯和國產的電影，舞廳也封掉了，二舅唯一的興趣從此沒有着落。外公在天之靈，看到二舅從此不再有甚麼娛樂，是否後悔當初約束他生命中充滿歡樂的短暫歲月？在雲南最大的外貿公司居要職、在舞廳裏展身手的二舅，隨着他依附的事業退出時代的光影，成為國家機關一名默默無聞的會計。外公去世，二舅一下子被推到家長的位置，照料母親，關心嫁出的姐姐、在家的妹妹，從此成了他的責任。不久，載滿數十年溫馨記憶的大宅被公家部門強行徵用，僅給一點點象徵性的補償。愁雲慘澹的氣氛取代了昔日的歡言嬉笑。大

人談話壓低聲音，皺着眉頭。二舅作為一家之主，滿城奔走，籌款找房子。

當初二舅在外貿商號裏的工資、花紅，除每月支取足夠的費用，都存入公司經營的銀號變為股本。到1950年代這已經是一大筆款項，足夠他下半生的生活。國家對私人工商業的改造，令這位老實本分的會計所有財產化為烏有。熬過戰亂和動盪的小市民，對新中國大刀闊斧的社會改革瞠目結舌，卻逆來順受地聽命，認為這是中國走向光明必經的痛苦。

半生積蓄被掠奪，家族房產被變相充公，他均安然接受，未發過半句怨言。國家沒收私有財產是為全國人民的利益；老闆雖然在海外有資產，但他在國內的生意化為烏有，不賠償員工損失理所當然。1970年代初二舅到台灣探親，路經香港，去看望他原先老闆的家人，他並無一絲念頭去追討自己的股份，對方卻主動向這位昔日功臣提出，如果他留在香港，一切生活費用由公司負責。二舅毫無離開昆明的打算，回來只輕描淡寫地對我們說起。「二舅，你怎麼不問問你的股份？」他笑笑。

家族中有人侵吞了別人的匯款，在他的眼裏，則是十惡不赦的大罪，到晚年仍然念念不忘出面替「受害人」索回賠償。他個人半生積蓄，因政府的公私合營運動化為烏有，二舅坦然接受。以革命的名義，可以理直氣壯地顛覆社會傳統規範，排斥個人良知做出的是非判斷，這樣的邏輯在世界上許多國家的某個時代，都曾被人們接受，甚至歡天喜地地慶祝、歌頌。那些有所懷疑的腦袋，如果能保下來，則屬於需要改造的範圍。

盡忠職守

那個時代要求每個人做一顆螺絲釘，二舅完完全全合格。他在雲南省物資局任會計，精通業務，認真負責，幾十年毫無差錯，是一位無可挑剔、不可取代的專業人士。他一年四季準時上班，從不告病假、事假，對單位而言簡直是個寶，因而不計較他的「特殊」表現：在政治學習會上一言不發。

在政治掛帥的三十年內，對個人的事業與職業而言，業務表現沒有政治表現那麼重要。在沒完沒了的政治學習會上（聽領導做報告，小組政治學習，「鬥私批修」會和層出不窮的大會、小會），每個人都非要「發言」，講些違心的話來應和、應付、應對。而我們的二舅蘇爾敦是唯一的例外，他只是微笑，一言不發，誰也拿他沒辦法。我聽他說起來，覺得不可思議，那樣的高壓下，誰敢？

二舅在單位上是異類，不與任何人有私交。他一年四季都在單位食堂吃飯，完全不沾辣椒。食堂的師傅都認識他，炒菜放辣椒之前留起他的一份，好心腸的還為他單獨炒一碟。同事也都接受這位從來只微笑、不開口的蘇爾敦。契訶夫寫〈套中人〉，大概參照了與二舅類似的原型。

1950年代中，外婆中風去世，一直是我們童年生活重心的「外婆家」也就不存在了。文革開始不久，我們家倒成了親戚聚集之地。學校停課，我負責做飯，逢星期天，二舅和二位姨父必到，一起打橋牌、議論國事。我的政治啟蒙課始於其時。後來其中一位姨父在單位上被批鬥，受不住嚴刑，為求寬大，坦白了和其他親戚一道說了些甚麼反江青、反林彪甚至反毛的話，父親和另一位姨父也就因他的「揭發」而被「揪出來」，被革命群眾專政，受盡折磨。奇怪的是二舅卻沒事。他在單位上是一個老實得不能再老實的人、負責得無法再負責的會計。在五彩的世界中他是一個黑白之間單純的灰色。

沒有和任何一個同事有任何過節，在公眾生活中基本上不存在。也許攻擊這個與世無爭的弱者，反而顯得自己卑賤了，人家放過了他。

無論他目睹多少同事、親人受冤獄之災，無論他如何兢兢業業地工作卻從未受到表彰，都不曾動搖他對執政黨的信心。他熱烈地與周圍不滿政府的人辯論，直到貪官橫行的近幾年才算多少為之語塞。此刻我才想到，或多或少，他對共產黨理念的認同，令他覺得個人地位財產失去都有所值，他要捍衛的或許是自己的心理平衡。

二舅對國家和政黨信服，自己則完全與政治不沾邊。他不去要求政治上上進，卻對時事興趣甚濃，每天仔細研讀《人民日報》。他對省和中央一級的人事變更瞭若指掌，可以準確地說出任何一省歷任領導，並跟蹤他們的下落。1996年，二舅去台灣探親路過香港，他對觀光遊樂全無興趣，一整天待在圖書館裏看港台雜誌，找到不少他的人事拼圖中的缺塊，開心不已。

同時，他將從外公那裏傳承下來的道德觀取出一部分，加上從黨報上接受的邏輯，發展出一套政治觀。他認為某個政治事件後出國的異見分子是懦夫，他們的「逃跑」證實他們從來只是投機分子而不是革命家。他認為對投機分子鎮壓才能免國家於危難。雖然他在政治態度上和政府一致，但他依然在單位裏、同事間絕口不提國事。無論在轟轟烈烈的政治運動中，還是例行的政治學習討論會上，從不開口。在親友中，平素寡言的二舅則是不知疲倦的國家大政方針捍衛者，他的觀點往往獨一無二，談話涉及政治議題，他往往是唯一的「正方」，雖然寡不敵眾，卻從不服輸。二舅贊同正統的政治觀點，卻固執地抵制令眾人屈從的政治文化。

家事唯大

　　二舅在物資局的同事，看着這個古板、見人便禮貌地打招呼、斂斂地微笑、卻和所有人保持着距離的會計師，絕對想像不出他年青時風流倜儻的樣子。他拘謹、木訥，可是上了舞場卻判若兩人，舞姿嫻熟、風度翩翩，於是擊中了一位美人、我們後來的二舅媽，一位從越南回來的華僑。二舅初帶她到外婆家，平靜、古樸的生活因她而起漣漪。她擅長做我們從未嘗過的美食，例如蘿蔔糕、廣東粽子。昆明國際照相館櫥窗裏掛着她的大幅玉照。她和二舅帶我去看電影，路人向這一對美男女投來的眼光也照亮了我小小的虛榮心。

　　當華爾滋舞曲不再響起，好萊塢電影退出社會主義電影院，二舅失去生活中最大的娛樂；二舅媽卻站到政府為統一戰線而設立的小舞台上，在歸國華僑聯合會（「僑聯」）的小圈子保持着活躍的社交生活。照相館櫥窗裏，她的特寫頭像換成手持蠟燭舞蹈的美姿。二舅不屑於欣賞民間舞蹈，也不去聯歡會上捧妻子的場。「哪有甚麼好看的？」當兩人的興趣疊合地帶消失，沒有了共同的話題時，原來各自藏起來的價值衝突出來作怪了，固執又敦厚的二舅與活潑而不甘寂寞的妻子分道揚鑣。親友們則視為理所當然。

　　對他而言，工作是為生計。十一個兄弟姐妹中，三人1940年代便出了國，國內還有二舅的四個姐姐、四個妹妹。雖然大家均早已成家，父母也已離世，作為大家庭中唯一的男兒，對父母的孝道、對姐妹們的責任是他的人生使命，是他生活的主軸。

　　我的母親是二舅最尊敬的姐姐，她因心臟病臥床十八年中，無論風雨，二舅每週至少來探望她一次。記憶中每次母親總要針對他的固執嘮叨一番，二舅不還嘴，耐心地聽着。二舅離婚後「找對象」的挑剔，讓母親頭疼。第一次婚姻找到美女，卻沒有找到教訓。他無法拋卻根深蒂固「以貌取人」的直觀。有的「候選人」親友覺得不

錯，二舅不為所動，最終遇到了瘦瘦高高、頗有風度的我們後來的二舅媽。兩次婚姻之間的十多年中，母親時不時總要對單身的二舅提起這令人厭煩的話題，但他依然按時來探望姐姐。

後來母親精力不濟，他來到，說不了幾句話就累了，二舅坐在母親床邊的藤椅上，十指對撐，天黑了，也不開燈，就那樣坐一、兩小時，常常待母親睡了才離去。文革中，只有景和弟弟在家，二舅每星期不止來一次。這時父親的工資被扣發，二舅將一半工資交給母親。1973年11月11日，也是週末，二舅又來看母親，我們在樓下吃飯，二舅上去又很快下來說：「老妹，快去看你媽怎麼了。」母親已失去知覺，當晚便走了。

大舅一家住在台灣，與他們通信要經過美國的三舅中轉，還可能被懷疑通敵。大家都覺得再也見不到大舅一家了，只有二舅從不懷疑會有這一天。蘇家唯一的「傳人」是大舅的獨子，二舅一直將值得收藏的外公的一卷詩稿及外婆遺物好好保留，準備有朝一日交託給他。其中一件外公留下的狐皮大氅，每年要拿出來翻曬，以免發黴。果真，1970年代初，二舅獲准赴台探親，海關檢查人員打開這個大箱子，忍不住說，從來沒有人到港台探親帶這麼多東西的。二舅不知道台灣用不着狐皮大氅，幸而一位準備前往美國的親戚收下了。那時沒有影印機、掃描器，蘇家老照片的唯一珍藏他也交給大舅，後來找不到了。

二舅一直將外公外婆的骨灰放在家中，要等待大舅、三舅從國外回來才行安葬。眾多姐妹都看不到哪年哪月才准許海外的華人回大陸，二舅則堅信會有這一天，果真被他等到了。1973年，中國在鎖國二十多年後，首次准許海外的華人回來探親，少小離家的三舅是第一個回昆明省親的美籍華人。從此，安葬父母的準備成為二舅的頭等大事。1980年代初，父母過世三十多年後，夏季的大雨中，

二舅、三舅手捧父母骨灰在泥濘的山路上吃力地爬上西山的五老爹峰。半世紀來對父母的思念，父母生時不得盡孝的悲痛，化成流不完的眼淚……

　　我在二姨外婆的故事中提到，她的女兒庾亞華文革中被作為「歷史反革命」送進勞改隊。二舅視照料這位單身表姐為理所當然，每個月去勞改農場給她送東西。我跟他去過一次，記得下了車還走了好久才到場部，再得爬山去到關她的一間小屋。二舅中年以後走路不平衡，查不出原因。我背着玻璃瓶罐頭，二舅拿着香煙。他走平路都搖搖晃晃，看他爬坡我老當心他跌跤。二表孃文革後才被放出來，之前數年之中，二舅每個月去一趟，一個人前往。我們這些小輩，也沒有想到應當與他分擔責任。

　　1940年代大舅從外省回來探親（在邊疆小城昆明人眼中，外省意味着先進），帶來一副深紅色背脊的「化學」（塑膠）麻將，附一盒七彩碼子。我對外婆家的記憶總是和這副麻將連在一起。打麻將在1950年代中就不再時興，在政治掛帥的年代，大人白天去上班，晚上參加政治學習，星期天不加班的日子，有做不完的家務，排不完的購物隊，或者補一補從來睡不夠的覺。文革一開始「破四舊」，麻將成為見不得人的遊戲，八姨冒風險將婆婆家寶貝的化學麻將藏起來。

　　文革過去，可以公開打麻將了，此時回到昆明的大姨媽，以及二舅、六姨夫婦、八姨夫婦又能聚在一道打麻將。文革雖然過去，留下許多後遺症，其中最具破壞性的莫過於人與人之間失去信任，甚至以惡意來揣度他人，哪怕是你和他相處一輩子、非常了解的人。大約1980年代中，我驚訝地聽到幾位姨媽合起來準備和二舅打官司，認為二舅有侵吞祖產的企圖。此事對二舅的打擊可想而知。幸而到2000年後，兄妹之間又漸漸恢復來往，週末聚在一起打打麻

將。這副曾經見證大家庭歡樂時光的「化學」麻將已經老化，面板和背板脫開，八姨試圖用膠水黏，卻再也黏不牢了，就如兄妹之間曾經的親密無間只能留在記憶中。

二舅病危時，怎麼都不忍放手讓他走的，是非他親生的兒子。他母親和二舅結婚時，他已成年，二舅對他並無養育之恩，他的獨生女卻視二舅為最親的長輩。二舅不善於討人歡心，談吐無多，固執得要命，興趣窄、知識偏，無非一名敦厚善良的好人，不明白這一層深情如何而生。二舅去世前半年，電話中鄭重地託我轉告在台灣的一位遠親，向他致歉，因為1996年二舅在台灣與這位遠親有約，十年後再去台灣聚談。其實，這位老先生早已過世，兩人十年中並未互傳隻言片語。十年期到，二舅為身體不支而爽約，甚為不安。

聽說二舅病危，我帶上女兒立刻飛回昆明。他安詳地躺在醫院病床上，我不停口地給他講立立的各種趣事，二舅消瘦的臉上泛起笑容。他問我最近有沒有接到三舅的信，我突然想到可以讓他們用電腦通話。第二天帶去手提電腦，接通在美國的三舅。不記得他們說些甚麼，我坐在一側，意識到下次兩人只能在天國相會。想起1979年去桂林看三姨，離別時，她和三姨夫站在大門口看着我離去，彼此心中都明白再見不到了。那時心中平靜，之後每回想起這些難忘的瞬間，意難平……

二舅從意氣風發的高級職員，降格為雲南省物資局微不足道的一名會計，「事業」隨着他變成新政府部門中的一顆螺絲釘而結束了，他坦然接受命運，用自己樸素的觀念接受社會與政治的變遷，對家族的責任追隨他一生。直到他退休、去世，二舅從來都衣着整齊、品味十足，這是他恪守的許多「舊觀念」之一。追溯二舅的一生，才想到平凡得不能更平凡的二舅，在時代的風風雨雨中，努力去實踐這個古老民族以家庭為重的理念。

遠行未敢忘家國

三舅蘇爾敬，1923–2012

三舅回昆明要辦的一件要緊事，是將當初雲南父老資助
他赴美留學的費用還給政府。他到雲南省外事辦去交
涉，對方說無法接受。後來他將這筆錢購買了一批英文
書籍，贈送給昆明工學院。之後，三舅幾次自費回國講
學，以此償還他心中的「債務」。

1937年日本侵華，雙方軍力懸殊。中國軍隊的武器、裝備、訓
練都不能與侵略軍同日而語。加之民國初建，中央政府尚未擁有調
配地方力量的絕對權威。全國民眾鬥志高昂，但戰事不利，國軍節
節敗退，一座座城池失守。1941年乃抗戰最艱難的時期，民族陷於
深重災難之中，處於大後方的昆明不能倖免，日本飛機幾乎每天闖
入高原的萬里晴空投彈轟炸，市民惶恐度日。

就在這一年8月，為雲南的未來籌謀，省政府和西南聯大合力
開辦了一次空前高規格的人才選拔與培訓。全省二十歲以下的高
中畢業生都有資格報名，入選後到昆明接受兩年培訓，派往美國留
學。雲南省經濟委員會主任繆雲台先生出任留美學生委員會主席，
西南聯大負責學生遴選和日後兩年的教學。清華大學校長梅貽琦任
考試委員會主任，教務長潘光旦任副主任，雲大校長熊慶來擔任監
試委員。命題及改卷的教授名單顯赫，包括聞一多、楊振寧的父親
楊武之等人，梅貽琦、潘光旦、繆雲台則直接擔任英語會話的考官。

提出這一主張的繆雲台先生本人曾為雲南省有史以來派出的第

1946，昆明留美預備班部分學生，右一為三舅。

一批留美學生，1894年在昆明出生，1907年考入為政府選拔留學人才的公立外國語學校，雲南方言學堂。很有趣，那時國人將英語、日語都視為方言。二十一歲的繆雲台和其他五名年輕人去到美國，1919年學成歸來，開始他的傳奇人生。時機與才幹令他成為啟動雲南經濟、金融現代化的推手。1934年，他向政府建議成立雲南省經濟委員會，統籌資源調配，制定發展規劃，協調公營及私營經濟，成績斐然。1941年，戰火正熾，財政困難，這位遠見卓識之士則提出對未來投資的方案，遣派公費留學生赴美。

當時教育部規定，公派出國留學生必須大學畢業後工作兩年以上，繆公則認為雲南教育落後，大學畢業生寡，且貧寒人家子弟進不了大學，決定選送高中畢業生。各市、縣青年在地方初選合格者，彙集昆明參加筆試及面試。1942年5月11日、12日的筆試，曾三次被空襲警報打斷。8月8日，省主席龍雲親自主持面試，從筆試合格者六十人中，選出四十五人。其中考第二名的一位十九歲的昆明人，是我的三舅蘇爾敬。四十年前考取雲南公費留日的外公寫道：「父子出洋前後行，遠遊日美有同情，五經魁首爭先佔，第二名同第一名。前年冬雪始招生，去歲秋霜試完成。待到今秋方受訓，不知明夏可成行。」

1943年元旦開學，由西南聯大的名教授擔任各科導師，朱自清、游國恩教國文，楊石先、邱宗岳教化學，李紀桐教生物，潘光旦教民族學……總之，教師隊伍無疑是中國學術名人錄。看到這份名單，不難理解為何三舅後來對美國大學的一些教授頗為失望。

這四十五個年輕人實在令人羨慕。上課之外，西南聯大為他們安排講座，兩年中舉辦的五十三次名家大講堂大概是迄今為止最高水準的講座，梅貽琦講《科學發展與中國文化》，蔣夢麟講《中國文化對西洋文化應取之態度》，賀麟講《美國人民精神與哲學》，羅常培講《近百年來中國民族自救及演進》，楊振聲講《中國詩與中國畫的

關係及特點》，戴文賽演講《西方音樂》，王德榮講《航空工程之趨勢
及發展》，陳岱孫講《經濟統治與政治》。預備班的諸多導師均留學歸
來，特意設計了有助克服文化差異的節目，組織暑期夏令營，舉辦
體育、音樂、騎射、辯論等活動。

地處昆明的中國學術重鎮西南聯大，為留美預備班提供前所
未見的教育資源；基礎知識與獨立思考能力並重這一聯大的教育宗
旨，得以貫穿在培訓班的課程設計和教學之中。如此的預科培訓，
在中國教育史上也是曇花一現。[1]

抗日烽火遍地，哀鴻遍野、民情沸騰的歲月，校園不可能平
靜。令人敬仰的教授們對侵略者的義憤、對民族的關懷，都深深
感染着這群學生。這些被命運眷顧的年輕人，同樣被「十萬青年十
萬兵」的口號激勵，上不了戰場，卻背負着為國為家的使命。兩年多
以來，勤奮苦學的最大動力是抗日救亡，它也成為伴隨三舅一生的
情結。

1945年，三十九位同學考試合格，從留美預備班畢業，三舅考
第一名。這回不輸給當年報考公費留日成績第一名的外公了，在家
中傳為美談。外公詩云：「考場屢試列前名，有志人終成此行。修
養身心期記所，報稱家國待登程。乘風破浪海天闊，利用資生學術
明。莫入寶山空往返，光陰虛度誤生平。」

那個年代，出國留學不過是暫別親友數載，如外公所言，入寶
山取經。即便自費留學，也幾乎沒人想過由此轉變身份，移居他
國。三舅1948年從伊利諾州大學化學系畢業，獲得銅牌獎，是首

1　留美預備班資料參考：李艷：〈雲南「留美預備班」：謀劃抗戰後建設的務實
　　新舉〉，《雲南日報》，2012年8月3日；繆雲台：《繆雲台回憶錄》（北京：中
　　國文史出版社，1991）。

位在該校獲畢業獎的華人。
1949年6月，當年雲南留美
預備班的同學大多數都返回
祖國，三舅剛剛考入麻省理
工學院碩士班，決定先留在
美國，完成學業後再回到他
日夜思念的親人身邊。無路
費回國探望父母，和兄弟姐
妹團聚，唯有盼望幾年後取
得學位返回故鄉。這一蹉跎
便二十四年。

1948，留美三年後，判若兩人。

　　1950年10月，志願軍跨
過鴨綠江，「抗美援朝」運動
在全國展開，美帝國主義成
為中國的頭號敵人。私人寫
住敵國的書信，得受審查、受限制，三舅與家人的聯絡一度中斷。
兩年後收到他報平安的信件和照片時，外公已經去世，外婆一遍又
一遍地看。從此，對昆明的家人而言，三舅遠在天邊。

　　三舅1950年從麻省理工碩士班畢業，進入佛羅里達州立大學
博士班，同時在實驗室工作。據說因為他對導師的種族主義忍無可
忍，憤而放棄學業，離開學校，先後到芝加哥、匹茲堡、紐約等地
工作，1967年開始在底特律福特公司做汽車廢氣污染及控制研究，
直到退休。

　　我的三位舅舅都一表人才，不明白為何最為英俊的三舅直到
1961年三十八歲時才等到他的意中人。沒有白白等待，舅媽徐曼菁
是一位來自台灣的兒科醫生，溫文儒雅。那些年三舅正在接濟大陸
的眾位親戚，三舅媽能夠接受並賞識他，可見其善良與大度。

十六年前在留美預備班畢業禮上致辭的繆雲台先生為新人主持婚禮。費心盡力為雲南培養人才、促成這三十九名雲南青年赴美留學的繆雲台先生沒有料到，他自己在1950年也攜家人寓居美國，和當年留美預備班的學術負責人、清華大學校長梅貽琦在紐約住同一公寓。戰亂時期為國育才的往事，可堪回首？

1959年起，饑荒在農村蔓延，城市居民尚有糧食供應維持生存，肉類和油稀缺。高中二年級時，我因為營養不良得了水腫病。不記得甚麼時候開始，我們定時收到三舅託他在香港的朋友寄來的包裹，豬油和奶油。三舅在大陸的哥哥、姐妹及他的舅舅家，一共九個家庭，一連幾年受惠於這「救命」的包裹。三舅年終給親屬匯款，一直沒有間斷。他自己在美國僅僅是一名收入不高的工程師。

1972年尼克森訪華，中美關係鬆動。年底，中國政府首次允許在美華人回國探親，第一位回昆明的美籍華人便是三舅，攜三舅媽和七歲的女兒靄中同行。少小離家老大回，朝思暮想的雙親已故去多年。眾姐妹得到特許，從各地趕回昆明。三舅的昆明話講得比所有人都地道，住在「兩個世界」的親人久別重逢，並無隔膜，我覺得三舅就是我從來知道的那個三舅。三舅媽文質彬彬，總是面帶笑容，輕言細語；上小學二年級的靄中，在眾人喧鬧聲中，捧讀英文小說《魯濱孫漂流記》。在昆明人不加掩飾的熱情和高聲談笑的氛圍下，母女倆乃一道可愛的異國風景。

這是蘇家幾十年來最盛大的節日，歡聚一堂之外，「海外關係」對所有人不再是政治上的污點，是何等值得慶幸之事。曾因三舅寄來的罐頭被當成是發報機而背上間諜嫌疑的大姨媽，罪名一下子洗刷乾淨，從被管制的勞動農場放出來參加團聚。好似時光倒流，令人感受到塘子巷大家庭親切歡愉的氣氛。沒人提起二十八年來的慘痛往事，就當沒有發生過。

親戚輪流請三舅到家中吃飯，家家集中了當月肉票、豆腐票……各位姨媽製作拿手菜，回憶當初外公喜歡的菜式。大家有點失望，因為他們吃得實在太少，每道菜淺嘗即止。看得出兩夫婦儘量不掃興，努力咽下不習慣的食物。時間和空間造成的文化差距，畢竟無法消失。和外公一樣，三舅不喝酒，他是基督教循道公會的教徒，連茶也不喝。

那時十一位兄弟姐妹都健在，在美國的七姨媽一家缺席，在台灣的大舅

約1978，三舅於我母親墳前。

一家不能夠前來——國門尚未對住海峽對岸的人民開放。三舅回來時，我母親已經臥病在床十八年，當年11月母親去世，姐弟終於能夠見一面，感謝上蒼。1945年三舅離開昆明後，全家大團圓只能在夢中。

三舅作為雲南省首位歸國省親嘉賓，受到官方隆重接待。政府做了巧安排，訪問工廠、醫院、農村，每到之處都會給人留下好印象。我陪同他去到近郊一個村莊，村委會地上鋪滿綠油油、散發清香的松針，這讓他回憶起小時候每逢過年家裏堂屋鋪上松針的情

景，頗為感動。主人道，我們這裏很方便，松樹就在村邊山上，每天去摘來鋪在地上。我自然知道那不會是真的。

1973年，八個樣板戲是大陸人唯一可觀看的文藝節目，政府招待三舅看《智取威虎山》。我坐在小表妹旁邊，佩服她那麼禮貌地看這莫名其妙的表演，只在鑼鼓聲太大聲時捂住耳朵。台上楊子榮解開大氅扣子，一手扯住衣襟，邁開馬步，擺出威武的姿態，兩個眼珠咕嚕咕嚕轉動。表妹輕聲問爸爸：「他急着要去廁所嗎？」幸好她只會講英語。這兩個情節是陪同三舅在昆明參加公家安排的節目給我留下的最深印象。

三舅回昆明要辦的一件要緊事，是將當初雲南父老資助他赴美留學的費用還給政府。他到雲南省外事辦去交涉，對方說無法接受。後來他將這筆錢購買了一批英文書籍，贈送給昆明工學院。之後，三舅幾次自費回國講學，以此償還他心中的「債務」。

外公外婆分別在1951年、1956年去世。儘管誰也不知道台灣的大舅和美國的三舅何時能夠回來，甚至不能肯定是否會有這一天，二舅則堅持一定要等兩人回鄉，才將骨灰下葬。1981年大舅在台灣去世，1985年三舅回來將外公外婆的骨灰安葬。墳地在昆明西山，從公路邊上去要爬半小時陡坡。這天雨下個不停，山路泥濘，三舅慢慢往上爬，雙手捧着骨灰盒，不肯讓人接手。四十年前以為是暫別，歸來卻已陰陽相隔。

三舅畢生拒絕購買日本貨，但並沒有仇恨日本的情緒。我的大舅媽是日本人，三舅十分尊重這位大嫂。1950年代初大舅一家在台灣，生計艱難，三舅匯款幫忙支付表弟妹的學費。當時他在美國雖然收入有限，美金兌台幣匯率高，無異雪中送炭。三舅多次去日本汽車公司訪問，非常佩服員工的素質。他不仇視今天的日本，「不忘抗戰」則是他不曾忘卻的使命。

1997，三舅和我，於香港雅典居。

　　三舅到福特任職後，加入當地華人成立的「密西根二戰在亞洲中國歷史協會」(Michigan Chinese Historical Society of WWII in Asia)。這個組織從屬於全球華人二戰歷史研究聯盟。三舅是協會的骨幹，退休後幾乎成為他的全職工作，還有一位志同道合的至親，我的七姨父，住匹茲堡的退休工程師張文顯。我看到他們某年籌款的報告，詳細列出捐款人的名字和數額。他們兩人的名字在最後一列，只註明捐款一萬美元以上。1992年我去看望三舅時，他說目標是在美國建一座抗戰紀念館，需要籌集兩億美金。聽起來無法實現，對三舅而言，是方向，也是信仰。

　　青少年時代從外公那裏獲得的身教言教成為三舅一生不變的信條，留美預備班兩年多，他有幸接受中國最優秀學者的教誨。到美國後成為基督教循道公會虔誠的信徒，其實很自然。教會的教義和

他自小接受的長輩、良師的教誨別無兩樣：仁愛、喜樂、和平、忍耐、恩慈、良善、信實、溫柔和節制。這些美德眾人皆知，用一生去實踐者，我見過的只有三舅一人。

1992年我去密西根大學訪問，三舅開車來接我去他家。他們在安娜堡買了房子不久，三舅剛退休，三舅媽仍是忙碌的兒童醫院院長。當年她生下女兒後辭掉工作做全職母親，七年後重新考取執業醫師執照，她的付出與天分均令人折服。他們家真可謂一塵不染，花園看來是舅媽的天地，她用碎石鋪小路、圍花壇，在菜園裏種了茄子、番茄。家中所有的擺設、壁上掛的畫，都可以用兩個字形容：思鄉。一幅徐悲鴻的駿馬圖，是大姨媽寄來的舊年掛曆。三舅帶我去他們住了三十年的老房子。賣房的複雜手續統統辦完了，最後一次去巡視。進得門來，頭頂上一架那麼熟悉的紫藤，令我找回塘子巷外婆家的感覺。三舅說他試了幾次，終於栽活了一棵紫藤。房子空了許久，地上堆滿紫藤落葉，三舅拿來兩把掃把，我們一下、一下地掃，不說一句話，掃乾淨地上的枯葉，掃不去千思萬緒……

兩位主婦

六姨蘇爾慧，1931–2006；七姨蘇爾嫻，生於1933年

六姨去世後，家人發現她在一年多前被診斷出腸癌。她
留下遺囑，將存款全部留給殘疾女兒。

姐妹無不羨慕居住在美國、生活安穩的七姨；而她覺得
自己從小被父母拋棄，自己一生毫無用處，只是相夫教
子而已。

母親姐妹八人，分別於1912至1935年出生，趕上女子可以接受
教育、走出家門進入社會的時代。六姨和七姨大學畢業後，作為家
庭主婦終其一生。六姨在昆明，七姨在芝加哥。

六姨蘇爾慧

父親為母親八姐妹各人取了綽號：大老實，二校長（母親愛
笑），三耶穌（三姨是虔誠的基督徒），四摩登（昆明的時髦女郎，曾
經在銀行家繆雲台手下工作，後來自己辦企業「新民火柴廠」），五家
常（週末團聚，都是她做飯），六瞌睡，七膽小，八苗子（犟脾氣）。
母親八姐妹中，唯有六姨身材較為富態，屬於心寬體胖的一類，也
許與她性喜睡覺互為因果。

外公1905年進入日本早稻田大學物理化學系，畢業後回到雲
南，當了幾年公務員，做了幾任縣長，揮一揮衣袖，回家種花打理

1953，六姨結婚照。

庭院。他的思想過於新潮，認為傳統節氣都有迷信色彩，只看重一個節日，每年二月廿二日的花節。我們這群孩子在外公帶領下，用紅紙自製小燈籠，或剪成小剪刀的形狀，掛在一株株花、一棵棵樹上。六姨1950年代初考入雲南大學農學系。選擇學農，想來是外公的影響。

　　香港大學第一任文學院院長、著名學者許地山的女兒許燕吉在自傳裏寫到她小時候很喜歡小動物，長大後自自然然選擇大學獸醫系。六姨的同齡人那個時代挑選專業，幾乎不去考慮將來這個行業能否賺錢、工作地點和環境如何，更不會苦苦計算自己的分數能夠進入哪間大學、哪個專業。進入農學系的天真學生，大都以蘇聯植物學家米丘林為榜樣，帶着興趣和憧憬，跨入綁定一輩子的職業，與面朝黃土背朝天的農民同屬於最不受待見的行業。

農學系大學畢業生絕大多數都被分派到「專州縣」(昆明人對市區外各地的統稱)，擔任農業技術員，米丘林離他們遙不可及。六姨被分到當時離昆明兩天路程的楚雄縣，她的先生在昆明工作，是一位電力工程師。兒子兩歲時女兒出世，不久得了腦膜炎，治療不及時腦部受損，半邊身體活動不自如，且智障。六姨上班之餘沒可能獨自帶這兩個小孩，回到昆明、全家住在一起是唯一選擇。從1950年代到1970年代末的大陸人，學校畢業被分派到某個單位，就屬於這個單

1948，六姨和五姨。

位。除了工資，戶籍和非它無法活下去的每月糧食定量供應，也都由單位控制。例如離婚，先要單位批准，不是件容易的事。要想離開單位、調動工作，尤其從基層調到昆明，幾乎不可能。多番嘗試不成功，六姨只好「自動離職」，帶着兩個孩子回到昆明。

自動離職代價太大了。直到1970年代，我認識的人中，六姨之外僅有一人不顧一切地走了這一步。回到昆明的六姨，她的大學畢業資格從此不被承認，沒有辦法再被聘用，在大學畢業生尚稀缺的年代，她即便去小學或幼稚園教書都不可能。「自動離職」本身是一個不與政府合作、不能被原諒的過失。社會上沒有私營機構的存在，離開公家「單位」者走投無路，他們遭到的「懲罰」制止了別人效仿。其後六姨又生了一兒一女，她這輩子的身份就是「家庭婦女」。文革後，孩子大了，她去居民委員會做會計，才有了一點點收入。

六姨父1940年代末在清華大學電機系畢業，對歷史、政治興趣甚濃，且博聞強記。一部《東周列國記》信口拈來，聽得我們只有佩服的份兒。文革中常聽他用古人言套當今政治，大開眼界。他是單位的學術權威，加之亂議中央文革，被造反派批鬥、吊打，手指折斷。每去六姨家，都感受到他們夫婦之間的距離，六姨父高談闊論，六姨沒法插嘴。客人來，六姨在廚房忙碌，眾人開吃許久她才上桌。六姨偶爾出聲，丈夫即便不駁斥，也掩飾不住不屑的眼光。

六姨活到七十五歲，走得很突然，之前幾年除了聽她說肚子痛，並無大病。去世後，家人發現她在枕頭下壓了一本病歷簿，原來她在一年多前被診斷出腸癌。她留下遺囑，將她的存款全部留給殘疾女兒。遺囑沒有提到為甚麼她得病不說、不治療，原因不難猜到。沒有單位，沒有醫保，如果治病，她的存款全部花光也許還不夠。像許多殘疾兒童的母親一樣，六姨認為孩子的缺陷是自己的過錯。她關切無法自立的女兒，勝過自己的苟活。

六姨去世後，六姨父痛不欲生，兩年後也走了。他博學多才，此生留下的文字，主要是文革時寫的交代，已經化為灰燼。此外，就是悼念亡妻的篇章。據八姨說，看到的人無不掉淚。我沒有看過，希望六姨在天之靈能感到一絲安慰。

七姨蘇爾嫻

外公給自己八個女兒取名：聰、端、莊、箴、昭、慧、嫻、淑，這顯然是他心目中女子品行的標準。看七姨的照片，端莊嫻淑就像寫在臉上。她長我九歲，我母親每個週末帶着我回到娘家，眾姐妹爭着過來抱這個胖乎乎的小外甥女。後來我常聽母親說，我偏愛七姨：「我要七姨這麼抱，我要七姨那麼抱。」這個「後來」，是我懂事以後，七姨早已離家。

七姨1933年出生。　她五歲時，昆明人的日子被日本轟炸機打亂了，空襲警報聲像催命鬼的呼叫，外公家花園裏挖了防空洞。1941年12月20日，是值得昆明人紀念的日子。日機來犯，剛在昆明紮營的美國志願航空隊迎擊，結束了昆明人惶恐度日的三個年頭。戰爭尚在進行，生計依然艱辛，而對十幾歲的少女，家庭、學校、

1948，就讀昆華女子中學時的七姨。

朋友，幾乎是整個世界。外婆家就像歌裏唱的那樣：「我的家庭真可愛，美麗清潔又安詳，姊妹兄弟很和氣，父親母親都健康。雖然沒有好花園，月季鳳仙常飄香，雖然沒有大廳堂，冬天溫暖夏天涼。」只不過花園還不小，四季如春則因為在昆明。

好萊塢電影比飛虎隊提前來到昆明，捕獲了多少少女的心。七姨保持每部電影必看的記錄，收藏電影票是她的一大嗜好。必須是大光明戲院，樓廳第一排。為此需要積攢零用錢，還得第一時間去買票，這與以此帶來的許多滿足和快樂相比，都不算甚麼。和蘇家所有姐妹一樣，七姨在昆華女子中學念書，也一樣地品學兼優。1948年，她十五歲，念初中，每天和小她兩歲的八姨結伴去學校。

大舅曾經是杜聿明部隊的軍需處長，這一年辭去軍職，帶着日本籍妻子和一歲的女兒回昆明省親。內戰還在繼續，時局動盪，那是大人操心的事。對小一輩而言，難得的大團聚每天都是節日。就在一個平平常常的日子，七姨的命運改變了。這天她在學校上課，六姨來到教室，叫她趕快回家，她以為家裏出了甚麼事，十分驚

約1951，七姨與大舅的女兒，攝於香港。

惶。原來大舅買到那時非常難得的飛機票，一家三口第二天就飛去
香港，外公原打算讓十七歲的六姨同去，幫忙年輕且中文尚不流利
的舅媽照料嬰孩，之後決定還是讓精明能幹、最得外公寵愛的七姨
陪同。此一別，悠悠數十載。待1980年代七姨第一次、大概也是最
後一次從美國回昆明，哥哥姐姐都垂垂老矣，雙親和她摯愛的二姐
早已離世。

　　大舅一家先去到香港。昨天還在昆明被大家庭中的親人、學校
的同學圍繞，今天來到一個言語不通、氣候食物都不習慣、和昆明
好像是兩個世界的地方。雖然有摯愛的哥嫂在側，環境和處境劇變
對生性膽小的七姨造成難以承受的衝擊。之後他們移民台灣，去到
「蔣匪幫」統治下的領地，和投敵差不多，雙方通訊不易，回鄉絕無
可能，離家人從此成為偶爾得到的照片上的人物。我記得聽說七姨

成天哭，不知道是否是小孩子的想像。幾年後，美國的三舅將她接去。七姨考進一間女子博雅學院，甚少給家裏寫信的她寫了一封長信給外婆，附來她在校長家過聖誕節的照片，説校長就是她的母親云云。大家有些困惑，以為那是她的比喻。

家人對七姨的事幾乎都是從三舅的信中獲知。她嫁給了一位從台灣移民美國的化學工程師，此人是台灣大學會考的狀元，在美國得到兩個博士學位。他們一直住在芝加哥，有兩個兒子。1973年中美關係解凍，允許美籍華人回國探親。三舅全家回鄉，成為一件轟動昆明的事件。此時，眾人才聽到七姨生活的一些細節。他們家是芝加哥華人聚會的場所，七姨主持大型宴會，親自下廚，一身華服，皆自己設計、自行裁縫。

此時，文革高潮過去了，每個家庭的悲劇還沒有結束，生活的困頓比起自由缺失、前景堪憂不算甚麼。姐妹中，唯有七姨得以遠走高飛，避免了劫難，過上正常的幸福生活。六姨笑着説，如果不是外公一念之差，她就是那個幸運的美國主婦。七姨依然不給家人寫信，沒有人知道為甚麼，也不去多想。直到1997年，近半世紀前離開昆明的大舅媽和當初還在襁褓中的慧中表妹準備回國探親。她們一再勸説，七姨勉強同意同行。眾姐妹見到闊別數載的「小七妹」喜極而泣，七姨則沉默少言，沒甚麼笑容，大家以為她未能見到雙親而悲慟。一日席間，有人提起她及時離家何等幸運，七姨突然間失聲痛哭，説父母拋棄她，令她成為孤兒。大舅媽不知所措，連聲對她道歉。其他人再三勸解，她絲毫不能釋懷。

大致在1998年，匹茨堡大學圖書館的一位台灣女士來中大，我問她是否認識七姨，她説，凡是在匹茨堡的華人，都知道這位能幹非凡的女性。她家的園子是當地最著名的私人花園，都是她親手打理……之後我應邀訪問匹茨堡大學圖書館，終於得以去看望七姨，見到她的大花園，她的裁縫工作間。此時她已經七十五歲，消瘦

但精神，爬樹靈活得像猴子。匹茨堡冬天很冷，她得將許多不耐寒的花木移到室內暖房。美麗的大花園就像一個永遠需要悉心侍候的主人。

兩個兒子名校畢業，在西岸工作，平時忙得沒時間打電話回家，每年聖誕回家團聚。七姨父退休不久，全副身心投入在美華僑「不忘抗戰」的民間組織「密西根二戰在亞洲中國歷史協會」。入夜，七姨端出她自製的小點心，和我坐下聊家常。話才開頭，她便雙淚漣漣，訴說小時候被爹媽遺棄……我說完全不是這樣啊，我母親和所有的姨媽都羨慕她能夠避開國內的種種災難，舉例告訴她許多親友的不幸遭遇。無論我怎麼說，她都不接受對自己命運另外的詮釋。她最好的女朋友做了加拿大國會議員，而她的一生毫無用處，只是相夫教子而已。我坐在那裏任她哭泣，希望她的眼淚帶走些壓在心坎上的悲哀。

七姨與家人的隔膜與誤會歸咎於被冷戰隔斷的兩個世界缺乏溝通。1950 年代以來，美國是敵國，互訪被禁止，通信也得十分小心，否則成為裏通外國的罪狀。給大洋彼岸的親人寫信，只互道平安，更多的人害怕惹麻煩，乾脆斷絕來往。中國的學校 1920 年代就開始英文教學，1950 年代起統統停止，改為俄文。我上高中時，俄文老師替班上每個同學找了一位蘇聯小朋友做筆友，相互通信。我的母親，則不能隨便寫信給她住在美國的弟弟妹妹。

十五歲那年的一天從課堂上被喚回家，來不及收拾行李，沒有和朋友、姐姐們告別就被送上飛機，從此離開溫暖的家，見不到父母。她一生大概未能從那個令她驚恐失措，噩夢般的經歷中回過神來。幾十年間，父母對她的牽掛，姐妹對她的思念，沒法用紙筆寫下寄給她，也不曾化作夢境撫慰她深受傷害的心靈。

最小偏憐女

八姨蘇爾淑，1935–2010

八姨和母親一樣好客，也都擅長縫紉和烹飪。那時每週只有星期天休息，這天八姨得打掃屋子，洗一家大小的衣服，並準備飯菜招待客人。他們家從市中心文廟街搬到較為邊遠的巡津新村後，一天我去她家，八姨說，原來每個星期天都有人來，搬到這裏人都不來了，說着說着便流下眼淚。

1935年，四十五歲的外婆生下她的第十一個孩子，八姨。同一年，二十一歲的母親生下我的大哥。那年代母女同年生育不是甚麼稀罕事，有三個哥哥，七個姐姐，還有一個同齡的外甥會是甚麼樣的處境卻難以想像。八姨和大哥比我大八歲，她更像我的姐姐。小時候，母親教我唱「天鵝歌劇」插曲，「我們都有一個妹妹，她比我們更聰明。她有小凳金子做成，她有圖畫值千金。」這就是我對八姨的想像。外婆家在昆明城鄉交接處塘子巷，記憶中花園好大好大，門口紫藤花架四季長青，開花時節，葡萄一樣淡紫色的一串串花垂下。沿牆腳跟一排美人蕉，昆明人叫鳳尾花，看到它就想起猜花調「娘娘跟着皇帝走，你說是朵甚麼花？」花園有三進，當中一進是外公精心護理的蘭花，不同品種的海棠，後面的大花園則是我們五六個表兄弟姐妹的樂園。八姨是樂園掌門人，領導着幾乎所有的遊戲。她帶領我們自製木瓜涼粉，將木瓜子包在手巾裏，在水裏搓呀揉呀，水會變得黏乎乎的，經過（對我而言）漫長的等待，凝固成啫

約1940，八姨和我哥同歲，攝於外公家滌園。

喱狀。八姨給我們每人派發「紙幣」，捏在手裏排隊等待。她取一大勺木瓜凍放在小碗裏，用小調羹打碎，gua、gua、gua的聲音引出我的口水。

醃製鹹菜是每個家庭生活的必須，外婆和母親做「冬菜」、「茄子鮓」看起來其樂無窮，卻有嚴格的清潔標準，不讓小孩的手去碰。八姨帶我們做鹹菜，用捲心菜的葉子包些能吃的菜，包括炒雞蛋，用草捆成小包，掛在樹上。大概只有在乾燥涼爽的昆明，這些「鹹菜包」第二天取下來，美味可口。八姨有一套精緻的銅製迷你炊具，一個小銅鑼鍋愛死人。一次我們在花園裏生火做飯，幾乎釀成火災。外公一怒之下，將八姨的寶貝玩具扔到井裏。八姨一邊哭一邊試圖打撈的情景，形成我幼時對痛苦的概念。

1949年的「解放」對市民的影響始於成立居民委員會。有了組織就得有事可做，居委會要求街坊互助防小偷，讓大家輪流值夜。

那年我七歲，和八姨一道參與居民輪流守夜。半夜起來，穿上不合身的哪位姨媽的外套，拿着棍子、手電筒，在空無一人的街道上「巡邏」。當晚星光燦爛，使命在身，激發出某種神聖感。此刻想起來，讓兩名女孩兒半夜三更執棍出街防盜，實在可笑。外公外婆當然知道其實沒甚麼賊盜，而居民委員會派下任務，必須服從。荒誕指令一旦變成組織決定以後，人人順從，這樣的情形今天似乎還在延續。

小學二三年級時，女生一下課就急不可待地去操場玩跳格子，昆明叫跳海牌。用粉筆在地上畫出約兩米長、一米寬的「大海」，當中一條直線、四條橫線，分為左右各五格，一共十個格子。「海牌」是約四分之一巴掌大的瓦片，周圍磨光。將之扔到第一格後，遊戲者單腳跳進去，用站立的腳將海牌踢到第二格、第三格……到第五格，雙腳落地，踢到第六格，再回復單腳跳，一格格將海牌踢出「海」外。踩到線條，或者海牌出界，就出局，輪到對手上場，對手可能是一個或許多。第一輪順利完成，升一級，將海牌扔到第二格，然後第三格，直到第十格。贏了！

這一年，八姨送我一塊海牌，我苦苦練習，終成跳格子的高手。我為這塊小瓦片取名「神在」，對準哪一格扔將出去，它就乖乖地落到哪一格。更高級別是背對格子朝後扔，我居然也能扔中。一天，大概因為物理學所稱的疲勞效應，身經百戰的「神在」扔出去，碎成兩塊，我為此失落了好些天。八姨送過我好些禮物，只有這塊名曰「神在」的小瓦片永遠難忘。

八姨聰慧美麗，兩眼烏亮，待人接物細心周到，學校裏年年考第一名，幾乎是個無可挑剔的少女。父母和哥哥、姐姐、姐夫叫那一聲「小八」，包含由衷的愛意。她和我哥哥景輝是大家庭裏眾人的寵兒，我們小孩眼中的楷模。八姨沒有金子做成的小凳，但她的每件東西，她的書包，她那繪着白雪公主與七個小矮人的鐵筆盒，都

1948，就讀昆華女子中學。

令我羨慕。她和大哥下棋、談小說、聊電影，還不時想出各種「鬼點子」，八歲的差別將我遠遠甩到一邊。他倆夜裏起來，偷偷撬開大舅寄回昆明的水果罐頭分食，不忘留一點第二天給我。那是外婆的珍藏，和大舅寄回家的外省美食常年排列在飯廳的櫃子裏，捨不得吃。櫃子從不上鎖，外婆也不會去盤點，他們給我吃偷來之食，並沒關照我別告訴大人，我則有了保有秘密的興奮。

　　1952年，塘子巷的宅院被昆明鐵路局徵用。共產黨政權建立給了百姓一個模糊的觀念——「共產」，公家有需要便可以「共」私人的財產。鐵路局屬於公家，他們隨便出一個價，指定交出房產的日期，私人唯有服從。此時外公已去世，一家之主二舅拿着那有限的賠償金東奔西跑，另外購置了一所小小的兩層樓房。家族的歷史從此翻過一頁，在花園裏奔跑嬉鬧，享受外婆和眾位姨媽、舅舅關愛的童年，從此變成幸福的回憶，「像夢一樣留在我心裏」。

　　一年以後，八姨從昆華女子初中畢業，照例全班第一名。她一心想學紡織，大概和她織毛衣超凡的技巧有關係，那當然得上省外才有的紡織學院，要等高中畢業再考慮。當時國家為了儘快培養發展工業急缺的人才，辦了許多中等專業技術學校，不收學費，有伙食補助，家庭困難者還可以申請助學金。中專只錄取成績佳的學生，能夠進入，好像今天考進重點大學。填寫升學志願時，八姨並沒有填中專，卻被雲南省工業學校錄取。在一個天翻地覆後塵埃未

落定的時代，個人被革命洪流推着走，沒甚麼選擇的餘地，十六歲的八姨進入省工校的工程建築專業。

1958，於雲南隴川農場。

三年後八姨從工校畢業，照樣全班考第一，被分配到一個省級廳。計劃經濟難以靈光，此時中專畢業生太多，工作崗位不夠。政府作出另外的計劃，將這些畢業生分到單位存起來，先送去邊疆農場幹活。國家分配一個人到某地做某種工作，就像分配某種貨物。無論考大學或參加工作，都要求填志願表。其中有一欄叫做：是否服從分配。沒有人會說「不」。個人是一顆螺絲釘，被擰到機器的哪個部位由政府決定，那時的口號是：黨指向哪裏，就奔向哪裏。

八姨被分配到滇南隴川縣國營農場。

工校的學生一律住校，八姨初中畢業後，我見到她的機會不多了。八個姐妹中，八姨和母親最相似，都心靈手巧，心細如毫，做事認真。八姨在工校的作業本被學校收藏，作為新生入學必須參觀的展品。她和母親都是寬以待人、嚴以待己的榜樣，彼此感情也最深。外婆1956年去世後，長女如母，兩人更加親近。1955年起，母親病臥不起，八姨每次來，都躺在母親身邊講啊講，講個不停。有時候太晚，就留下和我同床睡。有一次晚間睡下，她給我講述剛看完的一部蘇聯電影，幾乎每句台詞都能記住，我聽完感到已經看過這部影片了。

1971，親戚合影。
後排右一八姨，她左側美姑姑，右下方香姑姑，前排右一是二姑姑，
左一是我。當天是母親生日，端午節（父親攝）。

　　八姨在農場種甘蔗，1958、59年大饑荒時期，在農場雖然辛苦，卻能吃飽飯。八姨有機會就託人給我們捎來那時稀缺的紅糖。1960年她終於回到昆明，在廳裏上班。次年，她與一位原來的同班同學結婚。那時國家仍然在「困難時期」，沒有足夠的糧食，更沒有肉類供應，無法請客。他們請賓客去家附近「新建設電影院」看了一場電影，內容很革命。之後大家到新房吃喜糖、嗑瓜子祝賀。人人帶來的賀禮一樣革命，新鮮出版的《毛澤東選集》第三卷。吃不成用不了，卻不可以丟掉，全堆在新婚夫婦床底下。

　　八姨的女兒、兒子相繼出世，父母樣貌的優點都集中在孩子身

上，女孩好看得令陌生人駐足。八姨帶她來我家，孩子躺在我母親身邊熟睡，看起來像個小天使。母親就這麼目不轉睛地看着她，嘴上掛着微笑，直到她醒來。兩個小人幾年間進了幼稚園，每次來到，站到母親大床對面的小床上，表演剛學會的舞蹈，那是母親生病後少有的歡樂時光。八姨得上班，參加政治學習，照顧不過來兩個小孩，將女兒送到楚雄縣奶奶家。這是當時大部分年輕母親沒有選擇的選擇，只有經歷者才能明白心中的掛牽和苦悲。

　　1966年文革開始不久，八姨父成了有兩千多人的建築公司的造反派頭頭。叱吒風雲的日子沒有多久便到了頭，他被關押兩年多。八姨受到牽連，被剝奪工程師資格，到省交通廳食堂賣飯菜票。1968年底到1971年，我們這些大學畢業生被送往部隊農場。我離家兩年多的時間裏，父親被關牛棚，大弟弟在邊疆，家裏只有母親和小弟弟兩人。八姨每週到我家來，代替我做一件重要的事：替我母親洗澡。她住城西，我家住城東，八姨得騎自行車穿過整個昆明。

　　在食堂工作，不賣飯菜票的時候，她在廚房幫忙。一次我去找她，看到她在洗菜。那一大堆連根帶泥的菜，這位工程師洗起來，就像她做任何事情一樣地專注。她和在廚房幹活的人有說有笑，看來大家都喜歡她。有時，食堂賣肉啊甚麼好吃的，八姨特意來一趟送到我家。她心安理得地接受不公平的待遇，有位老同學則看不下去。到1974年，在這位同學的幫忙下，八姨才調回廳裏建築科任職。

　　大興土木的時代來到，八姨忙碌不堪。父親當時是昆明市政建設公司的總工程師，八姨不時帶上工程圖紙到家裏來請教我父親。父親說她的製圖水準超過他手下眾多工程師，而且她本是甲方工程人員，僅負責監工，而她卻連乙方的事一併操勞。八姨和母親一樣，心臟有病；也和母親一樣不顧及自己的健康，一味照料別人，盡忠職守。為此，她們自己和家人後來都付出沉重代價。

1970，八姨（右）和母親。

八姨和母親一樣好客，也都擅長縫紉和烹飪。那時每週只有星期天休息，這天八姨得打掃屋子，洗一家大小的衣服，並準備飯菜招待客人。他們家從市中心文廟街搬到較為邊遠的巡津新村後，一天我去她家，八姨説，原來每個星期天都有人來，搬到這裏人都不來了，説着説着便流下眼淚。八姨在交通廳有名氣還因為她的才藝。她作為廳裏選手參加市裏橋牌比賽，還得了名次出省參賽。橋牌、象棋、麻將她都是高手，直到她退休、到她病逝之前，都沒有停止這些活動。她也參加單位為退休人士組織的唱歌、跳舞。這許多愛好，給她勞碌、多煩憂的生活帶來不少愉悦。

1973年母親去世，八姨唯一能夠對之傾訴的親人離開了。1979年我移民香港時，八姨的健康已經很成問題。我天真地想，將來我

有條件，每個月寄錢給八姨，她就不用那麼辛苦地去上班了。1982年我剛剛在香港立足，邀請八姨和父親一道來香港住了一個月，那是我們一道度過的最後的快樂時光。她的健康一年不如一年，和八姨父之間長期處於冷戰狀態。家庭悲劇始於1980年代中，表弟出了事，成為當時昆明社會問題的犧牲品。聰明健美的大學畢業生、游泳選手，頂不住誘惑，走上無法回頭的歧路。

在家中排行第十一的小女兒，美麗、溫順而上進，受外公外婆和眾位哥哥姐姐的寵愛，然而她自小有任性的一面。昆明話稱倔強為「苗」，我爸爸給她取的綽號叫「八苗子」。表弟的事，親戚都知道，但無人能令她開口談及。我曾經從香港寫信告訴她有朋友可以嘗試幫忙，她依然不回一個字。八姨去世後，我才聽説她為兒子請了三幅觀音像，貼在廚房裏外人看不到的地方，每天禱告。她最親愛的二姐姐去世之後，看來只有觀音能令她敞開心扉。

1967年，文革第一波高潮過去後，上班可去可不去。父親、八姨父、二舅和另一位至親在一道打橋牌，議論國事。那位親戚後來被造反派鬥，吊打，「交代」了他們反對四人幫的「反黨」言論。我父親和八姨父隨即被關進牛棚，兩年多後才被放回昆明。文革沖垮的親友之間的信任尚未恢復，一切向錢看的經濟大潮來到，人際關係受到更大的破壞。對八姨這等從小在和睦大家庭、父母和哥哥姐姐呵護下長大的人，信任是心理平衡的安全閥。不知道這是否可以解釋八姨後來將她的內心收藏到一個無人可以觸及的地方。

我每年夏天必定回昆明探親，除了父親和哥哥弟弟，八姨是最親近的親人。每次坐在回昆明的飛機上都激動不已，想着見到父親、見到八姨會説些甚麼。想起小時候隨媽媽坐人力車回外婆家，她總是自言自語道：「小八⋯⋯」看着坐在身邊的女兒，不由得想到，真有趣，現在輪到我了。1987年夏天回到昆明，突然發現幾位姨媽和舅舅之間親密無間的關係，被與金錢有關的猜疑破壞了，

猜疑甚至來到我這裏。彼此半輩子建立的信任就這麼消失，令人心
痛又難以相信。大家還維持表面的禮尚往來，而陪伴我成長的大家
庭可親可愛的氣氛再也找不到了。我每年仍然去探望八姨，送上心
意，見面的渴望變成對她感恩及告慰母親在天之靈的意願。

如此一男兒

乾爹黃湛，1916–2004

「我從來埋怨命運不公，四分之一世紀的生命白白拋撒在這茫茫的荒原上，這一晚的場景令我想到我在這裏做的事情，當囚犯也好，做工程師也好，對當地老百姓多少有些用處。也許，我的年華並沒有虛度。」──黃湛

對家最早的記憶在昆明寬巷。弟弟尚在襁褓之中，應當是1945年，我兩歲時。四合院側邊住着兩位表姨，小表姨門簾花布上畫着小雞，我叫她小雞孃，大表姨自然就是大雞孃了。每天下午小販來巷裏叫賣燒餅和一種叫「鍋盔」的甜餅，是她們寵我的時光。兩年後搬到節孝巷三姑奶奶家，再也沒見到大小雞孃。每逢念起兒歌「蜜蜂蜜蜂嗡嗡嗡，飛到大姐粉房中」，這兩個着粉藍旗袍的窈窕淑女，便出現在我腦海中。

三姑奶奶家的四合院有兩進，我家住在後院右邊三間側房中。這裏也有兩位表姨，兩位大美人，顧不上理會我們這些小毛孩。院子裏、巷子裏多的是玩伴，亂草叢生的花園藏着各種奇妙。記憶中，我的膝蓋沒有完好的時候，舊傷結痂未退，又跌破了。那是瘋跑、爬樹的結果。此時，父親和他的三妹夫婦過從密切，母親反對他與兩位有鴉片癮的親戚來往，不時為之爭吵。對節孝巷的回憶總是牽帶出一首童謠「大雨大大下，小雨我不怕，娃娃要飯吃，爸爸媽媽在打架」。父母並沒打架，但母親心情不好。父親最好的朋友黃湛叔叔每次來到，父母都好開心，三人有說有笑。我真希望他常來。

約1946，青年黃湛。

心想事成。我們搬到圓通街忠烈祠旁黃家大宅，在他家網球場一側的五間平房裏安了家，父親稱為火車房子。網球場只在週末熱鬧，父親和黃湛等一幫朋友組成長青網球隊，黃湛球藝高超，任隊長。我連球童的資格也沒有，在黃湛大女兒梅先手下做個小跟班。母親突然告訴我黃叔叔和嬸嬸要收我為乾女兒時，我認定那是因為爸爸媽媽的關係。他們為甚麼會看中一個傻乎乎、胖嘟嘟的女孩呢？四十多年後，我讀到黃湛追憶我父親的文章中描述兩三歲時名叫「妹妹」的本人：「回到家，只見妹妹正和小夥伴們在燈光下草坪上玩瞎瞎摸魚，笑聲陣陣。她年齡最小，渾身圓鼓鼓，別具風韻，惹人喜愛。」想來每個小女孩都可愛，只是我們小時候，大人很少當面誇獎孩子。

共有三個女孩一道拜乾爹乾媽，各人得到一個刻着「福祿壽喜」字樣的小銀碗，一條絲綢連衣裙。我上小學一年級時，穿着它在家長會上表演「狼來了」，至今還記得這條黃色綢裙的式樣。好像就穿過那麼一次，衣服太好的話，只有躺在箱子裏的命。2016年，七十年後，我突然接到一個電話，對方說是我的乾姐姐，問我是否記得她。難倒我也。

1949年12月9日，雲南省主席宣佈和平起義。記得一天晚間，黃湛來家，和父親一道湊近收音機，一遍又一遍地聽《告雲南人民同胞書》。兩人不說一句話，我從未見過他們這般嚴肅。第二天去上學，忠烈祠門口有持槍軍人站崗，說戒嚴了，不許出門。立即想到

明天老師問起來，我有理直氣壯的曠課理由，心中竊喜。那個六歲的女孩，就這麼高高興興地跨入另外一個時代。

天翻地覆的政治和孩子沒有關係，隔壁住了解放軍，週末有文藝晚會，可好了。1950年代初開始流行從來沒聽到過的國家朝鮮的歌曲，有一支歌叫〈馬鈴薯〉：「一鋤頭那個挖下去，翻過來瞧一瞧。喲，這麼大的個兒，哎呀你說妙不妙？」我的乾媽急起來會打孩子，黃湛的弟弟、五叔黃清顯然不贊同她教育孩子的方式，將歌詞改寫，故意讓我們大聲唱得讓她聽見：「一傘把那個打過去，翻過來瞧一瞧。喲，滿臉的鼻血，哎呀你說糟不糟？」

黃湛的兒子黃必果比我大兩歲，上二年級，是我今生第一個「男朋友」。我們成天手把手在花園裏跑、假山上爬。當我不能夠直直地寫一豎、平平地畫一橫時，他寫出我眼中完美的大楷，令我佩服極了。我們其實不匹配，他是整天被人誇獎的聰明男孩，我是老被人笑的傻女孩。1951年，我們家搬到大綠水河昆明自來水廠的宿舍，乾爹一家突然從我們的生活中消失了。數十年後，聽說小果因為父親的關係，雖然成績優異，也未能上高中，做了一名技工，後來自學成為工程師。我一直沒有見到他，前幾年他去世了，不曾知道我從來沒有忘記他，沒有忘掉我們約定過長大結婚。

長大後才聽說黃湛被逮捕，去坐牢了。父母沒有告訴我們為甚麼，母親則不只一次說，黃湛是我們的救命恩人。他曾經連夜開車去武定縣，將路途中病倒的母親、剛出世的弟弟和兩歲的我接到昆明。之後他聘請父親到自來水廠工作，讓一家人從此得以在昆明安頓下來。文革時，擔心紅衛兵來抄家，我們將有黃湛的照片都挑出來燒掉。在滇池邊光着身體奔跑的一群孩子，在溫泉珍珠泉邊的合影⋯⋯一張張記載着歡樂童年的照片，瞬間化為灰燼。

1990年代中一個夏天，我從香港回昆明探親，父親說黃湛回來了，帶我去見他。乾媽羅靜嫻已去世，黃湛和五叔黃清同住在昆明

1935，「親愛的父母親，照片證明你們的愛子大學畢業了」。此時他十八歲。

第一中學的宿舍裏。當年英俊瀟灑的乾爹，此時垂垂老矣，僅有0.1的視力，雙眼變了形，看不到一絲當年的神采。他一開口，仍然風趣十足，父親也變回熊大哥，兩人講起年輕時的趣事，放聲大笑。他說命是撿回來的，其他都還好，只因為曾帶了五百多天15公斤的腳鐐，將腳踝骨磨壞了，至今夜裏仍然常常疼醒。父親1996年去世後，我每年回昆明一定去看他。我將父親留下的幾件衣服帶給他，說做個紀念吧。他吃驚地說，當年我送過你父親兩套西裝，質地和花紋竟然相同，不可思議。1990年代末，聽說他完成了一部回憶錄，我請他將手稿交給我去設法出版。手稿寫在四方格子的稿紙上，字跡歪歪扭扭。他抱歉地說，視力實在太差，看不清格子，「字寫得很出格呢」，然後大笑。2004年書終於出版，託朋友帶到昆明交給他。初見，問貴庚。黃湛笑道：「在下芳齡二八」。這年他八十八歲。幾個月後他去世，遺體上陳放着記錄了他悲慘而卓越人生的書《永遠的北大荒》。

成長之路

黃湛的祖父黃鐘祥，是雲南鎮沅縣一位富裕的鹽礦主，為人正直，熱衷地方事務，出資修橋鋪路，救濟窮人，人稱黃老善人。他

行為老派，對四個兒子管教嚴厲。家中雖然富有，家人不可亂花錢，甚至不許隨便言笑。他最小的兒子、黃湛的父親黃毓成（字斐章）考取前清壬寅秀才後，來省城參加鄉試考舉人不第，考取當時昆明的最高學府經正書院。1904年考取省派的公費留日，進入日本振武學校。次年孫中山在日組織同盟會，這些滿懷愛國、救國熱忱的年輕人、中年人一呼百應。黃毓成、我的外公蘇澄及他未來的岳父錢用中等，許多在日本留學的雲南人都成了第一批同盟會會員。

黃毓成是天生的軍人，從小愛好運動，爬樹、游泳、跳遠無所不好，騎馬、打獵亦是高手。進入士官學校如魚得水，射擊、壁刺科目中均嶄露頭角。他苦練騎術，能在飛奔的馬群中一躍而上。因泅渡大海的優異成績，獲天皇親自獎賞馬刀一把。他在日本同學中交的一位好朋友，是多年後赫赫有名的岡村寧次。1939–1940年岡村寧次派人到昆游說他投靠日偽政權，封官許願。他答道：「即使昆明淪陷，我將帶領子侄、鄉人在哀牢山中打游擊，抗戰到底……」那是後話。

在日本期間，黃毓成與後來的「雲南王」唐繼堯及葉荃、趙又新結為金蘭之交。1908年前後，他們相繼返回故鄉，以推翻舊清王朝、建立共和為己任。1915年，機會來了。從未登上過中國政治舞台的雲南，成為反對袁世凱稱帝的護國運動發源地。1916年4月黃湛在昆明出生時，黃毓成正率領護國第四軍進入川黔境內，支援護國第一軍，北上討伐袁世凱，奪回共和成果。蔡鍔任護國軍總司令，羅佩金任總參謀長，黃毓成隨後升為陸軍上將。二十年後，黃、羅兩人結為親家。

父親對黃湛兄弟從小灌輸愛國報國的思想，刻意培養其自制能力，期待他們日後成為對國家有用之人。「每天起床後，由父親帶頭，幾個不同年齡的我們兄弟都必須一律蹲坑大便，不便出不許

1946，大家庭的全家福，攝於昆明黃家花園。
後排右四為黃湛，前排白鬚者為黃湛父親黃斐章，辛亥革命功臣。

起。衣褲破了、髒了必須自己洗補。要學會炒菜做飯，即使家裏有
的是僕人，也不許代替。」

　　上小學時，黃湛被一個大個子同學踢翻在地，疼得要哭，想起
父親説「男子漢大丈夫，淚珠值千金，女人才哭呢！」強忍住不哭。
父親每天清晨即起，練拳術。小黃湛要跟着學，父親大喜，耐心教
練。他學會了日本柔道、側手和八卦拳。不出一年，那大個子同學
打架已經不是他的對手。多年後父親教的防身術救他於危難之中，
他不曾料到。大概認為是男人的必須本領，父親並教會他射擊，把
手槍零件一一拆下，一一裝上。在花園的石桌上疊泥塊作瞄準訓
練，父親實彈示範後，讓他放槍，結果一槍命中。此時他還不到

十三歲，心中十分得意。黃湛一生以父親為楷模。「我的血型與父親同屬O型，總有不達目的誓不甘休的倔強勁，不計得失的性格。」如此個性，在社會動盪中，埋下個人坎坷遭遇的伏筆。

黃湛的外祖父朱筱園，是雲南文化之鄉石屏縣人，清末有名的詩人和書法家。19世紀末雲南的這一批文人，擁戴新思潮、新式教育、女子教育。黃湛的母親是朱筱園的小女兒朱玉芝，1908年進入雲南女師讀書，1911年以第一名的成績畢業。她的弟弟朱麗東考取北京大學。姐姐畢業後並沒有即時嫁人，在昆明武成小學教書，收入可以幫助弟弟讀書。1914年冬她與黃毓成結婚，按那時的標準，兩人都是大齡青年了。

父親是留日歸來的武將，母親是出身書香門第的淑女，受過良好教育，喜歡音樂。家裏有一架風琴，母親教黃湛彈奏、識譜，他很快學會。人人都看得出這個調皮、好奇心重的孩子天分甚高。他兒時的一次「事故」在家中傳為佳話：那時一家人住在上海法租界，去滬西半淞公園遊玩。大人顧着聊天，轉眼間發現三個孩子不見影蹤。六歲的黃湛、五歲的弟弟和兩歲的表妹在人群中擠來擠去，找不到父母，又哭又喊。待夕陽西下，小男童看見街上的電車軌道，想到家門口也有這樣的兩條軌道，於是背起表妹、拉着弟弟順軌道走。走到天黑了，路分岔，失去方向。弟弟大哭着不肯走，得使勁拖他。終於看到法租界的界碑時，覺得一步也走不動了。黃湛晚年回憶道，「上燈過後好久好久，才帶着一身泥、灰，滿面涕淚的兩個小不點到家。」他自己也是個小不點，一個不平凡的小不點。

唐繼堯、黃毓成這些雲南精英，異國求學時為革命事業、為振興家鄉結下的友誼經歷過出生入死的沙場考驗，和平局面下的政治風雲卻令各人分道揚鑣。唐繼堯對孫中山不滿，黃毓成等則希望顧全大局，學術界對這段歷史至今眾說紛紜。黃湛的敘述來自父親，只是一家之言：「父親由於支持孫大元帥任命的顧品珍將軍任雲南主

席，受到唐的疑忌，甚至企圖刺殺，不得不流亡上海。1925至1926年又在四川楊森的支援下，組織定滇軍討伐唐繼堯。失敗後，長期有家不能回，直到1927年秋冬，唐死後，父親1928年才回家。即便沒有觀點上的分歧，唐獨攬大權後，昔日的結拜兄大概也逃不脫飛鳥盡、良弓藏的命運。」

幼兒時期起，黃湛隨父母不停地遷居，輾轉廣州、上海、武漢、成都，他的小學大部分時間只有一位老師：母親。十一歲這年回到昆明時，唐繼堯和他父親的緊張關係表面上化解了。母親帶他去唐家做客，問起學業，唐說：這孩子聰明能幹，他從小我就認為他天分高，明天我就派人送他去讀中學吧！「第二天一早，一個上尉副官，來家帶我去上成德中學。我高興極了，歡天喜地跟他去了。校長姓楊，親自出面迎接，副官送上唐的名片和親筆信，校長立即照辦把我安排進16班，坐在頭排。我那年十一歲，成了最小的中學生了。」

相比受母親嚴格管教的家，學校好似兒童樂園，他像出籠小鳥一般自由自在，對中學的記憶無非是上房、爬樹、游泳、打球，發白日夢，夢想駕飛機上天。「早上只上兩節課，十點半鐘吃完飯，集體蹺課，晴天泡在水裏，陰雨天就翻牆，鑽溝洞到隔壁西倉坡糧庫，堆糠的廢倉庫裏跳上跳下，玩飛簷走壁，練習各種打架、跳高、跳遠、翻跟斗、練武功。」他遇到一件尷尬事，被老師逼迫裝扮成小姑娘，在家長會上跳舞。「卸妝時，音樂老師帶着他的朋友來後台看我說：『我還以為真是個小姑娘呢！』他就是省師附小的音樂老師聶耳，以後我和他成了好朋友。」他們和我父親等人，曾經是昆明最早一批對西洋音樂入迷的年輕人。

1929年，十三歲的黃湛在成德中學畢業了。父親命他去考雲大預科和昆明工校，告訴他不寫信、不求情，結果兩校都錄取了。昆工考了第十六名，雲大預科口試時有點小故事。校長董澤坐旁邊，

認出這位子侄，網開一面。但北大畢業的大舅當時在南京，大概明白雲南的教育不夠好，替他安排進入了南京金陵大學附屬中學。少年黃湛，在此經歷人生第一場考驗。他本來就虛報了兩歲入學，加上講土土的雲南方言，被同學用各種辦法欺凌。他學廣東話扮華僑，課堂表現出色，加上最有用的一招，即父親那裏學來的拳術，才算為同學接納。

有一次他被同學圍起來打，出招捉弄，幸而一位外籍英語女教師路過解救。老師和他熟起來後，得知他真實的出生年月日，頓時驚訝得説不出話來。她的兒子正是在這一天去世的，除了眼睛和頭髮的顏色，兩人看起來一模一樣。老師於是常常邀請他到家裏，兩人互教語言，黃湛的英語在這兩年中大有長進。他的回憶錄寫到一生中遇到的不少奇怪事，此乃一樁。

1931年日本侵華，當時的高中學生黃湛回憶道：「南京各校組織上街遊行示威，要求政府組織抗戰，要求見蔣委員長。我們從下午一直等到半夜。我衣服穿少了，冷得發抖，有個好心女人進到大院裏，將一件軍大衣扔在我身上，才算熬過這一夜，上午六點剛過，蔣介石身着軍裝出來站在台階上，讚揚了我們的抗戰決心。要我們回校好好學習，尤其是軍事學科，將來作後備力量。每人發包子三個，送來熱開水。不久各大中學都派來軍事教官，早上出操，下午上課。」黃湛小時候家門口就是練兵場，他自小愛看軍人操練，表現突出，教官升他為「排長」。

南京求學意外地結束了。黃湛蹺課去上海找舅舅，打算玩幾天，正趕上日軍攻打上海。學業比起生離死散不重要了，黃湛隨舅媽及表弟妹好不容易擠上開往越南海防市的船，再輾轉回昆明。沒有機會和母親般照料他的英語老師道別，心中耿耿。1932年下學期，十五歲的黃湛進入了雲南大學工學院土木工程系。之前半年

1934，雲南省運動會。

間，他拼命補習數學，放棄所有玩樂和運動，「手癢腳癢，我就打自己的手心」。不達目的不甘休的個性得到回報。

運動場上顯身手，玩音樂，談戀愛，是大學生活最主要的內容。也有幾個科目紮實學到知識和本事，包括測量學、測量實習、鐵道彎線學等。黃湛成了來自美國的測量學講師的「翻譯」，不得不認真聽課。建築學的教授是昆明有名的工程師、獲得英國牛津大學碩士學位的彭祿炳，他分批請班上十九個同學到家中吃飯，飯後當面考試。

黃湛對付學習的方式是重點科目努力，其他課程混個及格，他的「主修」科目恐怕是「體育」。他是學校籃球隊隊長，全市網球單打及雙打冠軍。他參加省隊與法國和越南聯隊比賽足球，以3：1勝，他一人連射進兩球。次日報紙文章曰：「省隊黃湛敏捷如電、技藝高超、首開紀錄、連進兩球，為大勝奠定基礎。」可謂出盡風頭。

1934年初昆明翠湖邊游泳池落成，夏天全省游泳比賽。黃湛奪得50米、100米自由式冠軍，創下的紀錄七年之後才被刷新。

1931，黃湛（左三）家七兄弟。

1934年秋，這位十八歲的大學生被聘為省主席龍雲近衛團兼職體育教官。運動員體魄，且樣貌出眾、英氣逼人，男生怎麼可以不妒忌他，女生如何能夠不暗戀他。1945至1948年，黃湛帶領家中五兄弟組成黃氏兄弟籃球隊，在昆明大出風頭，那是黃家最後的輝煌。

　　1935年初，黃湛填寫畢業生表格，雖然差四個月才到生日，他照樣寫十九歲。待到7月份畢業典禮上，同學們都拿到教育部頒發的畢業文憑和授予學士學位的學校證書，唯獨他坐在台下空等。問校長才知道，他的年齡不合國家教育部規定。經校方去交涉，第二年才補發他的畢業證書。據說當年他是全國工學院畢業生中年紀最小的一名。

　　1935年秋，中日關係已經十分緊張，曾經到日本留學的父親仍然命他去日本留學。這個看起來叱吒風雲的小伙子，對父親唯命是從。一番周折去到日本，發現父親在此的「鐵哥們兒」也不能保證他的安全，十天後就「留學歸國」了。他回國途中在上海差一點就進入共產黨辦的「無線電工程專門學院」，若果真去了，他的人生會完全

1939，一家三口。這張照片黃湛帶在身邊三十年。

不同，人生錯過的許多偶然機會藏着不可知的福或者禍。

1936年5月初，黃湛來到南京與父親會合，此時黃毓成住在好友楊傑將軍家中。楊也是雲南人，抗日名將，和共產黨關係密切，1949年在香港被國民黨暗殺。他與黃家的關係後面還會講到。在南京得他推薦，黃湛進入鐵道部工作。他在回憶中詳細寫到1936至1938年在鐵道部不同的工程項目中實習的情形。那時對年輕技術員培養之認真、要求之高令人驚嘆。黃湛這個官二代能吃苦，兩年的實習學到的本事，一生受用。他當時想到的是不能給楊大叔和父親丟臉。

回到昆明，黃湛在表妹家被一位美若天仙的大眼睛女孩電倒，隨後雙雙墮入情網。女孩叫羅靜嫻，前面提到的護國軍總參謀長羅佩金的千金。羅佩金曾將自家幾世積累的家產變賣，充為軍餉支持滇軍出征。羅靜嫻的母親，一位蘇州美女，是羅的繼室。靜嫻是唯一的女兒，雖受寵愛，卻被管得嚴嚴的，談情說愛沒那麼自由。黃湛「用小石頭包着字條，又買通了她的貼身女僕，我們才能常常找藉口會面。」一對金童玉女同屬護衛辛亥革命功臣的後人，1937年結婚，不知恨死城中多少有情人。1938年長女梅先出世，夫婦和愛女拍的照片陪伴黃湛熬過三十多年的非人生活：「這張三人照我不論在監獄，在萬里行程中，在絕望之時，常常拿出，久久凝視，心中總會充滿溫情，期盼着相見的那一天。」

兩位民國年輕人

　　黃湛和我父親認識的場面頗戲劇性。黃湛十三歲去考昆明工校，大概是報考者中最年幼的。看榜這天，他從後往前看，老半天都看不到自己的名字：「榜高人小，只得朝前擠，不留心碰到一位漂亮的小伙子，我十分不安，怕他怪起來又打不過他。他卻笑着說，小兄弟你為甚麼要從後往前看？我答考得不好。他又問你叫甚麼名字？我告訴他，他又大笑了。說莫急了，你考得不錯，在十五名，只在我熊蘊石後一名。」

　　西洋音樂先將兩人拉近。那時候婚禮的熱鬧靠吹鼓手哩哩啦啦吹喇叭，我父親的小提琴剛剛能拉成曲調，別出心裁約上幾個夥伴去朋友的婚禮上奏婚禮進行曲。黃湛受啟發，乾脆組成樂隊，去校慶、懇親會亮相。正是文化送舊迎新時，相識不相識的人都來邀請，被稱之為他們覺得好難聽的「洋吹鼓手」。和聶耳等人帶着留聲機，月夜泛舟翠湖，是父親對青年時代最浪漫的回憶。黃湛比他們小幾歲，不知道是否趕上。

　　1938年，黃湛被調回昆明敘昆鐵路籌備處，代人去驗收昆沙路段，段長正是我父親。兩人重逢，喜出望外。和我母親初次見面，聊起來是另一重緣分，「她父與我父都是同時代留日學生，早已為朋友。我們是父交子往屬於世交，不用說我岳父也同時代留日士官生，也必然為世交了。當晚即住他家。爾端親自做了許多好吃的菜，當夜一直談到十二點才睡。」

　　其後，黃湛與我父親在雲南省公路局橋樑股共事，從此如願以償，得以朝夕相聚。兩人負責審查全省公路每一座橋樑設計。當時橋樑都是石頭造的，他們琢磨出一套石橋涵的標準圖，包括材料預算。黃湛離開公路局後，我父親接替他完成一套圖紙，自己只在製圖欄簽名，將設計者的名份留給黃湛。這樣一樁小事，晚年的黃湛

1934，父親（右一）與黃湛（左一）。

1930年代，父親與黃湛踏勘滇緬公路。

記得並寫下來。「彼此嗜好相同，個性相似，友誼進展迅速，成為了通家立好，莫逆之交。」

兩人參與趕修滇緬公路，黃湛獨立完成功果橋、惠通橋的設計。當時懂工程並通外語的人很少，黃湛很快升為副科長，主辦外交。一次，為了丈量從昆明到開遠的距離，兩人組了一支測量隊，居然用竹竿一尺一尺從昆明量到開遠。回程路上車子出故障，黃湛向開遠美軍熟人借吉普車往昆明開，中途被美國憲兵攔下，將二人當成偷車賊扣留，帶上手銬押回美軍駐地。每回憶起當年趣事，兩人都禁不住大笑。

1942年底兩人被派往元謀縣，搶修遭到破壞的滇緬公路其中一段。同樣，他們口中講述的往事儘管精彩有趣，現在看到年份，才意識到那是抗戰最艱苦的年代。兩個人氣質近似，嗜好相投，時時長談到深夜。黃湛回憶道，我父親天亮起床常一人出獵，「只帶一粒子彈，彈無虛發，不管是斑鳩、野雞，總要帶回一隻供午餐之用。我也有支德造七九步槍。我不服氣，也只帶一發子彈出去，利用鳥類談情說愛追求對方的機會，牠們這時警惕性最差，可以更接近目標，在準星中出現目標重合的瞬間開槍，常可以一彈雙收。」

他們駐紮在元謀縣北門一所小學校內，愛好音樂的技術人員組成了一支中西合璧的樂隊。「有一天晚上，我們連奏了許多中外哀艷的曲子，半個多小時過去，發現大門外水池邊樹蔭下，男女老幼竟然站着百十來人。樂聲歇，一位老者上樓來說，他活了七十歲，還沒有聽過這麼好的音樂，請我們繼續下去。」次日，小學校長來邀請他們派人去學校教音樂。築路隊在當地駐了一年多，晚間的「北門大師音樂會」給當地人帶來許多歡樂。

抗戰期間，民間負責軍需道路養護，各縣統籌派工或派款，由築路隊僱工。有一個縣以鴉片代繳，我父親去收款，得到三千元意外收入。不久，他和黃湛去參觀基督教在當地辦的麻風病院。洋人

絕大部分是醫生，護士則多半由受過培訓的當地人充任。那時候，提到麻風談虎變色，他們連茶水都不敢喝。「辭出後我和熊大哥並肩騎馬，緩緩而行。我問這些洋人在他們國家裏生活舒暢，為甚麼偏偏要到這種山野小村，天天要和恐怖打交道？是不是還有特殊任務？」待他們弄明白這些洋人是無私奉獻，立即將他們的三千大洋私房錢統統捐給麻風病院。玩歸玩，「1943年底元龍段通車，提前兩個月，受到局裏表揚。」

中國歷史上第一二代工程技術人員往往被當成萬能的。1944年，修路架橋的工程師黃湛接管了自來水廠，再次邀約他的熊大哥加入。雄心勃勃的兩名新手「商談了整夜，共同擬訂水廠整頓方案，調整人事。增加供水提高水質，摸清用戶供水及全市管路等。」黃湛從駐昆明的美軍朋友那裏要來不少油管及漂白粉，開始昆明自來水消毒的創新。「1948年初水廠發展計劃三方案完成輾轉批准時，國事日非，未能實現。大哥和我都很失望。退而謀其次。我廠已掌美軍五套半小型供水設備、近兩萬根油管，實行分區供水計劃。建立『新廠工程處』，處理日供水3,000至4,000噸，以三根油管輸水供大觀路西壩、篆塘各新村，北至西站一帶的供水。」

1947年秋楊森任貴州省主席期間，建成貴州有史以來第一個體育館。黃湛的父親應邀主持開幕式，黃湛作為雲南省網球隊主力參加兩省友誼賽，被楊森看中，要他留下任貴州省公路局副局長兼貴陽市工務局長。當時他和我父親正在構想昆明自來水供應的大計，水廠發展的方案尚待實施，於是他放棄了個人事業發展的大好機會。晚年貧病交加中回首這段往事，想來黃湛難免感嘆又一次錯過避免厄運的良機。今天，昆明美麗的城中公園翠湖中，有個自來水歷史展覽館。每聽朋友參觀後說到我父親，我會講講昆明自來水的真正功臣黃湛的事。

1951年，黃湛被逮捕，我父親被廠裏職工推選為昆明自來水

廠廠長。兩位摯友，一為階下囚，一位座上客。有人以此做文章挑撥離間，加上大牆的阻隔，終止了兩人的友誼。三十年後，歷經磨難、渾身傷痛的黃湛得到平反，被選為市人大代表，和同為代表的熊大哥同屋相處，終於澄清彼此的誤會。「可惜的是，彼此均年事已高，精力不足。雖有交往，但遠不如往昔之親切。我們曾兩次出遊，在大觀樓見到滇池的臭水，均有不堪比今昔之感；又曾到九龍池，只見機房尚存，水則早已枯乾多時。觸景生情，不禁悲從中來。所幸者，原於發展水廠之計劃超出理想之外地如願以償了。有一次，他和我去訪馬榮標，提到三人年輕時造飛碟的願望，大家都還記得也堅信我們的想法，都感到今生已矣！但願後繼有人，必會實現這一偉大目標。」

黃湛叫我母親嫂子。我雖年幼，能感覺到他與母親彼此十分敬重。母親多次提到，她生弟弟時，因有嚴重心臟病，醫生要家屬簽字，說明出意外醫院不負責任。父親在外地趕不回來，黃湛代替父親簽了字。與黃家同住期間，黃湛的八弟黃治經常來和我母親聊天。每次來到都誇我母親一番，說希望將來要娶到我母親這般溫柔賢惠的女子。這位被眾多女性追求的美男子於是去追我的六姨，卻不成功。黃湛入獄後，父親信了謠言，不再提他的名字。母親則從來相信黃湛是無辜的，她常對我說，不可忘記黃湛對我們一家的恩德。1964年，黃湛首次獲准回昆明探親，聽到母親臥病在床，特來探望她。相對無言……

1996年，我父親先他而去，黃湛哀嘆道：「一位聰明過人，正直無私，膽大心細，急公好義的善良人，我平生唯一知交竟先別我而上天國，令人悲痛不已，不禁潸然淚下，曾作祭文又於清明節連同紙錢一併燒祭，讀景明之對父母弔憶之啟發，再寫此文藉表友情以志不忘。」

兒時聽父親講起當年修路架橋，從未提及有甚麼使命感、對抗

戰有何等貢獻。晚間我們聽得津津有味的，都是些有趣、好玩、甚至驚險的故事。故事的這兩名主人翁滿腦袋點子，冒失，總能化險為夷。精力旺盛、樂觀自信的兩個年輕人無論做甚麼都全力全情投入，困難重重的野外作業像體育運動一樣令他們着迷。讀黃湛的回憶，我才了解到這兩個民國工程師的建樹。

時也命運

　　1945年8月抗戰結束，9月到1946年3月，黃湛受命參加越南受降，將水廠建設的事委託給我父親。四十年後，這位雙眼近盲的老者寫了九萬字的回憶，記下這段特殊經歷。記憶將他帶回青年少壯時，周旋在國際及雲南政治紛爭之中，排除萬難指揮架橋鋪路，期間還受到愛情關顧。黃湛總結這段經歷道，「半年內馬不停蹄，東奔西跑，修橋鋪路，包括鐵路、工礦。親自指揮參與，日日突擊趕工，所有負責工程及雜項無不提前完成。受第一方面軍嘉獎三次，繳獲汽車軍備俱皆歸公，本人一箱衣服，兩袖清風回家。」他明白自己的刻苦、能力、體力之外，也要靠父親在軍隊的聲譽，他本人的人際關係。即便如此，仍然險遭人誣陷。他寫道：「志堅藝高切戒驕，馳騁南國獨佔鰲，飽經艱難苦自我，兩袖清風報天朝。」

　　讀罷黃湛的回憶，才知道所謂「受降」不是接受日本官兵繳械、舉手投降那麼簡單，也不止要化解衝突，避免破壞。最麻煩的事是協助戰爭後國破山河碎的恢復。需要從重建秩序、清除匪患開始，修路架橋，恢復生產。他參照當時的日記，詳細而生動地寫下半年的經歷。故事包括他去見胡志明，參加越北受降大會。他如何指揮提前修通河內至鎮南關的公路，帶隊往順化搶運器材，以及兼任工礦監督官的經歷，還有市政廳槍戰奇遇等等。他的知識背景、技術

才幹、語言能力、外交能力、魄力及決斷力都得以發揮。他的背景和過往經歷彷彿就是為雲南準備了一位受降官員的不二人選，而他的才華也在這半年中發揮得淋漓盡致。

黃湛寫下在越南的艷遇，稱之為「愛情與理智鬥爭的自白書」。一位越南和法國混血的美麗女郎看中了他，主動求嫁，不介意做妾，黃湛毫不猶豫地拒絕了。但緣分未了，幾番巧遇加上俊男美女之間的化學作用，愛情還是降臨了。當這位竹姑已經躺到他臥床上的關鍵時候，黃湛的理性戰勝了感情：「我推說上廁所，進去把門一關，沿窗外下水管谞爬下去，開車走了。出門時告訴衛兵今夜不回來，我邊開車邊想只好去住旅館。」黃湛後半生受苦受難的日子中，我希望他和竹姑一道游泳、河邊擁吻的回憶，曾給這名絕望中的囚徒帶來一絲溫馨。

黃湛回憶道：「我雖是國民黨，黨團骨幹分子，但對國民黨所為並不滿意，看到國民黨節節敗退，思想上又恐懼又苦悶，1949年8月楊傑將軍來滇常找父親聊天，多次我也在場。思想大為開朗。」楊傑並介紹他們父子加入了親共產黨的「三民主義同志會」（即民革前身）。後來楊傑被國民黨追殺，黃湛兄弟受父命，冒險將他送上前往香港的飛機。對國民黨失望者是大多數，許多人都將希望寄託於與國民黨對立的共產黨。自來水廠中共地下黨的活動為人所知，廠長黃湛並不干涉。

雲南和平起義前夕，國民黨知道大勢已去，讓人來找黃湛，要他破壞水廠的機器設備，銷毀資料。他口頭上答應，立即召集部門主管，做出決定，包括收集私人槍枝準備抵抗；通知省府警衛營，要求派武裝保護；告知共產黨員張昆毓等組織護廠隊，要求合作。起義當夜戒嚴，黃湛接曾市長電話：保證正常供水，嚴防破壞。要求各守崗位，解除戒嚴後立即上班。「12月11日市長召集會議，13日由市長秘書趙燕宋通知，領取一個班的槍枝彈藥，我駕車取回，

交張昆毓、李德生組織的護廠隊，並把我家裏的『大拉八』『卡炳』槍連彈藥交護廠隊。我備文報省市政府，水廠員工擁護起義，並登報發電報給中央政府竭誠擁護。我本人按市長口頭命令，協助工務局，修建城防工事，負責從小東門到北門五個碉堡的品質監督任務。」

這些細節並非他四十多年後的回憶，而是他從1951年開始的一次次、一遍遍的「交代」，但沒人理會，因為革命需要敵人。我還記得不止一次，有人從東北來找我父親了解黃湛的「問題」。父親說，他告訴來人黃湛從來沒有做過壞事，羅列許多事實，說明他對水廠的貢獻，以及1949年底關鍵時刻他保證自來水供水的功勞。調查的結果，並沒有改變原來對他的定罪。曾對「外調」抱有希望的黃湛以為他最好的朋友背叛了他。他和我父親大概沒有想過，難道外調的人回去會說，黃湛被大大冤枉了？即便他們說了，也沒有人能夠代表政權承擔責任，取消他的判刑，說，你回家去吧。終於，三十年後，黃湛被折磨得渾身是病，雙眼幾乎失明時，這個人出現了：當時任中共中央主席的胡耀邦。

黃湛的上半生簡直就是天之驕子。他沒有辜負天賦才華，刻苦自律，自十九歲大學畢業到三十五歲的十六年間成就斐然。黃湛的下半生碰到社會的動盪失序，且厄運連連，好像這位幸運兒的守護神離他而去。社會失去秩序在歷史的進程中也許就那麼幾年、幾十年，而人的一生則可能被毀掉。「在其後的年代裏，從南到北，不知住過多少看守所、監獄，一直到茫茫北大荒勞改農場，耗盡了年華，榨乾了骨髓。」天翻地覆的動盪中無數人的遭遇和他相同，黃湛雖然「被打進十八層地獄」，受盡煎熬，卻活出了令人肅然起敬的一生。

1949年政權易幟時，黃湛三十三歲，任昆明自來水廠廠長兼總工程師。因為父親是深孚眾望的辛亥元老，且本人多才多藝，被故

鄉鎮沅縣推薦為國民黨「國大代表」，以及昆明國民黨三青團主任。雖然一身清白，從未捲入政治，但這些掛名頭銜還是令他憂慮。離開年老父母、攜帶家小遠赴台灣的決定拖到最後才做出。命運開了個殘酷的玩笑：礙於情面，他推遲三天出發，機票訂在12月9日。這一天雲南和平起義，再也走不了了。他由此身陷囹圄，戍邊萬里，更因為連累家人，深深自責。

1948，黃湛的弟弟黃治，畢業於重慶中央軍校。1951年，二十五歲時被捕入獄，1976年文革中被處死。我小時候，他是我家的常客，我的姨媽、表孃傾慕的對象。

　　1949年12月23日，兩名警察到黃湛家來找任昆明英語專科學校校長的他的弟弟黃澂，無意中看到黃湛書桌上一盒作廢的舊名片。在革命警惕性很高、知識很淺的警察看來，三青團昆明分支主任就是國民黨大官了，不由分說將黃湛抓起來帶走。自來水廠裏的共產黨替他證明無辜，也沒用。1951年3月15日，黃湛被正式逮捕。

　　四十多年後，落實政策，證明他是起義人員，既往不咎，可時光不能倒流。他拿着平反的證明文件「奔波於北大荒勞改農場和昆明之間。直到現在無人理睬，老、弱、病、衰，一貧如洗，連退休金也無處發放，四處推諉，求告無門。」

　　黃湛作為「舊人員」失去工作，沒有氣餒。他相信哪怕失去一切，可以從頭來過，任何世道都需要他這樣的工程師。1952年肅反運動開始，他再次因為歷史問題被捕。一位來自順寧縣的公安幹部

審問他。可以想像，面前這位儀表堂堂的「歷史反革命」氣沖沖地質疑抓他的理由何在時，手握權力者的自卑變為憤怒：「問你以前沒有交代的事，你有血債沒交代。」黃湛大聲回應說，沒有。順寧人大怒拍桌子，黃湛也拍桌子。這還了得，順寧人叫警衛將黃湛押下去，氣得瞪着他說：看我收拾你。此刻起，黃湛成了這個公安幹部私人的仇敵。以後的審問，就沒那麼客氣，對他拳打腳踢。他大概覺得這還不足以將這個富家公子的氣焰打下去，給黃湛帶上15公斤稱為「三民主義」的腳鐐，532天後才解下，黃湛由此已經落下終生殘疾，夜間常痛得醒來。這位順寧人心理變態，殘忍出名，被他折磨的人不止一個。1980年代初期黃湛回昆後，從倖存者口中知道，這個「順寧人」姓張，在文革中被活活打死，成了另外一個社會無秩序狀態的犧牲品。

關押期間，黃湛被五花大綁，送往昆明潘家灣體育場公審大會。「只聽見『押下執行』，被拉到溝邊，硬將我打了跪下去。『人生誰都免不了一死，何懼之。』三十五歲的我歷險不少，猶記父親當年戰場豪言，做到了面不改色，心不慌。一陣槍響後，我側着頭看看，只有我和另一個沒有倒。不知道為甚麼，當時我的腿沒有軟，奮力一站就往車上走。我隔壁那個，是三四個人把他抬上車的。」

黃湛的父親黃毓成在雲南講武堂任騎兵教官時，有一名學生朱玉階和他關係很好，他便是後來的朱德總司令。黃毓成寫信給他，說明黃湛無辜。朱在他的信上寫了一個「閱」字，將信轉回雲南，於是黃湛由死刑改判為十五年徒刑。黃湛1981年被平反，2000年寫下他的經歷《永遠的北大荒》。我讀罷，不由想，寧願他當初被槍斃，免遭後來的種種折磨，那些中世紀的酷刑、勞役、凍、餓、凌辱，九死一生的掙扎……

開發北大荒的功臣

　　黃湛生長在溫暖的春城昆明，做夢也不會料到將在冰雪之鄉北大荒度過下半生。這裏自古以來便是蠻荒之地，西伯利亞寒流徘徊不去，一年有三分之二的時間為冰霜期，凍土層最厚達2.5米。作家聶紺弩1957年被打成右派，發配到北大荒。他悄悄寫下一首〈北大荒歌〉，二十多年後得以公開發表。「北大荒，天蒼蒼，地茫茫，一片衰草枯葦塘。葦草青，葦草黃，生者死，死者爛，天低昂，雪飛揚，風顛狂，無晝夜，迷八方。雉不能飛，鏖不能走，熊不出洞，野無虎狼。」1955年，黃湛作為一名勞改犯人來到這片荊莽叢生、沼澤遍佈、野獸成群、凶險四伏的莽荒地。黃湛所在的海倫農場年平均溫度只有0.4度，冬天氣溫可降到零下40度。

　　黃湛在《永遠的北大荒》中寫道：「作為茫茫雪原一囚徒，吃的是草，擠出來的都是血。兩次險遭槍斃，累得一身病痛，五癆七傷，雙眼幾近失明，兩手空空，一貧如洗。」他在如同煉獄般的處境中，活得有價值，活出尊嚴。1964到1968年間，他帶領幾位犯人技術員，為三百多平方公里的海倫、紅光、星火、綏東等十幾個大型國營農場繪製出數百張萬分之一的地形圖。後來派到此地負責為北大荒繪製地圖的國家測繪總局技術人員看到，對這批圖紙的高品質驚訝不已：不敢相信當時需要三百多萬的預算才能完成的圖紙，已經擺在他們眼前，其中381張精度極高，收進國家圖冊中。黃湛寫道：「誰會知道這是一小隊犯人，在茫茫雪原上，在荒草水灘中成年奮鬥的結果，是我這個犯人工程師，在昏暗的油燈下，一筆一筆繪製的呢。」黃湛幾乎失明，雙眼只有0.1的視力。他的一絲不苟，是責任，亦是提心吊膽。任何過失都會成為罪名，畢竟是政治犯。

　　黃湛沒有想到，歷史和北大荒人記住了他的貢獻，感念他的人格和精神。可惜他2004年去世前，沒有看到2002年出版的《海倫農

1956，黃湛在北大荒收到昆明寄來的照片，他的父母、妻兒。

場志》，書中的「名人傳略」將他列為第一位人物。「在鎮壓反革命運動中，因其在歷史上曾參加過三青團，是偽國大代表，曾擔任國民黨第一方面軍越北公路監督官等問題，於1951年被捕，被錯誤地以歷史反革命定罪判刑。1955年遣來海倫農場進行勞動改造。1964年刑滿留場就業，任海倫農場技術室工程師。」

　　相信有無數黃湛這樣的勞改犯工程技術人員，忍辱負重，不負此生。不知道有沒有另外一個撰寫志書的團隊，能如實記下他們的功績。《海倫農場志》的主編張化雙，故去的編輯馬增耀，還有其他協助此書編輯出版，以及通過出版審查的相關人士，都令人敬佩。文章記錄了黃湛的主要貢獻。

　　農場建場初，只有日偽時期留下的海倫至三井子的一條土路，

年久失修，車輛行走十分艱難。黃湛主持設計了海十公路，將51公里的公路彎道改直，縮短為32公里，改造橋樑，鋪置砂石，達到五級路面的標準，雨季車輛也暢通無阻，1957年通車。1957年他踏遍全場進行水利資源勘察，主持了星火、燈塔、燎原三座水庫和引通工程的勘測、設計和施工。1958年完成上述工程，實現灌溉面積1,033坰。黃湛還主持八井子地區治澇工程的勘測、設計、施工，積水排除，使原48塊地之間沼澤地得以開荒連片，面積由原來的不足200坰，發展到2,600坰。

1961年，黃湛設計糠荃廠六層高塔和三層廠房，這是農場首次建造高層建築。他採用「交替承載法」新技術施工，完成了該廠的鍋爐和蒸汽系統的設計安裝工程。1962年，黃湛利用距場部753米遠的糠荃廠鍋爐，為總場辦公室送氣取暖。原來的糧油加工廠生產能力滿足不了全場的需求，場領導派他外出考察學習，對原有設計進行了改造。1964年，為改變農場燒磚使用「馬蹄窯」、「方框窯」的落後局面，他設計了七門串窯，獲得成功，提高了熱能利用率和工程效率，將每塊磚的煤耗由8兩降到4兩。

農場公開肯定這位全能工程師的業績已經十分難得，當然不可能說明他是在何種艱難困苦的條件下做出這些貢獻。黃湛在書中的描述，令人不忍卒讀。白天在冰天雪地中丈量土地，中午啃凍得硬硬的乾饅頭，夜晚在油燈下繪圖。冬天冒着零下30至40℃的嚴寒在野外工作，夏天常有暴雨冰雹，到處是沼澤，稍不留意陷進去就是滅頂之災。

1964年黃湛熬過了在海倫農場勞動改造的十年，那是他每天數着日子過的三千六百多天，沒有被餓死、凍死、被狼咬死，真算命大。這年他四十八歲，「釋放」了，有家不能回，別無選擇留在農場，拿最低一級技術員的工資，總算可以給昆明的家人寄錢了。兩年後文革開始，他又成為現成的批鬥對象。因為人緣好，在批鬥會

1985，黃湛夫婦。

上沒有被嚴重打傷。他此時身體虛弱，「整天在辦公室工作，吃點晚飯，整個傍晚挨鬥，然後上床睡覺，早上醒來，再重複同樣的惡夢。」比起此後他在農村作為革命的敵人被凌辱、折磨的非人日子，勞改隊的批鬥不算回事。

命運對他的考驗沒有就此結束。1968年，文革高潮中，黃湛作為「反革命分子」，發配到海倫縣長發公社五大隊三小隊，由貧下中農「管制」。在連地主、富農也找不出來的窮鄉僻壤，黃湛這名階級敵人，成為文革中獸性發作者施虐的對象。在殘酷的折磨下，他幾次以為自己再也站不起來了。流浪犬一般地在村裏挨過半年後，黃湛才買下一間半邊快倒塌的小草屋，終於在大雪中有個安身之所。他仍然站了起來：「69年春學幹農活，是我年近五十三歲，秋收之後，全部學會。尤其是扶犁點種，我居然做到全隊第一，第二年成

為全隊主要勞動力的技術能手。」這位南方來的工程師，在北大荒農村生產隊務農十年。挨鬥、挨打的文革高潮過去，他同樣在這裏發揮所長，主持水利工程，發明火炮抗電，為公社建磚瓦廠做出種種貢獻。1978年春，他被摘掉「四類分子」的帽子，恢復公民身份。

1979年初，黃湛回到昆明。親友來接，跑到最前面的兩個小人，是他從未見過的小孫孫。1981年9月29日，黃湛接到短短一紙公文，「黃湛曾支持1949年中國的和平解放，取消1951年對他的指控。」他從來知道自己無罪，等待了三十年，九死一生，受盡磨難。「最為痛我心者，是我的親人也無辜背了三十年『反革命勞改犯家屬』的罪名，在社會上受盡歧視。」五個子女失去上大學、甚全念中學的機會。他最難受的，是子女並非人人都理解他們的父親。

大概因為父親黃毓成、岳父羅佩金都是有功於辛亥革命的元老，算高級統戰人士，黃湛被指派為昆明市人民代表大會代表，政治上的認可不能解決養家糊口的實際需要。年歲已長的「勞改釋放犯」找不到工作。「1982年我收到一封信，寄自黑龍江海倫農場，那是我監外服役多年的地方。他們請我回去工作，答應我過去在農場做事的年份可以一起算工齡，將來拿退休金。龐大的農場基礎設施大多是我親手設計的，我像一位老農了解自己的土地一樣，熟悉農場。說來諷刺之極，回到原來的勞改農場，似乎成了最好的出路。他們答應讓我做三年，我提出條件，每年冬天能回昆明探親。於是，回到故鄉三年後，我和妻子一道又打點行裝，重返我的放逐之地 —— 黑龍江。」

寬恕

《永遠的北大荒》以〈寬恕〉一章結尾：

　　回到農場，和許多原來管我的監獄官成了同事。很奇怪，
彼此倒沒有多少芥蒂，似乎可以融洽相處。有一天我遇見那個
1968年誣告我的韓某。他的誣諂害得我被遣送下鄉十多年。
他向我一再道歉，表示後悔；我能夠原諒他，但並不想和他交
往。他妻、我妻倒常常結伴來探我們的班，慢慢變成好朋友。
我和妻子甚至不時去他家晚飯。寬恕之心，人皆有之。

　　我回農場不久便撞見錢德福。他屬「地方班」幹部，在海
倫勞改農場的頭幾年，在他們一夥的折磨下，我過着非人的日
子。現在我們成了平起平坐的同行，他第一次向我伸出手來。
在辦公室內他仍然向我擺架子，四周無人時，會表示親近，說
過去的事就算了，要我不必計較。有一晚，我們倆在辦公室
製圖工作到很晚，他突然拉住我的手久久不放，「你是我的老
師！」，他很誠懇地說，「我非常欽佩你的人品，你的技術、學
識」。他一定要請我吃晚飯，於是當晚我與從前的打手美美地共
進了一餐。

　　我也想不到自己在農場會幹得那麼賣命。這一片冰冷廣袤的
流放地，我曾詛咒了半輩子，怎麼會對它如此關切？我年青時的
夢想便是用科學技術令中國強盛。當囚犯的三十年，公民之身任
職的如今，我在北大荒所做的，也不就是那麼一回事嗎？

　　我碰到原勞改農場的黨支部書記楊彥，兩人都異常高興。
當年他待我不薄，我們一齊合作搞當地基礎建設，如今又成為
同事，我也不再是犯人之身。兩人興致勃勃，共同為建設黑龍
江的農村出力。那時最大的問題是食水供應，當地農民沒有自
來水，飲水不衛生，常常引起各種疾病。

　　楊彥招聘了大約二十名高中畢業生，讓我負責對他們做三個月的技術培訓。這些所謂高中畢業生都是在文革中上的學，只學會批鬥老師，不大懂得基本的代數幾何。教育落後，人才缺乏是當地最嚴重的問題，於是乎政府才想到要招募我這樣的「老反革命」去幫助搞建設了。

　　我們終於建成了蓄水池，解決了威脅農民生存的水污染問題。一天早晨，我在黎明前醒來，窗外一片「閃閃星光」，上百當地老百姓手持火把、香燭，連夜趕來向我們致謝。此情此景令我感動得兩眼濕了。我從來埋怨命運不公，四分之一世紀的生命白白拋撒在這茫茫的荒原上，這一晚的場景令我想到我在這裏做的事情，當囚犯也好，做工程師也好，對當地老百姓多少有些用處。也許，我的年華並沒有虛度。

林達在《永遠的北大荒》序言中寫道：「黃湛的書令人感動，還在於他讓我們看到，哪怕在最幽暗的深處，人還是可能堅守一個不被邪惡戰勝的靈魂。在漫漫長夜中，只要出現一絲機會，黃湛就開始在創造性的工作中重建自己的自尊。在歷史上，善總是弱的，可是，就是這善良之星火，不會熄滅。它驅退黑暗，推動人性的進步。黃湛讓我們具體地看到，邪惡能夠糟蹋他這樣一個弱小的個人，可是，卻無法迫使他也變得邪惡。在黑暗年代，邪惡像瘟疫一樣蔓延，吞噬着人們的心靈。而終有這樣的人，有善良的天性，有智慧和堅持常識常情的能力，有創造的欲望和本能。他被剝奪了一切，幾乎已經被砸成碎片，可是，他一生都在建設，造福他人。這樣的精神底氣，來自他年輕時曾經擁有過的健康的生活環境，使他通常識之理，曉常人之情，建立起他做人的不變根基。正因為有了一個一個這樣的人，良善，才穿越重重黑暗，傳遞下來，傳到我們手中。」

1993，黃湛寫給作者的信首頁。

此時，他一隻眼已盲，另一隻僅有0.1視力。信在強光下寫出。之後，他寫
了《永遠的北大荒》(已出版) 及另一部回憶錄 (未出版)。

小巷裏的中醫

表伯父孫叔銘，1911–1995

好多好多年以後，我問他，伯伯你為甚麼跳樓。「他們
把我關起來，寫交代，旁邊有人看守。我要求上廁所，
不准；我說，『不自由，毋寧死』，就推開窗跳下去。」

那時，昆明不過十萬人左右，這座溫溫吞吞的小城，天氣不冷
不熱，人人不慌不忙，連蚊子也飛得特別慢。1949年雲南王盧漢不
等兵臨城下便宣佈投降，歡迎共產黨來接管。沒響一槍一彈，解放
軍進城了，和抗日戰爭時的美軍一般，見了小孩笑眯眯的，雖沒有
派發巧克力，同樣和藹可親。

第一陣政治狂風吹來是1952年的「三反」、「五反」。世人第一
次見到畫滿毛筆大字的報紙貼在公共地方，「揪出大老虎×××」，
「坦白從寬，抗拒從嚴」。我們從未見過大人這般愁容滿面、不言不
語。誰又被關了，誰又上吊了。七八歲的小孩聽得怕怕的，卻不敢
問。死亡與大不幸，除非發生在親近的人身上，震驚撞擊不到內心
深處，尤其對小孩。「三老表跳樓了！」彷彿是「和平解放」後，在昆
明、在親戚朋友中放出的第一槍。

三老表是奶奶後家的侄子，我們稱伯伯。媽媽不舒服，便請
伯伯把把脈，開張藥單。毛筆字龍飛鳳舞，先把藥名用中楷抖擻出
來，均勻列在紙上，然後不假思索，把每種料的分量在斜下方用小
楷標出。看伯伯開藥方，就像觀小魔術表演。然而，伯伯在我心中
的顯赫地位與此無關。我家伯伯是大光明戲院的會計！我還小，無

1948，伯伯結婚週年。

份看電影，但是年方二八、迷上外國男女明星的七姨、八姨、美姑姑和數不清的姨姨、表姑、表姨卻依仗着這位身居要職的親戚，以快捷方式買電影票。古板的伯伯挑選了四平八穩的會計職業，卻落到1940年代電影院這等浪漫的場所。那時年輕的一代，包括我的父母，誰不曾頻頻在那虛幻的世界中灑下熱淚？據爸爸説，昆明是最早引入西方電影的城市之一。電影院裏黑漆漆，第一要緊是男賓、女賓分席。電影開始，眾人先起立唱國歌。大光明電影院最為叫座，功勞全在一位全能的職員，兼任「翻譯」劇作者和配音。他操着地道的昆明話，一會兒用男聲道：「瑪麗，你愛我嗎？」旋即變女聲：「我愛你，至死不渝。」聽得場子裏這輩子未曾聞「愛」字的女眷面紅耳赤。

　　伯伯的舉止、言談則完全沒有外國電影污染的痕跡，和身邊最近的人，譬如伯娘，也似乎因禮節而保持着距離和分寸，態度永遠溫和，説話不緊不慢，從不激動，從不揚高聲音。每到我家來必先依序打招呼，「大老表」、「表嫂」、「妹妹」、「小及勝」；永遠穿淺咖

1948，那時我們住在節孝巷三姑奶奶家。母親和伯娘在後花園。

啡色唭嘰布中山裝，不會讓任何一個扣子離開崗位，包括四個口袋扣，腳蹬一成不變的圓口布鞋，皆由伯娘親手縫製。

好多好多年以後，我問他，伯伯你為甚麼跳樓。「他們把我關起來，寫交代，旁邊有人看守。我要求上廁所，不准；我說，『不自由，毋寧死』，就推開窗跳下去。」不明白，伯伯這般溫良恭儉讓的老好先生，何以會做出如此剛烈的舉動？

一板一拍的伯伯有更古板的父親，我們叫「舅爺爺」。他個子特

小，着長衫馬褂，不苟言笑。舅爺爺是專職中醫，想來醫術不算高明，每次跟着媽媽去找他看病，從沒遇見別的病人來求診。他們一家那時住在小綠水河巷，小小的三合院老是濕漉漉的。院子當中，水缸裏兩三條小魚擺着尾巴游來游去，彷彿是這個陰沉沉的家中唯一充滿生氣的東西。水缸真大。語文課上讀到司馬光小時候打破水缸救小朋友，自自然然聯想起舅爺爺家的水缸，課堂上想着弟弟掉下去，我怎麼救他，想得出了神。那水是喝的，僱挑夫去井裏打水，挑來灌滿水缸，這些挑水夫的小腿上都凸起着一條條鼓脹的青筋，現在當然知道叫做靜脈曲張，那時卻覺得象徵着辛苦和力量。在他家，我就是不肯喝水，那不是要把魚的大小便喝下去了嗎？這個問題知趣的小女孩是不可以説出口的。

奶奶是父親的繼母，父親與她並不親近。母親則和奶奶的侄兒媳婦、我的伯娘甚有緣，一見面就有講不完的話，雖然母親上到大學，而伯娘只念過小學。伯娘能將《三字經》、《女兒經》倒背如流。我上小學後，總是臨開學發現假期作業還剩下一大半。做不完就註不了冊，要罰留級，於是大哭。伯娘每學期都得來搭救我，和外婆、媽媽一道，替我抄大楷、小楷。

我母親臥病在床十數年，親友中伯娘來探母親最勤。每年新鮮茴香上市，伯娘就來給媽媽蒸粉蒸肉。先將米浸泡、晾乾、炒香，五花肉用醬油、黃酒和茴香粉等香料醃過，以茴香、紅薯墊底。我至今仍回味得出蒸籠裏飄出的香氣。我也學着做，媽媽説我的粉蒸肉和伯娘做的一樣好吃，當然不是真的。不過做一道如此奢侈的菜，要花掉一家人半個月的肉食供應定量，怎麼做出來，都會令人饞涎欲滴。直到1960年代末，伯娘病重，我去看她，才開始察覺伯娘的語言天分。她形容事物，言語生動貼切，不落俗套，一字一句有如畫筆，繪出場景、人物。那天她説到誰家有人被鬥死了，她去探望，「唉，哭得十行十淚的，天可憐見哪！」「伯娘，我下次來要拿

本子把你的話記下來。」可惜從此再沒有見到伯娘了。伯娘比媽媽先走，真是出乎意料。

伯伯與伯娘無所出，二伯伯家卻一串小孩，三女一男。兩家約定再生兒子便過繼給伯伯。萬幸為男，令伯伯家免去無後之憂。男孩自懂事便知誰是親父誰是養父，但卻對雙親孝順非常。他生得聰俊乖巧，伯伯寫字桌的玻璃下面，壓着他三歲時的照片，無精打采地抱着一隻美麗的大閹雞。小男孩的

1954，出身不好、工作積極的員工雖沒資格加入組織，但可以得到勞動模範的榮譽。

朋友，將要變成過年的美食，他傷心極了，父母帶他到「國際藝術人像館」，留下這張合影。文革停課，他勤練書法、國畫，伯伯把堆雜物的偏房收拾出來，說現在兒子有了他的「小書齋」。兒子從上幼稚園起便是乖學生，可惜讀到初中，文革便砸爛了那一代學生的「大書齋」。記得有一次去伯伯家探望，看到他在小書齋裏讀狄德羅。我已是大學生了，還沒聽過這位哲學家呢。

伯娘家吃得很簡單。那年，我上小學五年級，弟弟二年級，家搬到城東，一時轉不了學，就在學校附近伯娘家搭夥吃中飯。他們和二伯伯家同住一院，每家負責一個月的伙食，共灶同桌，兩家人吃飯，氣氛並不愉快，連我們小孩子都察覺得到。一大碗便宜又經飽的南瓜，餐餐傲踞飯桌中央。從不愛動腦筋的我，也思忖他們是

否不願輪到自己坐莊時破費，為何不分開？家訓？還送子之恩？面子？（我不吃南瓜，卻不敢説出來，只悄悄撥到弟弟碗中。他不告發我，仗義地替姐姐咽下那些老南瓜。每回想起這一幕，我都對弟弟心懷感激。）

　　1973年母親去世後，我們和伯伯家來往淡多了，1980年代我回昆明探親，想到母親若在世，一定會要我去看看伯伯，我也很記掛他，才又每年去看望伯伯。眾多的親友中，伯伯家最為知足常樂，一家三代樂也融融，不為沒有加入新富的行列而憤憤。伯伯津津樂道兒子的書法成就、媳婦的孝順、孫女的聰慧。他「禮性」一貫，我去探訪，他堅持要帶上禮物回訪。有一年我回去參加一項國際扶貧項目，住的地方離伯伯家很近，伯伯撐着拐杖、拎着水果來看我。在客廳談話的兩位澳大利亞專家，雖聽不懂我們在講些甚麼，但這位相貌慈祥的老人給他們縹緲如仙的感覺。

　　伯伯年輕時為自由縱身一跳，代價是終身不良於行，離不開拐杖。他後來多年在一家小小的印刷廠裏做駐廠醫生，拿一點能維持起碼生活的薪水，同時義務為親友、街坊看病。他曾在翠湖邊水晶宮巷一帶住了許多年，水晶宮巷的茶館成了伯伯退休後的「診所」，沒公費醫療福利的窮街坊，常來找伯伯看病，也聊聊家常。1990年代初，伯伯家搬到城西去了。兒子分了新房子，伯伯仍一年四季拄着拐杖走到水晶宮茶館，風雨無阻。這段路初時走一程還不到一小時，一年年過去，伯伯的腰越來越彎，路越走越長。最後幾年，上身幾乎與地面平行，走得十分吃力，走走歇歇，兩個多小時才挪到家。他仍不顧大雨、不避烈日地堅持，説「生命在於運動」。路人有時停下來，向這位步步維艱的老人投過奇異的眼光，伯伯則報以微笑。今天我回憶起伯伯來，想到的便是他淡淡的、祥和的微笑。

孤雁南飛

田伯母，1919–2016

小哥哥決定自殺，先禁食，又準備用更快的方式自我了決。「她母親接受獨子自殺嗎？」「是的，她也接受了，很平靜。」

　　1974年的昆明，文革的紅旗依然招展，政治機器開足馬力轟轟運轉了七八年後，許多部件失靈。雖然缺衣少食，一個可以透氣的空間悄然出現。遠離政治中心的昆明城中，玩音樂、學英文、讀古詩這類「資產階級雜草」，在「破四舊」高潮過去數載後，不待春風吹，零星出土。我偶然闖進的一個英文學習小組，是城裏水準頗高的聚會。老師只比我長幾歲，無疑是位語言天才。年齡最小的學弟，剛二十出頭，我們稱他小哥哥，聰明純善得好像來自別的星球，一看就知道是「愛」中浸泡大的。愛的源頭是他的母親，後來成為我忘年交的田伯母。[2]

　　我認識他們之前，小哥哥度過一次生命危急時刻，故事有點羅密歐與茱麗葉的味道。感情細膩、用情專一的小哥哥陷入初戀，覺得女朋友是世間最完美的女子，一顰一笑都讓他心跳。我從未見過這個女孩，卻能想像小哥哥演奏小提琴或高談闊論時，戀人癡癡地望着他的情景。突然之間，女孩被家人鎖在家中，禁止雙方見面。

2　田伯母是化名。

　　小哥哥家庭出身不好，不是一般的不好。父親曾掛國民黨將軍軍銜，1950年代初被槍斃。那個時代，伴隨每人一生的不是出生證明，而是「個人檔案」，它關乎你在社會上屬於第幾等人。表格最關鍵的一欄為：直系親屬中有無關（押）管（治）殺。父親被槍斃，兒子被認定對新政權有殺父之仇，自然永世不得重用，不能享有作為國民的平等的權益，包含受教育的平等權利。女方家長的態度，可想而知。

　　小哥哥決定自殺，先禁食，又準備用更快的方式自我了決。他周圍的人，據說母親在內，都無奈地接受了他的選擇。幾個好朋友約他去照相館拍照留念，我還真看到這張照片：四位神情肅穆的男生。後來小哥哥從致命的煩惱中醒悟，危機化解了。與維特不同，小哥哥生命的陰影來自社會，來自連孩子也不放過的政治。「她母親接受獨子自殺嗎？」「是的，她也接受了，很平靜。」

　　這個親密的朋友圈子中，小哥哥是大家喜愛的小弟弟。傳說中，父親被槍斃時，母親懷胎七月，決定自殺，不果，兒子早產，給了她活下去的理由和勇氣。朋友們稱她做田伯母。她出生於湖南世家，知書達理，通詩詞，此時在一個民辦的刺繡手工合作社做車衣女工。

　　那時候，昆明人成為朋友的話，必然要約對方去家裏坐坐，碰到吃飯時間，就一道吃飯，無須事先準備。小哥哥家住在昆明一條石板街和一條小巷交會的木頭房中，獨門獨戶，一樓只是過道，吱嘎吱嘎響的木樓梯通向二樓，這裏也只有一間房及隔出來的做飯處。窗呈半圓，看到街上來往行人，聽到自行車在石板上顛簸的聲音。小樓獨特，簡陋，詩意，正像它的住客。

　　第一次見到田伯母，和我想像中完全一樣。一看就知道是外省人，皮膚白而細膩，額頭高，短髮攏在耳後。素色的襯衣外加毛衣，當時中年婦女的標準打扮。慈祥兩個字透露在她的笑容裏，

她不笑的時候，眼睛、嘴角也帶着笑意。聽到我會留下來吃飯，由衷地開心。我至今還想得起她蹲在蜂窩爐前搧火，及俯身切菜的樣子，記得那天她做自己的拿手菜，紅燒茄子。

小哥哥講述的童年故事，都被我安放在這間小閣樓中，可以像電影畫面一樣重播。他上小學時正逢大躍進，全民加班，超時工作。田伯母每天出門，男孩還沒有起床，等她回家，兒子已經熟睡，她急忙為他準備第二天的飯菜。小哥哥很快學會寫字，給媽媽留條子。四十年後，我才有機會聽田伯母自己提起這段往事。她說大躍進時，手工業合作社也要「放衛星」，向祖國獻禮，不時還得通宵幹活。母親半夜歸家，開始生火，燒水，灌滿七個暖水瓶，倒進木盆裏。將兒子喚醒，從床上抱起來，替他洗澡。他還在夢中，不時喚聲「媽」。田伯母將鑰匙交給鄰居，一位上海婆婆。出門，將門鎖上。等到差不多該上學的時間，阿婆去給他開門。兒子聰明乖巧，到小學二年級，母子可以相互留字條。「媽媽，你看，我的都是5分、4分」，這張和成績單放在一起的字條，永遠留在母親心間。

不知底細，會以為小哥哥家境富裕。學英文，學提琴，還有一把好琴、一塊名錶，都需要那時非常稀缺的東西——錢。田伯母從不猶豫盡全力去成就兒子的愛好，包括變賣家中財物，換來他的所需。兒子先天不足，田伯母用家中僅有的積蓄去買克林奶粉來餵養他。小哥哥記得大約三歲時，和母親去街頭擺賣。呢子大衣、綢緞旗袍等放在一隻皮箱中。母親躲進路旁小巷，小男孩站在箱子旁。有人問津，立刻跑去喚出母親：媽，有人來看了。

小哥哥以優異的成績從小學畢業，深得老師寵愛，卻沒有被正規中學錄取，進入一所半工半讀的民辦學校。他覺得完全是自己的錯，內疚，覺得對不起母親。田伯母不能化解他滿心的委屈，無法對他說明，因為父親的關係，他被打入另類。母親可以給兒子無盡的愛，寧願為他犧牲性命，卻無法讓這個小男孩在社會上得到最起

碼的公平待遇。文革很快來到，不僅他一人，全中國所有青年一下子失去上學的機會。

小哥哥那時不過十來歲，被分到郊區的農場。算是照顧他小，給他派了趕馬車的活。躍馬揚鞭，合他的性格，做母親的則擔驚受怕。後來的確出了事故，幸而未留下後患。農場管治不嚴，之後病退回家，投入自己的愛好，學習，尤其是學歷史。家族是雲南的世家，他從先輩的事蹟往上追溯，對雲南歷史鑽研非淺。剛認識，他問起我曾祖父的名字。「熊廷權」，「號是不是種青？」這個小孩居然知道！每天收聽BBC的新聞，是他必作的功課，練小提琴，念古文……要愁哪得功夫？

當時，我們這些在知識無用的時代依然好學的人，根本想不到所學的東西會對個人前途有甚麼意義。學習只是一種習慣、愛好，是對得起自己生命的行為。出乎所有人的意料，後來機會出現，給了這些「有準備」的人。1977年恢復高考，小哥哥得到當年雲南省的文科最高分，仍未獲得錄取，顯然還被認定為政治不可靠者。他給當時的大救星鄧小平寫了一封信。不知道有多少人給鄧寫了信，不知道鄧是否看過這封信。歷史按反省文革、反省1949年以來「以階級鬥爭為綱」的方向走。終於，將近三十年之後，家庭出身、政治表現，作為中國大陸學子進入高等學校的關卡，被廢除了。小哥哥進入大學。

他的故事代表了一批人，反映了一個時代。順理成章，1980年代初，他拿到美國一所常春藤大學的博士研究班錄取通知，獲得全額獎學金。同時與相愛的女孩訂了婚，雙喜臨門。田伯母此時心事重重。她終於鼓足勇氣，要政府解答數十年存在心中的疑問：丈夫為甚麼被槍決。來到翠湖邊公安局，找到群眾接待站的「同志」，遞上事先準備的信件。「查詢需要時間，你下週再來」。難以成眠的七個夜晚之後，她來到公安局。人家告訴她，時間太久，查不到檔案

了。「三十年前的事了，對你們母子沒有影響了。」走出公安局，她久久站在翠湖邊，看柳樹枝條在風中搖曳，看水中白雲的倒影，彷彿第一次看到昆明的翠湖這麼美。

1919年，民國八年，田伯母出生在湖南長沙書香門第，族中人口多，家道殷實。她的外婆家勞氏也是望族。不記得是她父親還是母親的家族，曾經中過兩位狀元，得皇帝賜匾。田伯母說，我在《家在雲之南》中描畫的外婆家融洽、充滿歡聲笑語的大家庭和她的外婆家一模一樣。田伯母的母親長得漂亮，隨父母在北京住了八年，一口京片子。陪嫁時，為了不讓邱家小看，傾盡家中值錢的東西作為嫁妝。邱家秉承書香之家的使命，田伯母的大姑媽在長沙辦了「幼幼小學」，二叔、三叔送到天津，進入北洋大學，由外籍老師用英文授課。田伯母小時候學會一句 "Very good"。

對付人類主要疾病的藥物沒有發明以前，富人、窮人的生命在致命的病症之前都一樣脆弱。1920年代，邱家一共四個年輕人先後死於肺結核。田伯母的父母在長沙正月的寒風中，於三天之中先後過世。她對父母幾乎沒有印象，聽大人說她滿月時，母親身穿一襲大紅裙子，抱她出來向祖宗磕頭，這成了她腦海中母親的形象。大家庭的孤兒一點都不孤獨，兒時印象是田伯母一生最歡樂的記憶。她的小名叫雁鑾，好像從早到晚都聽得到大人親切地聲聲喚：雁鑾！大約五六歲時，過生日這天，她跑進客廳，正好大姑爹有客來訪。小女孩給他磕個頭說：「今天是我的生日。」結果得了兩枚銀元。哥哥笑她「生財有道」。

家中的藏書陪伴她度過少年時代的晨昏。哥哥將家中書房稱為藏書樓，其實就是二樓的一間大房。講到此，田伯母偷笑道，我其實只看小說，對佔滿書架的經典和學術書一眼都不瞟。她覺得自己當時完全不懂事，「等到我懂事時，好日子過去了，一去不返。」日本侵華，改變了中國和億萬家庭的命運，邱家大宅也毀於1938年長

沙大火。十九歲的花樣少女沒按原先的夢想去上大學，進入戰時兒童保育會的長沙分院，做一名音樂老師。

　　1938年，由幾位社會上的活躍女性發起組織，以宋美齡為理事的中國戰時兒童保育會在長沙成立分院，「凡陣亡將士遺孤、前方作戰將士及救亡工作人員子女暨戰區難童，年齡在十五歲以下、四歲以上者，均可前往中山堂該會或青年會報名。經審查和體檢合格，即可入院。7月20日左右，首批難童約九十人。」後來湖南一共成立了五個分院，一共收留保護了兩千多名孤兒。

　　給她取名「雁」的長輩，大概聯想到她是一隻失去父母的孤雁，不曾料到她的一生居然與此關聯。自小父母雙亡，第一份工作在孤兒院，婚後兩年即失去丈夫，兒子成了遺孤。在對她百般呵護的家人中度過童年與少年，她一點不孤苦。戰火燒起，沒有其他場所比保育院更適合安放她的溫柔與愛心。她依稀記得當年教孩子們唱的歌：「我們離開了爸爸，我們離開了媽媽；我們失掉土地，我們失掉老家。我們的大敵人，就是日本帝國主義和他的軍閥。我們要打倒他，要打倒他！打倒他，我們才可以回老家；打倒他，才可以看見爸爸媽媽。」

　　年輕貌美、慈愛端莊的音樂老師自自然然成為孩子們心目中的「母親」。有個調皮的男孩很能利用老師的心情，他跟在田老師後面，叫她「媽媽」，然後就要糖吃，不止一位老師中了他的計。我在認識田伯母幾十年後，才聽她說起在戰時保育院的經歷。共產黨紅旗下長大的一代人，對八年抗戰的認識限於敵後武工隊這類的黨領導下的對敵鬥爭。前方主戰場是如何打的，後方民眾如何參與，一片模糊，也不深究。保育院的孩子，也在七十年後才開始相互聯繫，尋找當年的老師。這年夏天見面，田伯母一遍遍對我講述當年的經歷，給我看當年學生辦的一份同仁刊物，上面有她寫的文章。那個騙糖吃的孩子也年過七旬，打電話對她說：現在你兒子在美

國，有事找我，我就是你的兒子。田伯母笑道：你小時候騙我，現在老了還騙我。

1947年初，報上刊登台灣空軍子弟學校招聘老師的廣告，田伯母古文基礎紮實，一報考即中，派往台中分校教小學六年級。不知道是哪位有遠見的政府官員提出的政策。後來對台灣文學有卓越貢獻的作家齊邦媛，也是當年台灣從內地招募而至。田伯母教授的這班學生，次年全部考取中學。她因為表現突出被調到台北總校，從少尉一級升到少校三級。

1949年暑假，住在昆明的三姑媽邀請她去玩。此時她三十歲，親友心中有何算盤不難猜到。她生性貪玩、好奇，正好有足夠的積蓄，開開心心地上路，懵懵無知，跨進人生的轉折。從暑氣蒸人的台北，來到清風送爽的昆明；從舉目無親的都市，來到視她為己出的姑媽身邊，心情大好。一張情網，此時向她張開。

對方算不上英俊，個子不高，和她滿腹愛情小說中的男主角相距甚遠。男生卻對她一見鍾情，一首首情詩箭一般射過來。她漸次被這位書呆子的學問嚇倒，與他相處，好像對着一本永遠讀不完而趣味盎然的書。他同樣出身世家，父親是雲南傑出的學者，本人畢業於昆明的東陸大學。這所創辦於1923年的雲南第一所大學，得益於創建者「雲南王」唐繼堯的視野：「東陸大學，非滇人一省之大學，乃東陸人之大學也。」建校的宗旨是溝通中華與歐陸的文化，攝取雙方文化之精華。

畢業後他去到南京，進入國民政府工作，一路獲重用，升至處長級。戰時文員均授予軍銜，三十歲出頭，已為少將。1949年內戰大局已定，國民政府決定撤到台灣。父母在，不遠遊，他不做二想，離職回到昆明。像當時絕大多數對自己謀生技能自信的人一樣，他選擇留下。萬萬不曾料到，這個決定將以自己的性命、以妻兒漫長的慘澹歲月為代價。他們相信執政黨做出的「團結一切可以團

結的力量，建設新中國」的承諾。那時，也許連黨的領袖也真作如是想。殊不知，專制集權制度有它自己的規律，由踐踏眾生的鐵蹄帶着它馳騁。

這位文學系畢業生其實一點也不書呆子，感情豐富，拉小提琴，和兩位朋友結為「歲寒三友」，詩詞往來。年過三十墮入初戀，帶女友登西山，泛舟滇池。最主要的節目是看電影，昆明那時分區停電，他們滿城跑，找不停電的影院。女友喜愛的好萊塢愛情片，在昆明電影院受城中男女捧場，幾乎場場滿座。此時的中原大地，抗戰八年之後，內戰慘烈。槍鳴炮轟，血腥的廝殺，傷者的呻吟，喪失親人者的悲慟，戰亂造成的災難與饑荒……傳到昆明，化為《正義報》上的一則消息。對戀愛中的年輕人，引起一番感嘆、幾行清淚而已。

當婚當嫁的戀人很快結為夫婦，幸福的日子何等短暫。一年多後，腹中胎兒七個月，丈夫被莫名其妙地逮捕，莫名其妙地槍決了，家屬沒有得到任何通知。大街上的公告上，連他在內，一共處決了三名「反革命分子」。讓她回憶已經夠殘酷了，我沒有問她的感受、問她如何自殺未遂。多年前我問過她，為何可以平靜地接受兒子自殺的打算，她說：我已經想好了。他走，我也走。他從小是個好孩子，受盡委屈，連中學都不給他上。以後這輩子，背着父親被槍斃的名分，不知道還要受多少罪。死了就一了百了。

革命的巨輪沒有因為政權成立暫停，和平到來，一批人作為勝利的祭品被殺、被送入大牢。要統一思想、統一行動，政治高壓比政權的合法性更能起到立即的效果。被鎮壓者主要的「罪行」在於曾經「站錯隊」，像田伯母的丈夫，在國民政府任高級職位（不是最高，否則會受到統戰政策保護）；或者因為財富，淪為土改或1950年代初政治運動的鬥爭對象。丈夫被殺、被關，妻兒從此被打入另冊，為社會所不容。昆明人嚴玲玲的回憶錄《母親和我們七兄妹》詳盡地

描述了遭逢此厄運的母親如何支撐起一個破碎的家，如何受盡凌辱而不失尊嚴地養育兒女。處境與嚴伯母、田伯母相似者，那時有一大批。作為妻子，她們的世界崩塌了。她們哭得天昏地黑，痛不欲生。作為母親，她們必須揩乾眼淚站起來，支撐起這個家庭，必須在孩子面前保持笑容，去謀三餐，找一條活路。

變賣衣物、首飾以及家中任何值錢之物，是這些原先的太太小姐最簡單的活命方式。田伯母的祖母從小教導她，身外之物不足貴。「命中有的終須有，命中無的莫強求」，她並不心疼將身邊物件賤賣。田伯母的三姑媽大學英語系畢業，曾經做過省長龍雲的英文秘書。她有七個孩子要養活，連不怎麼值錢的東西都賣得差不多時，她用100元買了一架縫紉機，學習做裁縫。田伯母學她的辦法，先學做最簡單的內褲，接着學做小孩衣服。她本是一位優秀的教師，和她的三姑媽及許多知識婦女一樣，因地主、富農、反革命等等家屬的標籤，被排斥在體制以外。而這個社會主義的體制囊括了幾乎所有職業。

車衣女工被稱為小手工業者，到1958年大躍進開始，連最後的空間也沒有了。他們被要求入社，帶着自己的「生產工具」縫紉機，進入集體所有制單位。田伯母從此成為「昆明機器刺繡廠」的一名女工。這年她三十九歲，同事叫她「老田」，她也覺得自己已經老了，在嘎吱嘎吱的縫紉機聲中低頭勞作，手扶着布料，腳踏踏板踩機器。每天八小時，踩啊踩，送走了半生歲月。只要能每天按時下班，回去照應兒子，田伯母就滿足了。

這些一下子跌到社會底層、不善體力活的婦女，為子女，只要有穩定的收入，哪怕收入微薄、哪怕苦和累的工作，都可以接受。田伯母與我認識的其他在同樣處境中的母親不同的是，她對兒子的教育十分在意，並且有自己的教育理念。找尋合適的幼稚園，今天的父母視為理所當然，而1950、60年代，絕大多數人相信孩子是祖

國的花朵，交給甚麼園丁去照料不關家長的事。田伯母則認為必須將兒子交託到有愛心的人手中。「多數幼稚園都是在民房裏。我去到一間，看見小孩站在天井裏哭，有小孩只穿着一隻鞋。小娃娃哭，我也站在旁邊跟他們一起哭。」找來找去，終於找到一間滿意的，租用了一名醫生的住所，主任幼師畢業。

文革開始，半天工作，半天開會，人人要發言。每個人限定寫十張大字報。大家很快發現老田的毛筆字一流，大字報寫得又快又好。班上二十多人，都來求她幫忙。常常寫到別人都回了家，她還在「代筆」。這個發現，讓田伯母贏得同事的敬重。三十年後，有位同事帶着人參來探望她，感謝當年相助。

同事間不多交往，領導則知道這些人的底細。文革中一天，車間主任早上宣佈：「今天讓你們這些小姐、太太去挖老板田（挖地）。」大家拼命挖，人人手上起了血泡，到下午四點已經完成任務。平時相處較好的八個人突發奇想，坐船到西山去玩。田伯母在船邊洗飯盒，不小心飯盒被水沖走，一船人大笑，田伯母笑得最響。回市區路上天已黑，大家站在路邊截順風車，叫田伯母站在前面，結果一輛卸貨的翻斗軍車停下來。整天關在車間裏、在機器聲中低頭工作的人，這辛苦的一天好像節日。半世紀後，九十六歲的田伯母給我講這個故事，臉上的笑容依然青春調皮。

和田伯母熟起來是1980年代初，我到香港之後。他們母子和我父親及弟弟成了鄰居。後來兩家人乾脆一道吃飯，我的家人享了她好大的福，我對她感激不盡。夏天和女兒回家，小女孩成了田伯母的至愛。昆明那時沒甚麼水果，田伯母每天給她做一份糖番茄。回到香港，女兒還記掛着「番茄婆婆」，至今不曾忘記。田伯母看她永遠看不夠，有時乾脆坐在小凳上，就這麼眯眼笑着，看她吃東西，看她玩耍。小女孩跌倒，哭了起來。「喲，她哭起來那個小樣子太可愛了！」

　　這年夏天，我做了一件非常冒險的事。約上十多位朋友去澂江玩，包括我七十歲的父親、田伯母和四歲的女兒。十七個人擠在一輛手扶拖拉機上，從澂江縣城來到撫仙湖邊，租了兩隻小船，去到湖對岸我心愛的小村莊綠沖。船行至湖中央，風雨大作，小船左右搖晃。我嚇得要命，父親和田伯母卻無事一般。到綠沖天已黃昏，一行不速之客，個個像落湯雞，闖進我的學生家。男主人生篝火給我們烤衣服，女主人下廚煮魚湯。

　　第二天一大早，眾人來到湖邊，被這夢幻般的山光水色迷住了。湖邊一行參天古木，向四方伸出茂盛的枝葉，舒張於天地之間，湖水之清澈令人驚嘆。父親站立在水中，人聲道．連腳趾甲也看得清清楚楚。田伯母牽着我女兒的手，被她拖着跑來跑去，和水裏的媽媽打招呼。此情此景，像夢一樣留在我心中。數十年後，綠沖成為著名旅遊景點。聽人讚美綠沖、讚嘆撫仙湖水，心中感嘆：那最美的水、最可愛的小漁村一去不返。我的父親和田伯母也已作古。

　　她七十歲這年，兒子將三個月大的孫兒從美國帶回來交託給她，圓了她的夢。獨自將孫子帶大的六年，是田伯母一生中最操心、最忙碌、也最幸福的時光。

　　我夏天回昆明，照例去看這奶孫倆。小男孩非常之純真可愛。我女兒最擅長和比她小的孩子玩，分手時，他硬是不捨得小姐姐走，一遍一遍地懇求她留下，情真意切。指着奶奶的大床説：今晚你就和奶奶睡。找保姆是田伯母最頭疼的事，幾乎每年一換，後來找到一位非常能幹可靠的。一年後，一次田伯母發現她擅自去附近工地拿了兩塊木板，嚴肅地對她説：工地上的東西都是公家的，你這是偷竊。於是就讓她走了。孫兒對小保姆都稱姐姐，每天午睡起來吃水果，第一塊給姐姐吃，然後才輪到自己。

　　孫子四歲多，田伯母就開始教他認字、算術。到五歲，毛筆字

已經寫得有模有樣。六歲，需要回父母身邊上學了。父親問他：你願意來美國還是留在昆明——「奶奶去我才去」。這時田伯母的兒子已經拿到博士學位，在大學任教。一家團聚，此其時也，小男孩去到美國。開學第一天，老師讓每個人站起來，告訴小朋友們暑假做了些甚麼。小男孩看到大家起來，嘰嘰嘎嘎說了一通他完全聽不懂的話，他只知道那是英文。輪到他站起來，他將自己唯一認識的英文流利地一個個念出來：一個個的汽車牌子。奶奶對他教育的最成功之處，是培養了他的自信。

和兒子一家在美國住了將近十年，在田伯母記憶中留下的都是美好。剛到美國，就遇到一個非常友善的台灣人，三個孩子的母親。她帶田伯母去中文圖書館，接觸當地的華人社區。田伯母還為當地的華語小報寫了一篇文章〈東遷記〉。暑假，兒子帶她遍遊美國國家公園。她每回顧自己的一生，都以各種令她重返青春的自然風光做背景，以有如此孝順的兒子知足而自豪。心中煩惱，用愉快的回憶去抵銷。

年過八十，孫子進中學後，田伯母越來越感到必須回昆明。去美國陪伴兒孫的老人大都順從這個規律，當自己對下一代的生活在實際而非情感層面上不再是不可或缺的時候，寧願忍受分離後的牽腸掛肚，服從理性的考量說再見。昆明已經是田伯母的故鄉，衣食住行都習慣，還有親戚朋友。來探望她最頻繁的是兒子的好朋友們。剛回來的一兩年，對兒孫的思念常令她茶飯不思。她將兒子和孫子的頭像放大，框在相框裏，吃飯的時候，放在飯桌上，好像一家人在一道進餐。兒子固定每週六和她通電話，每個暑假來陪她住些日子。

大概在2003年夏天，她剛回昆明不久，我回昆明去看她。她家裏有個十七歲的小保姆小琴，來自鄉下彝族村寨。她在廚房一面洗菜一面哼歌。她叫田伯母「奶奶」，稱我作「香港姑姑」，和田伯母

笑着搶電視遙控器，舉止就像個孫女。每年回去看田伯母，她們都留我中午在家吃飯。小琴的廚藝越來越好，兩人記得我上次來喜歡吃哪幾道菜。小琴天生的悟性和性格，田伯母的身教言傳，幾年下來，令她們好像成為一對奶孫，小琴的談吐像是受過很好的教育。

她的父母和村裏其他人沒有兩樣，指望用她的彩禮替哥哥娶媳婦。曾說替她找到當地郵電局的職工做對象，將她哄回家。回家才知道是一場騙局，父母連對方姓甚名誰都不知道，她立即折回田伯母這裏。我問她，「你們那裏如何重男輕女？」「這樣說吧，我有兩個姑姑，我爺爺奶奶從來不問她們的死活。」她說，我要陪奶奶到她百年之後才嫁人。小琴一直遵守承諾，不為旁人·包括田伯母自己的勸說所動。

2005年起，一連幾個冬天，田伯母都因為肺部感染去住醫院。田伯母看到，醫生在查房後開處方掛在病床床頭的病人檔案夾裏，便讓小琴將藥名一一抄下來。第二年冬天犯病，就去買同樣的藥來吃，覺得管用，以後很少住醫院了。她的抽屜裏放着兒子從美國買回來的維生素補充劑，還有許多小瓶子，上面寫着：腰疼、胸悶……照料好自己的身體就是對兒孫最大的關心。她和小琴按照一本書《第一營養》上的建議選擇食品。不知道是基因還是健康飲食的緣故，田伯母到九十六歲仍然耳聰目明，臉上很少老人斑。最難得是頭腦非常清晰，樂觀幽默，和她聊天是一大樂事。「你看我是不是很狡猾？每次兒子來前，我就另外安放一下桌上的照片，等他走掉再還原。」那是我們之間的一個小秘密，兩人坐在沙發上笑得前仰後合。

田伯母的知己是幾位和她年齡相仿的親戚，我看過幾封他們之間的書信，大為驚嘆，彼此唱和的古體詩對仗工整。吟詩作對的傳統，還保存在這些被擠壓到社會邊緣的賢妻良母、昔日的大家閨秀之中。我對田伯母說明要將她的故事寫下來，就像寫我去世的父母

和親戚，希望讓文字留下他們的音容笑貌，留下一點時代的影蹤。
除了這些書信，田伯母寫過一份自傳。想到有豐富的資料可用，只
是和她天南地北地聊天，不想令她太累，怕往事勾起心酸，沒有當
成做口述史那樣採訪。何況我不是個合格的採訪者，關鍵處不忍追
問。我問不出口，她三十歲出頭失去丈夫，之後有人令她動心嗎？
有人追求過她嗎？有時候她會插一句，這件事我連兒子都沒告訴
過。對哪些可以留在紙上，哪些載入她的故事中，彼此有默契。有
一次約好去看她，她說身體不舒服，過幾天再說。到再見面，田伯
母一臉歉意，「對不起，景明。那些信我燒掉了。」她留下一封大概
實在捨不得燒毀的長信，遞給我。三頁紙，一頁是詩詞。我看了一
眼，還給她，不再繼續原來的話題。

　　小琴原來就學會電腦打字，可以代田伯母寫郵件。後來有了微
信，更方便。收到我傳給她的孫女小糯米的照片或者視頻，田伯母
一定作答。到2016年初，許久沒有田伯母的信息。打電話給小琴，
才知道田伯母住進醫院的重症觀察室。此時她已不能言語，知道是
我，一定要和我說話。除了「我們的友誼」這一句外，我完全聽不明
白。她不停地發出喉音，我在她努力「說話」的每個空檔上回答：「我
知道了，是的，你放心，田伯母。」

　　2015年夏天兒子回美國，田伯母看着他拖着箱子離開的背影，
對小琴說：叔叔也老了，還要這樣奔波。年底，田伯母生病，在北
京工作的孫子乘夜班機趕來，田伯母好心疼。小琴父親病重，卻走
不開，也令她於心不安。和我父親去世前一樣，田伯母意識到生命
已經走到盡頭，開始禁食。決定離開卻不是那麼容易，拖了近兩個
月。她不只一次說，比起許多老人，我的晚年非常幸福了。她年輕
時就有過兩次不堪痛苦、只求了結的經歷；活下來，對世界的留戀
莫過於兒子，然後孫子。終於看到兒孫長大、事業有成，惟願不拖
累他們。

　　我聽到她走得平平靜靜，為她高興。我想起文革中那個夏天，她和同事去田裏做苦工，意外地贏得一個黃昏。終日在縫紉機嘈雜聲中低頭做活的田伯母，來到山水之間，彷彿變回青春美麗的自己，直想開懷大笑，連飯盒掉進湖水也覺得好笑。她大半輩子都以兒孫、以親友的快樂而高興，因他們的挫折而憂心。在那個美麗的黃昏，夕陽映照的滇池上，她曾那麼開心，為自己開心……

負你千行淚

于叔叔，1937–2014

> 從他少年時代喜歡上這個女生起，他便確定了自己的人生目標，一定要成為配得上她、值得她愛的人。

第一次見到于叔叔在 1960 年代初，[3] 一位親戚的新婚「洞房」內。到賀的一二十人擠滿這間單位宿舍，我留意到有位男賓靠在門邊五斗櫃上，毫不掩飾滿面憂傷。讀過《紅樓夢》和許多愛情小說的高中女生，立刻編織了一個愛情故事：男主角心愛的女子嫁給他人，從此鬱鬱寡歡。

其後數十年間，不斷聽到這位于叔叔如何照料親戚一家。這位親戚人緣好，老同學中一班死黨相互照應，本不出奇。第二次和于叔叔見面幾乎是半世紀以後。我的這位親戚走完了她的人生路，追悼會上，有人對我介紹他說，這就是于工程師。我帶去一本出版沒多久的《家在雲之南》，不知怎地，隨手送給他，感謝他多年對親戚一家的關照。我告訴他聽到一個笑話：一次親戚住醫院，他時常攜帶食物去探望。同房的病人說，你丈夫對你真好。

他說見過我。1950 年代中，他受親戚之託，從邊疆農場帶紅糖來給母親。「你穿着工裝褲，前來開門，如此清新的少女，令人眼前一亮。」直到此刻，我才想到親戚新婚晚上見到的失意郎，應當是

3　于叔叔是化名。

他。我們去到追悼會場外，他突然說，「她走了，我沒有活下去的動力了」，問我是否能改天和他聊聊。我吃驚不小，給了他電話和郵箱地址。

婚禮上的直覺沒有錯，故事在現實中展開卻超乎我的想像。于工說：「我和她之間沒有戀愛過，只是一種心照不宣的單相思。從來沒有說過一句知心話，後世者實在難以理解，但確是真實的故事。逝者長已矣，生者如斯夫！但我做不到。」他十六歲時愛上這位同班同學，同時明白自己不可能高攀。女生品學兼優，性格溫柔，樣貌出眾，課堂上、球場上都是明星。小男生遠處仰慕，在無望的單戀中無法自拔。畢業分配時，他填寫「新疆」，希望讓距離打消自己的癡心念想。之後回憶起來，才意識到當時完全不顧及老母親，實在自私。

命運弄人，偏偏將他和這位女生分到同一個單位，又同時被送往邊疆農場務農。朝夕相處，融洽愉快。仍然是他有情，她無意。到1960年回昆明前夕，他鼓起勇氣對女生表達，對方以十分粗暴的方式回絕。第二年女生結了婚，十年之後，他勉強成婚，主要為了卻母親的心願。從他少年時代喜歡上這個女生起，他便確定了自己的人生目標，一定要成為配得上她、值得她愛的人。失戀、各自成婚，都沒令他放棄。

同樣因為命運的安排，1974年起，于工以老同學及同事的身份，走近她的家庭。此時，她在員工食堂賣飯菜票。她做甚麼都認真負責，加之態度好，成為受人喜愛的食堂師傅，本人似乎也安之若素。他勸說老同學不應當放棄事業，多番奔走，幫助她恢復工程師身份。親友們都聽說，她家有事都找于叔叔幫忙，大到子女調動工作，小到給住院的病人送湯送飯。對于叔叔不一般的情誼，大家都心照不宣。能維持他與這一家全家的友好關係，必須不越過那條

敏感的線。追悼會上，于叔叔的位置僅次於親戚的丈夫、子女。逝者的丈夫大度而明理，使得兩家人之間的友情得以維持。

　　于工在給我的郵件中寫道：「回顧自己的一生，一半是受《保爾‧柯察金》的激勵，另一半是盡力達到她心目中愛人要求。結果，我全作到了。入團、入黨、讀大學，差一點當上廳的建築專業總工程師，發表了十來篇論文，在退休後的十六年中一直在企事業中任總工程師。前幾年有一天她淡淡地說了一句：『你成了（我們班同學中）最優秀』。我心之慘然難以名狀，一切都化為煙塵逝去，我達到了她的要求，卻從來沒有得到她。」

　　于工不止一次對我說，「你的傾聽，像給了我一根救命稻草」，令我有了將稻草變成救生圈的責任。除了和他通郵件，盡可能開導他外，想到讓他的專業能力被認可和應用是對他最好的鼓勵。他退休後一直參與竹建築的研發，技術已經很成熟，但找不到實施機構。他說，「她去世後，我夜不成寐。我一生的兩大支柱，雖去其一，只要不死，第二根支柱就不能倒下。」我與于工通了將近一百封郵件，其中近半是對人推薦他的竹建築技術運用。先後聯絡了香港樂施會昆明辦事處、江西一個做農村環境護的NGO、香港仁人家園，及香港中文大學建築系。2013年，中大建築系的一位教授對他的研究成果有興趣。我以為自己責任盡到，之後兩年沒有聯絡他，也沒有收到他的信息。2015年回到昆明，聽說他已經去世。

　　始終不知道他故世的原因。2010年親戚的葬禮上初見，他對我說，不打算活下去了。之後與他通信的幾年中，數次聽他提到輕生的打算，我都不以為然，覺得是人逃避悲傷的一時之念，會隨時間而擺脫。

　　重讀于工的信件，我相信他希望將自己的故事留下來。他說，「感謝你在她去世後給了我一個傾訴的機會，把我一生鬱悶於胸的

思緒毫無顧慮地對人吐出。男人有事總是悶在肚子裏，只有這時，我才感到一種迫切的需要，多麼寶貴，否則我對她一生的鍾愛與情感，將隨着她的逝去，無人知曉，成為永遠的謎。謝謝，再一次謝謝！」

　　掛在靈堂的親戚照片和她平素的打扮截然不同，電燙頭髮給我的感覺尤其不對。後來得知她的女兒將她的舊照拿出來，挑了一個晚上，最後決定用這一張。事後看到于工的郵件，才知道照片後面的故事：那是他和她唯一的一次「出遊」。機緣巧合，他去南京療養（職工福利），她赴青島探親路過南京，兩人一道去參觀南京博物館，經過一家理髮店，她突然想到去燙頭髮。于工坐在店裏兩小時，守候在側。之後，于工陪她去相館拍了這張照片，她微笑地望向于工，令他感到幸福而滿足。這算是他們之間的「秘密」吧，而照片日後竟然掛在她的靈堂正中，是否表達離世之際對他的眷念與感激？

　　和于工通信，我只是聽者，不發問，有時説些空洞而蒼白的開解話：「她的一生，似乎應了『紅顏女子多薄命』，不僅因為時代，也是個性所致。另方面，她非常幸運，有一位始終對她不離不棄的朋友，像上天派給她的守護神。否則難以想像她的日子怎麼過，怎麼度過一個個難關，活了那麼久。」

　　「人生得一知己足矣。你們相知相交六十載，罕見的緣分，值得你後半生回味。相信她在天之靈，只希望你用平和的心境緬懷往事，心存感激，不要過分憂傷。死者長已矣，生者且偷生。這段不變的情懷成為你向上奮發的動力，令你沒有成為麻木的芸芸眾生之一。但願你不要總是活在過去，活在悔恨之中。」

　　「我想到你的妻子，她縱有千般不是，和你一道生育了兩個兒子，從來沒有得到你的愛。也許，你應把握這最後的機會，走出『少年維特的煩惱』，以你的善良，嘗試去給她一點補償。」

　　多少人曾在年輕時戀上如花似玉的少女，幾人能在她們變成病懨懨的老婦之後，癡心不移？為了心中愛人，于工用了一生一世去自我完善，不求回報地付出，再再克制，將至死不渝的感情藏在心底。他說，感情是太奇怪的東西。她走前一週，于工沒去探望，對此後悔不已，堅信如果自己及時將她送進醫院，她的性命可以挽回。

　　2012年夏天，我們去金寶山上這位親戚的墳，看到她墓前一大束白玫瑰尚未枯萎，不難猜到誰來過。于工說天氣好時他喜歡去墓前坐坐，和她聊聊天。冬天風大，坐不住多久。我曾和于工通信頻仍，卻只見過幾次，記不清楚他的模樣了。想到他，腦海中浮出一幅圖畫：一位老者手持大朵帶刺的玫瑰，坐在冰冷的大理石墓台上，山風吹拂他稀疏的白髮，並想起詩人柳永的名句：繫我一生心，負你千行淚。

全家福

1926–1962

　　昆明是國內最早有照相館的城市之一。清末以來，「水月軒」、「二我軒」、「留青館」、「春影閣」陸續開張。1912年廣州的「艷芳照相館」到昆明來開了分店，帶來新的攝影及照片沖洗技術。本地相館老闆不甘落後，遠赴香港挖掘人才。1930年代新開張的花園相館「存真」，以戶外真實景觀代替室內畫布，搶盡風頭。照相館坐落在離市中心不遠的雙塔寺下、一條名為大綠水河的小溪之畔。主人別出心裁在報上登出對聯之上半聯，「綠水河，河水綠，河映雙塔存真相」，徵求下聯，傳為佳話。1950年代初的公私合營社會主義改造運動，令私人相館的日子到了盡頭。國營的「人民相館」、「東風相館」，取而代之。

　　這張照片應當是在距外公家較近、翠湖邊的「水月軒」所拍。想想看，那是何等的家庭盛典。當天每個人、尤其女眷悉心打扮不在話下，有人需要為之添置新衣，那時沒有甚麼服裝店、百貨公司，得光顧裁縫，量體裁衣，耗費時日。這老老小小二十人的大家庭，來自四個屋簷下，安排交通、協調時間都需一番操勞。時間大致在1926年。

1926，蘇家全家福。

　　坐在正中央的白鬚老翁顯然是照片中的尊者，當天很可能是他的生日。他是我母親的外公，雲南省現代教育的一位推手。「簡歷」大致如下：錢用中（1864–1944），字平階，舉人。雲南省正經學院高材生，1905年赴日本考察學務，1910年創辦《雲南日報》，曾任中學教員、省議會議員、省政府秘書等職。著有《中國社會總改造》、《我之國民改造觀》等書。這些從出版物、網路可查到的記載，當年我們小輩一概不知。在我們成長的新中國，大凡被舊社會所肯定的人和事，必定是壞的，大人寧可不告訴我們。

　　母親和舅舅只講過太外公的瑣事，例如他幾次考進士落榜，皆因字寫得太差（母親不止一次提起，用以警示寫字很爛的我）。母親小時候外快的來源便是替他抄文章，結果練得一手好字。傳說他早年曾經到北京參與「百日維新」，被捕後受到慈禧親自審問，他一口雲南方言，無法溝通，太上令這名少不知事的土包子滾蛋了事。這些傳說的真假無法考證，而他畢生致力維新、辦報辦教育、任過1923年成立的雲南天足會（促成釋放婦女小腳）副會長則是事實。

　　如果他不曾到日本，便沒有我。他以督學身份前往，歸來後將兩個女兒許配給他的兩名愛徒，即庾恩暘及我的外公蘇澄。三人在日本都加入了同盟會，庾後來成為護國運動將領，1918年三十四歲遇刺身亡。照片上沒有他夫人、錢老先生的另一位女兒錢維芬，只有他們的兩個女兒，後排左三庾亞華，後排最右她的姐姐姐夫。雲南野史將錢維芬說成紅顏禍水，她後來改名錢文琴，遠走香港，1964年去世，2012年遷葬昆明金寶山。她留下許多傳奇故事，無法證實。

　　照片中排最右面，清秀文靜、着昆華女中校服的妙齡女孩是我的母親蘇爾端，生於1914年，在十一個兄弟姐妹中排行第三。外婆每隔兩年生一個孩子，在那個年代很普遍，家中有多少小孩，視乎有幾個活了下來，故家境不俗的人家通常兒女成群。此時，母親已經有三個哥弟、五個姐妹。前排小藤椅上正襟危坐的兩個小男孩是我的二舅、三舅。我對二舅最深的印象即他隨時擦得賊亮的皮鞋，照片為之做出解釋：這是從小的習慣。三舅蘇爾敬是這個家庭中第三代公費出國留學生，1943年考入雲南公費留美班，兩年後赴美。他2012年在美國去世，女兒蘇靄中整理遺物，找到這張發黃的照片。

1936，熊家全家福。

　　前排從左至右：香姑姑，祖父，小叔叔，三姑奶奶，四姑姑，祖母抱着哥哥，三姑姑。後排左至右：姑媽，父親，母親，二姑姑。

　　八年間，昆明人的衣着全變了。顯示窈窕淑女身材的旗袍大行其道，男孩穿短褲，時髦婦女燙了頭髮。母親的左臂上戴着臂鐲。這場現代化的劇變中，祖父參與雲南縣自治運動，中間坐着的三姑奶奶則是雲南婦女天足運動中的風雲人物。她左邊的女孩後來參加共產黨地下黨，成為黨幹部，右邊的小男孩在文革中自殺。故事多多、命運多舛的一代。

1953，蘇家全家福。

　　小孩，從左到右：我，弟弟景泰，表妹小咪，弟弟景和，表弟明傑，表弟明偉，表妹明莉；坐中三長者：六姨夫的母親，外婆，四姨夫的母親；站立女士，左至右：母親，四姨媽，八姨媽，二舅媽，六姨媽；後排男士，左至右：父親，四姨夫，二舅，六姨夫。

　　政治掛帥的時代還沒有到來，雖然男士都不再西裝領帶，女士還可以花花綠綠。我加入了少先隊，現在才想到，此刻竟是家族中唯一參加「組織」的人。

1962，蘇家全家福。

　　前排從左至右：表妹仁文，表弟仁善，表妹仁娟，表弟仁清，弟弟景和，表弟明傑；中排左至右：表妹明莉，四姨媽，六姨媽，八姨夫母親抱表妹文健，大嫂抱侄女仲華，八姨，我；後排左至右：弟弟景泰，表弟明偉，八姨夫，四姨夫，父親，六姨夫，二舅，大哥景輝。

　　除了小小孩，大家都穿得非藍即灰。大哥一家從山西回來探親，是蘇家全家人的盛事。記得之前一道去小東街北京飯店吃了一餐，在那個「困難時期」，紅燒肉引人流涎。兩歲的小孩大聲道，「要肉，要肉」，幸而親戚都聽不懂小女孩含混的山西話。後來才知道，這是住美國的三舅請客，拍照的主要目的是向他和海外的親戚報平安。母親已經臥病在床，未能參與。

第三部

人與時代

跨逾千年巨變的一生

曾祖父熊廷權，1866–1941

這位道尹大人像一名可愛的老翁，養着兩隻小狗，留意花瓶要不要添水。出門不着官服，不車不馬，獨自串田家，居然貪看秋花忘路遠。拿本書斜躺着最覺自在，吟詩作對求驚人句。有過疆場廝殺、馬上馳騁的經歷，冷眼看官場，暗自嘲笑無事忙的同僚、部下。

傳説中的曾祖父

大家族中都有一位靈魂人物。我出世時，曾祖父熊廷權（1866–1941）已去世兩年，待我稍長，便聽過説這位神一般存在的「老爺爺」。我父親拍過一張他頗為得意之作，家人稱「兩節拐杖」：大觀樓假石山前，五位身着旗袍的窈窕淑女，我的母親、姑媽及姑奶奶，簇擁着白髮白鬚、手拄拐杖的曾祖父。他的曾孫、我哥哥一隻小手握住拐杖第二節。此時，功名成就都化作過眼雲煙，四世同堂的滿足與樂趣足慰平生。

他寫一歲的孫兒：「這個可兒，無人不要，無人不抱。他摸入懷中，將鬚胡開；他爬在背上，狂喜狂叫；抱立床頭，他天然舞蹈。鬥蟲蟲，捏巴巴，維妙維肖。愛煞人也，是不聞他哭，只見他笑。」讓尚未能控制手指的孩童，努力將兩個食指對點，口中念到：「鬥蟲蟲，鬥蟲蟲。蟲蟲蟲蟲嘟……飛」是我記憶中第一個遊戲，後來教

1939，四世同堂，長鬚老人就是曾祖父，手扶拐杖的幼童是我的哥哥，攝於昆明大觀樓。

女兒玩，教外孫女玩。詩後題：「佚叟種青氏戲筆」。提筆一戲，將
一家人的一百多年串起來了。他打小孩的故事甚為有趣。頑皮男孩
惹了禍，大人告到權威人物「老爺爺」這裏。他將手縮進衣袖之中，
用空袖子抽將過去，以示懲罰；或踢一腳，不過會先脫下鞋子。我
父親自幼失母，調皮搗蛋，恐怕就是被他祖父這麼慣出來的。

　　小時候只知道曾祖父在「舊社會」做過官，屬於剝削階級。文
革後期，有位初相識的朋友問我：「你曾祖父是不是熊廷權，號種
青？」從他那裏我頭一回聽到曾祖父是雲南近代史上的一位人物。
一向忙碌的父親此時有了閒暇，對我們講述曾祖父的事，帶我們去
上墳。他葬在昆明郊外黑龍潭公園後山，碑文由他的好朋友李根源
撰寫。「及身未見平戎　老淚縱橫　自挽哀詞鞭後進；臨死不忘殺
敵　兩京收復　再傾斗酒告先生」，1941年，抗戰烽煙正熾，這位愛

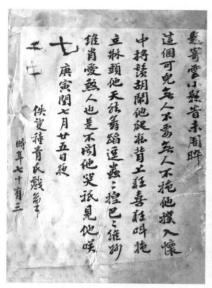

1938，曾祖父寫給外孫的小詩。　　　　　　　　1936，曾祖父七十歲生日留影。

國者難以瞑目。直到2000年後，網路恢恢，才在網上看到《雲南通志續編》中關於曾祖父的記載：

> 熊廷權，字種青，晚號佚叟，昆明人。經正書院高材生，光緒癸巳 (1893) 舉人，戊戌 (1898) 進士，以即用知縣分發四川。初補高縣，調補營山縣、富順縣，歷署彭縣、慶符縣，卓著政聲，迭奉傳旨嘉獎，保升知府。
>
> 辛亥 (1911) 民國建立，回滇任麗江府三年，保以觀察使存記。五年 (1916)，署川邊財政廳長兼川邊道尹。八年 (1919)，署騰越道尹。廷權有才能，通治術，洞悉邊要，由牧令晉至府道，以循良稱。晚年，主講省會明倫學社，以詩古文提倡後進。二十七年 (1938)，抗日戰起，昆明為後方重鎮，敵機時來

轟炸，避地西郊赤甲壁，築默園以居。眼輒研究佛書，虔修禪
淨，於天臺、唯識兩宗，冥心探討。著有《唾玉堂文集》四卷、
《詩集》十六卷、《詩餘》一卷（已梓），《經史箚記》《書牘》《公
牘》《旅行日記》《西藏宗教源流考》《聯語》《語錄》各若干卷。李
根源序其詩云：「雄快處似劍南，哀豔處似樊南；諷諭各體，亦
莊亦諧，雖嗣音少陵、香山，而又出以變化，故能沉痛動人。
情灑而語摯，才豪而氣猛，在吾滇五華五子中，頗近即園。」王
燦序其文云：「以才運情，遣詞入理。用筆矯快處，於清代中足
上追朝宗而下抗叔子，至其高者，又駸駸乎與東坡、昌黎相頡
頏。信乎其文雄也！」（《續雲南通志長編・人物》稿本）

　　家庭相簿上有他七十歲的照片，氣宇軒昂，雙目炯炯有神。他
為這張照片題詞道：

此清淨身，偏一切處。招之不來，揮之不去。攝影鏡中，偶爾
幻住。肝膽鬚眉，天真畢露。如月印潭，如雲過樹。湛湛之
光，英英之度。莫問是誰，本無我故。若以相觀，辜此一晤。
以一微塵，投諸大火。剎那光中，幻而為我。問我無能，覓我
無所。隨順世法，亦花亦果。共識共知，圓光一顆。湛然廓
然，罔不含裹。法爾天成，我何為者。此即本年，自家印可。

科舉之路

　　熊姓的這一支在康熙丙寅年（1668）自湖南澧州遷到昆明定居。
曾祖父文章中說因「遊幕入滇」，語焉不詳。祖父曾精心編輯了一部
家譜，由我的父親保存。文革初期，父親是「反動學術權威」，擔心
紅衛兵來抄家，自行將家中的「四舊」銷毀。木質封面糊上錦緞厚厚

的一部家譜，放到汽油桶改裝的洗衣盆裏，燒了許久才化為灰燼。記得開頭幾頁，全是着官服的祖輩畫像。父親說，雲南人多半是充軍來到，寫家譜時，就說是來當官的。哪來這麼多官？看曾祖父的回憶，的確先輩並非是甚麼官，是否犯了事被發配邊疆，已不可考。

到熊廷權，已是第八代昆明人。他的祖父聰穎異人，卻不隨俗去考功名，不屑「為家人生產計，抱一卷書以終老」。我們的這位天祖父飽覽群書，「凡醫卜星曆雜家之學，皆悉心探討，尤精於堪輿（風水）。」我小時候聽父親說，有位先輩能預知自己的死期，講得神乎其神，原來就是曾祖父的祖父。我在曾祖父文集中讀到的故事，情節和父親所描述的完全不一樣。

曾祖父五歲時，母親因難產去世，他在「先妣事略」一文中回憶幼時。母親夜晚油燈下紡線，他坐在一旁蒲團上，在織機單調的烏烏聲中睡去。「惟記四齡時，每朝曦破曙，先妣於枕上口授唐人五絕詩，令朗吟至能背誦，始為整衣起。」然後帶他去給祖父請安，將剛學會的詩背給祖父聽，令老人家開心。這位高祖母，生於1844年，十七歲嫁到熊家，丈夫做點小生意，常年離家。文章沒有提到她小時候是否上過私塾。誰教會她背誦唐詩，為何讓四歲的兒子每天吟誦詩文？原來一百五十多年前，中國西南邊疆的小城昆明，窮人家的母親曾這樣教育孩子。

想來，教兒子知書識禮，除了陶冶性情、令長輩開心之外，也有望子成龍的期盼。雖然我們那位瀟灑不羈的天祖父不以考功名為然，但每個家族要改變社會地位，都必須培養出一位科舉路上的成功者。熊家入滇八代，第五代起生活從赤貧進入小康，有人曾經試過童試，榜上無名。有家譜記錄的四代人中，無一人考取功名。

熊廷權不負眾望，考取了秀才。喜報在鑼鼓聲中送到家，全家人的興奮不久化為憂愁。按規定，秀才不能從事開館教學以外的職業。他必須辭退衙門抄錄，做一名教私塾的「窮秀才」，踏上沒有退

路的科舉之路，準備舉人考試。比起之前一千多年的秀才，他算是生逢其時。1891年，他二十五歲時，雲南第一所新式書院——經正書院——在當時光緒皇帝變法維新的大氣候中創立，有史以來雲南第一次有了高等學府。書院在全省範圍內公開選拔學生，這苦讀經書的年輕人幸運考入。

經正書院是新舊教育過渡，以培養「通經致用之才」為目標，教學內容以「古學、時務」為主。院長許印芳雖出身科舉，卻提倡大膽接受新思潮，追求真實的知識，主張廣泛閱讀古今中外的書，獨立思考，重新估價書本上得到的知識。他說，讀書如釀酒，瀝糟取精液。酒缸倘無糟，精液何由得？今天看來簡單的見解，當時則是逆經叛道的言論。曾祖父很快成為學院的高材生，在此受到的教誨終身受用。

經正書院給「屢應鄉試，榜發無名」的年輕人帶來好運，兩年後終於中舉。鄉試為每個省份三年一度的大事。1960年代初，我在雲南大學念書，破敗的男生宿舍「映秋院」前面有一排更破的平房，叫做貢院。2007年，一位歷史教授帶我參觀校園，第一站來到此時翻修一新的貢院。一間間小單間乃音樂系學生的練琴室，鋼琴、小提琴的聲音從小窗裏飄出。「貢」的意思是選拔人才貢獻給皇帝或者國家。1922年雲南成立第一所大學，選中了這塊居高臨下的風水寶地，保存了象徵考試公平、公正的建築「致公堂」，沒有了當年的八面旗幟：明經取士，為國求賢，青雲直上，天開文運，連中三元，指日高升，鵬程萬里，狀元及第。

據說鼎盛時期，有五千餘人從全省各地來趕考，需要搭建臨時考棚，每天挑水供應考生的挑夫有三百名之多。這些年輕和不再年輕的考生中，絕大部分得徒步翻山越嶺，長途跋涉來到省城。這一路，吃甚麼、住哪裏啊？考生帶考籃進入考場，內裝乾糧和筆墨紙硯等。乾糧須切開，以防夾帶。號舍以千字文編號，每號住生員

一人。入場後考三次，每次考三天，考生唱名入號，需要一天的時間。所有考生進入號舍後，鳴炮封門，到交卷時才開門。三天吃住，均在號舍之中，以敲鑼報時。[4] 開考前數日，考官和考生全部住進貢院，不得與外界接觸，稱之為「鎖院」。從小窗望進去，想像我的曾祖父曾在這幽暗的小空間裏度過十五個日夜，冥思苦想，手持毛筆，寫下與個人和家人命運攸關的文章。三年考一次，數千名考生只取五十名。中舉者，除了真才實學、內心有足夠定力之外，也需要運氣。

眾多考生都未能一試而中。他人關於熊廷權生平敘述中，均未提及他考試的挫敗。直到看到他悼念亡妻的文章〈元室郭夫人行述〉，才了解到他累次落第。中舉相當於取得學者資格，進入政府官僚體制，必須進京參加國家級的統考：會試。有資格參加會試的舉人由公家派車接送，故稱為「公車」。當時從昆明到北京除了走路就靠馬匹，騎馬或坐馬車，翻山越嶺逾月才能抵達。父親說，曾祖父帶上鹹鴨蛋佐餐，一個鴨蛋分幾天享用。一不小心，還沒完全掏乾淨的蛋殼被風吹走，吟詩自我安慰道：「風吹鴨蛋殼，財去人安樂。」我信以為真，多年後看到別人寫的回憶錄有相同說法，才知那是挖苦窮考生的民間故事。

曾祖父北上應甲午乙未兩會試皆不中，在北京苦等三載，1898年終於告捷。這年他三十二歲，為這最終一役耗費了十餘年光陰。其間不學數學，不習任何科技知識，專心背誦古籍，寫文言，終於成為同一條跑道數百萬考生中極少數到達目者。科舉制度選拔出來的人，學識對執政有多直接的幫助令人懷疑。漫長的科舉路上久經磨練、百折不撓的勝利者，其心志毅力則出類拔萃。六年以後，

4　參考林超民《文林閒話》（未出版）。

1905年科舉制度廢除，新學興起。中國的教育在一千三百多年後才邁出關鍵一步，年輕人的求學上進之路從此改變。

　　雲南過橋米線的典故說，準備考科舉的丈夫住在橋另一端的小屋子讀書。冬天，妻子給他送兩餐，想到湯水保溫的點子。我們從小學到大學便有同學相伴相隨，最鮮活愉快的記憶並非課堂上聽講，手捧書本或者考試做作業，而是兒時的追逐嬉鬧，少年時期自以為天長地久的友誼，青年時代談情說愛。之前長達六百多年，行走在科舉路的中國男兒離開私塾後，各自在巨大的壓力下苦讀，背誦經典，自學為主，那是一條何等寂寞的路。

　　科舉制度有助於社會階層流動，帶來相對公平的人才選拔制度，卻禁錮獨立思維與創意。背誦四書五經，熟悉歷史典故，寫八股文章吟詩作對，是中國精英最大的能耐。年復一年，這個民族的優秀人才在背誦古代文獻中孤芳自賞。漫漫六百年中，西方經歷了科學革命及兩次工業革命。當世間有無數人窮其一生鑽研科學、實踐技術、從事藝術創作時，聰明刻苦的中華男兒在埋頭背書。熊廷權中進士的1898年，戴姆勒發明汽油動力汽車、萊特兄弟發明了飛機，華人引以為榮的印刷術被西人拓展為活字印刷機，西方音樂美術的發展登峰造極。人類文明此時的燦爛成果，不曾在這位新科進士的夢中出現。

川藏之緣

　　按當時必須異地做官的制度，熊廷權被派往四川高縣任縣長。三十出頭的人彼時做縣長稀疏平常。他「初補高縣，調補營山縣、富順縣，歷署彭縣、慶符縣。卓著政聲，迭奉傳旨嘉獎，保升知府」，在任上先後受過清廷三次傳旨嘉獎，估計其中一次與在富順縣鎮壓

哥老會的武裝起義（1908–1910）有關。起義由同盟會的熊克武連同當地袍哥組織發起，熊克武是辛亥革命先驅者，很得蔡鍔賞識，其中矛盾需要歷史學者去解讀。曾祖父留下的著作中僅有一篇〈創建高州小學堂記〉和這一時期施政有關。

四川任職期間，年輕的縣官經受了畢生最大的考驗。1905至1907年兩度出關，以參知軍事的身份到西藏東部辦理糧務，負責當時到西藏鎮壓「叛亂」的清軍之後勤，輸送糧草。一百多年前進藏的艱辛，如今難以想像。「於冰天雪地艱難困苦中，疏通運道，接濟軍需」，可能要付出生命的代價。藏東邊壩縣丹達山有一塊石碑，記載了1753年奉命率部隊運糧食到西藏的雲南參軍彭元辰的事蹟。隊伍途經丹達山時，遇大雪封山，被困於懸崖邊，無法走出。無計可施，這位參軍縱身跳下雪海以身殉職。負有同樣軍令的熊廷權，同樣的天氣中，同一條路上走過。當時如果有同樣遭遇，我便不存在了。

五年後，已經在麗江知府任上的熊廷權臨危受命，再與西藏結緣，重拾參軍事的職位，輔佐當時滇軍將領殷承瓛進藏「平叛」。民國初建，尚在風雨飄搖之中，武昌起義後，駐藏川軍豎起「大漢革命」的旗幟，行跡如土匪。達賴在英印總督支持下發表〈告民眾書〉，要將漢人驅逐出境。四川都督尹昌衡親自帶兵進藏，試圖收復被西藏民軍佔領的地盤。滇軍千里入藏，奪回重地巴塘，之後奉命撤回。這一段歷史，英國人、藏人、川軍、滇軍，各自有不同的說法，說的都是軍事和政治，並未涉及戰爭的慘烈，雪白血紅的場景，看不到官兵、民眾的困苦和犧牲。曾祖父留下一首〈滿江紅〉：

> 一點孤城，白茫茫，四邊皆雪。記昨夜，極天關塞，夢魂飛越。李廣數奇連弩折，終軍氣壯長纓絕。是誰教，夫婿覓封侯，匆匆別。

釃濁酒，腸先熱。看孤劍，皆橫裂。正敗寺無燈，鐘停鼓歇。無量河邊雄鬼鬧，大荒台山饑鷹立。莽書生，勒馬萬山巔，人蹤滅。

千辛萬苦的西征，無功而還。熊廷權寫下長文〈烏斯藏哀詞〉，刻為碑文，至今仍立在麗江黑龍潭邊山坡上。文章為士兵鳴不平，為支付戰爭開支的民眾鳴不平：

> 徒使窮勇滇軍進退狼狽！朝下一令曰其速來，暮下一令曰其速去。豈計及我昆弟子姪之生命犧牲幾何，我伯姊諸姑之簪珥損失幾何乎！……今亦既班師矣！風雲帳下，磨殘烈士壯心；鼓角鐙前，灑盡英雄老淚！……辭曰：天蒼蒼兮地荒荒，風獵獵兮雪茫茫。下鷹隼兮驅犬羊，嘶戰馬兮沸蜩螗。五百修羅兮劫未央，三千法界兮殺過當。巴山月黑兮滇水雷硠，烽燧赫赫兮照我邊疆。忽壯士兮排天閻，氣如虹兮胸吐芒。星光為劍兮雪花為槍，摧胡昴兮殲天狼。有鬼為屬兮血噴滂，齒牙裂崩兮若佯狂。聲叫號兮發披猖，形影惝恍兮隔西方。佛為悲兮天為盲，魔我武兮使不揚。此妖孽兮非禎祥，嗚呼三藏兮其亡其亡！

三度以軍官身份入藏，影響熊廷權的一生。西征的滇軍將領殷承瓛與熊廷權同赴沙場，與他「相從日深，知其才大而性傲，觥觥以名節自重。昆明人士多柔靡，而君獨翹然名重一時。」如不少闖入西藏的外地人一般，這塊聖土給兩名西征軍人巨大衝擊。他們從藏人手中「收復」了戰略要地巴塘，自己則被西藏的文化宗教所「征服」。殷承瓛不久退出軍政舞台，專心研究藏傳佛教。曾祖父寫下《西藏旅行日記》、《西藏宗教源流考》(均已失傳)。他從西藏帶回《大藏經》，後人捐給了雲南省圖書館。

歷來朝代更迭，樹倒猢猻散，舊王朝的官吏心繫舊主，得不到

信任。維新改良則早在晚清已經成為官民共識，即便在朝廷內也明確了君主立憲的方向，鼓勵各省委派留學生到日本「取經」，走日本明治維新的道路。雲南晚清的官派留日學生達三百多人，大多習軍學政。熊廷權的幾位好友都赴日學習，包括李根源和後來結為親家的錢用中等。革命者搖旗吶喊，喚起年輕人心中激情，雲南的留日學生中絕大多數人都參加了孫中山發起的同盟會。

　　作為晚清進士、官員的熊廷權也不例外，他熱情地擁護變革，和蔡鍔成為至交，受其委派出任川邊道尹兼財政廳長。護國運動時，他曾抱病去見蔡鍔，「一夕洽商，疑難盡決，兵不血刃入成都」，也曾寫下〈為護國各軍自總司令以下陣亡病故諸先烈招魂詞〉：

邊風起兮關山長，陣雲冷兮壓萬邙。天沉沉兮塞草黃，雪霏霏兮日霾光。萬山寂寂兮河水泱泱，番馬怨鳴兮聲淒涼。通帝謂兮告巫陽，試披髮兮下金閶。天蒼蒼兮地茫茫，魂之招兮自何方？北河湟兮南衡湘，西流沙兮東扶桑，歸來歸來兮勿徬徨。羌胡虜兮與賊王，生仇敵兮死強梁。骨為灰兮腦為漿，畀有北兮投豺狼。啖汝肉兮瘦而尪，飲汝血兮腥而膻。彼袁賊兮太披猖，竊位稱號兮坐廟堂。攘神器兮欺孤霜，假民意兮滅天常。勸進籌安兮牙爪張，國之禍兮民之殃，鬼之奴兮虎之倀。有倚人兮凌雲翔，邵陽蔡兮會澤唐，義師飆起兮士氣激昂。摧帝制兮掃攙槍，迫共和兮奠苞桑。人之傑兮士之良，飲彈雨兮陷金創，無貴賤兮皆國殤。天不吊兮人不臧，隕上將兮於福岡。靈赫赫兮神揚揚，駕蒼龍兮騎鳳凰，禦天風兮歸帝鄉。我瞻四方兮望八荒，心悁悁兮淚浪浪，衡嶽屶崱兮滇水澎湃。靡離散兮靡憂傷，歸來歸來兮享此觴。降明神兮驅不祥，陰護民國兮萬世無疆！[5]

---

[5]　文章均收入他的長子、我的祖父熊光琦編撰的《唾玉堂文集》(未出版)。

　　1916年12月1日，熊廷權與殷承瓛聯名寫下〈祭護國軍總司令邵陽蔡公松坡文〉。

麗江知府

　　民國成立，對熊廷權一家而言，最大的好處是取消了官員不得在本省任職的規定。他終於回了雲南，成為第一任麗江知府。來到滇西這個以納西族為主的美麗王國時，熊廷權已經是一位行政經驗豐富、經過戰火洗禮的官員。麗江三年公職令他得以施展抱負，有所建樹，為百姓愛戴，感念。1990年代初，我參加紐西蘭一個農業技術援助項目，從香港來到麗江。說起八十年前曾祖父曾到這裏做官，出乎意料，不少人都聽說過他的事蹟。

　　麗江黑龍潭公園半坡上立着四塊有關熊廷權的石碑──〈功德碑〉、〈烏斯藏哀辭〉，以及〈麗江太守熊公種青先生遺愛碑〉，碑文曰：

> 熊公諱廷權，號種青，籍昆明。民國初元以名進士來守麗江，政通人和，廉知麗地驟馬，德力兼優，生產豐富，可辟利源，呈請省政府創辦馬市。蒙批照準，則選址於獅山後面作驟馬市，會期定古曆七月十八日起，至八月初三日迄。不數年，市集輻輳，遂成地方大宗利益，人民受福不淺，後更逐漸繁盛，是誠合「於有功德言者則祀之」之謂乎！祇因世故多變，卅餘年未及刻石紀功，深滋愧焉。吉曾參與其事，乃年久不能詳其委曲，特撮要追敘數言，以諗來者。

> 里人和庚吉識　張宗昌書
中華民國三十五年春三月商會理事長牛聯奎立石

　　第四塊碑詳細記載熊廷權宣導及主持的騾馬大會盛況。帶我一字一句辨認碑文的麗江朋友說，「你曾祖父簡直是麗江的鄧小平啊！」他將傳統的求雨祭事龍王會改為三月物資交流會工商勸業會、七月騾馬大會，用減稅的方式鼓勵麗江的對外商貿，開創官方與民間協力促進商貿及文化活動的先例。七月麗江天氣晴朗清涼，環繞黑龍潭沿岸搭彩棚，古栗樹間搭起了臨時茶舖、飯館。麗江古城以街道為單位搭彩棚，棚內兼營商業。除了當地百姓，還有來自昆明、迪慶、保山的客商，長達兩週的盛會成為麗江及周邊縣每年最重要的節慶。

　　斷碑記載了當年的騾馬大會由知府大人親自主持。騾馬買賣是交流的主項，此外各種貨物一應俱全，尤其是山貨、藥材、土特產品、包銅器用品、毛皮皮革產品、竹木家具和日用百貨。最受人矚目的內容是各種工藝比賽，包括銀器、銅器、皮革製品。匠人呈現自己的佳作，專人評審，由知府本人頒發獎狀。比賽的內容還有花卉種植、書法等等，也都由知府嘉獎。彩棚的搭建、裝飾，以及各類小吃雖然不在比賽之列，參與者均各出心裁，相互媲美。麗江府成為了滇西一個近代商貿集散地，騾馬大會漸漸傳到滇西其他專州縣。熊廷權費心為麗江騾馬大會添加的文化特色，在麗江也沒傳下去。石碑曾遭革命小將作為「四舊」砸為兩段，被重新接起，無法消除的裂痕見證了歷史的斷裂。

　　納西族的教育水平，在全國五十六個民族中名列前茅。按麗江有關記載，「民國後的第一任縣長熊廷權非常重視學校教育，在大力創辦實業的同時積極拓展辦學經費管道，在他主議下創辦了麗江三月物資交流工商勸業會，七月騾馬交易會，將所得的萬餘銀元稅款作為教育經費……1913年麗江府中學堂改為雲南省立第六師範學校。」

　　麗江民風淳厚且富活力，地處滇西到西藏要衝，有商貿傳統。沒有文化與社會的基礎，地方長官難在當地有一番作為。三年後，因政績顯赫，熊廷權被提拔為騰越道尹，離開麗江，之後從政直到退休。官位雖然升了，此後好像沒看到他有施展抱負與才幹、為民謀福的機會。他在麗江任上碰到一件傷心事：長孫出生後十四天，兒媳患產褥熱去世。七十多年後，這位長孫，我的父親，1994年第一次來到麗江，艱難地爬上樹木茂密的陡坡，向麗江人紀念他祖父的功德碑鞠一躬。

騰越道尹、海關監督

　　曾祖父1919年任騰越道道尹兼海關監督。騰越道管轄滇西、滇南的二十九個縣。道尹的職權主要為頒發單行規程、監督所轄官吏、節制調遣地方武裝、奉行上級委派事務、出巡等。縣是職權範圍歷來都很明確，基本上是一個獨立的行政單位，而民國新建的「道」之長官看來容易成為一個被懸空的職位。熊廷權曾賦詩一首，道出實情：

> 議士懵騰政客多，茫茫人海起層波；
> 順風多少帆檣過，偏我摯舟不渡河。
> 疆場殺賊謝無能，案少軍書晚上鐙；
> 鄰寺有曾鐘鼓寂，此官事吏簡於曾。
> 呼婢摘花注瓶水，教兒撥火放爐煙；
> 下簾洗腳挾書臥，差喜今秋大有年。
> 菝龍山翠按邊屯，雨後枲恩落粉痕；
> 堂宇深沉秋草滿，一雙小犬護轅門。

夜月朝曛睡起遲，夢中無意得新詩；

醒來欲寫驚人句，悄問生花筆不知。

久經兵亂有餘膽，厭見官場無事忙；

解得南華秋水意，宦囊曾貯養生方。

不持手版不烏紗，出入安然步當車；

貪看秋花忘路遠，偶隨寒蝶過田家。

擁衾自起剔寒缸，剖出家書鯉一雙；

擬答平安幾個字，月臨竹景恰當窗。

古苔回綠滋官道，落葉分紅上印床；

不是守閽通一紙，誤人朝暮此燒香。

偶因舊雨來新雨，習慣他鄉即故鄉；

日暮懷人在何許，葭蒼露白水中央。

　　這位道尹大人聽起來像一位可愛的老翁，養着兩隻小狗，留意花瓶要不要添水，分享農人豐收的喜悅。拿本書斜躺着最覺自在，吟詩作對求驚人句。此官生活簡樸，出門不着官服，不車不馬，獨自串田家，居然貪看秋花忘路遠。有過疆場廝殺、馬上馳騁的經歷，冷眼看官場，暗自嘲笑無事忙的同僚、部下。

　　陪同他到騰沖的七姑奶奶說，老爺爺（家中老小均如此稱呼他）生日，道賀送禮者絡繹不絕，禮品陳列在長長的條桌上。道尹大人先謝過眾位，然後請各自領走所送之物，違者將受罰。騰沖是玉石之鄉，禮品中不乏珠寶玉器。年方九歲的七小姐，不情願地取下腕上晶瑩剔透的玉手鐲。

　　另外一個職務海關監督則沒那麼瀟灑。民族曾經在帝制之下苟且了三千年之久，甲午戰爭的屈辱敲響警鐘，幾個世紀以來，國家

處於抵禦外族、防範外族，同時又學習異族、對外通商合作的矛盾之中。既為現實，也是心理，令中國對外關係搖擺不定。另方面，20世紀初，西方列強殖民主義雖然收斂，但對外擴張的政策仍然繼續。騰越道外，越南屬於法國，緬甸由英國統治，道尹兼海關監督的防範和警覺在必然之中。

　　1910年底，滇南的片馬與內地交通阻斷，英國趁機派兵兩千多人攻入片馬，繼而佔領該地，遭到當地人反抗。之後英國政府承認片馬、崗房、古浪屬於中國，但沒有撤出軍隊。此時，中英軍事衝突的「片馬事件」還沒有結束，成了熊廷權上任後首先需要處理的外交事件。他給川督王護帥上書道：「竊惟雲南一省，僻處邊荒，而山川之雄，鎖鑰之固，實為全國西南之屏障。緬甸、越南久隸國家藩服。自法人據越，英人襲緬，西南門戶洞開，雲南逐帶處於兩大強國之間。未幾，而滇越鐵路告成矣。未幾，而七府礦約發現矣。又未幾，而又滇緬鐵路之要求矣，要求不得，進而侵略，侵略不已，進而佔領。」他的〈馬白關銘〉末尾道：「置關不仁，斬關不智。古人有言，既明且至。如曰以德，毀關何傷。敬守此銘，載言拓疆。」

　　熊廷權始終保持着對異族侵略野心的警覺。他曾參與處理的另外兩樁涉外經濟事務為與英國人合辦滇緬鐵路，以及開發明光銀礦，均告成功。數千年的鎖國心態，不會因共和國建成而立即掃除。這位道尹在兩萬餘字的《調查明光礦務報告書》序言中寫道：「一覽此書，不知作何慨惜。獨怪美人糜工若干，費時若干，雲湧而來，風馳而去，慨然斬然，不稍留戀。何也？起視吾滇損失，不過亂山崖中有幾許斧鑿痕，多幾個大窟窿耳。」

　　在給川督的上書中，他陳述了英法增兵，步步逼入雲南境內，而我方節節退縮的危險。他認為火將燃眉，必須準備戰爭。他兩次赴邊境與英國人談判，據說「皆獲權益」，但也沒有改變他對英國人的看法。

七姑奶奶回憶説，曾祖父常常抱怨他的前任懼怕英國人。當時，森林和水源都在中國境內。她記得曾祖父説，「他們建一所房子，修一座橋，都有求於我們。為甚麼要怕洋人？」她記得曾祖父很排斥到騰沖來的外國傳教士，覺得那是會擾亂人心、敗壞中國傳統倫理道德的異端邪説。這位「有才能，通治術，洞悉邊要，由牧令晉府道，以循良稱」，「秉性剛毅，守正不阿」的道尹三年後被調回昆明任省統計局局長，算是降了一級。從他留下支離破碎的文字看來，熊廷權在外交上的強硬，和他對西方人的成見有關，這只能留給歷史學家去評説。

熊廷權回到昆明成了省長唐繼堯的「救火隊長」。1922年，滇南匪患猖獗，唐繼堯任命他為迤南巡使。他沒有用鎮壓手段去剿匪，而是採用解散、收編、懲辦三項策略化解了匪患。1925年滇東暴雨成災，熊廷權受命任東防賑務總辦。事情處理完畢，還未來得及回昆明，就接到電報任命他為東防軍事善後督辦，負責策劃調度防禦部隊平定川邊地區叛亂。我父親自嘲道：「熊」字的意思是能者多勞，跑斷四條狗腿，用來形容曾祖父很合適。1927年熊廷權當任第一任省務委員，據説因為滇東人感激他賑災有功，投票最多。他「勉強就職，迄今軍參院院長」，等時局安定下來後，熊廷權即毅然通電全省，從此下野不問政事矣。這一年他六十一歲。

妻兒

曾祖父在《唾玉堂文集》中記述了多位親人的生平。熊家這一門中，少兒時代父母雙雙健在者少之又少。母親去世者尤其多，那些年輕女子不少死於難產或產褥熱。我父親出世後十四天，他的母親因產褥熱去世，奶奶將他帶大。「夫人躬親教養，愛憐備至，寒燠饑

1914，我的父親與曾祖母郭夫人。這是家庭相冊上年代最久遠的照片之一，攝於1914年，父親當時一歲，坐在曾祖母懷中。

飽，隨時問視。」熊廷權在昆明最高學府經正書院教課時，月入達十金，「膏火較優」，但距離他的人生目標還遠。夫人規勸道，以君之才本可輕而易舉榮登高位，卻嘔心瀝血拼命爭勝這區區名利，何苦來哉？他爭勝如故，挑燈夜讀，夫人做針線陪伴在側。「當予靜坐構思時，則為之磨墨潤毫，伸紙展卷，以至檢書洗硯，燒燭挑燈，諸瑣事皆先意為之，服勞如女弟子焉。」大雪夜，夫人為漏夜答卷的丈夫吹炭火取暖，自己「忍饑凍，枯坐以待，或擁衾開眼以俟之。」熊廷權「屢應鄉試，榜發無名，

夫人必百計安慰。自若不經意也者，而時時飲泣暗室。」到終於中舉的這天，夫人忍不住大哭。進京參加會試，第一次落敗。「夫人在滇，上奉衰姑下教兒女。值歲荒，支撐門戶，日在艱苦憂戚中。」

丈夫高中進士，郭夫人和曾祖父的繼母兩個小腳女人，帶着一雙幼小兒女，冰天雪地中，靠人力、馬力越過雲嶺去四川與曾祖父團聚。她在途中染上「狀似瘴癘」的病症，此後每年必發。在四川，縣長夫人最為同情兩類人，一是參加鄉試的秀才。她提醒丈夫：「君五應鄉試，矮屋幽囚閱四十五日矣，幸勿忘作秀才時辛苦也！」再是牢中囚犯。她每年冬天為犯人縫製棉衣，過年過節送去酒肉水果，民眾稱她為慈母。縣長本是「父母官」。

雖家境殷實，曾祖母則「治家尤勤儉，惜物力，一絲一縷、顆米粒鹽不使棄地。」她自己出身貧困，四歲失怙，母親以十指謀生活，「每歲除夕，綜終年齒積之貲，散以濟貧；凡慈善事尤量力捐助。又自以識字不多，引為深憾，故兩代男女，均遣之求學。自省內外至英、美、德、法，先後達十六人之多。教育所費，幾至破產。」家僕的兒子考取學校，或去學手藝，主人家一概資助。

郭夫人還是一位幽默睿智的女主人，「意所不可者，好作隱語諷之，眾皆瞢如，及追詢說破，則哄堂大笑，不以為謔也。」郭夫人後來成為虔誠的佛教徒，在宅中二樓設佛堂，每日晨起，敲木魚，念經頌佛，幾乎終年不卜樓。我們一直以為她因為信教，將女主人的位子讓出來。其實不然。按當時的規定官員需要帶家眷，曾祖父也需要身邊有一位伴侶。曾祖母「思女心切，不樂蜀居」，納妾成了必然的選擇。郭夫人挑選並「培訓」她的繼任，從應酬到縫紉，到梳妝打扮，一一親自調教，「如養嬌女」。可惜這位「嬌女」幾年後去世，家中後來坐鎮的「姨奶」是另外一位。為丈夫及子女計，主動退位的郭夫人心中的苦悲哀怨只有她自己知道。

曾祖父寫了八篇紀念家人的文章，五篇均為女性。光宗耀祖，乃數千年來中國人的追求。男性考科舉獲取功名，女性則以殘酷的方式留下英名。她們的壯舉是在丈夫去世後結束自己的生命，退一步也必須守寡，終生不得再嫁（分別稱為烈婦、節婦）。四世貞孝節烈是熊氏的榮耀，曾祖父則深深同情她們的遭遇，「據家譜所書，載我躬所見聞，得節母六、孝子一、貞女一、烈婦一。嗚呼！慘已！」他寫下〈張烈婦傳〉、〈桂貞女傳〉，記敘了兩位弟媳的不幸。

張女十六歲嫁給曾祖父的弟弟熊廷桂為側室。「事姑事夫，克盡其職。自烈婦之入吾門也，器具整潔，飲食精鑿，堂室內外，和煦若春」。「光緒丁未秋，吾弟病肺甚篤，醫者言將不起。烈婦痛極，遽刲肉和藥以進」。割肉當藥引救親人，並非傳說。丈夫沒有救過

1946，曾祖父一家。

前排為祖父；後排左起為祖母、七姑奶奶、三姑奶奶、
四姑老爹、二姑老爹遺孀；後排站立者為四姑奶奶。

來，她則平靜地隨夫而去。斷然離世的當天，「旋當窗理鬢，有愉色」。「蓋已服阿芙蓉，殉矣。百方救藥不效，遂卒。時年七月六日也，年三十有一」。

另一位弟媳桂貞女十七歲與曾祖父的弟弟熊廷楷訂婚，僅兩月，未婚夫病死。「貞女聞信涕泣，絕食求死不得」，不從家人勸，累自縊未果。其後兩家人想到一個辦法，讓她進入熊門，過繼一個男孩給她撫養。不幸先後兩個男嬰都沒有活下來。桂貞女鬱鬱寡歡，勤力操持家務，五年後去世，年僅二十二歲。

　　祖母、曾祖母兩代，以及之前數百年的中國女子，都受纏足之苦。比起科舉路上鬱鬱獨步的男性，女性遭遇更為不堪。強迫四五歲女孩纏足，起源於宋代，盛行於明清，為人類歷史上涉及人口最多、延續年代最久的殘忍行徑。古人道，「人間最慘的事，莫如女子纏足聲」。對幼小的女孩「施刑」，將她們弄殘廢，終生跛行，不能跑，不能跳。我看到過奶奶、外婆解開裹腳布後的腳，不是甚麼三寸金蓮，是一雙目不忍睹的畸形腳。

　　祖父熊光琦是他們的長子，出生於1889年，早年頗有政治抱負，參加共產黨，熱衷社會改革。他在1925年撰寫過十二萬餘字的《雲南全省暫行縣制釋義》，今天讀來也不算過時。1931年到1948年間，他當任過六個縣的縣長。在蠻荒之地雲南瀾滄縣任上，曾用半年時間考察，寫出縣的發展規劃，其創意及可行性令人驚嘆。他花了很大的功夫整理曾祖父留下的文字，而曾祖父的後代至今過百，不知有誰讀過？

　　曾祖父的長女，我的三姑奶奶熊韻篁畢業於昆明女子師範，當屬於首屆畢業生。她後來任省立女中附小二校校長凡十八年。1923年雲南成立「天足會」，「由開明知識婦女熊韻篁任演講部長。通過報紙宣傳和演講，讓市民提高認識，抵制纏足陋習。」我三四歲時住在昆明節孝巷的三姑奶奶家，哪裏想得到這位矮小、話少的老婦人是雲南省第一位拋頭露面、四處演講的女性。曾祖母病危時，十一個子女中只有她伺候在側。

　　次子熊光瑄考到柏林大學，巴黎和會期間跑去會場外抗議將中國排除在外，同時打電報到南京，質問政府為何不委派代表參加。蔣介石將計就計，就派這幾個學生參加。畢業歸國，順其自然進入政府，任職中央執行委員會民眾運動指導委員會特種委員。他的夫人，我們稱做三奶，出身昆明富裕商家。她晚年講起當初從上海先

施公司樓上撒傳單，一邊說一邊比劃。革命是那麼吸引人的事，參加過幾天就足夠回味一世。

當庶出的四兒子熊光玠要求出國時，家裏已經支付不起，曾祖母將金手鐲變賣，支持他去巴黎留學。他到花都巴黎後，對「野花」的興趣大於科學，很快花光了錢。1949年後，中醫是屬於少數政府沒有包攬的行當，四老爹自學成醫，賴以為生。子女中他的樣貌最像曾祖父，只是沒有那份威嚴，慈眉善目加山羊鬍，令病人覺得可以信賴。

這位四老爹娶了法國人在昆明辦的富滇醫院一位護士長。四奶奶舉止洋派，梳着歐洲流行的髮髻。他們收養了一個女兒，叫顧里士。後來我學英文，才明白是Grace。用昆明話念，倒有點像。四奶奶見到小孩特別親熱，會吻一吻額頭，讚美道：「小美人……」，我們都很受用。四老爹木訥，她善言，搶盡風頭。在他們的上一輩和之前上百輩看來，這叫做不守婦道，三千年的大變局從這一代人開始。

四姑奶奶熊韻筠在雲南女子師範學院畢業後，順從指腹為婚的長輩盟約出嫁。對方是曾祖父的好友，著名的書法家、文人趙藩。為了給病得起不來的未婚夫「沖喜」而舉行婚禮，她抱着一隻公雞完婚，旋即守寡。父母心疼，曾祖母力主她出外求學。她先考入北京高等女子師範，然後考取官費留美，進入斯坦福大學。不久嫁給到斯坦福留學的中國學生翟鳳陽，1932年，隨他轉到英國倫敦大學，翟後來任聯合國高官。抗戰開始，四姑奶奶帶三個孩子回故鄉，創辦了昆明職業女子學校，1948年在昆明競選為國大代表，據說多虧她的學生出動，上街宣傳，替她拉票。政權易幟後，四姑奶奶在勞改隊度過最後的歲月。待翟鳳陽1980年代初回國省親時，她墓木已拱。

1937年，五老爹熊光瑋從雲南大學肄業，考入南京軍校。投筆

從戎的年輕人一個偶然的念頭決定了一生的不幸。1950年後，他們一家隨機構去到雲南建水縣。專政需要敵人，他的經歷雖然平凡，在小地方不多見，1957年被送往勞改，一年後死在獄中，四十三歲，留下五個孩子。家人在1980年盼來了他的「平反通知」，得到700元撫恤金。他勞改期間，妻子去探望，他總是說：我對不起你。

曾祖父最小的兒子我們稱六老爹，生於1920年代。他風流倜儻，彈一手好吉他。1944年在雲南大學念書時，在學校與省主席龍雲的公子打了一架。這位熊公子佔了上風，罪加一等。這一年蔣介石提出「一寸山河一寸血，十萬青年十萬軍」的動員令，六老爹參加了新成立的青年軍，光榮出征，逃過學校懲罰。勇敢機敏，不久升為連長。1940年代末，他帶着新娶的東北美人及同樣美貌的妻妹回到昆明。兩位窈窕白淨的淑女，操着令昆明人羨慕的官話。六老爹吉他在手，自彈自唱，輕攏慢撚，撩動的豈止琴弦。1952年肅反運動中，他作為反動軍官被送進勞改隊。勞改營裏機器發生事故，將他一隻手四個指頭截斷，吉他再也不能彈了。我離開昆明前見過他幾次，一樣興高采烈地高談闊論，揮動雙手。我避不看他的斷指，卻總是看見。

曾祖父文章記述的前輩生活在晚清，四世貞孝節烈是這一家族最大的榮耀，越是年輕守寡越受讚揚，隨丈夫死去是至高無上的行為。他的曾祖母病危，家人為她準備了壽衣。夜晚賊盜入室，拿去唯一值錢的壽衣，兩個兒子抓住不放，說家中之物任你們取，此物不可奪。賊人揮刀砍傷他伯父的手臂，兩人依然不鬆手。「世父痛極不捨。賊怒呵曰：膽大乃爾，不懼死耶？府君曰：頭可斷，衾不可得也。賊笑擲之曰：孝子也，相率散去。」

到20世紀初熊廷權做了父親時，這類遵從了數千年的行為準則、價值觀和禮教習俗，被永永遠遠地拋棄了。長幼有序曾經是一成不變的家規，在曾祖父去世後也瓦解了。我的祖父曾經以長子自

居，一方面十分勤奮地為曾祖父整理著作，另方面努力樹立個人在家中的威嚴。他的弟弟妹妹要麼是海歸，要麼正規學校畢業，對他連表面的尊重也不肯給。小時候聽父親講，他的叔伯嬸們吵架吵到不可開交時，有人突然高聲道：姨奶來了。眾人屏息，空中飄來一陣陣檀香木的味道。姨奶去世前幾年，她的檀香木棺材一直停放在家。此刻聞見這熟悉的味道，令人毛骨悚然。

晚年

兒女記憶中曾祖父的最愛是作詩賦詞。他1920年代回到昆明，主講明倫學社，以古詩文提倡後進，他自己的十一個子女好像沒有秉承他的愛好。我祖父雖然寫得一手好文章，不過從來感情深藏，不曾寫詩作賦透露半點。熊廷權與好友結成詩社，那時文人之間表達友誼的方式一是結伴同遊，再是詩詞一唱一和，為彼此的文集寫序。

熊廷權晚年對研究佛教越來越投入。1920年代和1930年代，昆明的民間除了文學社團外還有宗教社團。昆明圓通寺幾位高僧約同趙藩、陳榮昌、熊廷權等人結成「雲南螺峰蓮社」弘揚淨土宗。趙藩曾寫下不朽名聯：「能攻心，則反側自消，從古知兵非好戰；不審勢，即寬嚴皆誤，後來治蜀要深思。」

1927年罷官後，曾祖父過上一生最安定的日子。在昆明市中心昆安巷築花園宅院，一大家子好不熱鬧。此時政治走了進來，祖父熊光琦加入了共產黨，利用熊廷權的地位在熊家開支部會，家中被遣去放哨的小孩子興奮得要命。1934年是這一時期的高潮，長孫，即我的父親，迎娶了門當戶對、美麗端莊的知識婦女蘇爾端。兩家人結緣不只一代人，雙方的父親都做縣長，彼此認識，關係追溯到上一代，母親的外公錢用中是曾祖父的朋友。那時昆明就那麼幾萬

人，精英階層彼此不是親戚就是朋友。此時熊廷權心歸佛地，看破紅塵，談笑皆鴻儒，兒孫滿堂。夫復何求？

1920年代中，雲南向現代化快速邁步，啟動政治改革，推行縣自治運動。長子熊光琦參與其事，撰寫教材。雲南第一所大學成立，《雲南日報》創辦，女子教育蓬勃，大批日本回來的留學生從東瀛帶來西學。唐繼堯雄心勃勃，發展經濟，移風易俗，推行改革。開礦，建機場，辦航空學校。期間政治紛爭不息，改革步伐並不穩健，卻急急向前，自來水和電燈電話等許多方面甚至走在全國之前。新成立的大學叫東陸大學，這位雲南王說：東陸大學，非滇一省之學府，乃東陸人之大學也。

1937年中日戰爭爆發，和平安寧的日子、對未來的美好憧憬，通通被打斷。對熊家而言，平時不見面，槍響大團圓。住在南京、上海的家人，連同遠在美國的四姑奶奶，都攜兒帶女回到故鄉。這些說昆明話、上海話、南京話、英語的小童毫無障礙地玩到一起，家裏從早到晚充滿他們的笑鬧聲。我父親相機的鏡頭，捕捉到昆安巷花園中穿着小棉袍的一群孩子開心大笑的場景。不過此時曾祖父心情沉重，七姑奶奶回憶說：「記得當他得知南京失守時，老淚縱橫痛哭失聲。他作了許多抗日詩詞，登在雲南報刊上。可惜我們這些不孝的兒女，並未把它記下，我僅記得兩副對聯：『夢入南山殺猛虎，奮飛東海斬長鯨』，『哀吾生瞬近八旬，復睹興邦已無及；倘此戰延長卅載，再來殺敵未為遲』。」

多晴天的春城天空，給日本飛機頻頻來犯的機會。空襲警報聲響，市民跑到郊外躲避，稱為「跑警報」。曾祖父高齡不便奔跑，祖父決定在西郊鄉下建房，責令我的父親、畢業於昆明工業學校土木工程專業不久的兒子負責設計施工。這個二十多歲的毛頭小子有的是自信，一年多後在車家壁村半山腰建了一所兩層磚柱土坯房，屋後梯田栽種最容易活的酸梨樹，美其名曰「三層花園」。曾祖父在這

2020，女兒帶外孫女來到麗江黑龍潭公園山坡上、熊廷權的功德碑前。

「糯米，這是我的曾祖父，你媽媽叫他太祖父，你叫他高祖父。」

有人說，我們能贈與子孫的永久遺產只有兩種：根和翅膀。

裏住了兩年，一個清晨，在默默念誦佛經時離去。晚年致力研究儒教與佛教的關係，留下的文字被前來抄家的農會會員拿到院子裏，點火燒了。這一堆火，令下半生以整理他的遺作為志業的長子、我的祖父心如死灰，不久離開人世。

曾祖父熊廷權1941年逝世，享年七十六歲。其文章、詩詞部分保留在雲南省圖書館，在《續雲南通志長篇》、《雲南歷代詩詞選》、《永昌府文征》中均有選刊。麗江、劍川、騰沖等地存有碑刻。昆明黑龍潭公園的熊廷權家族墓地，作為雲南歷史文化遺跡受到保護。

鳴謝：我哥哥熊景輝（第284頁插圖中扶着拐杖的幼童）在雲南省圖書館找到並複印了曾祖父的《唾玉堂文集》《詩抄》等作品，分送給我們，才令我有了寫下這篇故事的念頭。雲南大學歷史系潭淑敏、孫赫陽同學將《唾玉堂文集》錄入電腦並點校，年四國先生校對。

民國一縣長

祖父熊光琦，1889–1951

這位道尹大人像一名可愛的老翁，養着兩隻小狗，留意花瓶要不要添水。出門不着官服，不車不馬，獨自串田家，居然貪看秋花忘路遠。拿本書斜躺着最覺自在，吟詩作對求驚人句。有過疆場廝殺、馬上馳騁的經歷，冷眼看官場，暗自嘲笑無事忙的同僚、部下。

這位整天板着面孔、戒不掉鴉片的大哥，對己嚴人不知，待人嚴則招人恨。論政治、談行政時接受了民主觀念的祖父，在家中則相信長幼有序給他的權威。祖父保管了曾祖父留下的字畫、書籍，包括一套《大藏經》，價值不菲。兩個異母兄弟來找他，將盒子槍亮出來放在桌子上，要他交出曾祖父的遺物。祖父解下一條絲質褲腰帶，大聲道：「爹留下的東西，我只要這一樣，其餘你們統統拿走！」

1909，祖父尚未成親時。

陌生的祖父

　　兒時，星期天隨母親回外婆家是一週的盼望。進門踏進紫藤花架之下，掉入眾人的寵愛之中。外公話不多，幽默詼諧，總是笑眯眯的。我幼時吃飯像吮奶，一口飯含在嘴裏，吮着吮着就睡着了。媽媽大聲道：「嚼！」，外公接下去：「手！」，惹得一桌人笑了。我至今記得他的書房擺設：半圓形可推開罩面的「機關」書桌，桌上的照片，玻璃門書櫥裏舅舅留下的英文書。玩躲貓貓時，我常躲到這裏，若是外公坐在案前，會替我打掩護。

　　祖父家則遠在西郊車家壁村外山坡上，要等到假期才能去住些日子。馬鈴叮噹，顛簸搖晃穿過田野和村莊。而今驅車不到半小時的路程，六十多年前好長好長。外公家滿滿的人情，祖父家重重的山水。花園果園連接一座座山丘，是我們的探險聖地。這裏的主人、不苟言笑的祖父和大家保持着距離，我從未進過他的書房。清早，祖父在花園裏打理一會兒花草，然後就關在書房裏，吃飯時才露面，手持佛珠一串。晚間，祖父必斜靠在煙床上抽一陣鴉片。

　　我剛上小學時，一次他進城住在我家，喚我到房中，我遠遠地站着，像是接受老師問話。「在學校裏學了甚麼？」，「拼音」，「拼來我聽聽」。我於是拼出自己的名字，得到他的誇獎。另一次在多年後，他遞給我一枚玉石珠子，上有小孔，吩咐我看裏面有甚麼。我躺在床上對着小孔細看，裏面漸漸顯出山水。祖父聽到，滿意地對父親說：「這丫頭有慧根」。景泰弟弟調皮，祖父喜歡他，有打破花盆之類事故發生，就推給弟弟。祖父打他手心的一幕，成為我對祖父固定的印象。有張照片，花園中祖父牽着我和弟弟的手，一左一右，弟弟親熱地依偎在他身旁。要不是這張照片，我會以為從來沒有挨近過祖父，記憶得出的印象顯然不太可靠。祖父從未像外公一般贏得我的敬重。

1911，我的祖母羅氏，在我父親出生後第十四天去世。

　　祖母 —— 父親的生母羅氏，對我而言是一位畫中人。她去世後，祖父請人依照她的照片臨摹的頭像，鑲入鏡框掛在家中牆上。無論從古代或現代的標準看，她都美麗非凡：杏仁臉，丹鳳眼，鼻樑挺直，嘴唇性感。這位祖母是江西人，不知何故來到雲南，嫁入熊府。貌美而且通琴棋書畫的年輕妻子突然離世，從此帶走祖父的笑容。那是1912年，民國二年，長女已經兩歲，祖母不負眾望，產下一名男嬰，即我的父親。產子後，高燒中掙扎了十四天撒手離世。男孩聰俊機靈，大家庭中人見人愛。祖父則認為他剋死了母親，難掩對他的厭惡，父子兩人一生沒有親近過，隔膜延續到下一代。我從小知道奶奶不是父親的生母，威嚴的祖父也不似親人。

　　2014年春，香港科技大學馬健雄教授給我帶來一份文件，是祖父1925年撰寫的《雲南全省暫行縣制釋義》，[6]全稿十二萬多字。從紙頁泛黃的原件拍攝下來的一百多頁文字沒有標點，我僅能辨認一小部分。半讀半猜，驚訝難言。

　　文件可視為九十年前雲南省政府的政改方案，旨在引入西方的政治與行政管理手段，以解決傳統管治機制的弊端。這一部縣自治實施條例勾劃出的施政理念與舉措，至今不為過時。我那位在情感上和生活中都那麼陌生的祖父，突然之間變成有共通理念、可以交流的長輩。一年多來，我試圖尋找祖父的蹤跡，看書查資料看檔案訪問親友，不過拾到些碎片，發現我從不曾認識自己的祖父，也不了解那個時代的故鄉。

從政之初

　　祖父1889年在昆明出世，可算是「官二代」。曾祖父熊廷權，字種青，是雲南頗具眾望的文官。祖父九歲時，曾祖父中進士，被派往四川任知府，攜祖父同往，將祖父送進晚清最先出現的新式學堂之一、四川客籍中學。學校聘請日本教師傳授新學，乃西學東漸吹到西南的一股清風。祖父後來對從政的興趣和政治主張是否與少時接受的新式教育有關，無從考證。這一小個子、操雲南土話的少年在異鄉求學，恐怕不會是愉快的經歷。

6　民國史專家傅國湧先生有長文〈紙上的縣治理想〉（刊於《經濟觀察報》2015年11月9日），論述了《釋義》產生的時代背景、意義，並概括地敘述了主要內容及其精髓。雲南大學歷史系2013級碩士生段玉蓉選擇以熊光琦為代表的民國時期的地方官研究為論文題目（〈小縣長，大追求——熊光琦縣區自治的理想與邊地國防建設的計劃〉）。

1916，祖父(中)和我父親(左)、我姑姑(右)。

在重大日子才穿上令手臂動彈不得的馬褂。那時祖母已經過世，祖父還未續絃。

　　曾祖父深信教育救國，變賣田產及曾祖母的首飾，將兩個兒子、一個女兒送到歐美留學，指望他們學成歸來為我中華服務。「父母在，不遠行」的規矩和期待落在長子身上，祖父沒留洋的福分。他落落寡歡的性格也可能和兒時經歷、和家族期待的壓力有關。祖父二十三歲進入雲南省法制委員會任委員，此時是一位幸福的丈夫和父親。可惜幸福不長久，次年喪妻，再兩年迎娶孫氏。她識字不多，生兒育女，照料他的飲食起居。兩人看來相敬如賓，祖父稱她做「太太」，顯然無法在情感上取代早逝的原配。

　　想必他對工作全情投入，從省民政廳科長、秘書，漸漸升任省訓政講習所教務主任、省區長訓練所所長等職務。社會變革到來，

平常時期僅作為附庸的小官僚，此時有了施展抱負的機會。晚清至民國初年，雲南先後派遣了近四百人到日本留學。「三年東海千行淚，萬里雲南一念懸」，學子歸來，以嶄新的觀念、高昂的熱忱投入故鄉的改革。從思想到作風，從政治行政改革到風俗習慣，正好與求新求變的地方政府相輔相成。「海歸」各懷志向，在政府的鼓勵及合作下，辦教育，辦報紙，辦工業、礦業、銀行、交通水利、林業農業。那是個破舊立新、熱氣騰騰的年代，為提倡早睡早起，市政府令兵工廠早上七點半鳴笛，將全市老少喚醒（按經度時差，相當於北平時間六點半）。

　　1915年推翻袁世凱的護國運動，將山高皇帝遠的雲南推向國家的政治舞台。曾祖父屬於運動的核心人物之一，他撰寫了〈為護國各軍自總司令以下陣亡病故諸先烈招魂詞〉：「邊風起兮關山長，陣雲冷兮壓嵩邙。天沉沉兮塞草黃，雪霏霏兮日霾光」，「義師飆起兮士氣激昂。摧帝制兮掃攙槍，迫共和兮奠苞桑。人之傑兮士之良，飲彈雨兮陷金創，無貴賤兮皆國殤」。少年的祖父以曾祖父為榮耀和偶像，在不惜犧牲性命擁護共和、實現維新的氣氛中長大。1920年代初，在當時流行的各種新思潮中，祖父接受了尤為激進的共產主義，成為雲南省第一批地下黨員。那時維新變革是國共一致的理念，後面的分歧，想必這些邊陲地區的黨員無從深究。

民初雲南政改方案

　　革命成功後，四分五裂的國家遠遠沒有統一起來，等不及尚處弱勢的國民政府在全國推行憲政，湖南、廣東、浙江等省提出聯省自治，各自搞個小憲法，期待有朝一日在民主立憲的基礎上實現各省大聯合。1919年，孫中山頒佈了中華民國縣自治條例，雲南王

唐繼堯於同年下達恢復自治之令，特別設立自治籌備處，頒佈縣自治、城鄉自治兩級章程，並限期在四五年間完成。聯省自治也好，縣自治也罷，都是通向當時中華大地朝野已有共識的目標：民主共和。雲南護國運動勝利的凱歌中，政治氣氛濃烈。祖父在1921至1926年間的雲南自治刊物上發表文章，初露頭角。

1922年，唐繼堯在雲南政治風波平定後重掌權力，積極推行縣自治。1924年，昆明、宜良、阿迷、蒙自、騰沖、會澤、思茅、箇舊等八個縣獲選為第一期試行自治的縣份，其餘九十二縣也將分期推行。變革先改變人的觀念，縣自治的推行從辦講習所開始。剛剛從英文、日文中翻譯出來的新名詞中包含的陌生的觀念，急需向國人傳遞。講習所聲勢浩大，雲南一百個縣，每縣平均有三十個以內的代表到此受訓，要求他們回到地方進行詳細解釋與宣傳。而從大部分縣到昆明都需翻山越嶺，在當時的交通條件下，路途長達半月以上。如此的氣魄，如此的政改聲勢，空前絕後。

這一年，祖父三十六歲，任訓政講習所教務主任兼區長訓練所所長。他負責撰寫縣自治講習所十種講義中的最重要的一份文件——《雲南全省暫行縣制釋義》。在《釋義》的序言部分，他寫道：「縣制之精神，在融官治、自治為一氣；其所規定，純重民治主義。」那個年代，看西方，觀日本，改革派不懷疑三權分立可以制衡權力，帶來良治：「夫立法、行政、司法三權制之應分立；財政之應分別，國家統一經理，稍有政治常識者之所知也。」

《釋義》以《中華民國臨時約法》為藍本，同時參考了當時所能搜索到的許多資料，並且援引了湖南、浙江、廣東、四川等省的縣自治規定。而他本人所做的大量闡述、發揮，其思想和理論資源來自何方，無從考證。這份九十年前的政改實施條例，代表了那個時代官府和民間達成的共識，今天讀來，頗為新鮮。例如直接選舉縣長已成定論：「共和國家，主權在民，本省此次改革縣制，主旨專在擴

張民權。本制已處處予人民以參與縣政之實權,以期達到全民政治之希望,則一縣之行政長官,自應統由縣民直接選舉,固不僅縣長然也。縣長民選,其在今日,實已成為天經地義而無待考慮者矣。」當然都是紙上的論證。可以想像這批站在時代改革前沿的文官當時的熱忱。要在時限內完成,須日以繼夜地寫作。而用毛筆寫下十二萬五千字的文獻,以及多次修改和反覆抄寫,得花多少功夫?

　　通讀全文,令我最為驚訝的莫過於對民間組織屬性的定義:「官署無人格,而自治團體有人格,所謂人格就是以自己的生存活動為目的。官署是國家設置的機關,為國家而存在;其發表的意思,是國家的意思,行使的權力也是國家的權力;無論何時,毫無自己生存活動的目的參加其間。至於自治團體,即自有其意思,自有其事務,雖對於國家隨時履行義務,而終以保自己的生存活動為目的。」

　　從財政關係引申到國家與民眾的關係,推翻了千百年來對國家權力來源的認識:「凡課稅不得侵入國家之範圍與超過人民經濟的負擔力也。本此原則,研究縣財政,須先明國家稅與地方稅之分。夫國家經濟與地方經濟,同為國民經濟,緣不論何項稅收,直接、間接取之民之脂膏。」

　　《釋義》指出實行縣自治的障礙:「舊制萃行政、司法、財政於縣知事之一身。縣公署之組織,一縣知事,總科長外,其餘人員,類皆以胥吏充之,而縣議參兩會職權,即輕且狹,亦皆等於虛設。故在廉幹有為之地方官,等於決獄定讞催科報解兩事,確盡職責,已屬勤勞可貴,其有餘力顧及教育實業、警團等行政,而為地方一謀發展者,千百中無十一焉。若夫憑藉司法權,徵收權,勾結士紳,蠅營狗苟,枉法貪贓以魚肉吾民者,則比比皆是,事實具在,何難稽證。而猶有曲為掩護,力爭此官僚式、書辦式之舊制為善者,不佞誠不解其所目之安在也。」如果將「縣知事」改為縣長或書記,似言今日事。

《釋義》用大量篇幅講述程序、議事規則，這部分顯然是照抄西方的相關文獻。縣自治的重大改革，除了選舉制度上引入縣議會為決策機構之外，用教育局、實業局、警察局、團保局、財政局取代舊制中的局和所。他借機發揮，闡述每一個政府機構後面的理念和宗旨，對於教育着筆最多：「學問與知識，為人類精神生活所必需之資本；資本之豐吝，視教育為轉移。是故教育之設施，不徒行之一時一地為己足，必須永久繼續，且普及於大地，乃科有成也」、「教育之性質，略如上述，似應聽各個人之自由，國家無干涉之必要。」

消滅帝制建立共和的激情，激勵這位雄心勃勃的年輕官員推行縣自治運動，相當於挑戰整個官僚體系，僅靠改革者良好的願望和努力，幾無成功的希望。自治後面的理論基礎「民權」，顛覆了數千年制度穩定的根基「皇權」。近百年後的今天，也未曾深入人心。

治縣藍圖

1924年1月，國共兩黨達成合作協定。祖父這位共產黨員被委以重任，編撰省政府縣自治運動的講義中的重頭文件，或許表示當時國共在人才與人事上的合作，或許雲南的土皇帝不將黨派鬥爭當回事。三年後，兩黨再度不共戴天，雲南需要明確地站到國民黨一邊，配合肅清共黨。祖父1927年退出共產黨後，照理說屬於「歷史反革命」，卻仍然被委以重任。1930年到1948年間，熊光琦先後在瀾滄、石屏、賓川、建水、景東、蘭坪等六縣擔任縣長。

滿腦袋新思想的縣長如何施展抱負？祖父留下的大量文獻、書稿，在1951年闖入抄家的農會幹部看來，一錢不值，院子裏點把火燒了。翻查相關各縣的縣志，頂多記載了他任職的年份，其作為隻字不提，無從考證。2014年夏天我回昆明，打算到縣檔案館去查

資料。按國情，先走後門，找到省檔案局的熟人，求封介紹信去敲門。結果發現以為遠在天邊的檔案，近在眼前，各縣「解放前」的地方檔案都調到省檔案局保存。哥哥去查，拍下幾張有關祖父檔案的卡片，附在郵件裏傳給我們。弟弟一看，似曾相識。

文革時期，弟弟就讀的大學接到一個「戰鬥任務」，派學生去替省檔案局的「敵偽檔案」做卡片，目的是協助追索漏網的歷史反革命，並配合各造反派組織、各級革委會的「外調」工作。卡片除了姓名一無所有。景泰弟對敵偽檔案最深刻的印象是當時的政府捉襟見肘，為買一小件物品都需要層層審批。

「敵偽檔案」現在的名稱是「民國檔案」。政府花了不少財力物力掃描整理，建立電腦檢索系統。來人要説明為何需要來查看，「了解先輩資料」——這句話出自當年「黑五類」之口，顯然引起管理人員的好感。世道變了。檔案名目都可以看，查閱內容要在電腦中另外申請。家屬特別受到優待，可限量拍照。

雲大歷史系的碩士生段玉蓉在我之前到，已經從電腦查到有關熊光琦的資料共124條。我期待着看到祖父的一條條政績，完全出乎意料，幾乎沒有任何關於管治、政策措施的，反而有好幾條對他的告發，有貪污罪、吸鴉片罪等等。玉蓉看過下文「安慰」我説：「沒事，後來都已經澄清，撤銷罪名了。」這位來自騰沖農村的女孩安慰我説，她父親任生產隊長時，也常被人告：「都是誣告。想為群眾做好事，結果還被人告狀。」

一位縣長，動輒被人告狀到省裏。曾祖母病危，以當時的文化風俗，雙親生病是頭等大事，祖父向省裏先後打了兩個報告去請假。縣太爺不是我們想像中那樣，一手遮天。禁煙乃政府重要的工作內容，最難是以身作則，有一條公文是他本人不抽鴉片的保證。縣長抽鴉片，省主席也抽鴉片。據龍雲副官的回憶，1935年蔣介石夫婦到昆明視察，對昆明市容和現代化設施甚為滿意，與之談話興

致濃而忘時，龍雲煙癮發作，聰明的副官察覺，將鴉片溶到茶缸中遞上解圍。祖父自己撰寫的縣治文獻規定「吸食鴉片者不得參與選舉」，讓人偷笑。

　　防範土匪是最為艱巨的任務。文革後期，景泰弟被分配到邊境縣孟連中心教書。孟連曾經屬於瀾滄縣，當地還流傳着土匪攻入縣城、一位忠心的下屬背着熊縣長連夜逃出城外的故事。建水縣長任上，祖父因為「懲匪不力」收到停職三年的處分。後來又被舉薦復職，到景東縣上任。1948年，祖父在蘭坪任上，一股土匪從滇西打過來，入村進住家洗劫一空，然後放火燒房，宣稱是共產黨，不是匪，不殺人。據四姑姑回憶，眾人勸縣長趕快讓家屬撤離，祖父道，家屬如果走，必引起群眾恐慌。待到土匪離蘭坪僅一天路程，才讓家眷逃到附近村莊住了兩天，再託人護送到劍川。我父親開着吉普車去接他們，當地人第一次見到機動車，引起一陣轟動。

　　祖父本人一直等到土匪來到前幾小時，帶上印章，由人背着逃出。遭土匪打劫的六個縣縣長受到懲處，五人被撤職查辦，祖父因為留到最後一刻，未被查辦，僅受撤職處分。《蘭坪白族普米族自治縣大事記》記載：「民國三十六年（1947年）……是年，縣長熊光琦主持建蘭坪初級中學，後因戰亂而停建。」「民國三十七年（1948年）四月十八日，劉五斤……等率眾旰一百多人，攻毀蘭坪縣城，縣長熊光琦攜印逃跑……」

　　研究拉祜族的馬健雄教授一直留意熊光琦的行蹤。健雄曾贊助過一名拉祜族孩子上中學，得知其曾祖父是熊縣長從昆明帶過去的一位部下，後在當地留下，成家傳代。作為人類學家，他對祖父在當地與土司結拜弟兄、收土司的兒子為乾兒子更感興趣。這應當屬於中原霸主進入雲南後所採用的「彝人治彝」的統戰術，而非他的獨創。祖父收養的乾兒子不止一位，有的還送到昆明念書。其中一名瀾滄募乃土司兒子石炳麟，後來加入國民黨第五軍李彌部隊，1963

年在緬甸被刺殺。據說還有一位1949年後在當地傣族人的幫助下，從孟連縣城的那條河坐竹筏逃到緬甸。祖父後來到工商業業已發達的建水任縣長，統戰對象變成商會會長。王會長的兒子作為祖父的乾兒子，按熊家這一輩的排名，取名王在薊。

依靠馬健雄教授提供的線索，我找到一份祖父的施政建議——〈開發瀾滄全部與鞏固西南國防之兩步計劃〉。這份一萬六千多字的考察報告及建議書收入1933年龍雲主編的雲南叢書之《雲南邊地研究》。1930年，撰寫《釋義》後第五年，祖父四十一歲，到瘴癘之地的邊境縣瀾滄縣任縣長。此時他明白：「新縣制之推行，一般人幾視如洪水猛獸，而群起以非議之者，豈無故哉。」從這份建議書看得出他雖面臨困境，仍舊躊躇滿志。

當時的瀾滄縣幅員遼闊，「廣四百九十里，縱八百餘里」，與緬甸接壤。三萬多戶、十三萬人中，漢人約十分之一。他們屬於外來人口，並非都準備在此定居。當地居民中識字者不及百分之一，能漢語者不及百分之五。這裏是未開發的希望之地，「氣候和煦，土質肥沃，無地不適合種植；崇山峻嶺之巔，皆產旱穀；森林畜牧，無所不宜。」直到四十多年前，人民尚不知政府為何物。但「瀾滄自設治迄今，垂四十餘年，物質上之建設，幾等於零。」

這位縣長上任後，用了半年時間「周諮博訪，切實考慮」，詳密規劃出這份革新方案，建議分兩步進行。

第一步：建設縣城在地；修築直通緬甸玉臨縣五幹線；開展適用當地的特殊教育；開墾荒地；確定土司地位，變通自治辦法。

第二步：收服未歸化土著；撫綏半歸化土著；變通現行官制，實行分區墾殖；統一地方財政，減輕邊民負擔。

對兩步計劃的各種措施，建議書先詳細說明原委，然後講述實施方案及財務規劃。例如縣城的建設，分為政治區、教育區、商業區、住宅區、公園。四圍開馬路，不建城池。就地集股設建築公

司，分期建築售給人民。1980年代末，「集資建房」成為中國大陸城市建設的一項國策，誰會想到早在半個多世紀前，一位小官僚已經向上級提交過如此方案。

2013年出版的《民國時期雲南邊疆開發方案彙編》收入這份建議書。主編林文勳在前言中特別提及祖父的建議書：「洞悉邊地輿情，有的放矢，具有很強的可操作性和代表性。」評價甚為中肯。建議書中大部分篇幅都是關於錢從哪裏來，考慮完善地方稅收，而非強調上級撥款。文中提到地方收到「江稅」，「第自光緒二十年前後以至民國八年，所收雖不下數十萬元，而皆為歷來官紳所中飽。」如加以善用，已停工的縣府建設則可繼續。

建議書最為詳盡的部分是墾殖計劃，將之作為地方發展長久之計。首先變通官制，設墾殖局，查明戶口數名：十六歲以上、五十歲以下者，不分性別，必須每人有五畝已墾之田，作為基本產業。三年內不納糧賦。「不分性別」的觀念在20世紀30年代也在世界前沿。「若達上述辦法，不但數年之間，荒山可悉變沃土；而人們富力平均，人人皆有恆產，地價亦不定而自定。竊謂總理民生主義，將不難先於此實現也。」

建議書的一些舉措已經開始實施，但他一點也不樂觀。他自嘲道：「矛盾衝突，至斯為極。光琦於治術固乏知能，但於地方自治則以數十年之經驗，自問尚略知門徑。本省地方自治，經由自身規劃而見諸實施者，其成效昭昭然在人耳目。今不幸躬身出任地方，首即遇此怪現象，無法應付，可謂請君入甕。」

「明知結果終亦不過徒託空言，無實現之可能……後有同志或能採集部分，見諸實施，則在光琦亦可云不負此行也。」八十年來，大概沒有一位瀾滄地方官員參考過這份計劃書。2000年，亞洲開發銀行一項對中國的技術援助計劃「瀾滄江流域開發」，我負責最終報告中文版的翻譯校對。這份由中外專家到當地考察後撰寫的報告，

對這片貧困地區的發展提出經濟與技術方面的建議。而熊光琦的「兩步計劃」則是以人為本，從個人及家庭出發，發掘地方優勢，從行政與財稅改革、教育和公共設施投資入手，是一份自力更生的建議書。

曾經看過不少貧困地區的發展報告，開篇道：「本縣/鄉屬於國家級/省級貧困縣」，隱含的意思自不待言。不能怪他們不提稅務改革、教育改革，地方本沒有那個權力。就文字及行文風格而言，今天的學者大概沒有幾個人能寫出那樣富於表達力、簡潔、準確而優美的中文，官員和他們的秘書就更不用說了。

《民國時期雲南邊疆開發方案彙編》共六十萬字，有政府制定的方案及地方官員的上書，熊光琦的建議書確實為其中佳作。該文和《釋義》均為他的心血之作。許多同時代人都在當時政治與社會改革中諸多建樹，例如雲南的繆爾綽、陳碧笙、方克勝，全國範圍更不知幾多。當時國人建立新制度的摸索與付出，就像在一個科學實驗室做實驗，已經有了初步成果，結果地震來了，前功盡棄。廢墟上再建新的實驗室，從頭來過。就社會變革與政治改革而言，暴力革命即地震，摧毀力更大。

早期黨員

祖父在1920年代初加入了共產黨。四姑媽記得小時候替共產黨人在熊府開會站崗放哨，令他們這些半大孩子興奮不已。因為曾祖父的地位，警察不會隨便闖入。門前有可疑人晃蕩，小孩子立即去通風報信，與會者上房頂翻入鄰家逃之夭夭。當時雲南政府也不過做個樣子對國民政府交代，沒那麼認真。1927年龍雲與蔣介石達成交易，開始肅整雲南共產黨。祖父的好朋友，雲南地下黨領導人王德三、陳希美均被逮捕、槍斃。祖父在這一年退出共產黨。

　　退黨好像沒有改變他的政治信念。到1930年代初，他最寵愛的大女兒受國民黨感召，並與上海來雲南做文宣的國民黨員相戀，祖父堅決反對，以脫離父女關係威脅。愛情戰勝親情，姑媽隨愛人遠去。追問親友中分別加入國共兩黨的人，讀許多人的回憶錄，得到的印象是他們的信念所差不遠，同樣為了推翻腐敗的制度、追求平等自由、建立民主共和。有點像文革中兩派都誓死保衛毛主席、誓死保衛黨中央。你先拿到哪一派的傳單，聽到哪一派高音喇叭的廣播，就會選擇參加這一派，加入進去就認定了。黨派的認同可以比愛情更為牢固。

　　1927年大清洗中脫黨的人想來都因懦弱，這也是我對祖父產生成見的原因之一。我從來沒想過，他要是膽小，為何敢於收養被處決的共產黨領導人的兒子。去年訪問四姑媽，聽到有關傳奇故事：此人叫陳開平，他父親被槍殺前，將一張與祖父的合影交給他們弟兄，讓兩人去昆明某地找這位叔伯。事後，祖父也曾下鄉尋訪朋友的遺孤，不果。兩弟兄被賣到深山一家農戶，哥哥被蒙上眼睛每天推磨，弟弟放羊。後哥哥死，弟弟逃出，拿着父親留下的照片到昆明找到祖父。祖父待他如子，供他讀書，送到昆明最好的學校之一長城中學。那個年代好的中學裏，一定有因正義感而追求進步、加入共產黨的老師，這位烈士後代追隨之。

　　到1947–1948年，雲南地下黨在滇西滇北開闢了游擊根據地，成立邊疆縱隊。一首「山那邊有好地方」唱遍昆明，無數青年學子去到「山那邊」投奔邊縱，其中有祖父的四女兒和這位義子。全國解放後，先走一步的年輕人被委以重任，陳開平成為楚雄縣公安局局長。他和祖父的界線劃得一清二楚，從此不往來，並寫信勸說四姑姑與家庭劃清界限。1952年肅反運動來到，他受到組織審查拷問，要他交代與祖父的關係，遂投井自殺。

孤寂一世

　　曾祖父在滇中民望甚高，來往皆名士。他儀表堂堂，七十歲的照片上仍氣宇軒昂。這位大家庭中令眾人愛戴的靈魂人物，為人幽默風趣。傳說他打小孩，先將手縮回袖中，用空袖子抽去。情況嚴重要以腳踢，則先脫下鞋子。這樣一位父親，使得祖父這個「官二代」兼長子一生受到鞭策與壓力。

　　閱讀同時期的同類文獻，例如縣自治講習所其他講義，及民國時期諸多邊疆開發方案，熊光琦的著作的確出類拔萃。這部頗有見地、務實的改革方案令人佩服。撰文時，有的計劃已經獲得省裏核准，有的開始實施。關於開展義務教育、特殊教育、女子教育、職業教育、建通俗圖書館等，已承奉教育廳指令核准，準備該年度實行。突然之間，在縣長完全不知情的情況下，省裏將教育經費的主要來源「屠宰稅」，改為由商人投標承包，致使「瀾滄教育遂立即瀕於破產」。遭遇的挫敗顯然不只一樁。之後他在其他縣長任上的作為，除了在蘭坪縣建中學外，沒有留下絲毫跡印，無從推斷。

　　聽奶奶講她跟隨祖父上任，盡是些關於土匪打來如何害怕、如何逃跑之類的故事，印象中當縣長不是甚麼好差事。查看資料，那時縣長的任期不過一兩年。祖父在一處留兩三年已屬罕見。各朝各代，被貶到蠻荒之地任職，是官員觸犯朝廷受到的懲罰。祖父去到的瀾滄、景東、蘭坪差不多是流放之地。「瀾滄全縣，無處無瘴；遠客來到，無人不病」，「萬山叢雜，道路崎嶇，一遇雨天，泥深數尺，雖牛馬亦不能通行。」國內交通如此通達的2015年，從標準路面可達處到縣城猛臘（瀾滄），還得在土路上顛簸四小時，八十多年前從昆明前往譬如冒險。公共交通到達終點後，還有十多天的路程，需要坐「滑竿」，由兩名轎夫抬着，在兩根竹竿中一塊布兜裏，坐也不是，躺也不是，搖擺前行在崎嶇的山路山。下雨路滑，步步驚心。

1947年到蘭坪任職時，奶奶及四姑姑及祖父最小的兒子（我稱為老叔）同往。當地沒有中小學，兒女在家自學。祖父替九歲的老叔購置了一套《少年百科全書》，要求他每天寫一篇讀書報告及日記，並負責記下家中開銷的流水帳。了解這些細節，才明白縣太爺的付出。

1937年還在任景東縣長期間，祖父在昆明西郊車家壁購買了一塊山坡地建屋，為日後安身之所，已露出他出世的心態。我父親當年二十五歲，這位學土木工程的小伙子設計並監工製造，蓋起這座兩層樓的磚柱土胚房默園。數十年後房子倒塌。我去尋訪，草叢中一個熟悉的長方形石缸躺在那裏，是唯一見證。看看四圍地形，兒時記憶中碩大的花園，原來就幾分地大小。三層果園，其實是就梯地上種了些梨樹。彼時對面高山，山下小溪，山間的火車路軌，皆遠處風景。大人說山上有狼，小孩要結伴才敢過去，原來只數十步之遙！

我努力回憶，仍然想不起祖父曾經露出過笑容。隨時嘟着嘴，板着面孔，奶奶形容他「嘴上掛油瓶」。他的笑容也許在二十四歲上隨愛妻而去。

1927年，雲南開始逮捕共產黨員，曾祖父設法安排祖父去上海「查富滇銀行顏希耕潛逃案」，並讓他在上海登報退黨。祖父帶上十四歲的兒子前往，送到復旦附中就讀，委託在上海的弟弟及弟媳照看。少年人受不了勢利的叔叔嬸嬸的氣，逃回昆明（當時需要繞道越南，成了父親傳奇經歷之一），本來就緊張的父子關係近乎破裂。從祖父的角度去解讀這個我早就聽過的故事，突然間看到他望子成龍的苦心、他的失望。

曾祖父1941年逝世，祖父升為一家之長。留洋歸來的同父異母弟妹，不認同長兄為父的傳統觀念。這位整天板着面孔、戒不掉鴉片的大哥，對己嚴人不知，待人嚴則招人恨。論政治、談行政時接

1948，在祖父家的花園默園中，祖父牽着我和弟弟。

受了民主觀念的祖父，在家中則相信長幼有序給他的權威。中國不乏認知上全盤接受民主理念、在為人處事上處處表現威權性格者，尤其男性同胞。祖父保管了曾祖父留下的字畫、書籍，包括一套《大藏經》，價值不菲。兩個異母兄弟來找他，將盒子槍亮出來放在桌子上，要他交出曾祖父的遺物。祖父解下一條絲質褲腰帶，大聲喝道：「爹留下的東西，我只要這一樣，其餘你們統統拿走！」

命運就是這般和他過不去，在他信奉共產黨時，大女兒加入敵對的國民黨；多年後，當他教導子女遠離政治、學一技之長時，剛高中畢業的小女兒離家出走，加入共產黨。他的小兒子、我的老叔出生時，祖父已年近半百。老叔從小過目不忘，八歲入讀小學，十六歲即初中畢業，大部分時候在家自學。他一再跳級，總以勉強合格的分數入學，以前幾名的成績畢業。祖父替他買了一整套「格林童話」，是他兒童時代最好的教科書兼同伴。祖父去世時，他寵愛的幼子尚不知事。

也不知道具體從何時起，祖父的政治熱情消磨殆盡。他教導父親遠離政治，「中國的問題，在政客太多，做實事的人太少。」不到六十歲，便開始過着隱居的生活。看祖父的遺作，始明白他的妻子和兒女在內，沒有一個人了解過他的思想、他的內心。這位曾經熱衷政治改良、一再努力一再失敗的民國文人兼地方官員無比孤獨。也許，政治一旦進入靈魂深處，就不肯離去；待到終於擺脫，留下的，只有寂寞。

去也無蹤

外公出生於1883年，長祖父六歲。日本留學生等同於中了科舉，回雲南後做了兩任縣長，掛冠回家。參與同盟會時的政治熱

情被現實的無奈澆滅，留學時代接受的新思想和生活方式則根深蒂固。他飲食清淡、煙酒不沾，留下詩文十一卷，記載了他位卑不忘憂國、窮則獨善其身的一生。他和祖父有詩作往來，可惜祖父所有未發表的遺作未能留下。有趣的是，任賓川縣長的外公與時任石屏縣長的祖父曾提出互換位置，得以獲准。後面的故事已無從考察。

1949年新政權建立，外公在詩作中表現得興高采烈，當時提倡的理念、公佈的政策，與他年輕時代的理想十分吻合。兩年多後，目睹的現象令他困惑不已。承受住年輕時的失望，卻承受不起老年的絕望。不知道祖父死於非命是否給他又一重打擊。1951年，外公服下一整瓶安眠藥，沒有再醒來。他留下簡短遺囑，說明對社會對子女已無用，選擇離世，給十一個子女留下一生的創痛。

1948年離開官場後，祖父和奶奶住進車家壁默園。此時，祖父潛心研究藏傳佛教。我在網上用祖父的號「熊印韓」查到一條信息，當時全國參與修訂佛教寶典《大藏經》的同仁中，祖父是雲南的代表，據說曾經請貢嘎活佛到車家壁家中做客。祖父每天抽一次鴉片，晚間喝一小杯酒。妻子為他準備的下酒菜千篇一律：炸花生和鹹得要死的抗浪魚。白天幾乎都關書房內伏案寫作、看書。他曾整理出版曾祖父的遺稿《唾玉堂文集》，編寫家譜（文革中被燒毀）。此時家境拮据，從鄰村僱來的長工盧大爹幫忙打理花園，到高橋集市售賣盆栽，幫補家用。

如今村裏老人還記得「熊縣長家」。房子遠離村莊，無田無地，熊家和村民互不往來，十多年來相安無事。1950年底，農協的人氣勢洶洶上門來，將祖父帶走。聽奶奶說，他脾氣太犟，來人要他低頭，他不依，挨打。這一幕我明明沒有看到，不知何故，想到祖父便生動地在腦海中呈現。祖父被關押在幾里路外高（嶢）區農會裏，農會要求家人拿錢去贖，父親賣掉我家唯一值錢的東西——一輛自

行車，和弟妹設法湊足一筆錢交進去。農會說不夠，仍然不放人。老叔去探望，祖父責備道：「為甚麼不去上學。趕快去。」

　　一年多後，已奄奄一息的祖父回到被洗劫一空的家中。抄家者看中的東西，鋪在沙發上的虎皮，儲藏室裏的貴重中藥，對他不算甚麼。書房裏所有的書籍、文稿、日記書信，他視為比生命還重要的曾祖父的遺作，統統化為灰燼。王燦所撰〈熊廷權傳記〉列出曾祖父的作品，除了存在省圖書館的《唾玉堂文集》四冊、《詩集》十六卷、《詩餘》一卷以外，還有《經史箚記》《書牘》《公牘》《旅行日記》（1905至07年間往西藏「辦理糧務」時期所寫）《西藏宗教源流考》《聯語》《語錄》，均被銷毀。曾祖父從西藏帶回的《大藏經》早些時候被祖父的四弟作為家產拿走，逃過一劫（後捐給省圖書館）。兩代人的心血落得如此下場，情何以堪？祖父不久後離世，據說關押中心臟病發作，卻不知何故沒有安葬，屍骨無存。

　　2014年夏，和老叔、哥哥弟弟一道，去請四姑姑講講祖父的事。她年過八十，從省委宣傳部副部長的職位上離休多年，頭腦十分清楚。1950年，她是參加籌備省委宣傳部的五人小組一員，曾經的小知識分子是部裏得力的筆桿子，也是唯一出身不好的人。她告訴我們，祖父死後出了個佈告，建房子斷了農民的水源，算惡霸，判三年徒刑（父親說過，那是莫須有的罪名。他負責設計施工，房子與水源無關）。接下去，她講述了令我們目瞪口呆的故事。

　　「爹被農會拉去是我告發的」。有個星期天，她回車家壁探望父母，發現家中有個江川來的「老地主」已躲在祖父家半年，回機關後她立即向領導報告。「這不關我們宣傳部的事，歸省農會管」。她於是去找省農會，告發父親窩藏地主分子。「回家那天我穿着軍裝，老地主看到很害怕，也就離開車家壁了。農會來拉人，他已經逃走，將爹拉進去。」她好像在講別人的事，不錯過細節，沒有一絲悔意，

也不做任何辯解。我始終不明白她為何在此刻對我們告白。她不說，誰也不知道，況且我已說明來意是準備寫祖父。

祖父做過「舊社會」的縣官，新社會中，他的兒女出身舊官僚家庭，得不到黨和政府信任。劃清家庭界限像是他們頭上的緊箍咒，每個政治運動中接受咒語的考驗。祖父的養子、三女兒、二兒子都因為經受不住政治運動帶來的折磨，選擇結束自己年輕的生命。幸而在此之前祖父已閉眼。

因為對政治的看法相左，祖父和他嫁到上海的大女兒、我的姑媽疏於往來。她此時是一位小學老師，接到父親去世的噩耗，倒在床上泣不成聲。她十六歲的兒子認為母親喪失階級立場，十分氣憤，給她寫了一封信：

> 您對外公去世所抱的態度是不正確的。我看見您痛哭，就似乎覺得您和我有些疏遠了。您和您那些天真活潑的勞動人民家庭的學生們有些疏遠了。但我還沒有深怪您，因為我覺得多少年來的父母感情，要完全無動於衷是不可能的。但您事後還寄了很多錢去，叫他們抽出一部分替外公念經。您想想，現在全國人民流血流汗獲得了解放，正在進行增產節約運動，替國家建設積累資金來爭取我們美好幸福生活的時候，您卻拿了大把金錢去安慰一個曾經壓在人民頭上的靈魂。在這個人民翻身的時代裏，去做個封建的「孝女」，您的立場是甚麼？

這個被洗腦的少年人、我的表哥胡伯威，從一個真誠的左派成為左禍的受害者，歷盡風霜，半世紀後寫下自己的經歷。謝天謝地，這個荒唐的時代已經過去。

謹以此文告慰祖父在天之靈。

雲南第一代留日學生

外公蘇滌新，1883–1951

> 念初九日生，願初九日死，死生日同有定數；勞六十年力，操六十年心，心力年來已全虧。
>
> 此生休矣，六十年苦修苦行，眼耳口鼻六根淨；即死可也，一個人獨來獨去，夫妻子女一場空。
>
> 六十年憂患飽經，想當初投生來，是將錯錯就；八口家子女多累，到而今尋死來，以不了了之。
>
> 死去非成佛登仙，無地可容，寧作厲鬼誅暴日；生來是幹家棟國，有志未逮，徒留青塚向黃昏。
>
> ——《六十自輓》

　　從四五歲記事始，週末隨媽媽去外婆家是我們每週的節日，進門就掉在舅舅和眾姨媽的寵愛之中，房前屋後的花園是我和弟弟及表弟妹的樂園。記憶中，外公穿長衫，目光安詳慈愛，說話不緊不慢，從沒見過他發脾氣。權威飄在家中的空氣裏，嚴而不厲。外公的十一個子女，此時有六人在海外或外地。周日家庭聚會中，離鄉的親人是大家談論的主要話題。

　　外公六十八歲時，服下一瓶安眠藥離去。二舅來家對母親說：爸走了。「走到哪裏去了？快去找啊！」「爸死了」，母親應聲倒下。八歲的女孩站在一旁看着這一幕，不能理解死者的選擇，只看到生者的悲慟。外公留下兩封遺書，一封「留給英妻」(外婆名錢維英)：

約1948，外公與外婆，攝於滌園廳堂前。

　　我與你初次新式結婚，至今四十餘年，賴你勤儉克苦，將所生子女十一人撫養成人，今各有學、職業，我是萬分感你的情。本想陪你多活幾年，無奈死期已至，不能苟活，先你去世，痛心萬分。我死之後，勿生異議，照我前今遺囑辦理，火化可也。新絕筆。

另一封「留給子女」：

　　我因年老賦閒，久已無心人世，現在不應再行苟活，依子為生，為社會病。我死之後，即將僅有之房地產及家具獻與政

府查收分配，爾等分得若干，領受若干，不得爭論。我之詩文存稿共十一本，由爾兄弟姐妹十一人各執一本存念。新臨終親筆遺囑。一九五一年三月卅日。

山中少年

外公蘇滌新，號蘇澄，生於1883年，雲南寧洱縣人。蘇家之前居石屏縣，蘇澄的父親是這個銀匠家族的第四代。蘇澄一歲半喪父，家業失傳，靠親戚幫助維持生計。他到九歲才有機會進入私塾，「每日早晚習作家事，晝夜攻讀四書五經、唐詩古文，皆能背誦。」十四歲時，於普洱府縣童試中名列前茅。因為字體工整清秀，代繕公私文書，小小年紀即有了一點收入添充家用。1901年十八歲時應府縣童子試，考八股文十餘場。每次出榜，列前五名。年輕人有了底氣，從普洱步行翻越無量山，到景東縣應學院歲科，考經古，列該府秀才第一名。沒有辜負寡母的期待，跨出功名路上第一步。

時值20世紀初，科舉制走到末路，像大多數社會變革一樣，來到之前毫無預兆。家鄉的普洱府中學堂仍舊像一所功名考試預備學校，蘇澄在此遇到一位良師，教授今古文學並兼學堂堂長的錢平階先生。錢平階參加過公車上書，一名忠實的康、梁信徒，灌輸新思想給學生是他的使命。蘇澄以優異的成績從學堂畢業，背負着家族的期望去昆明參加鄉試。從普洱出發，而今高速公路穿山洞、跨江河，半天可以抵達省會昆明，那時則需一步一步翻過哀牢山脈。不知他穿的是母親縫製的布底鞋，還是草鞋，背着甚麼乾糧充饑，夜間在哪裏留宿。

中國的「新文化運動」早在19世紀後期就開始了。1903年時，沒有人能夠預測，兩年後科舉制度廢除。蘇澄在普洱學堂接觸新思想，不再迷信舊學。考卷依然是八股，他答卷時寫下自己頗以為是的新名詞，批改試卷的老師看不明白，「房師不解，批云字太奇，抑之」，落第。其後，蘇澄考入昆明的五華山高等學堂、經正書院，命運為他開啟了另外一道門。這裏「名師良友聚」，院長陳榮昌（號陳小圃）、李厚安、吳益齋均為省內著名學者，同學來自全省各地。學校採用雙語教學，中文分經、史、子、集，西文分英文和算術。蘇澄如魚得水，每月考試皆列前茅，獲得獎勵（我從未聽説外公曾學過英文）。

留學日本

1894年，甲午戰爭爆發，「大清帝國」慘敗給小小的日本，促成了朝野變法自強的行動。令日本後來者居上的明治維新，似乎是一條值得效法的道路。一時間，派遣學生留學日本取經的浪潮湧起。清廷要求各省出資，選派「心術端正，文理明通之士」出國留學。雲南省在1902–1911年間，至少派出三百七十二名留日學生。[7] 1905年，經正書院院長陳榮昌被雲南省政府派往日本考察教育，從校內學生中考試選拔十名赴日留學，蘇澄幸運入列。當年普洱學堂的堂長錢平階先生也在這一年隨雲南留日學生赴日，據説以督學身份前往，但我未查到相關資料證實。五年後，他成了蘇澄的岳父大人。

邊疆青年生長在雲南，視野被重重青山遮擋，不曾見到過地平

7　本文關於晚清留日學生的資料，均來自周立英的著作《晚清留日學生與近代雲南社會》（昆明：雲南大學出版社，2011）。

線、海平線，漂洋過海的經歷已足夠震撼。來到的日本，事事令他們目瞪口呆。他們看到日本「政治之善，學校之備，風俗之美，人心之一」，電報、電話、煤氣已經普及，日本國科技的進步「足令人汗顏」。從幼稚園到研究院的教育、師生關係，尤其令他們「對祖國生愧，對外國生羨」。當然，作為前來考察的外國人，所見所聞，想來都由主人刻意安排。

在日本，接納中國學生的機構應運而生。早稻田大學1905年9月設立清國留學生部，預科一年教授日本語及普通學科。蘇澄入該學部，一年後進入師範科物理化學科本科。中外的反差帶來的反思，改變中國現狀的衝動，令這些有理想的年輕人很容易接受革命思想，同盟會的星星之火點燃留日學生心中的激情。1906年初，同盟會雲南支部成立，蘇澄等六十八人立即加入，他的介紹人是支部長呂志尹。蘇澄取別號羊牧，意即蘇武牧羊持漢節。

同盟會雲南支部隨即成為雲南留日學生的核心組織，年底便辦起《雲南》雜誌，以改良思想、開通風氣、鼓舞國民精神為宗旨。他們將「思想」分解為國家思想、團結思想、公益思想、進取思想、冒險思想、尚武思想、實業思想、地方自治思想、男女平等思想。幾年後，留日學生相繼返回故鄉，其中蔡鍔、唐繼堯兩人登上政治舞台，成為一代梟雄。民國建立後百廢待興，許多留日學生成為雲南經濟、教育等各個領域的中堅。晚清選派學生留日的舉措，加速了它的滅亡，並為新政權培養了人才。

蘇澄在早稻田紮紮實實學了四年，1909年畢業歸國。他放棄到北京參加清廷留學生考試進入政府的機會，取道越南回滇，此時心中做好打算，要回雲南辦報紙。結果並未如願，公派學生得服從分配，蘇澄被派到當時雲南的最高學府兩級師範學堂任教。學校即他的母校，這位昔日學生格外努力，他在日本體驗的授課方式，現蒸熱賣，派上用場。每天上下午皆需授課，夜裏自編講義。

成家

　　蘇澄遲至二十七歲才結婚。這個年齡的人,當時早為人父。他在六十歲時寫了一篇〈結婚記〉,道出原委。「予自幼即立志讀書,力圖上進」,婚姻事先莫想。待十九歲在普洱府中學堂畢業後,母親做主要他與李氏女訂婚,拗不過母意及親友勸說,他勉強同意,但言明要到省城參加考試,中舉人後才完婚。這一去如斷線風箏,考取公費留日,進入早稻田大學後,「非三五年不能畢業,因函稟先母通告李氏解除婚約,免誤青春。」蘇澄將他從赴日旅費中省下的60金全數匯回老家,給弟弟結婚用,以後每月節存百餘金供弟弟作為經商資本,以安家庭生活。留日學生的津貼本不多,蘇澄一生節儉大概始於此時。

　　日本歸來,在昆明師範學堂任教時,「同事友人皆勸結婚並為介紹,予皆婉謝,欲行獨身主義。」此時他仍在「驅除韃虜,恢復中華」的使命及熱忱籠罩之下,覺得結婚將受家庭之累,不能全心全意投入革命。決心終被他在日本結識的莫逆之交庾恩暘(緯普)動搖了。庾的建議完美得無法拒絕,二人同時具函他們的老師錢用中(平階)先生,求娶錢的兩名愛女,錢維英、錢維芬。共同完娶,二人便成為連襟弟兄,結成親戚。蘇澄的詩文中,不只一次提到他和庾恩暘在昆明舉辦的文明婚禮,在昆明開風氣之先,有主婚人致辭,來賓代表訓詞。

　　　典禮隆重,前所未有,會館門前車水馬龍,盛極一時,熱鬧非常,於是轟動全城,對於予等惟有羨慕,無敢非議,然此後無有踵行者。至辛亥光復,風氣大開,對於新式婚禮始有人採行,今則風行三迤,市縣政府並舉行集團結婚,所行婚禮與

予等大同小異。與其失於奢，寧失於儉，勿令嫁者有人財兩失之憂，娶者有得人失財之嘆！是為予改良婚禮之願望也。

移風易俗，絕非易事。兩個日本留學歸來的年輕人以身作則，只不過引來民眾的好奇，新式婚禮等到辛亥革命之後才漸漸為人接受。

時不我與

蘇庾兩人的友誼未能如他們期待的那樣久長。庾恩暘在日本習武，士官學校畢業回滇後，任講武堂教官，之後步步高升，陸續出任北伐軍參謀長，民國元年升任陸軍少將、中將，任都督府軍政廳長、憲兵司令官等職。1918年，這位三十五歲年輕有為的將軍在貴州畢節遇刺身亡。蘇澄一生中唯一的至交死於非命，留給他無法磨滅的創傷。庾的遺孀、蘇澄的妻妹不堪流言蜚語，遠走香港。他們的兩個女兒，一人死於難產，另一女庾亞華一直以蘇家為娘家，命運多舛，那是後話。

辛亥革命時期，邊遠的雲南省第一次登上中國政治舞台，和這批日本留學歸來的愛國志士有很大關係，他們渴望將激情化為行動。庾恩暘等在日本受到的軍事訓練彷彿就是為這次革命做準備，蘇澄等一批文人則積極參與輿論宣傳，喚起民眾。待民國建立，新政權急需人才，留日學生都被委派去做地方官。看蘇澄的簡歷，他顯然不適應從政，先後在易門縣、呈貢縣、新平縣、賓川縣、石屏縣任過五任縣長。除呈貢做了兩年，其餘都不超過一年。他說自己「傳食而已」。之後，他曾在省教育廳任職，「先後凡十餘年，於己於民，俱無裨益。」

　　他秉性耿直，與官場文化格格不入。無論出任地方官，還是在省政府服務，顯然都令他失望。這年，老母親在家鄉病故，他請假回去奔喪未獲批准，因而萌生去意。「予素具環遊世界及全國一周之願，服務教育廳時，奉派赴各省考察社會教育，遂即辭職前往。」大舅當時在南京工作，外公到南京住了一年。回到昆明後，「與東南郊築一小院」，「題明通草堂額，懸於樓下，自號明通老人，種菜栽花以終老焉。」此時他不過五十出頭，實踐他們這一代人「達則兼濟天下，窮則獨善其身」的人生態度。六十歲時他感慨道：予年十五自籍出遊求學從政，飽經憂患，今逾六旬，身心早衰，園居不出，作此自遣：

　　　　昔作遠方客，行蹤東南多。

　　　　遠遊歷中外，世路多坎坷。

　　　　憂患覺飽經，行不得也哥。

　　　　倦遊歸故園，退休時養屙。

　　　　伏櫪同老驥，止水不生波。

　　　　交遊因息絕，門前雀可羅。

　　　　世與我相遺，理亂不知何。

　　　　昔勞今何逸，光陰空蹉跎。

　　　　風塵所經歷，有如夢南柯。

　　　　靜極不思動，扶杖出門過。

　　　　前途無險阻，已忘夢南柯。

1946年4月5日，外公在〈我的近日生活〉中寫下：

　　　　每日午前七時起床，着齊衣物，整理床被，自提便壺下樓洗濯，舀水入浴室洗漱面口，畢，赴庭園散步。八時喝粥一中

碗後，閱本日報紙。九時上樓整理舊稿並寫作詩文。十一時下樓散步庭園。十二時午餐，一菜一湯、白飯兩碗、開水一杯。午後一時上樓和衣午睡，二時起床下樓，入會客室閱看書報。五時散步庭園。六時晚餐，一湯二菜、白飯二碗、開水一杯。七時開收音機，聽各種音樂及報告。九時就寢，在未成眠時默想本日之事、應記詩文，擬成腹稿，以備次早寫作。此我疏散回昆每日之私生活也。

　　此種生活尚覺閒適，對予個性也屬相宜，行之年餘，已成習慣，靜居安養，很少外出。對於親友婚喪宴會，不去參加，皆由家人前往應酬。至於家事，交由內子督同子女協理，不多經管。惟值此物價趨漲，生活加高，老境日增，婚嫁未完，一家生活尚未安定，每念及此，憂從中來，前途茫茫，不知稅駕何所也。

滌園

　　外公外婆1910年結婚，次年大舅蘇爾敏出世。此後直到1936年，二十四年間，外婆生下三男八女。最小的八姨和我哥哥同一年出生，長我八歲。外公家從來窗明几淨，床單被褥到窗簾枱布，均別致洋氣。園子裏四季花開，樹木扶疏。平日飯菜清淡，各種節日，春節、端午、中秋、各人的生日，外婆率母親和姨媽們在廚房忙碌，香味四溢，至今仍令人回味。我一直以為外公家生活富裕，看外公留下的詩文，十分詫異地看到他們的日子拮据。外公退休早，兒女成群，靠外婆勤儉持家維持清貧的生活。大舅、二舅相繼工作，負擔家用，才得以維持小康水平。

走進外公家，先穿過紫藤架。昆明人稱紫色為春花色，那就是春天開花的紫藤花顏色。一串串紫花垂下，風中輕抖動。夏日過後，變成長長的豆莢，毛茸茸的表皮在陽光下閃爍。外公種在草堂東的觀音柳，我視為好朋友。坐在大樹分枝處，望白雲飄過，任幻想馳騁。外公詩裏沒有提到花朵紅艷的酸木瓜，外婆每年都會醃製成鹹菜。未熟透的酸木瓜酸得要命，切下一片，散點鹽和辣椒面，是我們聊勝於無的零食。

外公將位於昆明城北塘子巷、帶花園的住所取名滌園。讀他的詩〈親洗「滌園」花木〉才明白，外公的花園亦是他心目中的文化殿堂。種甚麼樹，栽哪一種花，植於何處，均有考究：

松名古大夫，是為君子儒。樹之草堂前，相對日親賢。

竹有君子名，心盧節高行。樹之草堂南，七賢共清談。

蕉有美人名，顧不傾人城。樹之草堂北，好德如好色。

蘭為王者香，堪登大雅堂。樹之草堂中，氣味正相同。

梅為皇妃喜，和清是知己。樹之草堂西，同視作良妻。

可敬觀音柳，如交方外友。樹之草堂東，悟色即是空。

可愛菊夫人，聆音識曲因。樹之草堂後，共酌重陽酒。

可憐夜來香，入晚愈芬芳。樹之草堂右，欣賞黃昏後。

相依是紫藤，花垂如不勝。樹之草堂左，高架自纏裹。

為甚麼沒有將爬滿小院牆頭的素馨花寫到詩裏呢？花苞淡紫色，花瓣潔白，聚成一叢，在廳堂裏都能聞到清香。記憶中，素馨花的香味便是外婆家的味道。外公幾乎每天都花不少時間在花園裏東弄西弄，重活請人幫忙，他在一旁指揮。外公最重視的節日是每年二月廿二日的花節，這時我們變成他的隊伍，跟在他後面，將紅

1948，外公外婆抱着小孫孫在家中客廳。

紙剪成的小剪刀、小紙燈籠掛在一棵棵花上，這些小手工製品則是外婆帶着我們完成的。此刻我才想到，小剪刀代表修剪花木，小燈籠又表示甚麼呢？

　　四姨媽一家租住「滌園」的外院，表弟妹令外公有了兒孫繞膝的快慰。大姨媽將女兒交給外婆照料，也住在此。每逢週末、節假日，母親帶我和弟弟來到。小孩的笑聲令花園充滿生機。我的哥哥和媽媽最小的妹妹同歲，兩人是孩子王，花園和廚房是我們的領地。哥哥景輝是蘇家最早出世的孫輩，聰明自律，簡直是個無可挑剔的可愛男童。外公稱讚他「天資過人」，寄以厚望。一群表兄妹在花園裏瘋跑瘋鬧，總有意外發生，譬如推倒了花盆，打破了甚麼，大家就讓哥哥做替罪羔羊，因為他總能得到寬大處理。那時我們住在姑奶奶家，弟弟景泰是姑奶奶的寵兒，充當同樣的角色。我們利用大人的偏心，不會心存妒忌，那是心理學還沒有來到這個角落的時代。

　　外公的新觀念中有過分之處。他不重視傳統節日，尤其反對七月半鬼節這類「迷信」的節日。外婆則信佛，初一、十五吃齋，外公時時拿她的信仰開玩笑。外婆我行我素，不與他計較。我們五六個表姐弟妹，誰那裏有吃的玩的就歸向誰，外婆很容易便得到我們的擁護，陰曆七月半在外婆帶領下，在洗澡間舉行接祖儀式，之後在花園「遊行」。外婆讓最得外公寵愛的表弟去纏住他，我們都為參與秘密行動而興奮。

蘇氏家法

　　外公飽讀詩書，中國傳統觀念根深蒂固。二十二歲到二十七歲在日本留學，人生觀和價值觀深受在日本的所見所聞及教育影響，視勤儉、自律為美德，安貧樂道。一方面接受道家思想，超然物外；另方面追求佛性，苦修苦行。在妻子和眾兒女眼中，這位一家之主對外與世無爭，隨遇而安；對自己和家人要求嚴格，但口慈心善，從無疾言怒色。

　　外公生長在貧困山區，由寡母養大，自小知艱識苦。到日本留學，每月從所得津貼中省下若干寄給母親。他以極為平淡的口吻敘述這些往事，在描述日常生活的詩文中從來沒有對貧困的抱怨、對富足的期望與追求。那時從鄉下僱用女傭很便宜，普通家庭都會僱傭人，而外公定下原則，子女得從小學會照料自己，協助家務。他的詩文中，談及與大富大貴的親戚的交往，例如庾恩暘的哥哥庾晉候，無一絲對財富的羨慕、嚮往。

　　1943年，我出世的這年，外公寫成「蘇氏家法」凡十章，將自己對管理公共事務的思考濃縮到治家的法則之中。第一章「德則」，提出為人處世之十項準則：孝憂互助，勤儉自立，克己自治，謹言慎

行，同甘共苦，安分守己，服務家事，維護家庭秩序，最後兩項規定「家人均應保存及添置公有財產而享用之，家人均須應用謀公共福利事業而合捐之。」

第二章「家長」規定家長由成年家人共同選舉，任期十年，可以連任。家長指派家庭會計、分配衣食住行等事務，「非不得也，不准僱用工人」。家長必須以身作則，做出表率。每月開家庭會議。有點空想社會主義的味道。

第三章「家產」，分公有和私有兩種。每年末開會檢討該年度財務開支，計劃來年預算，包括是否添置公產。

第四章關於衣食住行。衣服提倡樸素美觀，特別提出「每季添製衣服，質料均以國產為限，西服除外。」他沒有料到幾年後，年輕人均不再穿中式服裝，「西服」大行其道。飲食原料也須以國產為限。家人外出，十里以內均須步行。

第五章「婚嫁」提倡年貌相當，才德兼全，破除迷信，同時須徵得家長及家人同意，提倡婚禮從儉。相對於當時要八字匹配，婚事大肆鋪張，已經頗為進步了。他最有見地的主張是結婚一個月後，小夫妻自己住，「但父母年老無人侍奉，仍應同居。一夫一妻，非有犯法行為不可離婚。」

第六章「生死祭奠」，生育子女以二人至四人為限，以免教養困難。這一年外公最小的女兒八歲，上面有三個哥哥、七個姐姐。他這麼自律的人都做不到，旁人又如何能行呢？

第七章「教育及職業」。他認為子女教育受至何級程度為止，當視各人天資慧鈍。畢業後應當自謀生活，要勤慎行事，忠實服務。如果自己創業，應視為終身事業，竭心盡力為之，不可見異思遷。

第八章「社交」，主張男女成年後均可為之。許多今天習以為常的行為，例如社交不限男女，在中國是20世紀初在城市才有的現

象，外公將之寫進「家法」，算是開風氣之先。同時規定「男女社交須公開，不可私相往來」，風氣很快就跑到他前面了。

第九章「衛生」着墨最多。規定每日梳頭洗面，每週換衣，每月沐浴。外公家的盥洗室叫做洗澡房，有浴缸，這件稀罕的「奢侈品」我也曾享用過。長大後看外國電影，對西方最羨慕的事是家中有浴缸，每天可以洗澡。「家人每日生活分為八小時工作，八小時睡眠休息，八小時飲食運動」，「男女老幼均須按時運動」。印象中，我從沒有見過外公做運動，如果在花園工作不算數的話，難說他在房間裏做他從日本學回來的體操呢。

第十章「附則」甚有趣。一年內屢犯家法的話，要被罰在家中做工。他很民主地讓家人可以參與意見，對不適合的條款開會討論、修正。他將獨善其身的觀念推廣到齊家，「思積人成家，積家成國，家齊而後國治，齊家之本原共修身，修身以法，法由家立。」外公對政治灰心，將個人的種種理念納入對子女教育，建立齊家模式之中，對這部家法傾注心血。母親是他的孝順女兒，言行舉止看來都合乎家法的規範。眾位舅舅和姨媽，就像外婆經常說的，一娘養九種，九種不像娘。到我們這一代，依稀聽說過外公定下家法，從不知道內容。外公的家法寫畢的這個月，1943年1月，我出世。七十六年之後為寫這篇文章，第一次展讀。突然想到我歷來不聘人助理家務，是不是家法在隱隱作用呢？

憂國憂民

科舉時代的讀書人，以參與治國為目標，以天下為己任。公派到日本，受本省父老鄉親之託，雖無力報效，始終關懷國家大事。外公撰寫的與時政有關的文章，其理念和制度設計，表達了那個年

代大多數知識分子的共識。針對現實，他批判國民黨一黨專制，提出中央集權、地方自治、官兵不加入政黨等主張。對於省內政治，他主張各縣、鄉均有管理地方事務的自治權。這些紙上談兵，是他深思熟慮的結果。

一介布衣對國家大事念念不忘，和同時代的知識分子沒有兩樣。他寫下〈檄平地權節制資本文〉，批評民國政府歷次大會空言民生主義，實行則遙遙無期，「貧富階級相怨愈勝，弱小民眾已不聊生」，同時他擔憂共產主義階級鬥爭的言論傳播，主張儘快分配土地，徵收個人多餘的財產。他撰寫〈擬組織實業建設團〉一文，建議聘請中外專家組織實業建設團，調查省外的建設，為雲南設計各項實業，引導實行。他看到進口設備和人才培養是當務之急。此類書生論政，雖然難尋被參考、採納的管道，他依然去苦苦思索，寫成文章。1946年抗戰勝利後，他寫信給政府，建議開放政府辦公地五華山，改設公園供民眾遊覽。今天讀來，亦不過時。

> 滇垣五華山，居昆明城市中心，地勢高曠，風景優美，極目四顧，山環水繞，東瞻金馬，西眺昆池，北望螺峰，南瞰雙塔，煙火萬家，阡陌連野，誠滇中名勝地也。

> 前清時代，向來開放，除皇殿外，任人遊覽。清末，將山麓五華書院改辦高等學堂，即於後山腰添建講堂數間。後復改辦師範學堂，又於山頂寺址新建西式藏書樓及教室宿舍多間。山之一部分，遂禁人閒遊。辛亥光復，山為清軍據守，被革命軍攻佔後，即就校地改為軍都督府，將師校移設舊總督衙門，即今之雲瑞公園。自此，山之全部遂成軍事重地，門禁森嚴，禁人遊覽。今設省政府，仍為禁地，已三十餘年矣。近因管理不慎，省府辦公處所大部分被毀於火，所餘府屋舍不敷辦公，因陋就簡，有礙觀瞻。另行重建，需款甚 ，莫如將省府全部移

設雲瑞公園新建之勝利堂內，或就民廳地址改建，合署辦公，即將華山全部開放，任人遊覽，恢復舊觀，除原有南北兩大門外，並於東西兩面添設大門二道，以便市民出入通道，改名五華公園，交由市政府管理，並責成籌設圖書、博物、科學、美術四館、公共禮堂及教育場等，以期完善，應需款項概由捐募，並許私人獨力出資興辦，即以其姓名名之，以資紀念而示獎勵。

　　　所擬當否，應請提議公決，並請政府核議施行。市民幸甚！

　　　　　　　　　　　　　　　　　　　　　卅五年十二月廿四日

　　他還寫報告，建議政府建設昆明新市場業。許多想法和在日本留學四年的見聞有關。當年五華中學的校長陳榮昌到日本考察，在日記中寫道：「日本衣料皆能自織，尚力求儉約，以奢華為戒」；「勤儉過於尋常，為客具食，只一湯一飯」；「蓋日人居家，無不勤儉者，而報國則極其慷慨，成為風氣」（陳榮昌《乙己東遊日記》）。而外公的政府與政治觀，也是西方的政治主張經日本過濾後的產物。

　　外公留下的十餘萬字詩文中，充滿憂國憂民的情思，乃至許多對政務的具體觀察與建議。1942年，為避日機轟炸，全家搬到昆明附近的晉寧縣鄉下暫住。外公寫成了兩篇政論文章，〈新世界建設計劃〉及〈新中國建設計劃〉。對國際關係，他主張「與主義不同之國家，不得有敵對或仇視之言論行為」，對國內建設，主張地方自治。這些想法，大概都來自他年輕時在日本留學，及加入同盟會後接觸的思想、觀念。

　　1945年8月10日晚，昆明市各報社發出大紅字體號外，日本投降。今夜無人入眠的昆明城中，外公寫下〈聞敵投降有感〉。

　　勝利的喜悅沒有消除他的憂慮。外敵被趕出去，他認為一半靠美國和蘇聯，軍閥及發國難財的奸商非善類，如果不排除黨派之

爭，軍隊歸國有，仍有後患。他期待爭持的雙方，「同心共建國，兄弟戒鬩牆」。外公這樣的普通百姓看來，兩黨之爭是兄弟之爭。見內戰不息，他感嘆道：「南北相爭就苦兵，憂國憂民自多情」；「古稀年近無何戀，唯有難忘愛國情」。

兒女成行

　　有心栽花花不發，外公的政治抱負成泡影；無心插柳柳成蔭，他主張一對夫妻生兩個小孩，自己生養了十一個。子女大都優秀，八個女兒均從昆華女中高中畢業。大姨媽和母親分別是該校第一屆、第三屆畢業生，都是學霸。外公寫道：「女兒年大有家時，良母賢妻作導師。減我奔波牛馬累，憐他玩弄鳳麟姿。品行端正斯為貴，心地聰明不是癡。相繼于歸成棄物，天才埋沒有誰知。」兩女賦性聰慧好學，肄業女中，學行俱優，畢業考試，名列一二，故其成績為學校前茅。自于歸後，累於家事，不克升學，天才埋沒，殊為可惜。

　　三姨媽畢業於西南聯大英語系，遠嫁加拿大。四姨媽雲南大學畢業，成為雲南省第一批女企業家，辦火柴廠。三舅不負外公期待，1945年以第一名成績從雲南省公費留美預備班畢業，卻未能如願回國（兩位舅舅和幾位姨媽的故事見本書其他章節）。

　　《家在雲之南》的讀者最欣賞、敬佩的人物是我的母親，外公無疑對她影響至深。母親稱外公「爸」。我至今清楚記得那一聲拖長的「爸」，包含由衷的敬仰、無條件的順從、放心的依靠。他們十一個子女，連同外公批評最多的二舅，都以外公為楷模，沒有一句微言。我不明白其中的緣故，是時代的特徵，還是他特殊的個人魅力？我只記得外公在我們小孩子面前，總是一副抿嘴忍住笑的樣子。

外公詩文中大量內容是和子女的「對話」。三舅赴美留學前夕，來家辭行，外公詩云：寶山不空歸，報國名顯揚。及期早歸來，免勞寄閭望。我身如健在，出迎大路旁。

二十一歲的兒子即將遠行，父親叮嚀囑咐，從衣食到行為舉止、婚姻，樣樣念叨，最大寄望是學成歸來以報效國家。人還沒走，便想像他日回家的情景，想不到這一去竟成永別。三舅畢業時，昔日友邦變為敵國，有家歸不得。六年後外公離世，再過五年外婆去世。二十八年後，眾姐弟妹終於等到父親最疼愛的兒子歸來，將父母的骨灰安葬。

以詩會友

民國時期，中國人的平均壽命不足四十歲。外公五十多歲，已被視為垂垂老矣，辭官歸故里，專心於三件事：寫詩，教育子女，培植花木。寫詩是他人生最大的寄託，所思所想都用詩文表達。他自嘲：「腹稿多由夢裏成，推敲字句到天明。晨興握管忙謄正，惟恐善忘記不清。子女傳觀妻說好，笑予博得作詩名。」

他年輕時最好的朋友庚恩暘三十四歲遇刺身亡，從外公的留下的文字看，之後只結交過一位好友，蘇開端女士。這位在廣東任校長的女士逃避戰火來到昆明，與外公家為鄰。從1945起，蘇女士和外公詩文唱和越來越頻繁，持續一年餘。這也是外公詩作最多的時期，七言絕句就寫了三十四首，直接和蘇女士詩作也有二十餘首，可惜她的詩外公沒有錄下。惜別之前，外公寫了七十多句的五言律詩，送蘇校長回粵，是他的詩作中最長的一首。讀外公的詩文，才知道他平淡如水的一生中，曾經遇到一位文字相切磋的知音。然而，「誰知緣分淺，歸棹理釣簑。倚裝待通航，行期不蹉跎」；「送君還南海，居傍羅浮阿。神交松作證，佳章永不磨。」

　　蘇女士回廣東後，偶爾通信，交換詩文，多為感懷國事。思念之情，也在詩中：「詩書賜我感情長，文字之交自不忘。」

　　外公生前每天寫詩作文，除了應酬作品或與友人頌答之詩文，皆不示人。外公去世留下的唯一「遺產」，是他從1942年到1951年初去世前十年間所寫的十一冊詩文，共十二萬餘字，結為《滌園明通草堂詩集》。他在遺囑中交代，給十一名子女每人一冊作為紀念，子女均以為書稿不應分割。1970年代中，二舅獲准到台灣探親，將詩稿帶去交大舅保管。台灣影印普及後，大舅將詩稿複印了十一份，裝訂成冊，分送各家。當時大舅身體已很虛弱，堅持自己每天帶着詩稿去親自影印。數月後，印製成沉甸甸的十一冊家父遺著。此時，外公去世二十多年。大舅1948年離家，先去香港，後定居台灣，再也未能回鄉見父母。詩稿中有不少外公寫給他的信件手稿，從他未婚，到他為人父，到外公去世前因台海不通音訊而心焦。年邁的大舅此刻捧讀，情何以堪。

歲月動盪

　　1948–49年，大陸時局動盪。大舅曾經在國軍任職，雖然已經脫下軍裝，為安全計，一家三口回昆明探望父母弟妹，很快離開。他們的女兒才滿一歲，大舅媽是日本人，外公不放心，讓聰明伶俐的七孃陪同，她年僅十五歲。一家人都不曾料到，這一走亦成永訣。這一年通貨膨脹，生計艱難，外公心事重重。加之亂局中郵路不暢，久久收不到在美國念書的三舅的信，更添煩憂。「晝思夜成夢，歸省暑期中。覺來人不見，悵望意無窮。」

　　抗戰勝利後內戰起，令外公對政治失望之極。他在〈戊子年雙十節國慶日感賦〉中寫道：

三十七年前，民國始成立。帝制既取消，民主初學習。結黨營私爭，當權不讓揖。同室竟操戈，豆其相煎急。東鄰起盜心，乘危來侵襲。禦侮幸同心，執戈衛社稷。強敵終投降，還是仗外力。何物貪天功，搶收相近緝。禍復起蕭牆，鬥爭分階級。舊恨加新仇，雪報不稍戢。力敵勢亦均，勝算難操執。賣國求外援，餉械時供給。相研利漁翁，愚誠不可及。建設託空言，破壞及鄉邑。田舍成丘墟，入野哀鴻泣。村鎮不安居，都市難民集。紙幣濫發行，千錢值一粒。薪桂米如珠，生活常岌岌。國亂民流亡，志士多憂悒。思昔而撫今，百感生雙十。

對這段半世紀前的歷史，觀點不同、看法各異的學者至今仍各執一詞，一個身處其中的平民百姓，卻能洞若觀火。內戰風起雲湧，年輕學生幾乎一邊倒地信奉共產主義。這年，三位姨媽分別從昆華女中高中及初中畢業，同學均無心向學，罷課停考，學潮成為時髦。外公有感而作：

國家多事幾經秋，男女青年強出頭。

外患內憂相刺激，風潮迭起又何尤。

反抗風潮鼓動成，示威結隊共遊行。

警軍監視如臨敵，拒捕秀才遇着兵。

學校居然作戰場，憑高抵抗甚頑強。

無何武器憑徒手，拒絕敵人入講堂。

外公對於當時政黨進入學校與軍隊非常憂慮，認為這樣下去國家將永無寧日，利用學生作為奪權工具，不顧人民生命財產互相殘殺，結成勢不兩立的仇敵，為消滅對方獨攬政權一黨專政，不惜乞求外援。「相煎日急，必至國力耗盡兩敗俱傷。」我於2019年夏天撰

此文時，香港學生抗議風潮不息，七十年前外公對學生介入政治的憂慮穿越時光而至。

三姨媽奉信基督教，她從西南聯大英語系畢業後，經一位教會師母介紹，赴加拿大溫哥華領事館任職。外公又送走一名愛女：

> 吾生多離別，垂老猶送行。親愛如父女，不勝依依情。親老兒亦大，孺慕未曾更。一朝獨遠去，何以慰平生。耳聞子歸省，眼見女長征。迎來復送往，喜懼一時並。人生有聚散，暫別不須驚。去矣夫何戀，有志事竟成。還家自有日，昨夜夢歸程。覺來空悵望，惟有屋烏鳴。

五年來，三姨媽是第四名離家遠行的子女，和她的兩個哥哥、一個妹妹一樣，今生從此就沒能再見到父母。電子通訊時代的人，無法想像生離死別的哀慟。

國事堪憂，家中總算還有好消息。終於收到三舅的信，他從美國伊利諾州大學化學系畢業，獲得銅牌獎，乃第一名華人學生獲此獎項。外公作詩勉勵：「寶山既入不空回，切磋琢磨金石材。學得美人身手好，幹家棟國待歸來。」當初外公留學日本，從助學金中省下若干寄國內家人。有其父必有其子，故事相同。

三姨媽大學剛畢業，內向，纖瘦。那時從昆明赴北美，漂洋過海數月，她初冬離開昆明，數月音訊全無，家人十分擔心。這天終於接到她報平安的電報。同一天，大舅媽在昆明誕下一女。外公「一日之內喜報頻聞，扶慰之至」，為賦六絕句以示家人：

> 自爾赴美國，沿途報行蹤。家人爭快睹，喜慰眾心同。近忽魚雁杳，掛念在私衷。時盼綠衣使，送來書一封。誰知消息阻，路遠隔西東。兒書久不至，遲誤投郵筒。晝思夜成夢，歸省暑期中。覺來人不見，悵望意無窮。百思不得解，修書付飛

鴻。為問遠遊子，緣何信不通。莫非身染病，豈是性疏慵。群疑難盡釋，老少心忡忡。

雲南解放後對外交通阻滯，數月接不到四個子女的來信，外公憂心忡忡。5月30日接三舅3月18日自美國寄出的信件，31日接三姨媽4月12日從加拿大寄出的信，6月1日接大舅一個多月前在香港投郵的信件。家人爭相閱讀，見字如人，甚欣慰。外公6月2日即覆長信，分別抄送給三地子女。

昆明自解放後，除攻防時期陸空來襲，十分驚慌一度緊張外，至今地方平靖，人心安定，此後革命秩序必能維持，勿庸過慮。現在軍政機關接收完畢，社會經濟正在改造，所有接收人員均能以身作則，臥薪嘗膽，勵精圖治。全國如此十年生聚十年教訓，將來之新中國，雖不能稱霸全球，亦當能雄視亞洲。我雖年老，尚欲苟全性命，睹此太平景象也。

惟今欲將吾國數千年之封建主義思想、數百年之帝國主義思想、數十年之資本主義思想一律廓清，所有人民傳統之升官發財、豪強兼併、衣租食稅、營私舞弊之私利行為一掃而空，種種困難在所不免，然民族復興在此一舉，政府當能打破難關，人民亦當忍受也。現在社會經濟既經改造，人民生活不免感受影響，吾人處此非常時期，惟有順應潮流，改造思想習慣，力求適應環境，度此難關，從新做人，以前種種如昨日死，以後種種如今日生，前途光明可以預卜。

爾等現雖身居國外，當有回國之日，均宜適此時機，做些預備工夫，學習他人思想務須勞苦，生活所需技能當求諸已而不求諸人，更勿求諸神，將來回國謀生有術，自不患無立足之地。如仍不改舊習，但圖享受舒適，生活既不簡單，勞苦又非所能，懶惰成性以自絕於國人，歸來必受淘汰，不分男女大小也。

得知三舅信了基督教，外公細說他自己的宗教觀，末了談及他的憂慮，表示理解三舅的選擇。「現今國內解放，人民思想改造，研究馬列主義，實行社會革命，國人信教乃自由，對於各家宗教俱不重視，但各教徒不得有位違反共產革命令列爾」，外公對了解當年國內的宗教政策，不由想到信奉基督教的兒子歸國後遇到的問題，他沒有提出異議，只說「為爾一言，望爾三思」。

昆明解放一年之後，外公寫給海外子女的信，表示出普通昆明人對解放的了解和態度。他承認自解放後心緒不宜做詩文，期間海外子女不斷來函詢問近況，他勉強作答。對遠隔重洋的親人，書信自然報喜不報憂，尤其不願令他們對新中國政府存疑。在他看來，政權能夠和平交接，免去戰亂，「昆明真福地也。」以下文字之外，外公一連寫了四首七言詩記之。

> 因聞敵軍已被擊退，家園有兵駐守，幸未破壞，遂與老妻出城回家。就園內空地趕挖防空壕，以備空襲，因敵機仍日飛昆轟炸也。月終，敵陸軍被滇軍會合共軍圍剿，先後消滅，空軍不來昆空襲，昆市人心始安。此次事變，較之辛亥年命及唐碩、龍胡、杜龍兵災危險萬分，人心恐慌達於極點。未及旬日即告平定，昆明真福地也。余年老罹難感傷身世，劫後餘生幸得解放也。

不如歸去

滿六十歲這年，外公對生死諸多感慨，寫下〈六十自輓〉，表明生無可戀。

> 念初九日生，願初九日死，死生日同有定數；勞六十年力，操六十年心，心力年來已全虧。

此生休矣，六十年苦修苦行，眼耳口鼻六根淨；即死可也，一
個人獨來獨去，夫妻子女一場空。

六十年憂患飽經，想當初投生來，是將錯錯就；八口家子女多
累，到而今尋死來，以不了了之。

死去非成佛登仙，無地可容，寧作厲鬼誅暴日；生來是幹家棟
國，有志未逮，徒留青塚向黃昏。

　　外公1942年寫下的生死觀，看來在留日期間便形成了。他似乎
很樂意談論這個國人慣於迴避的話題：「凡人生時則喜，死時則悲。
但人不能有生而無死，是生時之喜，即伏死時之悲，須減生時之
喜。人能看破生死，減除悲喜，即是佛家解除苦惱求及長生之法。
奈人不覺悟，自尋苦惱，已生此皆貪生怕死，未死此多求生免死，
以故生閉環悲善交流，日在苦惱中求生活。誰能視生死如來取，渾
忘悲喜只情此乎。」

　　他早年就寫了〈身後事〉交代，目的在以身作則，改良現行耗財
費時的禮俗，涉及許多細節，包括遺體的處理、葬禮的形式等等。
不僅只是移風易俗的心願，也看到他視死如歸的觀念。

　　外公出生至今六十八年中，國家幾乎無寧日，「久經世故厭紛
爭，年老力衰話不成」，期待了一生一世的和平終於來到，朋友中有
人持很悲觀的態度，他則仍在觀望中：「世人今尚做紛爭，共產推行
猶未明。思想由來宜改造，往前種種自澄清」，此話估計是回應當時
反對思想改造的聲音。他贊同共產黨的許多主張，尤其平均地權，
當年參加同盟會就積極擁護該主張。他寫下〈土地改革法公佈喜而
有作〉：「千年古制一朝除，開國史應特大書。復舊衣冠如漢代，更
新土地似周初。豪強兼併齊解放，貧弱配分自犁鋤。寡與失均皆不
患，推行共產遍鄉閭。」和眾多信仰三民主義的文人一樣，他們的熱

烈擁護基於理論，而非中國實況，更不了解這一理論將以甚麼樣的方式實施。

生計日艱，外公安然忍受，思及未來則惶惶不安。民航局拒收寄往國外的航空信件，抵萬金的家書漂洋過海幾至無期。曾與三舅約定每月通信一封，1950年9月20日外公給他寫信時，已經兩個月沒有收到他的信函。外公殷殷盼望他歸國服務：

> 雁來再回起秋風，不問山川路塞通。衡門未到綠衣使，斷送魚書望眼空。學成回國何猶豫，不誤良機免怨尤。

歷經戰亂的人，只要社會恢復秩序就滿足了。「昆市秩序良好，物價趨跌，謀生艱難，人心安全，家人親友，現皆請吉，惟稅捐相多，負擔過重，不免感受苦難耳。」1950年11月20日，外公給那時代表政府徵收各種稅費的「第六區第四街支會」寫了一封要求免捐款的信函：

> 此次募集寒衣捐款，事屬善舉，本應量力捐助，無如新因老病賦閒，靠子贍養，除現自住宅地外並無其他收入可資挹注，前募公債時曾經函明，已蒙諒察。現因籌繳房地產稅，為數甚多，限期已過尚未籌足，闔家人等焦灼萬分。對於寒衣捐款，實心有餘而力不足，仍請諒察是幸！至子女等已在各學校團體認捐，合即陳明。

這封信距離外公服下整整一瓶安眠藥長眠不起，不過四個多月。期間，三姨夫辭去國民黨政府溫哥華領事館工作，攜三姨及子女歸國，算是「起義」，外公少了一份牽掛。這時期他詩作不多，關心時事不或停。2月10日寫的〈慰問中國人民抗美援朝志願軍函〉，2

月24日給在台灣的大舅蘇爾敏的信，是外公最後留下的筆墨。信中談到五姨媽離開軍事幹部學校令他生氣：「爾五妹原在空軍服務，因調受訓，怕受勞苦，竟假我名，辭戰升學，事後聞之，殊為憤懣」，此時，看不出他有何厭世的跡象。之後三十六天內，除了遺書，外公沒有寫下隻言片語。外公為甚麼不顧妻子，十一個子女，眾多愛孫，走向絕路；那三十六天內他有過甚麼樣痛苦的掙扎，無人知曉。

　　兩個月前我開始寫這篇文章時，無意中看到一本自印書，作者引用大量史料描述1940至1950年代初的昆明。書中寫到，1951年3月4日，昆明開始大規模「鎮壓反革命運動」。3月7日，未經審判，昆明軍事委員會處決了反革命犯罪分子21名，之後二十二天內，分別有15批反革命、特務被槍決。運動是全國性的，到3月22為止的五十多天裏，北京市槍斃了198名反革命罪犯。記得外公去世後，母親和二舅曾抱怨道，××不應當整天來對爸講，×××被槍斃了，×××被捕了，其中有外公的熟人。「爸都被她嚇死了」。

　　外公從來看淡生死，應當不會被這突如其來的鎮反運動嚇死，何況他本人與政治並無干係。他有的，只是理想和信念。外公自年輕時追隨孫中山，信任他聯俄聯共的主張，「解放」實現了外公曾經憧憬的對未來的期盼。去世一年前他寫道：

　　　廿九年前產共黨，羽毛豐滿日生長。高飛遠走遍神州，南北東西齊解放。回憶中山生活時，聯俄容共成理想。不期政息由人亡，誅伐不容存天壤。萬里長征圖共存，延安退守脫羅網。禦侮豈能再鬩牆，揮戈抗日同乎蔣。勝利敵人投降來，接收被阻共同往。揭竿而起作鬥爭，蠶食鯨吞地漸廣。天與人歸共翻身，統一山河如反掌。今逢誕日祝千秋，繼往開來人共仰。

外公這般一生一世憂國憂民的知識分子，信念與理想是他們生命的支柱。

❧❧❧

附：外公蘇滌新詩選

〈鄉居雜感一〉

避難鄉居了此身，復興家國付他人。回思六十年前事，一夢黃粱未必真。大地干戈動未休，人間何處可淹留。往生淨土雖安樂，難釋一身家國憂。

〈雜感八〉

曾經五任地方官，一事無成空掛冠。游宦半生何所有，清風兩袖守寒酸。率獸食人官吏貪，何分地北與天南。滔滔皆是交徵利，富貴浮雲與孰談。

〈河上觀稼〉

梁河兩岸稻花香，遠近田中農作忙。共喜秋收今有望，兵糧民食快登場。稻田雀鼠食相爭，縱使豐收亦減成。交租納稅餘無幾，惟望小春得更生。

〈示敬兒〉

父子出洋前後行，遠遊日美有同情。五經魁首爭先佔，第二名同第一名。前年冬雪始招生，去歲秋霜試完成。待到今春方受訓，不知明夏可成行。

〈其二〉

國難家憂時在懷，分勞減累望兒來。從今多少未完事，都付承先啟後才。當年話別子須知，研究李寧馬克思。今日歸來思想變，始終不負老人期。

〈雜感十一〉

子來女去感離合，人到老年憂樂多。惟有山中泵禪客，一心念佛不知何。自知憂患與生來，日坐愁城解不開。偶誦樂天詩一卷，老妻旁聽亦徘徊。

〈雜感十四〉

百畝荒田接市區，軍糧民食足堪虞。復興地利誰之責，開闢草萊刻正需。吏民爭食鬧年荒，咫尺誰知有稻場。水利失修成瘠土，不生五穀尚徵糧。

〈敬兒將赴美國留學，來村叩別，書此送之〉

我昔赴東洋，留學居扶桑；五年初畢業，轉學往西方；事不如人意，歸滇辦學堂；空存遊美願，有志恨未償；爾今能繼述，詩作萬里航。來村叩別語，應記在心房。人生無老少，自要身心強。讀書志氣立，袪病生命長。飲食尚精潔，言行戒輕狂。衣常保體溫，食不過腹量。勿行僥倖事，勿登浪漫場。守身如守玉，不可有毀傷。學成擇配偶，出身要相當。才不求其全，人須德性良。遠遊新大陸，時寄書一章。家人的慰藉，朝夕自安康。美稱黃金國，世界安樂鄉。寶山不空返，報國名顯揚。及期早歸來，免勞倚閭望。我身如健在，出迎大路旁。

〈聞敵投降有感〉

突然告勝利，聞報敵投降。滿城爆竹聲，全市喜欲狂。八年同
禦侮，無數死與傷。只因強弱異，損失數難量。身亡家有恤，
財失國無償。遺族生活難，泣饑號寒僵。奸人逞國難，營業官
兼商。假公濟私利，囤集致富強。造成軍財閥，操縱朝市場。
貧富相懸絕，共產同主張。今幸獲勝利，半仗美蘇方。河山盡
還我，接收復員忙。同心共建國，兄弟戒鬩牆。調和國共黨，
還政於民望。軍隊歸國有，脫離私人方。軍人除黨籍，超然中
立旁。五族各自治，共戴漢家邦。三民齊並進，教育新改良。
安居各樂業，富庶共康強。和平常相保，有治無亂亡。

〈癸未六十自述〉

我生憂患多，飽經在心目。年幼尚無知，先父即不祿。失怙成
孤兒，惟恃母撫育。世業失其傳，無米難炊粥。孤寡動人憐，
善後有外族。年長及學齡，就傅入私塾。出口能成章，讀書記
誦熟。習字工楷法，傭書識吏牘。辛丑應童試，名列前茅數。
赴景遊泮歸，功名始基樹。書院改學堂，入堂居廊廡。新舊學
初窺，報國以身許。癸卯應鄉試，字奇不見取。就讀五華山，
明師良友聚。學習中西文，成績月可睹。考選送東洋，留學居
江戶。一朝思想變，欲復漢家土。投入同盟會，持節繼蘇武。
己酉初畢業，調回春申浦。不應清廷試，返滇作書賈。執教五
華山，當年舊學府。教與學相長，講習至夜午。匈奴尚未滅，
家庭不暇組。作客久獨身，中饋需人主。相約迎新婦，婚禮自
作古。同時得賢良，感情融水乳。辛亥滇光復，生子能肖父。
家人共團圓，迎養來慈姥。從事新聞業，宣傳振聾聲。投稿作
芻蕘，衷言出肺腑。學未優而仕，歷署縣缺五。從政十餘年，
國民俱無補。送母歸故鄉，失恃未回普。大事弟能當，設靈展

莫祖。辭官有遠行，遊覽到鄒魯。南北足所經，鴻爪留泥土。
倦鳥知還巢，別子離京滬。艱巨付兒曹，歸老即退武。且住海
藏樓，息影城南杜。故園舊草堂，種瓜學老圃。七七事變生，
全國抗日虜。空襲到滇南，昆市被侵侮。老弱宜疏散，村居避
市虎。亂世命苟全，聞難思起舞。顧我家貧窮，塵時生瓦釜。
薪桂米如珠，生活感痛苦。國難同家憂，如芒刺在股。何日獲
勝利，和平得重睹。

今年屆六旬，自試題詩筆。他日歸道山，五字作行述。

鳴謝：雲南大學歷史系譚淑敏等同學協助錄入外公詩稿。被稱為「認
字王」的雲南大學圖書館年四國先生，花了許多功夫做通篇校對，令
詩稿成文。

熊景明訪談：民間歷史呈現的真實

鍾源

【訪談者按】1963年，西方研究中國大陸的學者在香港亞皆老街155號設立了「大學服務中心」，專為海外到香港來從事中國研究的學者服務，直到中國對外開放以前，中心成了西方中國研究學者的大本營。按1980年代初的統計，大約有二百多本有關中國大陸研究的學術著作在該中心完成。1988年中心加入香港中文大學，1993年更名為中國研究服務中心（下文簡稱「中心」）。如今，中心成為關於當代中國國情研究最齊全的圖書館，其使用之方便為海內外學者稱道。

1988年，熊景明女士擔當中心的助理主任，負責管理中心的日常事務，拓展館藏以及維繫中心的學術網路。每個來到中心的學者都認識熊景明，她說，世界上中國研究中心有很多個，而為中國研究服務的「中國研究服務中心」只有一個，中心就是為了服務學者的。

熊景明的熱心、周到讓人印象深刻，也為她贏得了「學術媒人」、「熊貓飼養員」、「溫柔專制」等稱號。學術服務之外，她近年來集中精力收集民間歷史並寫作自己的家史。此外，她自身的生活經歷，何嘗不是一部豐富的「民間歷史」？

2017，熊景明應邀前往秦皇島的阿那亞社區分享家史寫作心得，
該社區有數百鄰居參加了家史計劃。

家族史寫作

鍾源：幾年前我看過您的《家在雲之南》，寫的是您的家族史。聽聞您最近又在寫一本家族史的書，這次是寫甚麼內容？

熊景明：《家在雲之南》是憑着自己的記憶，寫的都是自己認識的人。現在這一本（《長輩的故事》）基本上寫完了，是根據資料寫我的曾祖父、祖父、外公、乾爹等人。我對他們了解不多，「拜乾爹」時我才四歲，根本不知道何為「乾爹」。寫這些人要去查看資料、做點研究。

　　《家在雲之南》是憑着自己的記憶，寫的都是自己認識的人；寫《長輩的故事》則要做些功課。曾祖父留下的文集是古文，頭都看大了。裏面寫到他參加「西征」，到西藏平叛，只有短短一段話，我查閱了包括當時的四川都督尹昌衡、雲南的殷承瓛將軍——曾祖父是他的總參謀長——留下的文獻，看了英國人寫的書，還是沒法知道具體發生了甚麼事情。這些文獻完全沒有寫到戰爭的血紅、慘烈，曾祖父則提及士兵的犧牲、民眾的付出，以及北洋政府的瞎指揮，早上下一個命令叫你打，晚上下一個命令叫你撤離。他個人的經歷和感受不足以說明這場戰爭的全貌，卻讓人得以從參戰者的角度去看待它。曾祖父的很多文章、詩作，都經他的大兒子、我祖父整理出版，才得以留下。曾祖父寫了很多家族故事，他的祖父小時候家境並不富裕，用今天的話說是 "lower middle class"。賊來偷盜，看到他家唯一的好東西是為病重的母親準備的壽衣。賊人拿起，兩個小男孩死死地抓住壽衣不放手，說你們可以把我家的東西都拿去，我媽媽的壽衣不能拿。弟弟被賊用刀砍到手流血，依然不放手。賊說，孝子也！就走掉了。你說今天的人怎麼會為了一件媽媽的壽衣

拼命？沒有這些細節，我們無法了解一百多年前人的想法和今天我們的想法有些甚麼不同。

　　曾祖父做到了省務委員，當時雲南講武堂學生的畢業證書上面都有他的簽名。家族裏沒有人能超越他，在這個家庭中他是神話一般的存在。

　　我的祖父去世時，我八歲。印象中他古板，不苟言笑。我從來不知道他是位很勤奮的人，一生有不少建樹。他參與過雲南的縣自治運動。在1925年就寫過一篇十二萬五千字的《雲南全省暫行縣制釋義》。香港科技大學的馬建雄教授在雲南社科院圖書館看到，拿來給我，我才知道這位並不慈祥的祖父曾經做過甚麼。

　　他做縣長時寫了關於瀾滄江地區開發的計劃書，提倡將荒地分配給農民，男女均有份。認為教育、交通是發展的命脈。提出改良徵稅，資助教育的具體辦法。甚至建議由民眾集資建房，建縣中心鎮，發展商業。1931年的地方官具備這樣的遠見，令人吃驚。為寫他訪問了我的姑姑，她大學一年級就棄學去「山那邊」參加共產黨。她說，1927年雲南中共黨委書記王德三被逮捕的時候，把我祖父的照片給他兒子說，如果將來我出了事，你們就去找我的好朋友熊伯伯。王德三被槍斃後，兩個兒子被賣到了鄉下。據說大兒子被人當騾使，蒙着眼睛推磨，小兒子逃到了昆明，找到我的祖父。祖父收養了他，送他去了昆明最好的中學，南菁中學。他念高中的時候也到「山那邊」參加了革命。1949年後，他做了一個縣的公安局長，和我祖父這名舊縣長劃清界限，不再往來，他也寫信給我姑姑，勸她和父親劃清界限。

鍾源：除了曾祖父和祖父，還有哪些人的故事讓您印象深刻？

熊景明：我的三舅吧。西南聯大的故事廣為人知，對西南聯大的回憶錄、研究專著，好像沒有提到西南聯大對雲南本省人才培養做出

的一樁貢獻。「弦歌不輟」是國民黨在抗戰期間的一個重要理念，意思是教育不能因為戰爭中斷，培養人才便是對未來的投資。中央政府鼓勵地方選拔大學畢業兩年以後的人去歐美留學。雲南負責此事的繆雲台是一位商業奇才，他從美國留學回來，創建了雲南省大型國民合辦的企業「雲南省人民企業公司」。繆雲台認為雲南的教育水平低，上大學的都是富家子弟，大學畢業兩年的人很少。他便自己來一套，全省二十歲以下的都可以報名參加留美預備班考試，有點像以前考舉人的鄉試。報名者眾，末了六十個年輕人來到面試環節。誰來給他們面試呢？繆雲台本人以外，還有清華大學校長梅貽琦、雲南省省長龍雲。面試之後錄取了三十九個人，我三舅是其中一名。

　　這些小孩子還不是西南聯大的學生，等於是預科，他們的老師卻都是些西南聯大教授，楊武之、朱自清、聞一多⋯⋯上課之外，一個星期舉辦一次講座，一共七十三次，講者都是大名鼎鼎的學者。這些海外回來的教授知道，和美國同學比，中國留學生輸在哪裏。在他們的策劃下，預備班的學生整個暑假用來做體能訓練，學擊劍、騎馬、壘球。當初外公以第一名的成績考取公派留日，舅舅沒有辜負他的期待，以第二名成績考入留美預備班，第一名畢業。他去了伊利諾州大學讀本科，又去MIT讀博士，但是沒有讀完。他認為導師是個種族主義者，憤而離校，此時韓戰開始，中美斷交，他回不了家。三舅是中美建交後第一個回到昆明的美籍華人。二十一歲離家，1973年回故鄉時已六十二歲。父母的骨灰一直沒有入土，家人等他歸來安葬。這天下着大雨，山路泥濘、陡峭，三舅一路流淚，堅持捧着骨灰盒爬山。三舅回來要了卻的另一樁心願，是把當年雲南父老送他出去念書的錢還給雲南省政府。我陪他去到省外辦，人家說沒有這個政策，無法辦理。結果他用這筆款買了一批英文書，送給當時的昆明工學院。

青年經歷

鍾源：您青年時期的經歷是怎樣的？

熊景明：我出生於1943年，抗戰還沒結束。我在昆明長大，中學在昆明十二中。寫長輩故事，發現我們家從曾祖父、外公到舅舅、母親，很多學霸。我也是，只不過我是佔了短期記憶力的便宜，考試前看書，記住了，過後就忘掉。離開中學多年後，我去探訪當年的老師，見到化學老師(忘了他的名字，只記得我們背地裏叫他「化學老鐵頭」)，問他是否記得我，他說：熊景明，年年坐第一把交椅。我不好意思告訴他，此時我連週期元素表都忘得一乾二淨。

　　1961年高考，我的第一志願是北大物理系。高考數理化三科，題目都不難，考完試走出來，標準答案貼在教室外，對一遍，我全答對了，但不知道為甚麼，心中總有不祥預感。後來發生的事和一部蘇聯電影的情節很像。學校管畢業生工作的團委書記，因為私人原因，將我的檔案偷走(數年後才知道)，我不僅沒去成北大，也沒上成大學。十二中上一屆成績最好的一名姓彭的女生也沒被大學錄取，大家猜想因為她母親在政治運動中自殺。我爸爸是昆明市政建設公司的總工程師兼副經理，雖然「出身」不算好，還不至於取消我的入學資格。當時投訴無門，只知道哭。我一心要上北大清華，完全沒有考慮臥病在床的母親怎麼辦，非常自私。感謝命運的安排，讓我留在昆明。十二中校長趙永特別同情我，聘我到學校任代課老師，教俄語課。我這個高中畢業生濫竽充數，去教高中外語。我原來的俄語老師張文真帶着我上崗，她上課我去聽，然後依葫蘆畫瓢，她怎麼教我就怎麼教，好像還很受學生歡迎。一次語文課作文，題目是「我最喜歡的人」，班上兩個女生沒有寫毛主席或解放軍，寫了熊老師，太好笑了。到了第二年(1962)，高考之前兩

個星期，校長告訴我教育局有新規定，凡沒有大學文憑的，得離開中學去教小學。我肯定自己對付不了小學生，就再去參加高考碰碰運氣。當時沒有想那麼多，也沒有甚麼時間複習工科的課程，就報考外語系。那年高考，外語我是全省第一名。都教了一年，理所當然(笑)。我不敢填省外的學校，就填了雲南大學俄羅斯語言文學專業。這一年高考的政治審查放鬆，否則也不知道能不能被錄取。那年我十九歲。

鍾源：文革時您受的衝擊大不大？

熊景明：文革對我個人最大的衝擊是嘗到背叛的滋味。我上大學讀書很輕鬆，一到考試，同學緊張複習，我學雷鋒，把宿舍清潔、打開水等活都包下來，並「猜題」寫作文給同學，供他們拿去讀、去背。過年過節母親讓我將家不在昆明的同學請來吃飯，我也曾將自己捨不得穿的毛衣送給一位家境貧寒的同學。大學的文革以批判系內的「修正主義」開始，我成了外語系第一個被批判的學生，「修正主義苗子」。外語系教學樓外，架了四塊黑板，貼上大字報，標題為「看外語系培養的甚麼苗子？」說我父親是反動學術權威，我舅舅在美國，以及種種謊言和謾罵。最出乎意料的，也最讓我傷心的，是差不多全班人都簽名了，包括平時處得很好的一些同學。我故意約一個男生在教學樓外的草坪上托排球，好讓一年級新生見到這個「修正主義苗子」是誰。班上有個坐我前排的男生，老問我功課，對我讚不絕口，文革開始，他在班級批判會上發言罵我。文革結束後他向我道歉，我說：「你不用擔心，你原來對我的表揚和後來的指責我都不在乎。」據說是否在意他人對自己的評價是天生的，我真要感謝父母。

　　一兩個月後就開始了派系鬥爭，整個雲南大學都是炮兵團派。我發現洗腦是一個特簡單的事情。某個高音喇叭涵蓋的範圍成為

一派，高音喇叭天天對你講，你就信了。雲南大學旁邊是昆明工學院，兩所大學的高音喇叭從早到晚傳出女播音員尖銳、激憤的聲音，訴說另外一派的罪行，表達自己一派捍衛毛主席、捍衛黨中央的決心。位置處於中間的工廠機關，聽到哪邊的喇叭，就會加入哪一派，相信種種不可思議的事情。

文革中我一直是「逍遙派」。做文革研究的歷史學家雷頤看了許多文革經歷者的回憶，他想要了解這些人甚麼時候開始覺悟，他說我是最早覺悟的。這跟大概和家庭有關，或者說家教吧。其實父母都不對我們講大道理，應當是從小身處的環境潛移默化的結果。文革一開始，北京女八中的紅衛兵到雲南來發動群眾，一個個高高白白，長得讓令我們羨慕。記得有位一口京腔的女生到雲大來，站在台上，對數百名大學生傳遞「毛主席的聲音」，她說到激動時，解下褲帶，「啪」一聲抽在講桌上。我極為反感，周圍的同學卻一次次鼓掌，令我莫名其妙。有個好玩的故事。我是大學文工團舞蹈隊隊長，有個物理系男生是足球隊隊長。我到大學圖書館看書時，幾次發現他坐在一個和我彼此能夠看見的位置。我演出的時候他一定去看，輪到我出場坐到前排，沒有我的節目走出去。我呢，凡是足球比賽都去看，站在可能被他看到的位置。看到他在運動場練跑，我會站在終點，等他看見我，快速交換一下眼神就走開。兩人從來沒有說過一句話，都明白對方心中所想。文革開始鬥老師，一天我走過操場，看到他在批鬥會人群裏，站起來帶頭喊口號，很激動的樣子。嘩啦一下，對他所有的好感都消失了。原來我們心中的某些價值有那麼大的作用。

鍾源：大學畢業以後您去了哪裏？

熊景明：畢業之後我去了軍墾農場。和知青比，我們有工資，但沒有自由。第一年很糟糕，第二年後，自己種糧食，自己養豬，生

活好了很多，雖然勞動強度很大。每天早上要把蚊帳拉得平平的，被子折成四方形，弄成軍隊的樣子。離開營房要請假，而且要三人同行。

1969年，媽媽病在床上，哥哥從山西回來探親，我離開家一年多，太想媽媽了，太想回家去看看。我不吃飯，只喝水。幾天後，早上起來整理床鋪時一下暈倒了，獲准去縣城看醫生。我對醫生說明原委，告訴他我要回去看看我媽媽，請他給我幾天的假。終於拿了一週的病假條，當天坐車回昆明。媽媽看見我就哭起來，說：「你怎麼變成這副模樣？」

1971年，我去了澂江中學教英文，課文都是 "Long live Chairman Mao, Long long live Chairman Mao." 我自己弄了套補充教材教學生。1973年我離開澂江中學，後來玉溪地區辦教師培訓班，考進去的一半是我當年的學生，恢復高考後，也有好幾個考取大學，他們的英語成績都不錯。並不是我教會了他們，只是令這些中學生對英文產生興趣。我和學生相處得很好，雖然當時還在文革中，這三年裏有許許多多美好的回憶。

在中心的日子

鍾源：您是1979年來的香港，當時是甚麼契機？

熊景明：我那時的先生曾經是澂江中學的同事。他是華僑，允許出國，1975年就去到香港。我們結婚時他在香港，我在昆明。1978年女兒出世，移民香港是必然。1979年文革結束，鄧小平上台，大家覺得否極泰來，中國未來一片光明。記得那天去公安局，看到佈告板上批准到香港探親者（其實就是移民）有我的名字，當場就哭起來，我很不想走，不願離開父親、弟弟和那麼多親戚朋友。

　　到香港就開始看廣告找事做，唯一合適的工作是教國語(普通話)。我去應徵，國語不標準，不成功。朋友介紹我到一所中學去做一份臨時工，替學生排練舞蹈，參加中學生舞蹈比賽。我教了十幾個女生跳彝族煙盒舞，她們跳得很好，但連安慰獎也沒有得到(笑)。我女兒那時候九個月，我們住在觀塘的一棟唐樓裏，唐樓就是沒電梯的樓，我們住七樓。到地鐵站有條兩百多級石階的長梯。我抱着女兒上下幾百級石階，再七層樓梯，把腿練得很有力。

　　我歷來樂觀自信，相信一定會走出一條路來。現在回過頭來想，很多時候都是靠運氣。

　　1979年年底，我在報紙上看到大學服務中心有學者找大陸來港的人訪談，為了學術研究要了解農村的情況，我在農村教書三年，覺得知道不少，就去應徵了，就這樣到了中心。中心的學者都是外國人，絕大部分是在念博士的年輕人，主要來自美國，也有印度人、日本人。我最深刻的印象是這些人太認真了，在大陸我沒有見過有人那麼用功，花那麼大力氣把一個東西弄清楚。

　　我是在密西根大學念博士的華裔美國人戴慕珍(Jean Oi)的助理(她現在是斯坦福大學的資深教授)。她每天一早來，一直待到晚上十點中心關門。那時用老式打字機，這棟兩層小樓裏，從早到晚，都聽到「嗒嗒嗒嗒」的打字聲。大家見面討論的話題都是中國。有人從中國回來，大家都非常好奇地問這問那。

　　延續至今的中心「午餐研討會」的傳統，是在亞皆老街時形成的。大家圍桌而坐，一邊吃午飯，一邊聽演講。到中心做研究告一段落，做一次學術報告，或者從中國訪問歸來談見聞，形式不拘。中心的另外一個傳統是行山，和昆明人的愛好有關。在香港，朋友聚會或有甚麼事，就一齊吃頓飯。我在昆明時，朋友聚在一道最喜歡的事是郊野行走，爬山。於是我提議大家一起去爬山，香港人稱為行山。第一次出遊時，有位在中大教書的李南雄教授提議從九龍

經飛鵝山到西貢，他說要走兩小時。結果你猜爬了多久？七小時！有個小女孩還穿着皮鞋，後來是胡素珊 (Suzanne Pepper) 的先生背着她走。

　　我的英語就是《許國璋英語》四冊的水準，聽、說都不行。1980年，我到中心圖書館兼職，每天兩個多小時站在影印機前做機械勞動，想到個利用時間的辦法：戴着耳機聽英文。中心演講會，管他甚麼內容，聽不聽得懂，都專心聽，也留心聽周圍的「鬼佬」講話，在家聽英文電視新聞。英文並非逐步長進，而是突然之間升了一個台階。研究中國的學者多少都會一點中文，他們和我交談講中文，也算是練習。有一天我想，為甚麼不練習自己的英文呢？第二天鼓足勇氣，開始跟他們講英文。有個在哥倫比亞大學念博士的魏昂德 (Andrew G. Walder, 他和戴慕珍後來結為夫妻，現在也是斯坦福大學的資深教授) 吃了一驚，笑道：你一直裝作不懂英文，原來講得那麼好，一定是哪裏派來的間諜。

鍾源：1988年，大學服務中心從亞皆老街搬到了香港中文大學，這個過程是怎樣的？

熊景明：1983年西方學者可以直接到中國做研究，那時傳說中心要解散。一位到中心做研究的中文大學教授告訴我，他看到廣告，他們系的中國法制研究計劃要請一名研究助理。我問他廣告呢，他說扔垃圾桶了。幸好他家的垃圾沒有及時倒掉，第二天他給我拿來了報紙。我去應聘，來到了中文大學。

　　1984至1987年間，我們舉辦了三屆中國憲法的研討會，中港台的法學家首次聚會，並出版了三本憲法研究論文集。香港的首席按察司楊鐵樑是項目的協調人，成員多是關心內地法律建設的本港學者及法律界人士，包括陳弘毅教授、陳文敏教授、何俊仁律師。每個週末開會，好像對促成香港法律翻譯成中文的計劃起了作用，對

深圳特區經濟、金融方面的立法有很大幫助。我覺得研究中國法律制度太重要了，做一名研究助理，職位低，工資低，但興致高。

項目的負責人是中大的政治學教授翁松然。我做他的研究助理六年，好像修讀了一門課。每天中午吃飯時，聽他滔滔不絕介紹西方政治學理論，吃完飯我常常說一聲：下課了。我們和大陸法律界人士、尤其中國社科院法學所的研究人員蠻多交往，並建了個資料庫，收集中國法律方面的文獻、圖書資料，編寫中英對照的法律詞彙手冊。

香港那時上班有所謂長短週，即隔週的週六上午上班。我得到翁教授同意，每個週六都去，條件是帶女兒來。那時她剛上小學，中大是我們的大花園。1983年來到中大後，通常每個星期都去中心找資料，兼職替中心學者做研究助理。每到中心，都覺得很輕鬆。在大學裏以職位稱人，某某教授。在中心見到同一個人則直呼其名，Peter、Tony。

大陸越來越開放，中心門庭冷落。好不容易籌集到的經費，一半要用來支付房租。經過近兩年的談判，當時中心的「主管單位」美國學者聯合會委員會與香港中文大學達成協議，中心無償併入香港中文大學。大學需要承諾繼續中心資料收藏的方向，建立中國研究資料庫，繼續對海外學者無償開放。1988年起，三年觀察期後，如果雙方均滿意，移交中心所有權。出乎我自己的意料，我做了中心的助理主任。主任關信基是一位德高望重的學者，他將中心的工作全盤託付給我。拜天時地利人和，中心從一個西方中國研究者的工作站，發展為一個馳名國際的中國研究資料庫及研究基地。

高錕雖然是個化學家，他做校長時很重視我們中心。我和他接觸不多，但對他印象非常好。一次，做社會科學研究的十多位大學教授介紹自己的研究，高錕聽完每個人的講述，都發言講講他的觀感，提出問題。他對自己不熟悉的研究領域表現出來的洞察力令我

驚訝。他離開大學前，我在校園裏看見他遠遠地站在那裏，鼓起勇氣走過去説，特別感謝你在中大這些年的貢獻，我們會記住你的。他説：許多到過中心的學者來見我時都提到你、誇獎你。我聽了很受用。

鍾源：中國研究服務中心來過很多國內外的訪問學者，其中很多學者都辦過講座。當時是如何挑選訪問學者的？

熊景明：當時挑選學者不難，因為學術期刊很少。我就看《二十一世紀》、《戰略與管理》這幾個雜誌來挑。請學者之前完全不認識該人，也是碰運氣。回頭看，運氣不錯，秦暉是001號，趙樹凱是002號，何清漣好像是003號還是004號。我曾在《戰略與管理》上看到一篇關於農村問題的文章，寫得很不錯，作者名沈延生，單位是中國科技大學。我寫了邀請信寄到科技大學，請轉這位作者，沒下文。2007年初，我接到陳子明的信，問三年前的邀請還算不算數。原來他當時是生物系研究生，所以取了這樣的筆名。他來到中心，我將他介紹給在中大讀博士的幾位學生説，這是陳子明，對方一臉茫然，沒聽過。

　　訪問學者大多來一至兩個月，公派為主，即由他們所在的單位替他們辦理來港手續。那時中心通常有十多位內地訪問學者，加上海外學者，很熱鬧。我讓大家組織成一個班，任命班長。于建嶸開玩笑説，我這輩子做過的唯一要職，就是熊老師任命的班長。週末約大家一起去行山，學者間的交流在非正式場合更實在。中心的主任關教授、教育學院的肖今教授任「司機」，還特意買了七座位的車子帶大家出遊。許多到過中心的學者，多年後回憶起來，印象最深的便是一道在山野中行走。訪問學者在離開中心前，要做一次演講，形式為午餐研討會。不同背景、不同學科、不同題目的研究者在一道交流，機會難得。聽君一席話，勝讀十本書。往往越是學問

高深的講者，越少引經據典，越容易明白。大陸學者通常問題意識強，希望對問題找出解決方案。而西方的研究側重解釋清楚現象，從不同層次剖析事物，探討來龍去脈，將研究納入某個理論框架，或者推翻甚麼理論。大陸的社會科學研究也逐步跟西方的潮流，以論文發表為衡量研究成績的標準，研究的社會意義是次要的。

鍾源：您在中心這麼多年，留下了很多「外號」，像「學術媒人」、「熊貓飼養員」，這些稱呼有哪些淵源？

熊景明：當時《南風窗》的葉竹盛來訪問我，他給我封了一個「中國第一號學術媒人」的稱號。曾經有內地非常關心自己學生的老師，看漏了「學術」二字，誤以為我有撮合姻緣的能力，向我推薦她的學生。我也試過為年輕學者介紹異性朋友，都沒有達到預期結果。不過丘比特的箭在中心多次中的，著名學者傅高義和他的妻子就是在中心相遇而走到一起的。

　　所謂「學術媒人」和我的職務有關。我在中心的工作主要是兩項，一是圖書館建設，即圖書資料的收集整理，再是學者諮詢服務（reference librarian，中文不知道是否叫讀者諮詢館員）。二者密切相關，我需要從研究者的角度去搜羅圖書資料，編目、排架都考慮方便使用者。學者來到，對他們介紹相關的圖書資料。中心如何建成海內外最佳的當代中國研究資料庫是一個很長的故事，我寫過，也講過，就不重複了。只想強調，中心得到「中國研究的麥加」的美譽，絕對不是一個人的功勞。說到我本人，只因為日子久了，對資料熟悉，也了解到許多學者的研究方向，不僅內地、港、台學者，也包括西方學者。我在中心工作的年代，網路沒有今天這麼發達，這些存在頭腦裏的信息對學者很重要。就是今天，也不是所有信息可以在網上查到，我退休都這麼多年了，「媒人」的工作未曾間斷。

　　另一方面，我到中心工作之前，已經做了八九年的研究助理，

養成職業心態。學者來到中心，我就好像變成他們的研究助理。也有一點神奇，往往別人找不到的資料，我不知道怎地能夠找出來，大概是和圖書之間的心靈感應吧。此外還愛管閒事，用香港人的話說，就是八卦。自來熟是昆明人的特徵，很容易就和訪問學者結識甚至成為朋友。按在家鄉養成的習慣，朋友就要請到家裏去。大家開玩笑說，我家是香港著名旅遊景點。每年除夕，我會邀請留在中心過年的學者去參加我的「無家可歸者晚餐」。

　　既然是朋友，就會擔心對方是不是吃得健康，有沒有運動。張鳴在這裏，我和肖今努力幫他減肥，居然減去十多斤，不過回北京後，很快打回原形。他説我管理中心以及學者用的手段是「溫柔專制」，好像也對。也因為一些學者被看做是國寶級人物，就有人開玩笑稱我為「熊貓飼養員」。

　　最近我們編了一本介紹中心歷史和現狀的小冊子。其中有2004年中心成立四十週年研討會上傅高義的講話，以下這段話很準確地將中心的歷史總結出來了：

　　　　1963年我們誰都不清楚中心之後的四十年將何去何從。如果我們有遠見卓識，恐怕我們會這樣想：我們期望在中心做研究的這批學者對中國所發生的事有深刻的認識；中國學術研究領域能夠發揚光大；我們希望中國能對外開放；而我們的研究能有助於中國人進入國際大家庭。我們希望有朝一日能與大陸的學者攜手合作，加深彼此的了解。我們希望心懷喜悦地走過這段路。四十年後，時過境遷。經過無數的努力，有人說中心完成了它的歷史使命。讓我們祝賀中國研究服務中心，祝賀所有過去、現在、未來有幸於參加這一使命的人。

收集民間歷史

鍾源：您退休之後一直在着力民間歷史的收集，為甚麼要做這件事？

熊景明：2000 年初，個人回憶錄、口述歷史的出版越來越成氣候。作者大多是經歷抗戰、內戰，以及之後中國大陸不平靜的年代，穿越大苦大悲之人。他們的真實經歷、故事常常超出作家的想像。第一次令我有了建立專項收藏的念頭，是看到一位叫李乾的人寫的回憶，他十七歲參加志願軍，一生受盡磨難。他在回憶錄的最後說，「我明白了為甚麼要讓我受那麼多苦，是老天爺讓我見證這個時代，要我寫下來。」出版社考慮市場，主要出版名人的傳記，普通人的回憶錄只能找小出版社，或者自己湊錢印，分送親友。我們需要花功夫去發現，去收集。於是想到辦一個網站，讓人家知道有這樣一件事情。十多年過去，這個網址收集了六千多篇個人回憶（經我們按內容和文字挑選過）。通過網站收集書的想法不成功，知道這個網站的人不多，www.mjlsh.org。

退休很久前，我就在想退休之後要找件事情做到老死，「民間歷史」看來是老天爺替我想到的。

一件事情發生，譬如民間回憶錄的湧現，我們往往視為理所當然。仔細想想，這是技術和時代巧妙的結合，之前沒有，今後也不會有。曾祖父寫他的長輩、他的家人的文章，經祖父整理得以出版，我外公對未來結親的家族最高的評價是「有書出版」。我爸爸、祖父都有故事，他們為甚麼沒有辦法成為民間歷史呢？因為他們沒有電腦，不能用現代的方式加以記錄，所以當故事和電腦碰撞，就產生出來了連小說家都想像不出來的那麼多的民間故事。

　　將來到了你們這代人寫回憶，內容無非談戀愛，找工作，交朋友……再沒有驚天動地的故事，何等幸運。

　　參與民間歷史項目，最有成效的不是收集了這些書、建立了這個網站，而是碰到適當的氣候，融入內地的同仁圈，共同去宣導家史寫作、家人故事的紀錄片拍攝等活動。個人在歷史中非常渺小，卻可以用我們的記憶和思考參與記錄歷史，識別真偽，認識現實，以史為鑒，走向未來。

　　從政府的角度看，會面臨兩個問題。有一種主張是不提過去的錯誤，否則引起思想混亂，動搖民眾對政府的信心。我個人覺得這是低估了人眾的認知能力和判斷能力，此外，長遠來看不直面歷史，一方面不能以史為鑒，從歷史中獲得教訓，另方面會是一個隱患。香港是個典型的例子，因為對歷史的不同解釋會造成很大的矛盾，乾脆中小學不教歷史。結果許多青少年缺乏對國家的認同，缺少對歷史較全面的認識，容易被某些勢力動員起來。

　　「民間歷史」項目迄今收集了六七千本回憶錄，我看過的回憶錄，有沒有一本在宣揚仇恨，有沒有一本說我們要起來鬥爭？沒有。道理很簡單，寫回憶的爺爺奶奶、爸爸媽媽，無論他們經歷過多少苦難，遭受過多少不公平的待遇，甚至迫害，他們只希望子孫平安，國家不要重蹈覆轍，他們的後代能夠順利成長。這些回憶錄傳遞的信息是和平與愛，不可能宣揚鬥爭與反抗。那些不堪的往事過去了，只希望不要再發生，並非要把誰拉出來鞭屍。

　　錢穆先生反對將中國古代說成漆黑一團，一概否定，他稱之為「歷史虛無主義」。但他本人或者任何歷史學家，都不可能主張對給國家帶來大災難、大倒退的某個歷史時期、某些歷史事件不加檢討，不做反思。中國要往前走，需要排除不直面歷史帶來的隱患。希望這是一個和平的進程。